D1703010

Narcis

Van Judith Fanto verscheen eveneens
bij Ambo|Anthos *uitgevers*

Viktor

Meld je aan voor onze nieuwsbrief om op de hoogte te blijven van
de nieuwste boeken van Ambo|Anthos *uitgevers* via
www.amboanthos.nl/nieuwsbrief.

Judith Fanto

Narcis

Ambo|Anthos
Amsterdam

Eerste druk februari 2025
Tweede druk maart 2025
Derde druk april 2025

ISBN 978 90 263 5078 8
© 2025 Judith Fanto
Alle rechten voorbehouden. Tekst- en datamining zijn niet toegestaan
Omslagontwerp Suzan Beijer
Omslagillustratie © SUN-Collection
Foto auteur © Mark Uyl

Ambo|Anthos *uitgevers* vindt het belangrijk om op milieuvriendelijke en verantwoorde wijze met natuurlijke bronnen om te gaan. Bij de productie van het papieren boek van deze titel is daarom gebruikgemaakt van papier waarvan het zeker is dat de productie niet tot bosvernietiging heeft geleid.

Verspreiding voor België:
Veen Bosch & Keuning uitgevers nv, Antwerpen

Voor Thomas

'Life without a friend is death without a witness.'

   George Herbert

'Bystanders have no history of their own. Bystanders reflect – and reflection is a prism rather than a mirror; it refracts.'

   Peter Drucker

I

1

De brief bereikte mij op een dinsdagmorgen in 1948, de vochtige februarilucht hing stil en onaangedaan in de straten van Haarlem. Mevrouw Kleij, de huisbazin, had mij de slappe ochtendkoffie gebracht en was de deur uitgegaan voor een boodschap. Naast het kopje lag een biscuitje, door mijn oma ooit mariakaakje genoemd – een snipper Hollands karton die iedere inwoner van Wenen in hoongelach zou doen uitbarsten.

Eerder die ochtend was ik getroffen door een dreigend voorgevoel. Ik had mijn ezel en het instrumentarium bij het raam aan de zuidkant van mijn atelier geplaatst, klaar om aan te vangen met het herstel van een late Jan van Kessel – een schilderij van een boeket in een vaas, waarvan het vernis tot donker amber was verkleurd. Liever nog dan bij de lichtbundel van mijn lamp werk ik tijdens de eerste fase van een opdracht in het schelle daglicht aan de achterzijde van mijn atelier, zoals een arts het meest genadeloze licht prefereert bij het stellen van zijn diagnose. Niets maakt de kleinste onregelmatigheid, ieder bedoeld en onbedoeld reliëf en elke oorspronkelijke penseelstreek zo mooi zichtbaar voor het menselijk oog als scherp langs het doek strijkend zonlicht.

Afgezien van enkele scheurtjes verkeerde het zeventiende-eeuwse doek in opvallend goede staat. Ik schoof mijn stoel achteruit en bekeek de compositie van een afstandje. Eigenlijk was het knap hoe Van Kessel in staat was geweest geur te schilderen. Voor de iris, tulpen, anjelieren en papavers in de ruiker had hij loodwit, smaltblauw en cinnaberrood gebruikt – kleuren die, net als de waterdruppels, de frisheid van de bloemen onderstreepten, alsof hij ze zojuist had geplukt. En het kon niet anders of de geschilderde vlinders kwamen af op het heerlijk zoete aroma dat het boeket verspreidde.

In het hart van het bloemstuk bevond zich een enkele, witte narcis. Beschaamd had zij haar kopje afgewend.

Ik wist waarvoor de narcis zich schaamde.

Ik wist van wie zij zich had afgewend.

De koffie stond nog onaangeroerd op de schouw toen de bel ging. De postbode groette vriendelijk en overhandigde mij een klein pakket afkomstig van de Talens-fabriek in Apeldoorn, waar ik drie tubes olieverf had besteld.

'En een brief voor u, mijnheer Loch. Uit Oostenrijk!'

Hij wachtte even nieuwsgierig, maar ik knikte alleen en wilde me juist omdraaien toen het bloed in mijn vaten tot stilstand kwam.

In één oogopslag had ik het handschrift herkend.

Het geluid waarmee het zegel van mijn ziel werd verbroken was zowat hoorbaar. Mijn knieën werden slap en van ver klonk de bezorgde stem van de postbode: 'Alles goed, meneer?'

Ik kan me niet herinneren wat ik zei, maar het volgende moment leunde ik in de vestibule ruggelings tegen de dichte voordeur. Mijn hart bonkte en mijn linkerhand hield ik om de rand van de commode geklemd.

Sehr Geehrter Herr Hermann Loch
Kokstraat 6
Haarlem
HOLLAND

Ik kende maar één persoon die de lussen van de letters rechtsom liet buigen, in plaats van linksom.

Alsof hij gloeiend heet was, wierp ik de envelop op mijn werktafel. Ik liep naar de kraan en schonk met trillende handen een glas water in, maar mijn keel was dichtgesnoerd en ik zette het glas naast de koude koffie op de schoorsteenmantel. Terwijl ik door het atelier ijsbeerde zei ik tien weesgegroetjes op en daarna alle coupletten van 'Gott erhalte Franz den Kaiser'. Ofschoon God en de keizer allebei dood zijn, kalmeerde het me toch voldoende om wat water te kunnen drinken. Zorgvuldig vermeed ik naar de brief te kijken, maar ik voelde het ding onheilspellend pulseren.

Een uur later liep ik nog steeds, nu met het glas in mijn hand, de veertien passen door het atelier, van noord naar zuid en weer terug, steeds opnieuw.

Het hielp niet. De brief groeide, hij werd groter dan de tafel, groter en groter groeide hij, tot de envelop ten slotte mijn hele werkplaats vulde en ik hem, om zijn macht te breken, in een smalle lade smeet.

Dit bracht mijn polsslag enigszins tot rust. Ik blies de gloeiende kolen in de haard aan en nam plaats op mijn kruk voor de Jan van Kessel. Wat nu? Van werken kon geen sprake zijn. Ik staarde uit het raam. Naast de stallen en werkplaatsen van 't Krom stak de toren van de Bakenesserkerk wit af tegen de donkergrijze lucht.

Mevrouw Kleij klopte op de deur en een glimlach bevroor op haar lippen. 'Mijnheer Loch, wat ziet u eruit! Voelt u zich wel goed?' Ze keek van mij naar de koffie op de schouw en weer terug. 'U ziet nog bleker om de neus dan gewoonlijk, geen wonder als u niets eet of drinkt, u bent toch al graatmager, koffie en melk en suiker zijn dan wel niet meer op de bon maar men moet zuinig zijn in deze tijd en het is dat u al over de veertig bent anders zou ik u zó met de gereformeerde gemeente op kinderkampement sturen, daar krijgen alle jongens vier verplichte warme maaltijden per dag –'

'Het spijt me, ik denk dat ik een luchtje ga scheppen,' mompelde ik en stond op.
Ik moest mijzelf fysiek van de brief verwijderen.

Het Spaarne was spiegelglad, ondoorgrondelijk duister lag het water tussen de oevers. Vorig jaar hadden de Haarlemmers om deze tijd hun ijzers al omgebonden en duwden schaatsende kinderen met zwikkende enkels stoelen voor zich uit over de bevroren rivier. Oudere heren trokken krassen in het zwarte ijs, de handen gevouwen op de rug, met samengekruiste armen zwierden stelletjes voorbij en een directeur dronk bij het draaiorgel warme chocolade met zijn arbeiders. Terwijl in Friesland de Elfstedentocht werd geschaatst, smolten op het Haarlemse ijs de Hollandse standsverschillen.

Vanaf de Hooimarkt zag ik hoe werklui zonder overjas enorme vaten een scheepsruim binnen sjouwden. Damp sloeg van hen af, het leek of ze oxideerden in de koude lucht. De sterke, soepel bewegende kerels deden me denken aan mijn vriend Béla – zoals eigenlijk alles me nog steeds aan Béla deed denken.

Pas op de Parklaan besefte ik geschrokken dat mijn wandeling naar de Stationsbuurt voerde. Sinds mijn terugkeer naar Haarlem in 1938 had ik de wijk gemeden als de pest, ik liep er met een grote boog omheen. Aanvankelijk kwam ik er niet omdat ik de herinneringen aan die plek als pijnlijk ervoer en tijdens de oorlog niet omdat het in de omgeving van het station gevaarlijk was; regelmatig trachtten Engelse piloten de werkplaats van de spoorwegen achter het station te treffen, wat meestal net niet lukte, waardoor omliggende huizen door de brisantbommen werden weggevaagd.

Ineens begreep ik waarom ik juist nu behoefte had aan de pijn van een weerzien met mijn grootouderlijk huis, zoals ik als kind hard in het vel van mijn arm kneep om mijzelf af te leiden van de brandende pijn van een geschaafde knie. Uit angst voor de grote

gemoedsbewegingen die de brief in mij zou kunnen losmaken, verkoos ik een andere, mildere pijn, een die ik in elk geval beter zou verdragen en die mij mogelijk zou terugbrengen bij mijzelf.
Zo liep ik door, even doelbewust als gelaten.

Op de Kruisstraat sloeg ik links af naar de Korte Herenstraat. Die was veel smaller dan in mijn herinnering en ook de afmeting van het huis bleek vervormd door mijn kinderlijke waarneming. Ik stond voor de wagongroene deur van nummer 11, het huis waar ik met mijn moeder bij haar ouders had ingewoond. De woning zag er klein en donker uit, aangevreten door de vochtige zeewind. Houtrot had bezit genomen van de kozijnen en verf schilferde van de voordeur. De aanblik van het verval raakte me, een oud verdriet werd erdoor afgestoft. De melkman had zijn paard-en-wagen verruild voor een kleine vrachtauto en langs het trottoir had men straatlantaarns geplaatst, maar nog steeds waren er de geluiden van het remmen van een binnenkomende trein, van spelende kinderen en van de vermanende stem van een vrouw die, staand op een keukentrap, op nummer 15 de ramen lapte. Uit de emmer steeg het sop wolkend op.
Niet onvriendelijk riep ze me toe: 'Kan ik u helpen?' en ze klom het trapje af.
Ik nam mijn hoed af. 'Nee, nee, dank u. Ik heb tot 1916 in dit huis gewoond en ik was toevallig in de buurt.'
Ze knoopte haar schort los, zette de handen in de zij en knikte.
'Och, toen was ik nog niet eens geboren.'
Haar blik volgde de mijne langs de gevel omhoog en even was het alsof wij samen dwars door de bovenramen de knusse keuken van mijn oma binnentraden. We warmden onze handen bij de potkachel waarvoor het linnengoed te drogen hing, pakten elk een emaillen mok van de plank met het kanten randje, zagen de zuurkool in het vat, opa's pijpenrek en de met fluweel beklede fauteuil waarop een gehaakt kleedje lag. We roken de zondagse geur van

gebakken spek en verschaalde koffie, en de maandagse van citrus en groene zeep.

Zonder haar blik van het huis af te wenden zei de vrouw: 'En, waren het gelukkige jaren?'

Het kostte me even om van de schrik te bekomen, maar nadat ik mijn keel had geschraapt kon ik haar toch met vaste stem antwoorden. 'Weet u, iemand van wie ik ooit veel heb gehouden, zei: op elke plek waar ik gelukkig ben laat ik iets achter in de grond, opdat ik het kan opgraven als ik oud en bitter ben.' Ik draaide me naar haar toe. 'Wat mij betreft zou ik in dat geval veel mooie dingen kunnen opdelven uit de Korte Herenstraat.'

'Kom, kom, zo oud bent u toch nog niet,' zei ze lachend.

'Nee,' zei ik, 'niet oud.'

Hoewel ik bepaald niet ben geboren met een zilveren lepel in de mond, ben ik op stand verwekt, achter met zijden kwasten versierde vensters, tussen dekens van eendendons en bij het licht van kandelaars op een met rozenhout ingelegd nachtkastje.

Mijn moeder Wies was net twintig.

In die tijd werkte zij als inwonend dienstmeisje bij de vooraanstaande Haarlemse scheepsbouwer Van der Werf, een familie die volgens mijn oma zo rijk was als het Noordzeekanaal diep. Binnen de enorme villa in Bloemendaal, voorzien van centrale verwarming en wel twee warme stortbaden, beschikte Wies over een eigen kamer en diende zij de vrouw des huizes. Toen een dokter de reumatische mevrouw Van der Werf in de winter van 1905 een kuur voorschreef in het Oostenrijkse Bad Gastein, scheen zij daarvoor in eerste instantie niet veel te hebben gevoeld. Maar toen de arts opmerkte dat dit kuuroord voor keizerin Sisi toch niet te min was geweest, liet zij zich graag overhalen.

Mijn moeder Wies mocht mee – niet om te kuren, maar om zich als kamenierster van mevrouw te ontfermen over de kleding voor het diner, het driemaal daags borstelen en opsteken van de haren en de behandeling van de kanten manchetten bij de chemische wasserij.

Naast het gunstige voorteken van de voorname entourage waarin ik ben verwekt, durf ik ook te beweren dat ik uit liefde ben geboren, of op zijn minst uit woeste aantrekkingskracht.

Mijn vader Leopold Loch, onderofficier in het prestigieuze Zesde Regiment Dragonders van het Oostenrijkse leger, verbleef juist voor een skioefening in Bad Gastein, waar het optrekken van de dichte mist werd afgewacht. In zijn meekraprode broek en Pruisisch blauwe tuniek bestikt met tressen, zijn knielaarzen, rode patroongordel en met otterbont gevoerde overjas moet hij er hebben uitgezien als een circusdirecteur, oorlog voerend vanaf een carrouselpaard met koperen bellen. Maar voor mijn moeder, die nooit verder was geweest dan Voorschoten, was hij als de prins uit een sprookje van Grimm en dienovereenkomstig verknoopte ze zijn gewichtige verschijning met edele eigenschappen als moed en waardigheid.

'Hermann, je hebt uniformen die zijn ontworpen voor manschappen die in het landschap moeten opgaan,' verklaarde ze later, wanneer ik naar mijn verre, onbekende vader vroeg, 'en uniformen die de voornaamheid van de drager onderstrepen. Zo'n uniform draagt jouw vader.'

Mijn moeder heeft met geen woord gerept over mijn vaders hofmakerij, maar ik stel me heimelijke wandelingen voor onder de ijzige sterrenhemel en glazen rijnwijn bij een haardvuur, waarna de onderofficier haar maagdelijkheid nam tussen de met lavendelwater besprenkelde lakens.

Volgens mijn oma had Wies, die de hele treinreis van Salzburg naar Haarlem huilde, bij thuiskomst een blos op de wangen die na enkele weken plaatsmaakte voor bleekheid en braken en na zes maanden voor een zichtbaar opbollende buik, die haar een ontslag op staande voet bezorgde.

Daarop trok mijn moeder bij haar ouders in.

Intussen waren al meerdere brieven vol verlangen, door een kennis in krakkemikkig Duits vertaald, per trein van Haarlem naar Wenen gereisd. Meestal kwam daarop niet meer dan een hoffelijke ansichtkaart terug. Maar toen Wies mijn vader per brief verzocht zijn toenmalige hartstocht voor haar te bestendigen met een huwelijk opdat zijn kind niet in schande zou worden geboren, arriveerde een lang, handgeschreven antwoord.

Precies drie dagen verlof kreeg Leopold Loch om mijn moeder op het stadhuis van Haarlem te trouwen, waarna hij per kerende trein terug moest om zich weer bij zijn eenheid te voegen.

Amper twee maanden later was mijn komst een feit, met hulp van buurvrouw Janske, op de eerste verdieping van het huis aan de Korte Herenstraat.

Precies zoals ik had gehoopt, had de schok over de komst van de brief plaatsgemaakt voor het bitterzoet van mijn jeugdherinneringen. Teruglopend door de Tuinstraat in de richting van de kastanjes op de Parklaan, dacht ik aan de vroege ochtendgeluiden in mijn grootouderlijk huis. Omdat opa voor dag en dauw vertrok naar zijn werk als beambte bij de Nederlandse Spoorwegen en mijn moeder lange dagen maakte als meisje voor het zware werk in meerdere huishoudens, zorgde oma voor mij. Zacht gewiegd door het ritme van wassen, spoelen, wringen, drogen, verstellen, kloppen, inmaken, dweilen en luchten groeide ik op, nu en dan onderbroken door een wandeling naar de Bolwerken of een bezoek aan de drogist.

Hoewel van huis uit gereformeerd, was mijn opa zich allengs meer voor de vakbond gaan interesseren dan voor God, waardoor mijn beschermde wereld op zondagochtend steeds vaker werd verruimd door een fietstochtje in plaats van de kerkgang. Op winderige lentedagen, achter op de fiets in de luwte van zijn rug, wees opa me op weidevogels tussen dotterbloemen, op bleke rietpluimen langs donkerblauwe sloten, op boerenzwaluwen, brem, rode klaver, weegbree en zuring, op jonge scheuten aan knotwilgen en bijzonder gevormde stapelwolken.

's Zomers nam mijn moeder me mee naar Zandvoort waar we van duinen rolden, over de branding sprongen, schelpen raapten en tussen het helmgras naar konijnenholen zochten. Dan verdween haar afgetobde, doordeweekse blik en werd ze weer een jong meisje, het donkerblonde haar gebleekt, de konen roze als balsemien.

Hoewel over de bijzondere samenstelling van ons vaderloze huishouden roddel en achterklap moet hebben bestaan, merkte ik daarvan aanvankelijk weinig. Later, toen ik naar school ging, bestreed ik scheldpartijen van klasgenoten met een foto van mijn verre vader, officier in het leger van de Oostenrijkse keizer. Op het schoolplein vergaapten de jongens zich aan het kartonnen portret van mijn moeders wettige echtgenoot waarop, als je goed keek, behalve het uniform ook een Roth-Steyr-pistool, een Mannlicher karabijn, een bajonet en een sabel zichtbaar waren.

Gedurende mijn eerste tien levensjaren heb ik mijn vader slechts eenmaal in het echt gezien, op een rood met gouden herfstdag in 1913. Door de foto was mijn vader in mijn zevenjarige verbeelding aangezwollen tot een onverschrokken kruisridder die te paard op perron 2 van het treinstation zou arriveren.

Stomverbaasd was ik toen mijn moeder stralend afliep op een magere man in een oubollige kuitbroek, met een hoofd als een stronk witlof, ogen als grijze kiezel en een mond vol slechte tanden. Haar rechterarm gestoken in die van het onbeduidend heerschap kwam ze op mij toe, streek met haar linkerhand mijn haren glad en zei: 'Hermann, dit is je vader.' Van zijn kalende schedel gleed mijn blik naar het groezelige valies, naar de versleten hoge schoenen onder de pofbroek en weer omhoog, naar het doosje Kuglerbonbons in zijn weke handen. Volledig onttoverd schudde ik het hoofd, draaide me om en rende huilend terug naar huis, waar ik me onder de tafel verschanste. Voor het overige bleef me van Leopold Loch uitsluitend de wonderlijke kilte in zijn stem bij, gelijk een koude luchtstroom een gordijn beweegt.

De ontluisterende ontmoeting met mijn vader was de eerste rimpeling in mijn jeugd, een gebeurtenis die het water tot aan de wal van mijn bestaan in beroering bracht. Turend naar zijn machtige portret probeerde ik het beeld van mijn verwekker in al zijn glorie te herstellen, maar ik zag slechts een derderangs acteur die na het afschminken zijn toneelkostuum uittrok en het breekbare lichaam in een leunstoel te rusten zette.

Vier jaar later zou ik het regimentsuniform terugzien in Wenen, waar het slaperig hing te verstoffen, wachtend op zijn helemaal niet zo nobele drager – nog te beschonken om een knoop te kunnen sluiten.

Ofschoon de kennismaking met mijn vader teleurstellend was, verloor ik mijn vrolijkheid pas enkele jaren later, in 1916, toen twee verderfelijke woorden mijn leven binnen denderden en me mijn levenslust afhandig maakten.

Op een gewone woensdagmorgen leerde ik het eerste kennen, bij monde van de schooldirecteur die mij uit de klas kwam halen. Ik keek naar zijn lippen en proefde het woord op mijn tong. *Hartaanval.* Er was een aanval gepleegd op het hart van mijn oma en tegen dat offensief was ze niet bestand geweest.

Uit die tijd herinner ik me vooral de ogen van mijn moeder, glansloos en afwezig, en het liefdeloos vacuüm waarin ik me bevond, verzorgd door mij onbekende mensen van de kerk, tot zij thuiskwam. Dan legde ik mijn wang in het kuiltje van haar hals, zij begroef haar neus in mijn dunne blonde haren en hield mij vast.

Oma vertrok uit mijn leven met medeneming van mijn nestgeur, een vertrouwd, lichtzurig mengsel van wrijfwas, gist en gekookte groenten. In plaats daarvan hing bij ons thuis nu de klamme lucht van dof verdriet en oude kranten, waar mijn opa zich 's avonds onder het stille tikken van de pendule hulde in de walm van zijn pijptabak.

Amper was het woord 'hartaanval' op de bühne van mijn leven verschenen toen het tweede rampzalige woord er zijn intrede deed – ditmaal niet openlijk en schaamteloos, maar vals en achterbaks.

Op mijn weg van school naar huis had ik van veraf al het oploopje ter hoogte van ons huis in de Korte Herenstraat gezien. Onder dekking van de schaduw liep ik vlak langs de gevels van de huizen aan de overkant, tot ik ter hoogte van het onze bleef staan. Precies voor de openstaande voordeur van ons huis maakte buurvrouw Janske de omstanders met luide stem iets duidelijk. '...dus die reed met grote snelheid op de Groenmarkt en sloeg ineens rechts af, de Zijlstraat in en daar stak Wies net over, pats-boem, zó onder de wielen van die wagen, morsdood.' Ze haalde diep adem en concludeerde triomfantelijk: 'Platgereden.'

Nu had men mij in de gaten gekregen. De stemmen verstomden en de buurvrouw spreidde haar armen wijd uiteen.

'Hérmann...!' begon ze met een snik, maar ik liep op haar toe en gaf haar een keiharde trap tegen haar schenen. Een straathond werd platgereden, een suikerbiet voor mijn part, maar niet mijn moeder, mijn allerliefste, allerzachtste mama.

Als in een samenzwering markeerden de twee schuldige woorden het einde van mijn jeugd; de hartaanval van mijn oma trof de fundamenten onder mijn veilige wereld, waarna de wagen hem verpletterde, zoals hij mijn moeder had platgereden.

Op de Kruisbrug merkte ik tot mijn verwondering dat ik huilde. De laatste keer dat ik mij kon herinneren was in 1922, maar in werkelijkheid is het snikken in mij nooit opgehouden; het werd alleen overstemd door het gekrakeel van anderen.

Door de Smedestraat begaf ik me in de richting van de Sint Bavo, niet omdat ik zo gelovig ben, maar omdat ik hunkerde naar de atmosfeer van negentien eeuwen rust en troost.

Gezeten op een bank achter in de oude kerk laafde ik me aan het schuin invallende licht en de schoonheid van het houten netgewelf. Ik keek naar het machtige orgel, waarop ooit Händel en Mozart speelden. 'Afgepikt van de katholieken,' hoorde ik mijn oude vriend Béla in gedachten grinniken. 'De christenen wisselen stuivertje met kerkgebouwen.'

Een uur later drong dwars door de kerkmuren, als een sein veilig, het alledaagse geluid van de fabriekssirene van drukkerij Enschedé aan het Klokhuisplein. Ik sloeg mijn sjaal om, zette mijn hoed op en keerde huiswaarts.

Vlak voor mijn tiende verjaardag, toen ik net enkele weken verbleef in het Gereformeerd Weeshuis aan de Haarlemse Olieslagerslaan, kreeg de Weense tak van de familie lucht van mijn moederloze staat. Per brief meldde zich de ongetrouwde juffrouw Edmonda Loch, enige zuster van mijn vader Leopold, die zich bij zijn 'afwezigheid wegens militaire verplichtingen' tot doel had gesteld de laatst overgebleven stamhouder van de familie thuis te brengen. Dat Oostenrijk een land in oorlog was en het neutrale Nederland niet, woog wat haar betreft kennelijk niet op tegen het échte gevaar: de klauwen van het protestantisme. Zij zou mij, de zoon van haar broer, redden uit de barbaarse Nederlanden, waar het onderwijs ondermaats was en een volkomen gebrek heerste aan discipline, beschaving en cultureel besef.

De gereformeerde diaconie kon niet anders dan mij meegeven aan de pater jezuïet, die door tante Edmonda bij wijze van tussenpersoon was aangewezen om mij uit de calvinistische hel te bevrijden. En zo geschiedde het dat ik op een dinsdagochtend in juli uit de armen van mijn ontroostbare opa werd losgemaakt om aan boord te stappen van een trein naar Keulen. Met de deur van het rijtuig trok de conducteur de deur van mijn oude leven achter ons dicht. Ik zou mijn opa nooit meer zien.

Dagenlang vlogen bomen, velden, huizen en kerken langs het treinraam voorbij, later ook het zilver van ijskoude meren en het blauw van met wilde gentianen bezaaide almen, en daarachter vergezichten van eeuwig besneeuwde bergtoppen. De pater en ik aten in de restauratiewagen en sliepen zittend in de coupé, hij leunend tegen het halfgeopende venster, ik leunend tegen hem. Het zouden voor mij de laatste keren zijn dat eten en slapen vanzelfsprekend waren; sinds mijn trein op dinsdag 4 juli 1916 de Westbahnhof binnenreed, heb ik mij nooit meer echt kunnen overgeven aan het leven, dus ook niet aan eten en slapen.

In de stationshal droeg de pater mij over aan tante Edmonda met een gebaar, alsof hij mij terloops langs de weg had gevonden en zij maar zien moest wat ze er vervolgens mee deed. De eerste ontmoeting met mijn tante was voor mij zo schokkend dat die mij altijd is bijgebleven. Gouden hangers doorboorden haar vlezige oorlellen en boven haar zwaar bepoederde gezicht droeg zij een koningsblauw gevaarte van fluweel met tule en bloemen. De vrouw lachte en huilde met lange uithalen, noemde me 'Manno' en drukte mij ruw tegen zich aan. Happend naar adem draaide ik mijn hoofd van haar weg, want daar, op perron 3, rook ik voor het eerst de geur die zij uitwasemde: een arrogante, vluchtige stof die mij zowat de adem benam.

Tante Edmonda bedankte de pater, spuugde in haar zakdoek om mijn mond schoon te poetsen en nam mij mee naar mijn nieuwe wereld.

2

In mijn nieuwe ouderlijk huis, een schitterende woning in het appartementsgebouw Wiednerhof die Edmonda Loch met mijn afwezige vader deelde, werd ter ere van mijn 'thuiskomst' door de kokkin een feestmaal opgediend: kalfsgebraad met erwtjes en rijst en vanillepudding met frambozensaus toe. Niet alleen voor Weners in oorlogstijd was dit zeer uitzonderlijk, ook voor mijn doen was het een kostelijk diner, maar mijn keel was dichtgesnoerd en alleen al de aanblik van de gerechten bezorgde me een golf van misselijkheid.

Vanaf de andere kant van de lange tafel sprak tante Edmonda met harde stem onafgebroken tegen mij in onbegrijpelijke bewoordingen. Hierbij vroeg ze op dwingende toon steeds om een soort bevestiging, die ik haar uiteindelijk maar op goed geluk gaf. Tevreden ging zij mij daarop voor naar een kamer aan de voorzijde van het huis, waar ze mijn koffertje neerzette en mij alleen liet.

Het vertrek had twee hoge ramen, een gekruld plafond en een parketvloer met een groen kleed. Achter het behang ontdekte ik de deur van een ingebouwde kast, waarin ik mijn weinige bezittingen opborg.

Net toen ik dacht dat de koffer leeg was, viel mijn oog op een plek waar het elastieken zijvak uitpuilde. Ik nam er een klein, zwart doosje uit en tilde het deksel op. Boven op een dot watten lag een gouden ring, met aan de binnenzijde de inscriptie

Leopold · 25 september 1906

Pas toen het zo donker werd dat ik de gegraveerde letters niet meer kon zien, kuste ik de ring, deed hem terug in het doosje en stopte dat in de lade van het nachtkastje. Ik trok mijn pyjama aan, rolde me op onder het donzen dekbed en begon aan een slapeloze nacht.

De eerste heropvoedingsdaad van tante Edmonda bestond erin mij mee te nemen naar warenhuis Herzmansky in de wijk Mariahilf om mij te kleden naar de Oostenrijkse zomerdracht voor tienjarige knapen: een hemd met korte mouwen, een korte lederen broek met draagbanden en hoge veterschoenen.

Beneden in de hal van ons appartementsgebouw troffen we een man met een bezem, van wie ik later zou begrijpen dat het de huismeester was. Met de aankondiging 'Manno: Herr Ober!' deponeerde tante Edmonda mij met een slinger van haar arm vlak voor de neus van de man. Nog onbekend met de wijze waarop de Weense bourgeoisie haar kinderen aanzet tot extreem hoffelijk gedrag, stond ik geschrokken voor het besnorde heerschap. Ik keek naar de grond en mompelde het enige Nederlandse woord Duits dat ik kende: 'Ja, ja.'

Hierop gaf tante me een oorvijg en zei: 'Ja, HERR OBER!'

Buiten diende de stad zich in superlatieven aan. Trams jankten, houten wielen ratelden, klokken luidden, automobielen brulden en al die geluiden weerkaatsten tegen gebouwen, hoog als kerken en voornaam als kastelen. Oneindig waren de drommen mensen op de Naschmarkt. Manden gedroogde zuidvruchten lagen er in de lauwe ochtendzon en de geur van overrijp fruit vermengde zich met die van dierlijke uitwerpselen en vis. Nieuwsgierig keek ik om me heen, maar tante Edmonda verstevigde haar ijzeren greep om mijn pols en loodste mij langs roepende handelaren en trappelende paarden de Girardigasse in.

Binnen enkele dagen was ik van een provinciestadje aan de kust terechtgekomen in het hart van een Europees imperium. In deze stad bewogen geluidsgolven zich als onder een hogere druk voort, hier waren geuren sterker geconcentreerd en hadden structuren meer diepte. Het stadsbeeld viel op mijn netvlies alsof het onder geslepen glas was uitvergroot. Elke gevel was getooid met guirlandes en kroonlijsten, de elektrische straatlantaarns waren overdadig versierd met smeedijzeren krullen en koperen koepels verhieven ordinaire aanplakzuilen en pissoirs tot straatjuwelen.

De overvloed buiten stond in schril contrast met de leegheid die ik vanbinnen ervoer. Gretig dronk ik ze in, deze sensaties uit mijn nieuwe woonplaats, die mij dwongen het brandpunt van mijn aandacht te verleggen van binnen naar buiten, weg van de innerlijke smart.

Was er buitenshuis nog het welkome bombardement van prikkels, binnenshuis was ik overgeleverd aan de holle vertrekken en het meedogenloze gezelschap van mijn tante. De temperatuur in huis daalde merkbaar als zij in de buurt kwam. Niet alleen haar priemende ogen en de kille, beschuldigende toon waarop ze sprak, vervulden me met angst. Vooral de penetrante lucht die ze bij zich droeg, het overdonderend parfum waarmee zij zich omringde, deed mij huiveren in haar nabijheid.

Op de avond van de derde dag sprak tante Edmonda mij aan tafel belerend toe. Omdat ze wel zag dat ik haar niet begreep, sprak ze extra hard en ten slotte ging ze schreeuwen.

Het stemgeluid vermengde zich met de etensgeuren, mijn hals bonsde en de eetkamer schommelde voor mijn ogen. Uiteindelijk smeet Edmonda vloekend haar servet neer en verliet de tafel.

Onverwacht voelde ik de hand van Fredi, de kokkin, op mijn schouder. Ze nam mijn vork en hield die omhoog. In haar schort zag ze eruit als een ingesnoerd tonnetje.

'*Gabel*,' zei ze nadrukkelijk. En nog eens '*Ga-bel!*'

'*Gabel*,' herhaalde ik.

Fredi knikte, waarop ze de vork als aanwijsstok gebruikte en in hoog tempo afraffelde: '*Messer-Löffel-Teller-Glas-Schüssel-Tisch-Sessel.*'

Snel veegde ik mijn tranen af en repeteerde het mij zojuist gepresenteerde vocabulaire. *Mes-lepel-bord-glas-schotel-tafel-stoel.* Ik liep achter Fredi aan, de keuken in, waar zij haar taalles ter plekke uitbreidde met pannen, ketels, borstels, water, zeep, fornuis, haken en kastplanken. Alsof mijn leven ervan afhing zoog ik ze in me op, deze klanken die mij van mijn isolement moesten verlossen. Daarna gaf Fredi mij een kom bouillon en waste mij bij de gootsteen.

Zittend in de diepe vensterbanken van mijn slaapkamer inspecteerde ik de decorstukken van mijn nieuwe wereld.

Ter hoogte van onze woning op de eerste verdieping waren de kabels van de straatverlichting aan de gevel bevestigd en liep de bovenleiding van tram 65, die pal voor het huis een halte had. Aan de overkant van de straat keek ik op de zijmuur, het rode pannendak en de kopergroene klokkentorens van een kerk. Links daarvan vloeide een straat met een sierlijke bocht samen met de onze, waardoor zich een driehoekig pleintje had gevormd.

Midden op dit plein stond een fontein, een achthoekig, stenen bassin waarin draken drinkwater spuwden. Op een hoge zuil in het waterbekken stond een gevleugelde vrouw in een gedrapeerd gewaad. Haar linkerhand rustte op het kind dat zij bij zich had, en met de rechter maakte zij een afwerend gebaar, waarmee ze het tegen ieder denkbaar kwaad beschermde. Gefascineerd staarde ik naar de beschermengel, naar de zachtheid in haar houding en de manier waarop ze keek naar haar kind en liet mijn tranen de vrije loop. Ik wierp mijn bronzen moeder een handkus toe, hetgeen ik vanaf die dag zou opnemen in mijn avondritueel, kuste haar trouwring in het doosje en ging naar bed.

De volgende ochtend vroeg rende ik, zodra ik haar in de keuken hoorde rommelen, naar Fredi toe, dreunde gehaast alle daags ervoor geleerde woorden op en troonde haar mee naar de salon. Goedmoedig schommelde de kokkin achter mij aan.

Ditmaal was ik degene die de voorwerpen aanwees waarvan ik de Duitse betekenis wilde leren kennen en die zij mij gedienstig oplepelde. Ik wees naar de biedermeier zetels, de lichtblauwe sofa, de piano, de schilderijen in de gouden lijsten, het zilveren servies op de theekar, de marmeren schouw, de kamerhoge gordijnen in hun embrasses, de schemerlamp, de kroonluchter en de kanarie in het kooitje.

'Herr Jodl,' zei Fredi toen ik de gele vogel aanwees.

'Wat?' zei ik, in de veronderstelling dat ik haar verkeerd had verstaan.

'Herr Jodl,' herhaalde Fredi en haalde hierbij haar schouders op.

Nooit heb ik mijnheer Jodl ook maar één geluid horen maken, laat staan horen jodelen. Waarschijnlijk was hij stilgevallen in de overweldigende tegenwoordigheid van Edmonda, net als ik.

Wanneer ze niet in haar eigen vertrekken verbleef of buitenshuis vertoefde, beende mijn tante bozig over de houten vloeren van onze woning, omgeven door een harnas van parfum, onderwijl de dienstbodes commando's toesnauwend. Met haar leeftijdloze uiterlijk en haar onvoorspelbare gemoedsbewegingen was de vrouw voor mij een mysterie. Soms richtte ze het woord tot mij en liet hierbij haar stem dalen tot een vleiend geluid, maar wanneer ik me gedroeg op een wijze die haar op een of andere manier niet beviel, en dat was meestal, riep ze onverstaanbare verwensingen en sloeg mij in het gezicht.

Wanhopig probeerde ik te achterhalen wat precies mijn rol was in deze nieuwe akte van het leven. Welke verwachting had ik verzuimd in te lossen? Welke regel gebroken?

Gedurende de eerste helft van elke week verliet Edmonda het huis slechts sporadisch. Op die dagen ontving zij 's middags dames in de salon voor thee en een spelletje tarock. Maar vanaf het midden van de week ging ze na de lunch, in een textielen wolk van macht en met geverfde lippen, de deur uit. Ze liet mij achter onder de hoede van Herr Jodl en de dienstbodes, om 's avonds laat – of pas de volgende dag, zoals ik later zou beseffen – naar huis terug te keren.

Het onbegrijpelijke gedrag van Edmonda joeg mijn instincten aan. Zoals een krijgsgevangene inlichtingen verzamelt over zijn bewaker om de hechtenis draaglijker te maken, zocht ik naar een manier om haar beweegredenen te doorgronden.

Zo kwam het dat ik op een donderdagmiddag, nadat Edmonda was uitgegaan en ik zeker een kwartier scherp had geluisterd naar de stilte in huis, de gang overstak en haar domein binnenglipte. Met bonkend hart sloot ik de deur achter me en keek rond.

Tantes kamer was ruimer dan ik dacht en had aan de westzijde twee hoge ramen. De wanden waren gedecoreerd met groen en goud gebloemd behang en naast de vensters hingen okergele fluwelen gordijnen tot aan de grond. De middagzon deed de pers op de vloer felrood oplichten. Naast het mahoniehouten bed, dat met jacquard linnengoed was opgemaakt, stond een nachtkastje waarop een slaapmuts met strikkoorden lag.

Tegen de wand stonden een boekenkast en een secretaire. Mijn vingers gleden over het glanzende houtblad, waarop een half afgeschreven brief lag in een vreemde taal. In een opwelling opende ik een lade, die een zilveren toneelkijker bevatte. Aan de tegenoverliggende muur bevond zich een toiletmeubel met spiegel waarop, tussen allerlei flesjes, potjes en tubes, een vergeeld boeket gedroogde rozen stond. Nauwkeurig bekeek ik de zilveren haarborstel, de kammen in het porseleinen doosje, het etui met pincetten, tangetjes, spelden en kwasten, de zachte poederdons, het lippenrood en de oogschaduw.

Naast de kaptafel hing een grote verweerde spiegel in een vergulde lijst, waarachter zich een deur bevond die toegang gaf tot een geweldig grote garderobekast, waar het koel was en naar kamfer stonk.

Stomverbaasd keek ik naar wat me voorkwam als een verzameling rekwisieten uit het theater. Links van mij, op de lage planken, stonden manden vol zijden kousen, gordeltjes, kanten ondergoed, ceinturen, voorgevormde bustiers en zeker vijf paar schoenen. Erboven bevonden zich grote dozen met hoeden, zijden bloemen, veren en zelfs imitatiefruit. Rechts hingen jurken, rokken en blouses met kanten kragen en strikken.

Staand op mijn tenen hield ik de hangers met zware bontmantels opzij om de rode vos te bekijken die levenloos naar beneden hing. Met mijn rechterhand reikte ik naar het snuitje en ik boog me voorover om zijn geur op te snuiven, waarbij ik boven op iets stapte. Bijna verloor ik mijn evenwicht. Geschrokken zakte ik op mijn knieën en zag wat het was: een legergroen kistje met een rood kruis op het deksel. Voorzichtig opende ik de gespen en tilde het deksel op.

In de blikken doos lagen, keurig naast elkaar, door elastiek bijeengehouden stapels bankbiljetten van twintig en vijftig Amerikaanse dollars. In een zakje met strikkoorden rinkelden Zwitserse francs en onder de uitneembare dubbele bodem van de bak bevond zich een doos juwelen.

Nauwkeurig legde ik alles terug zoals ik het had aangetroffen, stond op, draaide de lichtschakelaar om en deed de kast achter me dicht. Algauw maakte mijn aanvankelijke opwinding over de vondst van Edmonda's schat plaats voor teleurstelling; niets van hetgeen ik in haar kamer had aangetroffen, had geleid tot een beter inzicht in mijn tante of tot meer voorspelbaarheid van haar gedrag. Integendeel: het mens was me raadselachtiger dan ooit.

Ik keek nog eens rond en wilde juist in de richting van de deur lopen, toen ik halverwege de slaapkamer mijn pas inhield. Een sterke versie van een welbekende geurboodschap deed mijn nekharen rijzen.

Om de herkomst van de lucht nauwkeurig te bepalen, snuffelde ik om me heen en liep toen naar het bedtafeltje. Naast de zijden slaapmuts stond een glazen flesje met een blauw-en-gouden etiket waarop de cijfers 4711 waren gedrukt. Ik nam de kleine kurk eraf en wist voldoende.

Ik had de bron van het Kwaad gevonden.

'Hoezo: bron van het kwaad?' zou Béla ruim tien jaar later vragen, toen ik hem van het voorval vertelde.

We zaten in zijn laboratorium en deelden een sigaret.

Ik blies de rook uit en sloeg mijn benen over elkaar. 'Gewoon. De bron van alle tirannie.'

'Dat moet Eau de Cologne zijn geweest, het parfum uit de Keulse fabriek van Wilhelm Mülhens aan de Glockengasse nummer 4711. Inderdaad een zeer slecht parfum. Wat zeg ik, het ís niet eens een parfum, het is een overdosis bergamot, citrus en lavendel, verstopt in 85 procent alcohol. Vóór Napoleon werd het inwendig gebruikt tegen – nou ja, tegen alles.

'Waarschijnlijk tegen iedere vorm van vreugde, subtiliteit en leefruimte voor anderen,' zei ik.

Béla grinnikte. 'Men noemt 4711 niet voor niets een wonderwater.'

'Zeker net zoiets als haarlemmerolie.'

Béla keek op. 'Wat voor olie?'

'Haarlemmerolie. Een in mijn geboortestad door Claes Tilly gebrouwen goedje van terpentijnolie, natuurhars, lijnolie en kruiden. Werkt tegen alles: kiespijn, eczeem, nervositeit, nierstenen...

maar je kunt er desgewenst ook een motor mee smeren of mieren mee doden.'

'Dat laatste geloof ik graag. Dat spul moet wel giftig zijn, met die hars.'

Ik reikte naar Béla om hem de sigaret aan te geven. 'Valt mee. Om de hars te stabiliseren voegt onze beste Claes zwavelpoeder aan het mengsel toe.'

Béla lachte hoofdschuddend. 'Die Hollanders!'

'De grootste kracht van haarlemmerolie is trouwens niet dat je er alles mee kunt genezen. Er wordt gezegd dat het echte geheim erin schuilt dat, ook al zijn in een situatie alle noodzakelijke ingrediënten of onderdelen aanwezig, het geheel met haarlemmerolie tóch altijd beter wordt.'

'Ik neem anders liever een flinke slok van je tantes Keuls water dan een nipje van die haarlemmerolie van jou.'

'Zou ik niet doen. Die 4711 maakte de lucht zo dik dat ik hem uiteen zag wijken als Edmonda langsliep. Dat parfum heeft een vernietigend effect gehad op mijn lichaam en mijn ziel.'

Béla maakte de sigaret uit in de asbak. 'Beste vriend, daar kan 4711 toch niets aan doen. Jouw tante was zelf de bijtende stof.'

3

Met wortel en tak was ik uit de Hollandse bodem gerukt, hetgeen blijvend iets in mij had verlegd. Mijn oude leven was me afgenomen en het lukte me niet het nieuwe in te nemen.

Vanachter mijn slaapkamerraam observeerde ik het leven buiten, waarvan ook ik ooit deel had uitgemaakt: de wereld waarin mensen zich doelbewust voortbewogen, zich verbonden voelden en wisten waar ze thuishoorden. Levens die doortrokken waren van een zekere samenhang en waarin iets op het spel stond wat ertoe deed.

De aankleding van dat speelveld overigens fascineerde mij.

Van een cultuur die soberheid als een deugd beschouwde, was ik terechtgekomen op een plek waar kostelijke overdaad de standaard was. Uitbundig waren de Weense gevels getooid met opsmuk, alsof het leven één groot feest was en iedereen hieraan constant moest worden herinnerd. Elke buitenmuur was versierd met cementen bloemen, vruchtentrossen en vazen, in de lateien waren guirlandes gebeeldhouwd en de ramen waren voorzien van kroonlijsten en pilasters. Veel gebouwen onderstreepten hun voornaamheid nog eens extra met een wapenschild boven de deur, leeuwen op het dak of naakte peuters aan de façade, die de statige erkers op hun stenen schoudertjes droegen.

In onze Weense woning, een appartement in een gebouw uit 1891 op de plek waar de Wiedner Hauptstraße en de Schleifmühlgasse elkaar snijden, is de toeschouwer in mij geboren.

Hoewel vanuit mijn eigen kamer al veel interessants te zien was, bezag ik de nieuwe wereld nog liever vanachter de ramen in de uitbouw van het huis. 's Morgens deed ik dat vaak met Fredi, die alles gewillig bij zijn Duitse naam noemde. Maar zodra Edmonda de deur uit was, sloop ik naar haar kamer om daar stiekem de zilveren kijker uit de secretaire te pakken.

In de woonkamer bevrijdde ik Herr Jodl uit zijn gevangenschap en koos strategisch positie in de erker, van waaruit ik rondom zicht had op het toneel onder mij. In noordelijke richting waren de gestreepte markiezen zichtbaar van apotheek Zur Heiligen Dreifaltigkeit, waar een keurig gepolijst heerschap voor de etalage stond. Er schuin tegenover bevond zich de hoedenzaak van de gebroeders Habig, waar dames met hoofddeksels vol zijden bloemen en linten naar buiten kwamen. Links tegenover ons huis, op de andere hoek van de Schleifmühlgasse, zat Café Paulanerhof, waarvan ik tijdens een slapeloze nacht had ontdekt dat het ook 's nachts geopend was. Voor de ingang stonden twee gesoigneerde mannen die sigaren rookten, zo dun als schoenveters. Een van hen had in zijn rechterhand een rotting met een ivoren kop, de ander droeg een onberispelijk witte boord en een gepommadeerd snorretje. Dicht bij elkaar staand spraken ze enkele woorden, waarna ze visitekaartjes uitwisselden en afscheid namen met een handdruk. Bij de tramhalte voor ons huis stonden twee nonnen, een klerk in een pak en een dame van middelbare leeftijd met een lange halsketting van groenglazen stenen. Daarachter, op het plein naast de kerk, bezochten officieren in uniform met elegante dames aan de arm restaurant Zum Roten Rössl. En rechts in de straat, richting het zuiden, zag ik nog net de ronde buik van hotel Erzherzog Rainer.

Toch bleef zelfs in die zonnige zomer van 1916 het straatbeeld in het vierde Bezirk niet verschoond van de eerste grimmige tekenen van de aftakeling van het keizerrijk. Wanneer een dienstmeisje mij meenam voor een boodschap of tante met mij uit wandelen ging in de tuinen van het Belvedère, viel me op dat onze goedburgerlijke wijk onmiskenbaar met zijn gezondheid sukkelde. De geur van ziekte en verval hing in de straat, hij steeg op uit de stinkende putten, van het kleffe stof op de keien en de kuilen in het wegdek.

Scherend langs de op het oog zo deftige gevels van de Wiedner Hauptstraße verried mijn toneelkijker loslatend stucwerk, roetaanslag, beslagen ramen, verzakkingen, schilferend houtwerk, doorgeroeste leidingen en ontbrekende pannen op de daken.

Met Herr Jodl trippend op mijn schouder bekeek ik de mensen in de straat met nieuwe ogen. Pas nu merkte ik de broodmagere gestalte van de kolensjouwer op, ik zag het verschoten habijt van de kapelaan, het verkommerde paard voor de kar, de gaten in de hoed van de fiaker, de dieptreurige ogen van de straatveger en het geknakte lichaam van de lavendelverkoopster.

Niet alleen deftige notabelen en gevierde zakenlui, ook gebrekkigen en invaliden gingen door de straat, voortgeduwd in rolwagens of leunend op krukken. Ze misten armen of benen, de oogholten afgeplakt, het hoofd omwonden met een smoezelig verband.

Voor de muren van de Paulanerkerk, waaruit grote stukken pleisterwerk waren gevallen, zaten vaak in lompen gehulde bedelaars en tegen de Beschermengelbron, in de hete zon, leunde al uren een eenzaam kind.

Op de tweede maandagochtend beval tante Edmonda vanuit de woonkamer: 'Manno! *Komm her!*'

Naast haar stond een man met bruin haar en een bril met flinke beglazing. Met een minzaam knikje maar waarschuwende ogen stelde ze hem aan mij voor – 'Herr Reines' – en na wat onbegrijpelijke klanken een woord dat ik verstond: '*Lehrer.*'

Inmiddels wist ik wat me te doen stond.

'Grüß Gott, Herr Reines,' zei ik braaf en gaf hem een hand. Mijnheer Reines wisselde nog enkele woorden met mijn tante, waarna zij de kamer verliet.

De man zette zijn tas op de houten vloer van de salon, nam plaats aan de tafel en gebaarde mij tegenover hem te gaan zitten. Hij wees op zichzelf, en zei: 'Wien.' Toen wees hij naar mij en zei: 'Amsterdam.'

Voor het eerst sinds weken voelde ik mijn hart iets opveren. 'Nee, Haarlem.'

De man knikte en zei: 'Mazzel.'

Dat woord kende ik van het schoolplein. 'Spreekt u Nederlands?'

'Nay. Oaber ikh kén eyner in Amsterdam.'

Het klonk als zeer gebrekkig Nederlands met het zwaarste accent dat ik ooit had gehoord.

Ineens zei Reines met een bloedserieus gezicht: 'Geinponem.'

Ik voelde mijn mondhoeken opkrullen. 'U bent zellef een geinponem.' Ik vroeg me af of hij misschien Fries sprak. Of Vlaams.

De man had me hoe dan ook niet verstaan, want hij knikte. 'Du aun ikh ton es tsuzamen. Finf mal a vakh. Alles vet zeyn gut.'

Tranen sprongen me in de ogen, ik slikte en slikte, want ik had begrepen dat mijnheer Reines mijn nieuwe huisonderwijzer was en ik niet langer alleen op de wereld.

Wat ik in de maanden erna vooral leerde, is dat alle kennis die ik in Nederland had opgedaan elders in de wereld onbruikbaar was. Dat mijn eigen taal overbodig was begreep ik natuurlijk, maar dat Oostenrijk sinds de verdrijving van Adam en Eva uit het paradijs een heel andere historie had gekend, was nooit bij me opgekomen. Het heldendom van Willem van Oranje en Michiel de Ruyter verbleekte bij dat van prins Eugen von Savoyen en graaf Josef Radetzky. En de glorieuze Hollandse strijd tegen het water was hier, in het middelpunt van de Oostenrijkse vrijhandelszone, niet meer dan een voetnoot in de Europese geschiedenis.

Nu en dan, als hij me bevroeg over onderwerpen als de boomgrens, het werk van Franz Grillparzer, de zoutmijnen of keizer Franz Josef en ik hem het antwoord schuldig bleef, schudde mijnheer Reines het hoofd.

'Je hebt wel meer achterstand dan wat Duitse taal- en letterkunde alleen,' verzuchtte hij en wierp een blik op de deur, alsof hij tante Edmonda ieder moment verwachtte met een reactie op deze tegenvaller. 'Behalve in rekenen. Rekenen kun je als de beste. Daar staan de Hollanders dan ook om bekend.'

Vijf ochtenden per week kwam mijnheer Reines mij lesgeven, en hoewel hij zich geduldig en zachtmoedig toonde, was hij nooit vrolijk. Er lag een diepe melancholie over hem, een die wel een andere oorsprong zou kennen dan de mijne, maar die ons op een of andere manier verbond. Tijdens zijn lessen deed ik mijn best; het leek me een goede manier om hem wat op te beuren en ik hoopte dat meer kennis van de directe omgeving me zou verlossen van mijn status als omstander.

Om antwoord te krijgen op mijn meest brandende vragen probeerde ik het onderwerp van de lessen waar mogelijk terug te brengen tot de menselijke maat. Zo leek mij een les over de flora en fauna van Steiermark een uitgelezen moment om Reines te bevragen over kanaries.

'Kanaries?' zei hij. 'Aha! Kanaries. Wel, die komen niet voor in Oostenrijk. Dat wil zeggen, niet in het wild. Kanaries zijn eh...' Hij keek even naar Herr Jodl, die zoals gewoonlijk doodstil op zijn stokje zat. '...gezelschapsdieren. Vrienden van de mijnbouwers. Zangvogels.'

'Weet u waarom Herr Jodl niet zingt?'

'Nee, dat weet ik niet. Kom Manno, we waren gebleven bij de steenbok en de gems.'

Een andere keer stuurde ik een les over de monarchie, via het portret van keizer Franz Josef boven onze tafel, handig naar ándere curieuze zaken die in ons huis aan de wand hingen, zoals het ingelijste bewijs van *Kriegsanleihe* bij de voordeur.

'Dit certificaat betekent dat jouw familie de legers van de dubbelmonarchie heeft gesteund met honderd Oostenrijkse kronen, die ze zullen terugontvangen na het behalen van de overwinning.'

'Waarom is het oorlog? Hoe kan tante Edmonda nu al weten wie er wint? Waarom heb ik een plaat van een engel naast mijn bed? En waarom hangt er een kruisbeeld boven elke deur?'

Hij bleef even stil, schraapte zijn keel en zei: 'Wat het laatste betreft: ik heb het sterke vermoeden dat jouw familie katholiek is.'

Wat wist ik van katholieken – behalve dat ik destijds in Haarlem niet met hen mocht voetballen? Door sommige van mijn vriendjes werd de strijd tussen de confessies uitgevochten op straat, maar verder dan het lamlendig gooien van wat kiezelstenen naar onbekende jongens was ik nooit gekomen.

Hoewel me ooit was geleerd dat katholieken branden in de hel, kan ik me niet herinneren dat het verruilen van mijn oorspronkelijke gezindte voor een andere in die tijd nu zoveel indruk op me maakte. Kennelijk was het geloof mij ook toenmaals al een raadsel van het soort dat ik niet nodig vond op te lossen. Geheel onbevangen betrad ik daarom de wondere wereld van heiligenverering, kloosterorden, Mariadevotie en exotische rituelen.

In het begin nam tante Edmonda mij op zondag mee naar de Paulanerkerk aan de overkant, maar algauw liet ze dat over aan het dienstmeisje. Later liep ik er soms zelf binnen, gewoon om er te genieten van de intieme sfeer. Tussen het koraalkleurige marmer en de mahoniehouten betimmering stegen koude slierten wierook op. Ik snoof de geur op van de waskaarsen en luisterde naar de organist die het orgel bespeelde op het balkon – stukken beter geschoold dan onze Haarlemse destijds.

Een keer vroeg ik tante Edmonda voorzichtig: 'Zijn alle kerken hier zo mooi?'

'Natuurlijk!' had ze geantwoord. 'Katholieken weten hoe dat hoort.'

Hoe dan ook ben ik de katholieken dankbaarheid verschuldigd, want in de Paulanerkerk ontstond mijn belangstelling voor kunst. Elke zondagsmis wist ik me vergezeld door overdadig veel engelen en heiligen, jong en oud, groot en klein, uit steen gehouwen of in verf gevangen. En elke keer bestudeerde ik in alle rust de manier waarop de schilder de smachtende gezichtsuitdrukking had meegegeven aan de heilige Anna, hoe de beeldhouwer beweging bracht in het beeld van Raphael en tederheid meegaf aan de marmeren armen waarmee Jozef zijn kind omvatte. Ieder werk vertelde zijn eigen verhaal, dat ik nauwkeurig in me opnam.

Op een donderdag in september, toen hij al naar huis was, zag ik dat mijnheer Reines vier potloden had laten liggen. Voorzichtig snoof ik de geur op van het verse cederhout en liep naar de keuken.

'Fredi, heb jij alsjeblieft papier?' vroeg ik op de gok in het Duits.

'Bravo!' zei Fredi, die niet kon weten dat het woord papier ook in het Nederlands bestond. Bij wijze van beloning leegde zij dadelijk enkele grote zakken, sneed met een mesje de randen los en streek ze glad. Even hield ze de vellen boven het dampende water in de ketel en legde ze daarna onder zware boeken in de salon.

'Morgen klaar,' zei ze en aaide me over het hoofd.

De volgende dag haalde ik de geplette vellen papier onder de stapel boeken vandaan, keurde de punten van de potloden, nam plaats in de vensterbank en begon te tekenen. In het begin raakte mijn onzekere potlood amper het papier en gebruikte ik steeds de gum aan het uiteinde. Maar al na een uur voegde mijn hand zich meer naar het hout en streek de punt zelfbewuster over het blad. Ik tekende en tekende, mijn handen gaven weer waarvan mijn ogen getuigden, als een spons die de vloeistof ongewijzigd afgeeft bij het uitknijpen.

Drie dagen lang tekende ik onder de toeziende kraaloogjes van

Herr Jodl, bijna zonder onderbreking, en stopte pas als de schemer viel. Het ging mij er niet om iets moois te creëren; ik legde mijn observaties eenvoudig vast om mijn indrukken te verwerken.

Op de laatste donderdag voor de kerstvakantie stonden mijnheer Reines en tante Edmonda op de gang over mij te praten.

Een maand eerder was ik, net als alle andere Oostenrijkse kinderen, een week vrij geweest van onderwijs wegens het overlijden van keizer Franz Josef. Onder het gebeier van de zware klokken van de Paulanerkerk had ik de in nationale treurnis gedompelde straat getekend; de donkere banieren langs de gevels, de in rouwsluier gehulde vrouwen, de zwart bedoekte paarden voor de fiakers en de mannen met hoge hoeden.

Na een dag of vier verplaatste ik mijn aandacht naar binnen. Tante Edmonda had zich op haar kamer teruggetrokken en het personeel ging zo op in het nieuws over het heengaan van de monarch, dat men vergat mij uit de dienstvertrekken te verjagen. Zo was het me gelukt hun verdriet onopgemerkt en in alle rust aan het papier toe te vertrouwen. Dagenlang had ik de tijd om de diepe voorhoofdsgroeven te schetsen van Fredi, stilletjes legde ik de vochtige ogen vast van Laura, de wasvrouw, en de afhangende mondhoeken van Gretl, de dienstbode, die haar jukbeenderen nog meer dan gewoonlijk deden uitsteken.

Op die donderdagochtend had ik het resultaat van mijn werk aan mijnheer Reines laten zien. Hierop had hij wonderlijk gereageerd. Eerst keek hij verbaasd naar het papier, toen naar mij en toen nog eens naar het papier – van dichtbij en veraf, met bril en zonder. Uiteindelijk legde hij de tekeningen neer. Hij haalde diep adem en hield zijn mond een tijdje open voor hij begon met praten.

'Manno, heb jij dit zelf getekend?'

Ineens was ik op mijn hoede; had ik met het optekenen van de rouw om de keizerlijke dood een fatsoensnorm geschonden?

In verlegenheid gebracht wendde ik mijn blik in de richting van de besneeuwde straat en voelde toen hoe het bloed uit mijn gezicht wegtrok. Daar, op de vensterbank voor het raam, lagen de stompjes die nog over waren van de vier potloden waarmee ik al weken tekende. Ik was een dief en had het bewijs van mijn misdaad zojuist aan het slachtoffer overhandigd.

Geschrokken staarde ik hem aan. 'U had ze laten liggen,' fluisterde ik. Tranen rolden over mijn wangen.

Voor het eerst sinds ik hem kende, lachte mijnheer Reines. 'Manno, ik heb die potloden niet laten liggen. Ik heb ze voor je achtergelaten. En ik ben blij dat je ze hebt gevonden.'

Aan het begin van die middag luisterde ik met Herr Jodl op schoot dwars door de muur naar de stemmen van mijn tante en mijn leraar op de gang.

'...u zult toch moeten toegeven dat in hem bepaald niet de goddelijke aanwezigheid doorschemert,' hoorde ik tante Edmonda zeggen.

'Dat waag ik grondig met u oneens te zijn, mevrouw Loch. Manno is zeer intelligent en leert snel. En hebt u gezien hoe hij tekent? Hij heeft geweldig veel talent. De portretten die hij maakte van uw dienstpersoneel zijn bijzonder treffend, zeker als men bedenkt dat hij pas tien is en geen kunstzinnige vorming heeft genoten.'

'Wat heb ik aan dat geteken? Als hij nu piano zou spelen! Dat kind heeft volstrekt geen muzikale opvoeding gehad...'

Nu daalde haar stem tot een onverstaanbare laagte en kon ik niets meer verstaan, totdat Edmonda met mijnheer Reines naar de voordeur liep en zei: 'Goed, dat is dan afgesproken.'

De volgende ochtend ging de bel en werd aan de deur een groot pakket voor mij afgeleverd. Hierin bevonden zich een doos vetkrijt, gekleurde potloden, een gum en een hardkartonnen map met vellen gebleekt papier in elk formaat. Er zat een briefje bij, dat eindigde met:

> Je tante heeft toegezegd dat je tekenles krijgt, op voorwaarde dat je ook pianolessen neemt. Ik heb gemeend namens jou te mogen verklaren dat dit niet bezwaarlijk is.
> Vriendelijke groeten,
> Mijnheer Salomon B. Reines
>
> PS: Ik verwacht dat het huiswerk er niet onder lijdt!

Gedempt door de sneeuw vergleed 1916 geruisloos in 1917. Buiten hadden de fiakers hun koetsen verruild voor sleden en binnen was mijn lederhose vervangen door een poffende kniebroek met lange wollen kousen. Overdag meed ik mijn slaapkamer, waar de snijdende oostenwind ijsbloemen schilderde op de dunne vensters en het water in de lampetkan bevroor.

In de verwarmde salon bracht ik de ochtenden door met mijnheer Reines, om er 's middags met Herr Jodl op mijn schouder huiswerk te maken, tekenlessen te volgen of piano te studeren.

Dat laatste deed ik alleen op de dagen dat Edmonda thuis was en ik er daarom niet onderuit kon, want de vleugel en ik wilden maar geen vrienden worden. Zo soepel als mijn rechterhand het potlood aanstuurde, zo moeizaam was de verhouding van mijn vingers tot de ivoren toetsen. In het begin had de kleine, Boheems uitziende pianoleraar nog hoge verwachtingen van mij, want ik had me het notenschrift in rap tempo eigen gemaakt. Maar vanaf het moment dat mijn handen de bladmuziek moesten overbrengen naar de toetsen trad bij ons beiden de deceptie in, die bij hem omsloeg in frustratie en ontaardde in razernij. Als ik tweemaal dezelfde fout maakte, sloeg hij mijn handen boos weg van het klavier of smeet de bladmuziek op de grond en begon tegen me te schreeuwen. Daarbij werd hij knalrood en verhief zijn kleine gestalte zich tot de zoveelste macht, waarna ik snikte en trilde als een espenblad en pianospel niet langer mogelijk was.

Aangezien mijn vader aan het front bij Lemberg onder de wapenen stond en tante Edmonda veel van huis was, was ik vaak alleen – tot mijn opluchting overigens, want het was of zij de zuurstof uit de atmosfeer wegzoog. Vooral de momenten waarop ik achter de piano zat waren een bezoeking. Als ik oefende ijsbeerde zij ongeduldig achter mij, maar zelfs wanneer zij elders in huis verbleef, voelde ik haar agressie onder de deur door kruipen.

Het was duidelijk dat een vreselijke ontgoocheling haar kwelde – en ik was er de oorzaak van. Afgezien van mijn bestaan, waardoor mijn vader niet overeenkomstig zijn stand had kunnen trouwen, was mijn gebrek aan muzikaliteit de zoveelste smet die haar werd aangewreven. Ik besefte dat ik een schuld moest inlossen en probeerde, dwalend door de cultuurkloof, zo goed en zo kwaad als het ging te voldoen aan mijn tantes verwachtingen.

Om eerlijk te zijn was het nooit echt bij me opgekomen dat voor Edmonda mijn pianolessen meer inhielden dan een poging mij te kneden tot een waardige stamhouder naar Weens model. Dat veel kinderen uit de Weense middenklasse op mijn leeftijd al heel behoorlijk een of twee instrumenten bespeelden, kon ik niet weten. En dat ouders hun kroost pochend naar voren schoven om kunstjes op te voeren, viel buiten mijn Hollandse voorstellingsvermogen. Mij was altijd voorgehouden dat je kinderen mag zien maar niet mag horen; niet dat ze dienen als het zoete vernis op het schilderij dat men graag van zichzelf presenteert.

Dit laatste leerde ik pas op het moment dat de spanning tussen Edmonda en mij tot een uitbarsting kwam, op een gure woensdagmiddag in maart.

Op die dag ontving Edmonda, zoals vaker na drieën, wat dames voor een spelletje kaart en zwarte thee met rum. Overeenkomstig de instructies van mijn tante verbleef ik in de warme keuken van Fredi, tot ze mij naar de salon riep om haar gasten gebak of dunne sigaretten te presenteren.

Op de sofa hadden twee dames met roze lippen het zich gemakkelijk gemaakt. Edmonda, die ik nooit een rugleuning heb zien gebruiken, zat erbij of ze een plank had ingeslikt.

Ik ging rond met de geglazuurde koekjes en de vrouwen beklaagden zich over het tekort aan kleermakers, de dreunende prijsverhogingen en de schaarste aan levensmiddelen op de zwarte markt.

Plots wendde een van de roze dames zich rechtstreeks tot mij.

'Zo, Hermann, en waar ga jij naar school?'

Geschrokken staarde ik haar aan. 'Ik ga nog niet naar school, mevrouw. Tot mijn kennis voldoende op peil is, krijg ik thuis onderwijs van mijnheer Reines.'

'Een jood,' zei Edmonda tegen de vrouw. 'Die zijn helemaal niet zo slecht en dan blijft het tenminste betaalbaar. Voor zo'n kind maakt dat toch niet uit.' En tegen mij: 'Dank je zover, Manno.'

Ik stond al op de gang, toen het vanachter de deur klonk: 'Eddie, wat is je neef lang! En zo mager...'

Ik hoorde mijn tante een theatrale zucht slaken. 'Ik weet het Magda, die knaap moet nodig aansterken en meer wilskracht krijgen. Hij eet niet! Ik doe zo mijn best, maar het joch is vreselijk ondankbaar en arriveerde hier bovendien volstrekt ongecultiveerd. Godzijdank heb ik een goede pianoleraar voor hem kunnen vinden, al heeft hij geen idee wat dat kost en zijn z'n vorderingen traag. Weet je wat? Ik zal hem vragen iets voor te spelen.'

Bij het horen van deze aankondiging greep ik de deurknop vast. Mijn maag roerde zich en ik voelde me duizelig. Aan de andere kant rukte iemand aan de klink, en met een krachtige zwaai van de deur stond ik weer in de woonkamer.

'Manno, daar ben je al,' zei mijn tante. 'Speel eens iets voor onze gasten.'

IJskoud trok de angst door mijn lijf. Met onvaste hand opende ik de klep van de piano en zocht verwoed naar de juiste beginpositie op de toetsen.

'Kom, kom, Manno,' vulde Edmonda de stilte. 'Dat menuet schreef Mozart toen hij amper vijf was. Jij bent toch al een grote jongen?'

Er bewoog iets in mijn maagstreek. Stroef speelde ik de eerste paar maten, maar mijn natte vingers gleden uit over de toetsen en ik moest het spel onderbreken om ze af te vegen aan mijn broek.

'Echte pianisten zweten alleen onder de oksels,' merkte een van de roze dames op.

'Zweethanden zijn een teken van gebrek aan talent,' zei Edmonda.

Ik slikte en slikte, maar kon niet meer voorkomen dat mijn maag met kracht de resten van het ochtendbrood over het klavier deponeerde.

Rillend van ellende veegde ik mijn mond af aan mijn hemd en gluurde over mijn mouw in de richting van Edmonda.

Daar stond zij, het ministerie van oorlog, in een hoedanigheid waarin ik haar nog nooit had gezien: onvervalst. Bevend van woede, met in haar ogen een misdadige schittering, de mondhoeken geplooid in een bittere, moordzuchtige trek.

Met twee stappen was ze bij me, haar parfum streek neer in mijn haar. Inmiddels was mijn Duits goed genoeg om te begrijpen wat ze gilde: dat ik te min was om een Loch te zijn, een schande voor de familie en een slappeling, net als mijn vader.

Ze sleurde me de kamer uit en sloot me op in de gangkast.

In de donkerte van de kast overviel me een vreemde opluchting. Voor het eerst was mijn tante volledig overeengekomen met haar geur; in een moment van onachtzaamheid was het vizier gevallen en had zij ondubbelzinnig haar waarachtige aard getoond.

Ik besefte dat mijn komst naar Wenen was bedoeld om het

beeld dat Edmonda van zichzelf graag bij anderen opriep, kracht bij te zetten. In haar spel was ik een rekwisiet, zoals de jurken en bontjassen in haar garderobekast dat waren.

Met opgetrokken knieën zittend tussen de bezem en de mattenklopper, luisterde ik naar de afscheidsgroeten van de dames en de driftige passen van tante Edmonda door het huis. Ik hoorde haar mompelen tegen zichzelf en snauwen tegen Gretl, rommelen in mijn slaapkamer en daarna zelfs in die van mijn vader – een vertrek dat altijd op slot zat en verboden terrein was.

Na wat een eeuwigheid leek te duren, gaf ze het personeel instructies en sloeg de voordeur met een klap achter zich dicht.

Fredi was merkbaar aangedaan, want nadat ze me uit de kast had bevrijd en ontdaan van mijn stinkende kleren, waste ze me bij wijze van uitzondering met warm water. Ze gaf me een kom soep met brood, kneep zacht in mijn wang en stuurde me naar bed.

Voorzichtig opende ik de deur van mijn slaapkamer en tuurde in het halfdonker. Behalve haar geur wees niets op het bezoek van Edmonda die middag. Onberispelijk glad lag de beddensprei over de lakens, het kastje leunde roerloos tegen het bed en de punten van het vochtige behang krulden achteloos op.

Opgelucht stapte ik mijn kamer binnen en liep naar het raam voor mijn vaste avondritueel. Nadat ik de engel op haar sokkel buiten welterusten had gezegd, sloot ik één gordijn en opende de lade van het nachtkastje om mijn moeders dierbare trouwring goedenacht te kussen.

Achteraf begrijp ik niet dat ik zo argeloos was. Hoe had ik kunnen denken dat mijn afvalligheid onbestraft zou blijven?

In het zwarte doosje ontbrak het laatste aandenken aan mijn moeder dat ik bezat. Op de plaats van de gouden ring lag nu een ijzeren prul, waarop aan de buitenzijde PRO PATRIA 1916 was gegraveerd.

Ik voelde mijn hart in scherpe scherven uiteenvallen. Een

dierlijk gebrul steeg op uit mijn borst en het duurde even voor de ontzet toegesnelde dienstbodes begrepen wat er met me aan de hand was.

Fredi bleef op de rand van mijn bed zitten en hield mijn hand vast tot het al laat was en ik was gestopt met huilen.

Edmonda's diefstal van mijn kostbaarste bezit zou blijvend iets in mij verbuigen. Mijn ziel kreeg een mat, ondoorzichtig oppervlak. Niet alleen nam ik definitief afstand van het streven mijn tante gunstig te stemmen; ik nam afstand van het leven zelf – een wantrouwen dat uiteindelijk zou afzwakken tot een duurzame reserve, een houding die ik tot wereldbeschouwing liet rijpen.

Het voorjaar diende zich aan met misplaatste bravoure: na enkele harde regenbuien werd het buiten uitdagend zwoel. De zon verwarmde de Weense gebouwen, maar niet de Weense harten. Met keizer Franz Josef was het laatste restje nationale trots gestorven en de stad verkeerde in verval.

Vanachter het raam sloeg ik de wereld buiten gade en legde mijn observaties in vetkrijt vast. De Paulanerkerk was gesloten vanwege zijn erbarmelijke bouwkundige staat en het stilstaande water in de Engelbron stonk naar bederf. Overdag tekende ik de magere mensen die zich door de straten haastten, de blinden en de kreupelen, hun beschamende armoede, hoe zij elkaar passeerden met afgewend hoofd. 's Nachts schetste ik de grimmige opstootjes voor het Paulanercafé, de brakende mannen bij de deur van de kerk en de lallende officieren, die het Roten Rössl binnengingen als beesten naar de drinkbak, om er tegen sluitingstijd zo dronken weer uit te komen dat ze nauwelijks op hun benen konden staan.

Op een donderdagmiddag in mei had Gretl de ramen in de erker van de salon opengezet. De bedwelmende geur van bloeiende linde stroomde binnen, vermengd met de walm van automobielen en paardenmest. Ik liet mijn huiswerk voor wat het was, zette Herr Jodl op mijn schouder en knielde op de grond voor het raam, waar ik de vensterbank als tekentafel gebruikte. De conciërge van nummer 17, die met haar ogen dicht op een stoel tegen de gevel in de schaduw zat, had een wonderlijke huiduitslag, een kwijnende ziekte die de linkerhelft van haar gezicht aanvrat. De apotheker aan de overkant riep haar iets toe, maar zij deed of ze het niet hoorde.

Juist tekende ik de manier waarop de apotheker zijn handen aan zijn mond zette, toen ik bij mijn linkeroor iets hoorde dat klonk als een diepe zucht. Daarop zette Herr Jodl zich met zijn kanariepootjes krachtig af en vloog door het open raam naar buiten. Even streek hij neer in de lindeboom voor het huis, boog zijn gele kopje ten afscheid en fladderde onwennig in oostelijke richting.

'Dat Herr Jodl op zoek ging naar een betere plek kun je die vogel niet kwalijk nemen,' zei Béla tien jaar later, toen we het hadden over de huisdieren uit onze jeugd. 'Maar dat hij zelfs voor jou niet wilde blijven!'

Van opzij keek ik hem aan, maar zijn gezicht vertoonde geen spoortje spot. 'Nou ja, tussen ons was geen sprake van echte vriendschap,' zei ik. 'Ons bond uitsluitend hetzelfde lot.'

Sinds die lente had mijnheer Reines mij vaker gevraagd of ik me wel goed voelde. Daarbij keek hij mij onderzoekend aan en prevelde iets over somberheid, donkere kringen en ondergewicht. Op zulke momenten haalde ik mijn schouders op en staarde naar de grond. Hoe had ik woorden kunnen geven aan de leegte vanbinnen, waar elke hunkering, ieder verlangen was uitgedoofd?

Op de dag dat hij zijn vertrek aankondigde, redde mijnheer Reines voor de tweede maal mijn leven. Nadat ik mijn boeken had dichtgeslagen, liet de onderwijzer vragen naar mijn tante, die even later in de deuropening verscheen.

'Mevrouw Loch, zoals bekend heb ik uw neef vandaag zijn

laatste lessen gegeven. Dank voor uw vertrouwen, het was een groot genoegen. Hier is Manno's eindrapport.'

Omdat Edmonda zijn uitgestrekte hand niet tegemoetkwam, liep mijnheer Reines met de envelop naar haar toe en terwijl zij die aannam, zei hij: 'Excuseert u mij alstublieft, maar eh... u vertelde mij ooit dat u 's zomers vaak naar Baden reist om te kuren.'

Mijn tante lachte een neerbuigend lachje. 'Ik ga deze zomer inderdaad weer naar Baden.'

'Baden!' herhaalde Reines. 'En de jongen?'

Edmonda leek oprecht verbaasd, alsof ze daar nog niet over had nagedacht.

'Staat u mij toe een suggestie te doen, mevrouw,' zei mijnheer Reines snel. 'De beroemde familie Wittgenstein heeft voor de zomermaanden in Baden een zogenaamd "kinderpension voor muziekverbetering" ingesteld. Gezien het feit dat Manno's pianospel daadwerkelijk verbetering behoeft en hij...' Reines keek even naar mij en boog het hoofd. '...en hij wel wat bijvoeding en buitenlucht kan gebruiken, meen ik u te mogen wijzen op het bestaan van deze mogelijkheid.' Hij vatte moed en rechtte zijn rug. 'En het is cruciaal voor zijn ontwikkeling dat Hermann contact heeft met leeftijdsgenoten.'

Even leek het of tante hem zijn vrijpostigheid kwalijk nam, maar in een oogwenk leek ze bijzonder op te knappen van het idee dat ik een hele zomer elders onder de pannen zou zijn en daarna als een volleerd musicus zou terugkeren.

'Het inschrijfformulier treft u bij het rapport in de envelop,' zei Reines.

Bij de voordeur gaf mijnheer Reines mij een hand. 'Het was me een eer, Manno. Blijf leergierig. En blijf tekenen.' Hij schonk me een zeldzame glimlach. 'En wat betreft je vraag over kanaries: alleen de mannetjes zingen. Waarschijnlijk was Herr Jodl een Frau Jodl.'

Vanachter het venster keek ik hem na. Toen wist ik nog niet dat ik hem tien jaar later zou terugzien. Op het Zentralfriedhof bij zijn begrafenis.

OVERDRACHTSRAPPORT

Tijdens de lessen heeft Hermann een goede inzet. Hij let goed op en werkt vlijtig. Hermann is leergierig en geeft blijk van een snel begrip, hoewel hij een matig werktempo heeft. Af en toe maakt hij grammaticale fouten en de omvang van zijn vocabulaire laat nog te wensen over. Verdere progressie op dit gebied ligt in de lijn der verwachting. Hermann rekent bovengemiddeld goed. Hij werkt tamelijk net en kan uitmuntend tekenen. Op dit moment is zijn kennis van de vaderlandse geschiedenis en topografie voldoende.
Advies: toetreding tot de eerste klas van het gymnasium.

Met Hoogachting,
Salomon B. Reines, huisleraar

4

'Wat wil je liever: doof zijn of blind?' vroeg het meisje met de haarlinten.

'Geen van beide,' antwoordde de jongen hoofdschuddend.

'Maar je moet kiezen!'

Schuin keek hij naar haar op. 'Het maakt me niet uit. Zolang ik maar kan ruiken.'

Ze glimlachte verrast. 'Da's een goeie.'

'Mijn naam is Béla. Béla Andrássy de Csíkszentkirály et Krasznahorka de Derde.'

'Zo! Ik heet Lotte.'

Van een afstandje, leunend tegen de kastanje in de achtertuin van de villa in Baden, sloeg ik de twee gade. Lotte had sproetjes om haar neus en lichte ogen. Béla, de jongen met de lange Hongaarse naam, was een stuk kleiner. Zijn iets getinte huid had een satijnen structuur en zijn verlegen ogen waren van dezelfde kleur als het donkerblonde haar.

'En jij?' vroeg Lotte met de natuurlijke, ongedwongen manier van doen waarvan ik zo zou gaan houden. Op de hakken van haar witte lakschoenen had ze zich naar mij toe gedraaid.

'Ik ben Hermann. Thuis noemen ze me Manno.'

Ze giechelde en ook Béla keek me met grote ogen aan. 'Jij praat raar! Kom je uit Amerika of zo?'

'Ik kom uit Holland. Sinds een jaar woon ik in Wenen.'
'Ik heb familie in Holland,' zei een ernstige jongen met donker haar en een bril. 'En in Polen, Frankrijk en Amerika. Ik heet trouwens Max.'

Die ochtend was Edmonda met mij in alle vroegte op de trein gestapt richting Graz. Het was druk, maar tante had de conducteur vijftig Heller in de hand gestopt omdat ze de coupé voor zich alleen wilde hebben.

In 1917 was twintig kilometer een wereld op zich, zeker tijdens die van bloed en modder doordrenkte oorlog, en na een reis van horten en stoten arriveerden we pas tegen de middag op het station van Baden.

Toen mijn tante een rijtuig wenkte om haar koffers naar het Kurpark te brengen en de koetsier haar zijn hand aanbood, sloeg ze die weg. 'Absoluut niet! Vervoer per rijtuig is slecht voor de spijsvertering en werkt jicht in de hand. Gezonde mensen lopen.' Dwars over het plein liepen Edmonda en ik naar de Hildegardgasse, waar de directeur van jeugdpension Am Mühlbach ons voor de deur verwelkomde. Hij kuste tantes gehandschoende hand zonder die te raken, knikte mij met de armen op de rug toe en wees mij de poort naar de achtertuin.

Nog geen uur na de aankomst in het kinderpension hadden wij onze eerste reprimande al te pakken.

Volgend op de kennismaking in de tuin hadden Max, Béla en ik op de jongensslaapzaal aan de voorzijde van het huis drie bedden naast elkaar gekozen. Juist toen ik mijn kastje inrichtte en de tekenspullen voorzichtig onder het bed schoof, kwam een stevige jongen binnen, met haar zo stug als een borstel. Hij legde zijn koffertje op een bed in de rij naast de onze, grijnsde en zei: 'Berthold. Bertl voor jullie. Aangenaam.' Toen liep hij om het bed heen en prikte Béla in zijn buik. 'Een lederhose waar een witte onderbroek

onder uitsteekt, is onmannelijk. Een lederhose draag je naakt.'
De kleine Béla vertrok zijn gezicht. 'Maar dan krijg ik last!'
'Laat es kijken dan.'
Bertl trok Béla's broek een eindje naar zich toe en keek naar binnen. 'O ja. Jij moet beslist ondergoed aan.'
Tot op de dag van vandaag heb ik geen idee wat Bertl destijds tot dat oordeel bracht; toen ik Béla's geslacht later leerde kennen, zag het er niet bijzonder kwetsbaar uit, zelfs niet in ontspannen toestand.

Lotte, die onze slaapzaal was binnengekomen en een donker, katachtig meisje bij zich had dat ze voorstelde als Franzi, ging met haar op een bed zitten.

'Waarom ben jij hier?' vroeg Lotte en keek nieuwsgierig naar Max.

'Omdat ik linkshandig ben,' zei Max.

'Kun je dan niet schrijven met rechts?'

'Schrijven wel, maar niet vioolspelen. En jij?' vroeg Max aan Béla.

Béla dacht na en bracht toen langdurig zijn schouders naar zijn oren. 'Mijn ouders verpozen aan de Adriatische kust. Denk ik.'

'Verpozen?!' Franzi proestte het uit, ging over op hikkend giechelen en stopte pas toen ze bijna van het bed viel.

'En jij dan,' zei Max tegen Franzi, 'Waarom moest jij eigenlijk hiernaartoe?'

'Ik moest niet, ik wóú,' zei Franzi terwijl ze in kleermakerszit op mijn bed ging zitten. 'Anders stuurden mijn ouders me weer naar het zomerkamp van de Socialistische Jeugd.'

Hierop sprong Bertl van het bed en scandeerde:
> Ich bin kein Jud!
> Ich bin kein Christ!
> Ich bin ein kleiner Sozialist!

waarbij hij ons met hoog opgetrokken knieën stampend en handenklappend voorging in een luidruchtige optocht.

Onderaan de trap werden we opgewacht door een woedende

directrice in heliotroopkleurig mantelpak, die ons voor deze Rode Revolutie een dag bedarrest oplegde.

'Ik ben trouwens wél Jood,' zei Max, toen wij met zijn drieën op de slaapzaal lagen.

'Ik ben Jodin én socialiste!' riep Franzi vanuit de andere zaal.

'Mijn vader zegt dat alle Joden bolsjewisten zijn!' schreeuwde Bertl terug.

'Stilte!!' brulde de directrice.

Het was alsof het militaire regime vanaf de Oostenrijkse kazernes door de openslaande deuren bij pension Am Mühlbach naar binnen was gewaaid. Onze ochtenden werden beheerst door harmonieleer, melodisch dictee, technische vaardigheden, solfège en individuele instrumentstudie, waarvoor twee vakdocenten waren aangetrokken. Na het middageten, dat stipt om halfeen werd geserveerd, volgden een uur slaapzaalrust en anderhalf uur studie in de bibliotheek, een koel vertrek waar het rook naar stof en dood stuifmeel.

Hierna smeerden wij onze voeten in met kamferspiritus, zetten de strohoeden vast op het hoofd en marcheerden om kwart voor vier in rijen van twee de straat uit, in de richting van het woud.

Met de directeur – die wij onderling de Generaal noemden – voorop, stapten we door Baden, dat behalve een deftige kuurplaats inmiddels ook het hoofdkwartier was van het Keizerlijk en Koninklijk Leger. Dagelijks staken wij de Kaiser Franz-Ring over en liepen langs het verdorde Kurpark, waar hazen zich tegoed deden aan de loten en knoppen van de struiken. Daarna ging de wandeltocht verder, over de Welzergasse met zijn bloeiende bermgrassen en schermbloemen die geurden naar munt en anijs, het koele bos in waar het rook naar aarde en nieuwe potloden.

Uren brachten we door onder de eindeloos blauwe hemel, lopend langs wijngaarden en vers gemaaide hooivelden en klauterend over opgestapelde boomstammen, waar de korrelige harslucht vanaf sloeg. We plukten vroegrijpe bramen en staken onze donkerpaarse tongen naar elkaar uit, dronken uit beekjes, neurieden geïmproviseerde deuntjes en maakten katapulten van y-vormige takken, waarmee we op kraaien schoten en op de kont van de Generaal. En terwijl ik de geuren van de zomer indronk, vermengden die zich voorzichtig met het nieuwe, tere gevoel van geluk dat met een plofje in mijn borstkas was geland.

Na mijn elfjarig leven als enig kind, waarvan het laatste jaar volledig op mijzelf teruggeworpen, proefde ik die zomer van een nieuw soort band, een solidariteit die mijn leven een bedding gaf zoals ik die niet eerder had gekend. Samen met de wandelingen in de natuur maakte onze broederschap dat ik beter sliep en ik herontdekte het gelukzalige gevoel net na het ontwaken, als ik na een halve omwenteling van de aarde weer heel zachtjes neerdaalde in mijn lichaam.

De eerste nacht al werd me duidelijk dat dit niet gold voor de kleine Béla, die wij met zijn hoofd onder de dekens hoorden snikken tot we zelf door slaap werden overmand. Toen ik op de derde ochtend wakker werd, trof ik in het bed rechts van mij Lotte. Zij had haar armen om Béla geslagen, die zich deels had blootgewoeld en als een diertje met zijn neus tegen de hare lag.

De avond erna kwam ook Franzi onze slaapkamer binnen. 'Ik ben helemaal alleen op onze zaal,' klaagde ze. 'Alleen met die kleintjes.'

Zo kwam het dat we iedere avond, zodra de kust veilig was, de vier bedden tegen elkaar schoven en er met zijn zessen in kropen.

Gek genoeg zijn we nooit gesnapt, hetgeen waarschijnlijk te danken is aan de vroomheid van Baden; de klokken van de hofkapel luidden de priem 's ochtends zo oorverdovend dat alles en iedereen lang voor halfacht weer op zijn plaats was, als de directrice ons kwam wekken.

De avondmaaltijd werd om halfzeven stipt in de eetzaal opgediend, waarbij het directeursechtpaar, ieder aan een hoofd van de tafel, toezicht hield op onze maximale inname van calorieën. Die voedingswaarde was meestal tezamen gepropt in een Eintopfessen van aardappelen, uien, bonen, knollen en wortels.

Wat voor mij een bekende culinaire traditie was, vormde voor Béla en Franzi een onoverkomelijk probleem. Zij walgden van de grijzige stamppotten en konden die nauwelijks binnenhouden, maar de directrice liet hen desnoods tot de volgende ochtend achter het bord zitten, tot het leeg was.

Fluisterend smeedden we 's avonds op de slaapzaal een plan om de netelige kwestie op te lossen, wat uitmondde in een succesvolle, dagelijks terugkerende operatie. In de eetkamer bevond zich, naast een portret van keizerin Sisi, een kolossale klok, die als een gespierde kerel tegen de wand stond. Elke dag om iets voor zevenen opende de directeur de facet geslepen ruit om het ding op te winden, waarbij zijn vrouw de twee ronde gewichten in haar handen nam. Precies elf seconden gaf ons deze manoeuvre om de borden van Franzi en Béla beurtelings te wisselen met die van Bertl, die de extra porties vervolgens binnen een bewonderenswaardige negen seconden naar binnen spatelde.

En zo eindigde het avondeten elke dag klokke zeven met een resultaat dat iedereen verheugde.

De zondagen gingen genoeglijk voorbij. Hoewel we eerst een halfuur geknield moesten doorbrengen in de kapel – met uitzondering van Bertl, die mocht blijven zitten omdat de tuberculose in zijn knie gek genoeg altijd op zondagen opspeelde – werden we bij thuiskomst beloond met brood, kaas, appelmoes en gecondenseerde melk uit blik. 's Middags plensden we in de Mühlbeek die langs de achterzijde van de tuin stroomde, speelden oorlogje in het gras en vlochten kransen van boterbloemen.

Op de laatste zondag van juli werden we naar de bibliotheek

gedirigeerd, waar potloden en dun oorlogspapier klaarlagen.

'Tijd om jullie toegenegen ouders te berichten over het vreugdevolle verblijf en de muzikale vorderingen,' zei de Generaal, en tegen mij: 'Of overige familieleden, als die het betreft.'

Ik zag hoe iedereen een potlood opnam en bijna geroutineerd aan de verplichte brief begon. Tijdens het schrijven stak Franzi's tong een stukje uit haar mond en leunde Bertl nonchalant op een elleboog.

De plotselinge gedachte aan tante Edmonda had op mij een verlammende uitwerking. In vier weken tijd was ze naar een verre, onbeduidende uithoek van mijn brein gezakt, en nu kon ik me er letterlijk niet toe brengen het schrijfgerei zelfs maar op te nemen.

Lotte, die naast me zat en al klaar was, bemerkte mijn onvermogen en zei meelijdend: 'Is voor jou nog te moeilijk zeker hè, in het Duits.'

Zonder mijn antwoord af te wachten wisselde ze onze papieren om en begon aan mijn brief.

Zo kon het dat mijn tante die zomer het volgende schrijven van mij ontving, in een handschrift waarbij de lussen rechtsom bogen:

Dierbare, teerbeminde Tante Edmonda!

Ik slaap goed, mijn muziektheorie en pianospel gaan goed vooruit. Het eten is verrukkelijk en wordt met de grootst mogelijke zorg bereid, ik kom al goed op gewicht. Wij krijgen dagelijks somatose bonbons voor vetaanzet en die werpen hun vruchten af. Ik hoop dat het personeel van het Kurpark voldoende zorg draagt voor Uw o zo broze gezondheid.

Met een diepgevoelde omhelzing,
Uw innig liefhebbende neef

Hermann

Hoewel ik zeker weet dat er ook andere, voortdurend wisselende kinderen in het pensionaat verbleven, heb ik aan hen geen scherpe herinnering. Wij zessen waren het, mijn nieuwe roedel, het gezamenlijk kader van solidariteit waarbinnen Bertl de borden leegat voor Béla en Franzi, Lotte Béla 's nachts troostte en Max voor Bertl het huiswerk muziekgeschiedenis maakte. Dankbaar genoot ik van hun nabijheid, blij dat ik erbij mocht zijn.

Zoals inmiddels mijn gewoonte was, legde ik ook tijdens die zomer alle opgedane indrukken vast in potlood en krijt.

Ik tekende Bertl en Béla, op zondagen met elkaar stoeiend in de Mühlbeek; ik tekende Lotte en Franzi, zoals ze na het avondeten voorovergebogen papieren popjes knipten; de onzekere rechterhand waarin Max zijn strijkstok hield en de nijdige bewegingen van de directrice als ze een vlieg wegjoeg.

Gedurende het verplichte uur zaalrust, dat we dicht bij elkaar fluisterend doorbrachten, had ik voor het eerst van mijn leven alle tijd om meisjes te bestuderen. Uitgebreid scherpte ik de punt van mijn potlood om Franzi's lange wimpers te tekenen, die als breekbare jaloezieën over haar ogen lagen, de perfecte welving van haar voetzolen, de zachtheid van Lottes oorlel met daarin een kleine hanger en de donshaartjes in haar hals, die als ragfijne tule tegen de kraag van de blouse lagen.

Tijdens een studie-uur in de bibliotheek op een vrijdagmiddag in augustus, onder het wakend oog van de directrice, bleek dat ik mijn plaats in de groep had onderschat.

Ik was verdiept in een verplichte tekst over contrapunt, toen de directeur binnenstormde. Hij beende linea recta naar mijn tafel en stopte pal voor mijn neus.

'Wat ís dit!' gilde hij met zijn hese tenor.

Tussen zijn scherpe jukboog en zijn wenkbrauw zat een monocle geklemd en in zijn hand hield hij mijn tekeningen.

Mijn adem stokte en ik had het gevoel dat mijn keel werd dichtgeknepen.

'Tekeningen,' zei ik zowat onhoorbaar.

'Tekeningen?! Dit zijn geen tekeningen, dit zijn... dit zijn immorele, aanstootgevende afbeeldingen! Dit tolereer ik niet, wij zijn een fatsoenlijke voorziening. Jongeheer Loch! Ik neem contact op met uw familie opdat zij u komen ophalen.'

Beelden van de donkere gangkast schemerden voor mijn ogen en als een razende ging mijn hart tekeer.

'Excuseert u mij alstublieft,' klonk ineens een stem, onschuldig als Little Lord Fauntleroy maar met de autoriteit van een lid van het hooggerechtshof.

Ontspannen stond Béla, die langer leek dan gisteren, naast zijn stoel. 'Staat u mij toe het volgende onder uw aandacht te brengen, mijnheer. Hermann is afkomstig uit het gebied der grote meesters dat, net als wij, ooit door het Huis Habsburg werd geregeerd. U kent natuurlijk de gedetailleerde studie die Rembrandt van Rijn maakte van de haardracht en tulen omslagdoek van jonkvrouwe Maria Trip. En ik breng u graag de weelderige rondingen in herinnering, die Peter Paul Rubens zijn vrouwelijke modellen meegaf op het doek. Ik vraag uw begrip voor het feit dat Hermann hier zich graag door deze wereldberoemde traditie laat inspireren.'

Stomverbaasd staarden wij naar de negenjarige Béla, met zijn kalme blik, zijn kaarsrechte gestalte en het zelfbewustzijn van een kind uit de geprivilegieerde klasse.

De directeur liet zich niet graag op een hiaat in zijn kennis betrappen. Hij staarde naar Béla, kuchte, mompelde iets en maakte rechtsomkeert.

Met een brok in mijn keel nam ik dit onverwachte geschenk van loyaliteit in ontvangst. In stilte zoog ik erop, genietend als van een snoepje.

De reuk is het zintuig van sympathie en antipathie. Dieren weten dat, zij ruiken vriend of vijand lang voordat er iets te zien of te horen is. Elke luchtstroom draagt informatie over de omgeving, die we gedachteloos registreren – behalve wanneer er gevaar dreigt.

Dat merkte ik aan het eind van een stralende middag in augustus op de terugweg van een lange wandeling door het Wienerwald, langs de Schwechat, de smalle rivier die Baden van west naar oost doorkruist.

Max en ik, getweeën achteraan in de rij, ademden de frisse, vochtige rivierlucht in toen ik ineens in de macht kwam van een ander, mij bekend aroma. De zuidenwind bracht een ontaarde lucht naar mijn kant van het water.

Edmonda's aromatische vingerafdruk.

4711.

Als vastgenageld bleef ik staan. In mijn buik kwam een geconditioneerde respons op gang en ofschoon het warm was, kreeg ik kippenvel.

'Wat is er?' vroeg Max.

Roerloos staarde ik naar de andere kant van de rivier, waar een vrouw, dik gearmd tussen twee heren, over het voetpad kuierde. Ze droeg een krijgshaftig uitziende, helmvormige gele hoed met een veer en lachte hysterisch, waarbij ze het hoofd in de nek wierp.

Ik herkende de opvallende zomerjapon uit haar garderobekast, een gele met een zijden stola en een rok die bij elke stap om haar heupen deinde.

Rillend in de augustushitte hoorde ik hoe Max meermaals mijn naam riep en even later stonden ook de anderen om me heen.

'Manno heeft in zijn broek geplast,' zei Lotte op feitelijke toon.

'Hij keek die kant op,' wees Max de directeur, 'en toen kon hij niet meer verder.'

De directeur volgde zijn vinger naar de overzijde van het water, waar Edmonda in haar gele jurk samen met de twee heren was neergestreken op een gunstig geplaatst bankje. Hij greep mij bij de schouder en zei: 'Kom Manno, met dat soort onfatsoenlijke dames laten wij ons niet in.'

In de badruimte van het pension, bij de ijzeren wastafels aan de muur, kwam ik wat tot mijzelf. Ik hield mijn handen onder het stromende water en overdacht het gebeurde.

De pensiondirecteur had mijn tante een 'onfatsoenlijke dame' genoemd. In zekere zin voelde ik me door dat oordeel getroost, hoewel het woord 'onfatsoenlijk' niet het eerste was dat bij me opkwam als ik haar zou omschrijven. Natuurlijk had hij haar van veraf niet herkend – waarom zou hij ook, hij had Edmonda slechts eenmaal kortstondig ontmoet. Hierbij had hij haar zelfs de hand gekust, bedacht ik, terwijl ik mijn gezicht met koud water waste. Zou hij dat ook gedaan hebben, als hij toen had geweten hoe onfatsoenlijk zij was? Wat had hij van een afstand aan Edmonda gezien dat hij van dichtbij had gemist? Iets wat zo overtuigend was dat hij mij verbood me in te laten met de vrouw aan wiens zorg ik was overgeleverd?

Zoals zo vaak liepen mijn gedachten vast in het labyrint der volwassenenwereld. Ik pakte een handdoek en ging naar de slaapzaal voor schone kleren.

Toen ik binnenkwam zat iedereen op de grond rond Bertl, die met rood behuilde ogen in het midden zat.

'Weet je dat echt zeker?' vroeg Lotte aan Max.

'Honderd procent,' antwoordde die. 'Ik moest bij de directrice komen om te vertellen wat er met Manno was gebeurd. Zij zat aan haar secretaire en ik stond ernaast, toen ze een donkerblauw boekje uit de la nam. Terwijl ze erin bladerde, zag ik het. Alles staat erin. Alles.'

'Alles? Dus...'

'Dus ook jouw onvoldoende voor harmonieleer, die keer dat Franzi werd gesnapt toen zij haar melk tussen de coniferen goot, toen Bertl met kleren en al in de Mühlbeek sprong, toen Bertl de wijzers van de klok in de bibliotheek een kwartier vooruit had gezet, die keer dat Béla zaalarrest had en Bertl voor hem een stuk kaas uit de keuken gapte en dat moment waarop Bertl tegen mijnheer Wolff zei dat Mozart wel gestoord moet zijn geweest om zo'n belachelijke etude te schrijven. Et cetera,' besloot hij gewichtig.

Hierop begon Bertl, in die tijd al een tikje theatraal, te loeien als een Pinzgauer almkoe. 'Mijn ouders vermoorden me,' brulde hij. 'Ik kan nóóit meer naar huis!'

Lotte keek naar Max. 'Het boekje moet weg.'

'Ik heb een idee,' zei Franzi.

Toen we de volgende dag klaarzaten voor de lunch, ontbrak Franzi.

'Max, ga Franzi zeggen dat ze niet meer hoeft te komen,' zei de Generaal met een blik op de wandklok.

Algauw kwam Max de eetkamer weer binnen. 'Ik kan Franzi niet vinden, mijnheer.'

De directeur legde zijn vork neer, maar de directrice was al opgestaan om haar te gaan zoeken. In de gespannen stilte rinkelde het bestek, tot opgewonden stemmen en rennende voeten klonken boven ons hoofd. De deur zwaaide open.

'Op het dak,' hijgde de directrice.

Even later stonden wij buiten naast het voltallige personeel en na nog eens vijf minuten was de halve straat uitgelopen.

Op de dakrand zat Franzi, doodgemoedereerd met haar benen bungelend over de goot.

'Franzi!' riep Bertl uit, deels van schrik, deels vermanend.

'O ja,' grinnikte Franzi en daarna: 'Help! Help dan toch!'

Hoewel van studeren geen sprake was, had men ons in de bibliotheek geparkeerd terwijl Franzi boven op de slaapzaal lag en door de dokter werd onderzocht.

'Wat is er gebeurd, waar ben ik?' had ze met wegdraaiende ogen gevraagd, nadat een behulpzame dakdekker haar had gered en naar bed had gedragen.

'Zenuwinzinking als gevolg van hittebevangenheid en een forse mate van geestelijke overbelasting,' luidde het oordeel van de arts, die de directeur hierbij verwijtend had aangekeken. 'En dan moet het schooljaar voor deze kinderen nog beginnen.'

Hierop werd Franzi de laatste vier dagen van ons verblijf vrijgesteld van theorie, muziekstudie en examens.

'Mijn notitieboek is weg,' hoorden we de directrice op de gang klagen tegen de Generaal.

'Welk notitieboek?'

'Dat met mijn aantekeningen over de pupillen! Ik heb zelfs gebeden tot de heilige Antonius, maar het is en blijft onvindbaar. Normaal ligt het in mijn la. Maar het is weg. Geen idee waar ik het heb gelaten. Onbegrijpelijk.'

De directeur sloot de deur van de bibliotheek, zodat we alleen nog konden horen hoe hij haar afwisselend geagiteerd en sussend toesprak, tot hij weer binnenkwam en blafte: 'Slaapzaalonderzoek!'

Op de slaapzalen maakten wij onder het toeziend oog van de Generaal een voor een onze koffers en kasten open, tilden matrassen op en sloegen dekens terug, maar ofschoon hierbij contrabande werd aangetroffen in de vorm van een twijfelachtig boekje (bij Bertl), verfrommelde snoepwikkels (bij Béla) en broodkorsten (bij Franzi): het blauwe directieboekje dook nergens op.

'Hoe moet ik de eindrapportages nu maken?' jammerde de directrice.

'We doen het uit het hoofd,' besloot de Generaal, terwijl hij haar in de deuropening zuchtend passeerde. 'In grote lijnen.'

Op vrijdag 31 augustus zaten we gezessen naast onze ingepakte koffers op de vloer van de slaapzaal.

Als eerste had Max zich in de rechterduim gesneden en zijn zakmes doorgegeven waarna iedereen zijn voorbeeld volgde, behalve Lotte, die zich met afgewend hoofd door Franzi in haar vinger liet snijden.

'In bloed zweren wij elkaar trouw,' zei Bertl plechtig terwijl hij zijn duim omhoogstak en tegen de onze drukte.

'Eén voor allen, allen voor één,' zei Franzi.

'Volgende zomer komen we hier alle zes terug,' zei Lotte. 'Zo waarlijk helpe ons God almachtig.'

Bepaalde stoffen zijn, onder specifieke omstandigheden, geneigd een verbinding met elkaar aan te gaan. Hun ontmoeting brengt een onomkeerbare scheikundige reactie teweeg: vanaf dat moment zullen zij elkaar blijvend beïnvloeden.

Wij waren als die elementen, in de juiste verhouding, binnen de juiste omgeving, onder de juiste druk en met de juiste lading.

Het was of een ondergrondse kracht ons bij elkaar had gebracht.

Voor mij was onze verbinding als een verwantschap zonder bloedverwantschap, een die de sapstroom in mij weer op gang bracht en de wereld zijn kleur en glans had teruggegeven.

Aan het eind van die middag liep ik met tante Edmonda terug naar het station, over de zanderige stenen van het plein waar de kurkdroge berken zich van hun eerste bladeren ontdeden.

Het carillon van de Mariakerk speelde een traditionele wijs, als een afscheidsgroet. Geen vaarwel, maar een belofte.

5

Op een ochtend in oktober hadden we filosofie van mijnheer Stankovic, een ongebruikelijke man met een rond gezicht, waaronder hij altijd een volstrekt gedateerde lavallière droeg. Omhuld door de alledaagse chemie van het klaslokaal en het geluid van zijn bariton, werd ik overvallen door een lusteloze verflauwing. Bijna gedachteloos was mijn rechterhand gestopt met schrijven en overgegaan op het vastleggen van het wonderlijke contrast tussen Stankovic' verbaasd uitpuilende ogen en de brede mond, waarvan een zekere intellectuele zelfgenoegzaamheid uitging.

Geen idee hoeveel tijd hiermee was heengegaan, maar ineens was zijn stem vlak naast mijn oor en liet ik van schrik het potlood vallen.

'Jongeheer Loch!'

Terwijl ik extra lang op de vloer onder de tafel rommelde om het potlood op te rapen, realiseerde ik me dat hij op die manier vrij zicht had op zijn portret en in haast kwam ik weer overeind.

De reactie van Stankovic op mijn creatie deed me denken aan die van mijnheer Reines een jaar eerder. Verbaasd wreef de man in zijn nek, toen over zijn kin, tuitte zijn dunne lippen en klakte met zijn tong.

'Nablijven,' zei hij uiteindelijk en liep terug naar het verhoogde bureau voor de klas.

Stankovic bleek niet begiftigd met de deugd van de discretie. Nog voor Kerstmis had ik ook onze leraar Grieks geportretteerd alsmede, op zijn bijna aandoenlijk verlegen verzoek, de docent scheikunde, een bleke man met een indrukwekkend melancholiek gezicht. Tegen de achtergrond van afbeeldingen van de Trojaanse Oorlog dan wel het periodiek systeem zaten zij elk in hun eigen lokaal model, in ruil voor de benodigde materialen en een zekere – door mij niet gevraagde maar verheugd geconstateerde – coulance bij de beoordeling van mijn schoolprestaties.

Op een ijzige ochtend in februari 1918 liep ik naar school langs het door mij zo verfoeide danslokaal Fraenzl, waar tante Edmonda mij op zaterdagavonden naartoe stuurde voor een cursus Weense wals. Bij hotel Erzherzog Rainer bleef ik even kijken naar de deftige heren in jacquet en dames met zilvervossen om de schouders die in en uit ronkende automobielen stapten, geholpen door piccolo's die eruitzagen als koperblazers in een militaire kapel. Verderop, naast de fotostudio van Feuchtbaum & Arlt, zat de papierwinkel van de lieve mevrouw Spörk, een goudrenet op stokjes die mij vaak een verdwaald vel tekenpapier meegaf. Ter hoogte van de gele luifels van Café Wortner begon ik te draven en de rest van de weg naar het schoolgebouw in de Waltergasse legde ik rennend af. Toen ik bijna te laat de spekgladde stenen traptreden op stoof en door de schooldeur vloog, botste ik in de gang op Oskar, de klassenoudste.

'Mijnheer Kropat, de principaal, verwacht je vandaag na het laatste uur in zijn kantoor,' zei hij.

Stipt om halfvijf riep de directeur me zijn werkkamer binnen, een donker vertrek waar het rook naar menthol en tabak. De magere mijnheer Kropat was klein en al op jaren. Zijn kale schedel compenseerde hij met haargroei uit de oren. Met moeite hield ik beleefd oogcontact, want bijna onontkoombaar werd mijn aandacht getrokken naar een groot, donkerbruin reliëf op zijn kin, net links van het midden. Ik vroeg me af hoe men zoiets zou noemen in het Duits.

'Jongeheer Loch,' begon Kropat. 'Hoe bevalt het u op onze school?'

'Het bevalt mij hier uitstekend mijnheer Kropat, dank u.'

De directeur leek nerveus en ik voelde medelijden met de man, die wel zeker was behept met de opdracht mij te vertellen dat tante Edmonda was bezweken aan een hartaanval.

'Mooi zo.' Er ontstond een geladen, meubelachtig zwijgen. Mijnheer Kropat opende zijn bureaula en begon een pijp te stoppen, zodat ik de kans kreeg de structuur van zijn bruine vlek ongegeneerd te bestuderen.

'Men vertelt mij dat u niet onverdienstelijk tekent. Portretteert zelfs.'

Kropat streek een lucifer af en kietelde de tabak met het vlammetje terwijl hij aan het mondstuk zoog.

'Binnenkort is het de naamdag van mijn vrouw.' Hij sprak met een ernst of dat wel haar laatste zou zijn. 'Ik zou haar graag een klein portret van mij willen geven.'

In mij streden teleurstelling over de goede gezondheid van Edmonda en verrassing over zijn verzoek om voorrang.

'Dat is goed,' zei ik.

De directeur scheen in gedachten te overleggen met de muur achter mij. Uiteindelijk zei hij: 'Ik hoor ook dat u naturalist bent.'

Omdat ik geen idee had waar de goede man het over had, besloot ik te bevestigen noch te ontkennen.

'Het is uiteraard knap wanneer een kunstenaar zijn omgeving natuurgetrouw kan weergeven – zeker op uw leeftijd. Niettemin kan het belang van de opdrachtgever vragen, sommige aspecten van de werkelijkheid iets gunstiger weer te geven.' Hierbij gleed de hand van de directeur naar zijn hals en wees hij met een vinger naar de wrat.

'Ach zo,' zei ik, opgelucht dat ik eindelijk begreep wat hij bedoelde. 'Dan laat ik uw eh... gezwel achterwege.'

Toen ik die middag uit school kwam, rook het in huis anders dan anders. Gewoonlijk hing bij ons thuis Edmonda's geur, of in elk geval de herinnering aan die geur, alsof het gips op de muren hem had geabsorbeerd en weer uitademde. Nu werd haar parfum uitgedaagd door de lucht van alcohol, snuiftabak en slechtgewassen lichaamsdelen.

Vanuit de gang zag ik dat de deur naar de vertrekken van mijn vader, die doorgaans op slot was, een stukje openstond. Zacht duwde ik ertegen met mijn voet en schrok me rot, want in het tegenlicht dacht ik even de gestalte van de kale mijnheer Kropat te ontwaren. Toen de figuur zich met stijve bewegingen naar mij omdraaide, duurde het even voor ik hem herkende.

Midden in de kamer stond een uitgeteerde officier Loch, in 1914 nog gedecoreerd met het Militärverdienstkreuz 3. Klasse, met kromme schouders, rode vlekken op zijn wangen en zakken onder zijn ogen. Zijn onvaste hand omklemde een ijzeren heupflacon en zijn rooddoorlopen ogen keken mij wezenloos aan.

Nauwelijks zichtbaar knikte hij me toe. 'Hermann.'

Daarop keerde hij mij de rug toe, nam met moeite plaats in een fauteuil bij het raam en vouwde de krant open.

De erbarmelijke verschijning van mijn vader in combinatie met zijn koele, gedistantieerde houding vervulde me met diep onbehagen. Ik zette een stap achteruit, sloot de deur en vluchtte naar de warmte van het washok.

Na twee weken wist ik nog steeds niet goed wat ik van mijn vaders terugkeer moest denken. Ofschoon hij mij voor het eerst van zijn leven in de buurt had, liet hij me links liggen en bracht bijna alle tijd door op zijn kamer. Ik was teleurgesteld in zijn totale gebrek aan belangstelling voor mij, maar tegelijkertijd had zijn thuiskomst een onverwacht gunstige bijwerking: Edmonda's belangstelling voor mij was evenzeer verminderd. In mijn vader had ze een nieuwe persoon gevonden op wie zij haar existentiële teleurstellingen kon botvieren. Op zijn beurt koesterde mijn vader een naar eigen zeggen al vijftigjarige antipathie tegen zijn zuster, een stelling die hij kracht bijzette met een speeltuin aan ontuchtige Duitse woorden en begrippen. Tot laat in de avond hoorde ik tante Edmonda dwars door de muur bitter kijven en mijn vader haar verwijten met dubbele tong pareren. Hierbij noemde hij Edmonda oudergewoonte *Mondl*, 'Maantje', een koosnaam die onder de heersende omstandigheden op mijn lachspieren werkte.

Gedurende hun disputen deed ik overigens interessante inzichten op. Zo noemde Edmonda mijn vaders terugkeer uit dienst op een avond zijn 'roemloze aftocht uit de krijgsmacht'.

'Onzin, ik ben langdurig met verlof omdat ik oorlogsgetroffene ben en me niet goed voel!' verdedigde mijn vader zich.

'Maak je niet belachelijk. Jij voelt je niet goed omdat je je iedere dag volgooit, sukkel. De strohrum heeft zo'n grijze nevel achter je voorhoofd gehangen dat je zelfs niet meer tot simpel redeneren in staat bent.'

'En jij bent vergeten dat je jarenlang hebt kunnen profiteren van de gage die ik thuisbracht.'

'Ha! Je bedoelt het schijntje dat overbleef nadat jij het leeuwendeel had vergokt, met je drankzuchtige rotneus.'

'Nee stuk citroen, ik bedoel de zak geld die jij nodig had om de huismeester *Sperrgeld* te betalen omdat je nooit voor tienen thuis was.'

'Ik werkte tot diep in de nacht om het geld te verdienen waarvan jij je klem zoop!'

'O ja, laten we het hebben over jouw zogenaamd eerbiedwaardige werkzaamheden.'

'– zei de heilige Leopold, veelbelovend legerofficier die een Hollandse keukenmeid bezwangerde, zijn familie-eer te grabbel gooide en omlaag trouwde.'

'Ik heb Oostenrijk door de oorlog geloodst!'
'En precies daarom gaan we die verliezen! Ondertussen heb ik jouw zoon door de oorlog geloodst. En God weet waarom ik het deed: niet voor jou of voor dat ruggengraatloze nageslacht van je, maar ter nagedachtenis van onze vader – die, als hij nog had geleefd, jou een verdiend pak rammel zou hebben gegeven!'

Zo kwam ik in het vroege voorjaar van 1918 aan de weet dat mijn tante als courtisane verkeerde in voorname kringen, dat mijn vader oneervol was ontslagen uit het leger, dat Oostenrijk de oorlog aan het verliezen was, dat ook een schoolhoofd wat ijdelheid niet vreemd is, ja, dat zijn en schijn onlosmakelijk met elkaar zijn verbonden en dat niets is wat het lijkt – zeker niet in Wenen.

Zonder noemenswaardige moeilijkheden tekende ik me door de klassen van het gymnasium heen, waarbij ik mijn potloden dichtbij en mijn klasgenoten op afstand hield. Als een geduldig dier in de wintertijd zat ik het schooljaar uit, om voorzichtig te ontwaken als de sneeuw op straat plaatsmaakte voor het stof. Tegen de zomervakantie was mijn belangstelling voor deelname aan het leven teruggekeerd; het was alsof een sluier werd opgelicht en ik uit de stenen duisternis de lichte schepping binnentrad.

En in die hoedanigheid werd ik elke zomer herenigd met mijn vrienden.

Vijf zomers lang leerden we elkaar volksliedjes en kringdansen, zongen het thema van het vioolconcert van Beethoven, speelden verstoppertje en indiaantje, verzonnen rijmpjes, knipten slingers, rookten onze eerste sigaret, hielden de directeur voor de gek en kropen elke avond in ons grote, zelf gearrangeerde zespersoonsbed op de slaapzaal.

En ieder jaar opnieuw kwam, met de herfst, de regen die het stof wegspoelde en mij verdreef uit het paradijs. Dan nam mijn staat van verhoogde ontvankelijkheid geleidelijk af tot het niveau waarop ik weer in mijzelf was ingekapseld. Aldus kende mijn ziel een cyclus van uitdoven en weer oplichten, zoals Edmonda's spiegelende theeservies, dat langzaam oxideerde en door een dof laagje zilversulfide werd bedekt, tot aan de volgende poetsbeurt.

Het Pension voor Muziekpedagogiek Am Mühlbach in Baden overleefde de Oostenrijkse oorlogsnederlaag, het uiteenvallen van de dubbelmonarchie en de chaotische start van de Eerste Republiek, maar niet de economische rampspoed die erop volgde. Begin 1922 viel het ten prooi aan de hyperinflatie en moest het zijn deuren sluiten. Niet dat dit laatste me ooit door iemand is verteld. Ik ontdekte het bij toeval, en bovendien pas tijdens de donkere metten in april van dat jaar.

De brief die mijn vader en mijn tante over de kennelijke liquidatie van het kinderpension had ingelicht, slingerde al maanden onverschillig op het kastje bij de telefoonaansluiting. Op de donderdag voor Pasen pakte ik hem en begon, eerder uit verveling dan uit nieuwsgierigheid, te lezen.

Gedurende enkele minuten leek het alsof ik me buiten de wereld bevond. Daarna overviel me een besef dat me tot op de dag van vandaag zo vertrouwd is als het vallen van de avond en het gloren van de ochtend: de ervaring dat alle mensen die van betekenis zijn in mijn leven het op enig moment onaangekondigd verlaten.

II

1

Op een vrijdag in de lente van 1926 liep ik tussen de centaurs behoedzaam de trappen van de academie af. Bij het openen van de deur was de mooie namiddag me zo abrupt om de hals gevallen, dat ik wantrouwig was geworden.

Toch was er buiten niets bijzonders te zien. De eiken in het park voor het gebouw bloeiden en als altijd stond de grote Friedrich Schiller met zijn bronzen rug demonstratief naar onze Academie voor Beeldende Kunsten gekeerd – een houding die me, mijn eigen prestaties indachtig, gerechtvaardigd leek.

'Mijnheer Loch,' had de voorzitter van de beoordelingscommissie die ochtend gezegd, 'u hebt een geoefend oog en een uitmuntend gevoel voor licht en donker, maar u bent geen kunstenaar. Het ontbreekt u aan verbeeldingskracht en eigenheid. U kunt wel conceptueel denken, maar niet voelen. U houdt zichzelf buiten schot; uw persoonlijkheid is net zo pastel als uw werk. Toch zien wij in u, behalve een ongeïnspireerd kunstenaar, een excellent restaurator. U beschikt over vakmanschap, uw techniek is uitmuntend en uw wetenschappelijk inzicht zeldzaam. Hoewel wij u niet kunnen toelaten tot het laatste leerjaar van de academie, verlenen wij u toestemming zich na de zomervakantie te melden bij de heer Maurer voor de studie restauratietechniek.'

Het was zo zwoel dat ik mijn jasje losknoopte en besloot te wandelen naar mijn vaste zaakje voor kunstenaarsbenodigdheden in Mariahilf, waar de penselen goed en goedkoop waren.

Later heb ik me afgevraagd wat nu precies maakte dat ik op die zonovergoten dag uiteindelijk toch de tram nam. Was het de verstikkende walm van de stadsbussen op de Getreidemarkt? Mijn licht verstuikte enkel? Of gewoon de betaalbaarheid van een tramkaartje, sinds Oostenrijk de kroon had verruild voor de schilling? Hoe dan ook, toen ik de hoek van de Gumpendorferstraße omsloeg en zag dat lijn 57 toevallig bij de halte stond, sprong ik op het trambalkon.

Terwijl ik door de vaart van de tram genoot van het briesje, hield ik me met links vast aan de koperen reling. Naast mijn hand bevond zich die van een jonge heer in een licht kostuum met opgestroopte mouwen. Van zijn fijne vingers met gesoigneerde nagels gleed mijn blik gedachteloos naar zijn hand en onderarm, waarop de bloedvaten verrezen als de elegante bekabeling van een sfeerverlichting. Bij het zien van de nagenoeg onbehaarde, satijnen huid kreeg ik het warm van vreugde en koud van schrik tegelijk. Pakweg vijf jaar geleden had ik die armen voor het laatst gezien – toen nog kinderlijk en smal, maar reeds met de kleur en de structuur die ik uit duizenden zou herkennen.

Ter hoogte van Café Sperl, waar de tramrails een abrupte wending naar rechts maakt, draaide de jongeman zich plots om, hoewel ik hem uitsluitend had aangeraakt met mijn ogen. Hij glimlachte beleefd, wilde weer wegkijken maar bedacht zich. Terwijl de tram remde riep hij boven het scherpe geluid uit: 'Manno! Ben jij het?' en meteen erachteraan, alsof ik mijn identiteit al had bevestigd: 'Maar... ik moet er hier uit!'

'Ik ook,' gebaarde ik, ofschoon ik nog zeker tien haltes te gaan had. Nog voor de tram tot stilstand was gekomen, sprongen we van de treeplank onze hernieuwde vriendschap tegemoet.

Ik herkende Béla en toch niet, dat wil zeggen: ik moest zoeken naar het kind dat hij ooit was geweest. De goudbruine haren en ogen die vroeger het exotische in de Hongaarse edelknaap onderstreepten, droegen nu bij aan een andere, volgroeide versie: die van een knappe man van de wereld.

Een tijdje stonden we op het trottoir domweg naar elkaar te lachen. Langzaam voelde ik hoe de blijdschap vanbinnen iets in beweging bracht, als water dat na lange tijd weer opwelt uit een versteende bron, een klateren dat was verbonden met de klokken van Baden en de intimiteit van samen slapen.

Ik opende mijn mond om iets te zeggen, maar er dienden zich geen woorden aan. Misschien was ik verleerd hoe ik met Béla moest praten, of moest ik nog leren hoe me te verhouden tot de volwassen variant.

Béla legde zijn hand op mijn onderarm, een alledaags gebaar dat evenwel tot diep in mijn bekken effect had. 'Manno, kom mee naar mijn woning aan de Köstlergasse, ik heb een verrassing voor je!'

In de schaduw van de hoge gebouwen uit de jaren tachtig liepen we door de straat tot vlak voor Café Wienzeile aan de Naschmarkt. Daar duwde Béla een deur open in een onopvallende gevel en beklommen we de trappen naar de bovenste verdieping, die door hem in zijn geheel bleek te worden bewoond. Nog voor hij de sleutel had kunnen pakken, zwaaide de voordeur open en keek ik in het verbaasde gezicht van Max.

Hij begroette me met een grijns en een handdruk. 'Manno! Niets veranderd, zie ik. Nog altijd een kop groter en minder haar dan wij.'

Door de hal ging Béla me voor naar de zitkamer, waar ik op de drempel bleef staan. Aan het plafond hingen luchters van Muranoglas, de vloer was bedekt met dure tapijten en om de vensters hingen draperieën. Ik keek uit het raam, waar de zon een driehoekig vlak sneed uit het tegenoverliggende huis.

'Heeft keizer Franz Josef je bij zijn sterven de inventaris nagelaten?'

Béla grinnikte. 'Bijna goed. Mijn ouders bezaten een klein chateau in de buurt van het Balatonmeer – best charmant, maar toen ze het kochten al zo vermolmd als het keizerrijk zelf. Een jaar geleden deden ze het van de hand en heb ik de meubels overgenomen.'

Béla volgde mijn blik langs de grammofoonspeler en de gecapitonneerde sofa. 'En misschien heb ik wat moeite met de kardinale deugd der gematigdheid.'

We namen plaats in de fauteuils bij de open haard, waar Béla marrons glacés presenteerde en sigaretten uit een zilveren doosje. Een dienstmeisje schonk mokkakoffie met room uit een Frans servies. Er volgde een prettig soort stilte, waarin we elkaar rokend gadesloegen.

'Je bent inmiddels zeker kunstschilder, Manno,' zei Béla ten slotte.

Ik schraapte mijn keel. 'Toekomstig restaurator. In de tussentijd beschilder ik voor de kost reclameborden en gevelplakkaten. En jij?'

'Gestart aan de Diplomatieke Academie, maar afgezakt naar een studie biologie. Sindsdien gelukkig.'

Ik keek naar Max. 'Natuur- en scheikunde, waarvan sommige colleges met de biologen.' Hij gebaarde in de richting van Béla. 'In het faculteitsgebouw liepen we elkaar tegen het lijf. Béla had een kamer over en sindsdien woon ik bij hem in.'

Langs Béla staarde ik naar het met gouden acanthusblad gedessineerde behang. Ons weerzien confronteerde me niet uitsluitend met gevoelens van blijdschap. De weelderige inrichting van de woning stond in schril contrast met de pijnlijke wezenloosheid in mijn hart, waar het kaal was en leeg. Het was alsof ik pas nu, bij het hervinden van mijn vrienden, de smart ervoer van vijf jaren zónder.

'Kom Manno,' zei Béla. 'Dan laten we je de woning zien.'

Van de eetkamer liepen we via de ruim bemeten muziekkamer, waar lessenaars stonden en een vleugel van Wendl & Lung, door dubbele deuren naar een groot, klinisch aandoend vertrek aan de achterzijde van het gebouw. Hierin bevond zich een halfrond houten bouwsel dat aan een amfitheater deed denken. Ontelbare donkerbruine potjes en flessen keken er vanaf hun tribune neer op het strijdperk eronder: een werkblad met een kleine weegschaal, pipetten, flesjes en druppelaars, een boekstandaard, pen en papier, een vijzel, een zandloper en een klok. Tegen de muur waren stellingen bevestigd met potten, stopflessen en blikken en in het midden stond een lange tafel met een installatie van ketels en buizen.

'Een lab!' Ik keek naar Béla. 'Ben je alchemist?'

'Geurcomponist.'

'Ik dacht dat je biologie studeerde.'

'Juist daarom! Planten en bloemen gebruiken geuren om insecten aan te trekken of af te weren. In de juiste samenstelling kunnen ook wij mensen die stoffen gebruiken om soortgenoten te lokken, te misleiden, te troosten of te intimideren. Geur is de verborgen verbinding tussen al wat bestaat. Als dat geen biologie is, weet ik het niet.'

'Ik werk hier ook,' zei Max, 'maar de zolder is alleen van Béla.'

We liepen de voordeur uit, terug naar het trappenhuis, waar Béla aan een touw trok en vanachter een luik in het plafond een houten trap naar beneden gleed.

'Na u, mijnheer.'

Ik beklom de ladder naar het hoogste punt van het gebouw, een zoldering waar ik nauwelijks rechtop kon staan. Aan de dwarsbalken hingen kruiden, bloemen en grassen te drogen: takken oranjebloesem, ijzerhard en kamille maar ook bossen jasmijn, roze peper, rozemarijn, lavendel en salie. Aan lange stokken waren citrusschillen geregen en op de plankenvloer stonden manden met brokken hars, wortels en knollen, pitten, rozenknoppen, geranium en bessen. 'Ik heb een volkstuin en een goede verstandhouding met de handelskwekers in de buurt,' zei Béla.

De macht van de rijpende gewassen had op ons een verbijsterende uitwerking. Daar, dicht bij elkaar staand tussen de zomergeuren uit Baden, roken we onze gedeelde herinneringen. Met iedere ademteug slonk de afstand tussen heden en verleden en herstelde zich onze bindingskracht, als waren we elementen in een proefbuis.

'Max,' zei ik na een tijdje zacht. 'Waar is dat blauwe notitieboekje van de directrice eigenlijk gebleven?'

'Dat heb ik verscheurd en in de Mühlbeek gegooid, dus waarschijnlijk drijven de snippers ergens in de Zwarte Zee.'

Béla schoot in de lach. 'Dat gezicht van die vrouw!'

'En het applaus van de omstanders toen de dakwerker met Franzi in zijn armen over het dak liep,' zei ik.

'Die keer dat Bertl in de bibliotheek een scheet liet en wij allemaal tegelijk naar de Generaal keken!' lachte Max.

'Alsof we het hadden afgesproken!' gierde Béla.

Een halfuur lang herbeleefden we allerlei gemeenschappelijke avonturen, alsof die vijf lange jaren zonder elkaar niet meer waren geweest dan een kort intermezzo. Daarna vielen we stil in het halfdonker, vergezeld van het schreeuwend gemis van onze andere drie vrienden.

'Mijn moeder kent de moeder van Franzi via de Kultus Gemeinde,' zei Max ten slotte. 'Ze vertelde me dat Franzi Engels studeert.'

'Franzi moet het adres van Lotte nog hebben,' zei Béla.

'En Lotte dat van Bertl,' zei ik. 'Hun ouders speelden samen tennis bij de Parkclub.'

2

Drie weken later zat ik met Max en Béla op een bankje aan de Konstantinhügel in het Prater. Over het gras liep, tegen de zon in, een stevige, wat gedrongen gestalte op ons toe. In de schaduw van mijn hand, die ik schuin boven mijn ogen hield, bijna alsof ik salueerde, herkende ik Bertl. Zijn dikke, roodbruine borstelhaar werd met pommade bedwongen, zijn armen waren bedekt met koperkleurig dons en op zijn linkerwang had hij een *Schmiss*, het litteken van een sabelduel.

We sprongen op en Bertl lachte luid, terwijl hij ieders naam riep en met zijn kolenschoppen van handen de onze greep. In plaats van mij gedachteloos tegen de schouder te slaan, zoals joviale mannen wel doen, legde hij zijn hand er bovenop, waarvoor hij omhoog moest reiken.

'Manno, fijne kerel. Ik ben enorm blij je weer te zien.'

Vanbinnen rukte een geluksgevoel op. Glimlachend liet ik de ophaalbrug zakken. 'Idem, Bertl. Idem.'

Even later kwamen, dik gearmd, Franzi en Lotte ons tegemoet. Max ademde hoorbaar in en Bertl hoorbaar uit. In Franzi, die iets blauws droeg met een omslagkraag, zag je nog gemakkelijk het katachtige, speelse kind dat in bomen klauterde en rode lippen kreeg van de kersen. Lottes voorkomen had een grotere mate van verandering ondergaan. Bij elke stap deinde haar boezem onder de sluik vallende, perzikkleurige jurk die ze droeg met gehakte schoenen en een zomerse klokhoed. Behalve haar golvend blonde haren en melkwitte tanden, droeg vooral ook de schijnbare argeloosheid aan haar schoonheid bij.

Na de omhelzingen met Lotte en Franzi stonden we gezessen, opgetogen maar wat onwennig, naar elkaar te zwijgen.

'Mijn hemel, Bertl, stam je af van Ierse Kozakken of zo,' zei Max opeens.

Bertl sperde zijn ogen wijd open, hief een trillende vinger en riep: 'Verdwijn, gij Jodengebroed!' waarna hij een sprintje trok en over het gras achter Max aan rende, die kleine gilletjes slaakte, struikelde, riep 'Ik dacht dat jij tuberculose had in je knie!' en om genade smeekte toen Bertl zich boven op hem wierp.

De aanblik van dit overbekende tafereel slingerde ons terug naar de middelpuntvliedende kracht van het groepsgeheugen: gierend van het lachen pakten we de draad op waar we hem hadden laten liggen. We waren teruggekeerd in het universum van onze jeugd, een wereld waarin ieder elkaar wederkerig beschermt, het beste gunt en het hart zijn spel speelt onafhankelijk van het denken.

Onder de Rotundenbrücke aan de Schüttelstraße lagen de drie door Béla besproken roeiboten aan de waterkant voor ons klaar. Bij het zien ervan had Bertl zijn pas versneld in de richting van Lotte, maar Béla was al in het voorste bootje geklommen en had haar de hand gereikt. Daarop stapte Bertl in de tweede boot en wenkte mij. 'Uw schip, Admiraal Loch!'

Niet veel later duwden we ons van de oever af en voeren we stroomafwaarts. Langs Bertl, die de riemen met een zekere concentratie bediende, keek ik naar het bootje van Béla en Lotte voor ons. Zoals ze daar zaten – hij in een licht jasje met strooien Girardi-hoed, zij vrolijk babbelend, het gezicht naar de zon geheven – zagen ze eruit als het romantische stel uit een operette, waarop decorbouwers de omgeving speciaal hadden afgestemd.

'Zo Manno, hoe is het nu met je vader, de officier?' vroeg Bertl.
 'Hij is dood,' zei ik.
 Bertl vergat te roeien. 'Wat vreselijk! Is hij gesneuveld?'
 'Nee. Begin 1918 is mijn vader wegens dronkenschap ontslagen uit het leger. Die gewoonte heeft hij thuis vijf jaar lang kunnen voortzetten door van de wand te leven: hij verkocht alle schilderijen voor alcohol. Toen de muren kaal waren, is hij gestorven.'
 'Natuurlijk stortte hij zijn hart uit bij de fles! Als je hoort wat onze helden aan het front destijds allemaal hebben meegemaakt...'
 Ik keek Bertl aan, maar omdat zijn gezicht geen spot verried, zei ik alleen: 'Nou, mijn vader is niet gedecoreerd met de gouden dapperheidsmedaille. Zal ik even roeien?'
 Bertl maakte een afwerend gebaar en zei hoofdschuddend: 'Wat een treurig levenseinde voor een officier die zich heeft ingezet voor de verdediging van het vaderland.'
 Ik staarde naar het voorbijglijdende riet langs de oever van het kanaal. Door de ogen van Bertl bezag ik mijn vader: representant van het oude keizerrijk, iemand van de statuur waarover in Bertls kringen waarschijnlijk met een zeker ontzag werd gesproken. Voor het eerst besefte ik dat niet alleen mijn vaders afwezigheid, maar ook zijn smadelijke ondergang voor mij beschamend waren geweest en dat ik de last van die blamage op mijn schouders droeg. Hoewel ik mijn vader nooit op veel heldhaftigs had kunnen betrappen en ernstig twijfelde aan Bertls voorstelling van zaken, was het verleidelijk me erdoor te laten troosten. Ineens werd ik overweldigd door een groot gevoel van genegenheid, want een ander inzicht diende zich aan, alsof ergens diep vanbinnen een anker werd gelicht: de wetenschap dat Bertl haarfijn begreep hoe het zat, maar postuum mijn vaders eer herstelde als daad van vriendschap voor mij, diens zoon.

'Mijn vader en ik... we hebben elkaar slecht gekend,' zei ik uiteindelijk.

'En je tante,' zei Bertl vriendelijk. 'Je woonde toch bij haar in huis?'

Ik dacht aan mijn bijna continue verblijf in koffiehuizen de afgelopen winter om de eenzaamheid en de vochtige kou in huis te ontvluchten.

'Mijn tante is zelden thuis,' zei ik. 'Zij verblijft veel bij eh... heren. Tegen vergoeding. Om eerlijk te zijn zie ik haar alleen nog af en toe uit de verte. Maar ik ruik haar parfum – en dat is al meer dan ik kan verdragen, die vrouw verspreidt giftige dampen.'

Opnieuw liet Bertl de roeispanen een tijdje boven het water zweven, alsof hij alle aandacht nodig had om te verwerken wat ik zojuist had verteld.

'En jij,' zei ik uiteindelijk maar. 'Woon jij nog thuis?'

Bertl stak de bladen weer in het water. 'Ja, ik woon met mijn ouders en zusje in Hietzing.'

We legden aan bij het Praterspitz, de vorkvormige landtong op de plek waar het Donaukanaal samenvloeit met de rivier, en liepen langs Café Zieger naar de punt van het schiereilandje. Op de met klaver bezaaide oever legden we kleden en keken uit over de rivier. De horizon lag ongewoon laag en in de reflectie van het water leek alles in licht en lucht te baden, alsof we een schilderij van Van Ruisdael waren binnengewandeld.

We deelden meegebrachte gebraden ganzenlever met brood en spek, gevulde *Golatschen*, koffiebroodjes, chocolademelk uit een veldfles en Bertl presenteerde lange Trabuco-sigaren. Met gesloten ogen snoof Franzi langdurig aan de tabaksdoos, waarbij haar neusvleugels zich ontvouwden als een opengaande bloem. Ik had mijn scherpste potlood uit de tas gepakt en tekende haar buitengewoon precies, als een natuurhistorische illustratie.

Zittend in een kring haalden we herinneringen op en dronken

een fles Poysdorfer, die we doorgaven als een vredespijp. En zoals onze ziel zich de geestelijke intimiteit herinnerde, herrees als vanzelfsprekend ook de lichamelijke vertrouwdheid, dat raadselachtige herinneringsvermogen van onze cellen – dezelfde krachten die je vingers feilloos een vergeten muziekstuk doen spelen en die maken dat je de huid van je moeder, nog jaren na haar dood, tegen je wang kunt voelen.

Max, die zijn viool had meegenomen, speelde kinderliedjes en heimweemuziek en zelfs de Chaconne van Bach.

'Een streling voor de trommelvliezen, Max,' verzuchtte Franzi na afloop, 'en geheel in lijn met je muziekrapporten, dat waren lofliederen op je voortreffelijkheid, die moest je eerst in behoorlijk proza vertalen. In die van mij stond gewoon "Franzi heeft een gebrekkige toonvorming".'

Bertl nam een slok uit de fles en gaf hem aan mij door. 'Na elke zomer moesten mijn ouders vernemen dat ik wederom een onvoldoende had behaald voor harmonieleer. En daar schreef de Generaal dan onder: "Bertl klempert op de toetsen van het klavier!"'

'Voor jouw knuisten bestaat gewoon geen vingerzetting,' zei Lotte.

'Harmonieleer is maar betrekkelijk, hoor,' zei Béla. 'In de middeleeuwen gold de terts nog als een dissonante klank.'

Pas aan het eind van de middag, de zon stond al laag, voeren we over het Donaukanaal terug naar de brug ten westen van het Prater. Naast elkaar gezeten, ieder aan een roeispaan, peddelden Franzi en ik onze boot door het gladde water, dat rook naar algen en diepte.

Ineens keek Franzi op haar horloge. 'Hemel, ik moet over een klein uur al in Favoriten zijn!'

Diep voorovergebogen verlengden we nu met kracht onze slagen, terwijl ik af en toe achteromkeek voor de juiste koers.

'Moet je werken vanavond?' vroeg ik Franzi.

'Nee,' hijgde ze, 'er is een activiteit van de Rote Falken. Daar ben ik jeugdleidster.' En halfspottend, misschien omdat zij mijn zwijgen als een oordeel opvatte: 'Alvast ter verheffing van de volgende generatie arbeiders.'

Eenmaal aan de oever, op het met paardenbloemen bespikkelde gras, tuurde Franzi naar de rest van de groep op het water in de verte. Vanuit het westen viel de laatste zon in dichte, gouden stralen op haar neer.

'Ga maar vast,' zei ik. 'Ik breng je groeten wel aan de anderen over.'

Franzi keek me aan. 'Manno, je bent zwijgzaam als een meer in de winter, maar ik ben geweldig op je gesteld.' Ze kuste me op de wang, waarbij zij op haar tenen moest gaan staan en ik wat vooroverboog, en liep de stenen trap op naar de kade. Halverwege draaide zij zich ineens om en riep vrolijk, terwijl ze achterstevoren naar boven bleef lopen: 'Eigenlijk ben jij degene die ons weer bij elkaar hebt gebracht. Jij bent ons bindmiddel!' Ze zwaaide en verdween in de richting van de tramhalte.

Een tijd later, toen ik samen met de anderen op de hoek van de Rotundenallee bij een bron de dorst leste, werd Bertl vanaf de overkant door drie corporale types toegeroepen.

'Berthold, kerel, ben jij het!'

Gedachteloos liep ik naast Bertl de jongens tegemoet en realiseerde me te laat dat Béla, Max en Lotte beleefd bij de fontein waren blijven staan. Zelf ervoer ik een lichte gêne rondom de ontstane situatie en ook Bertl toonde nerveus ongemak, hetgeen hij compenseerde met overdreven amicaliteit en armgebaren.

'Heren, hoe is jullie dag! Ik ben met wat luiden van vroeger aan de roei en heb met hen het noenmaal gebruikt. Mag ik jullie voorstellen aan Hermann Loch, officierszoon en een vrindje van me.'

De mannen schudden me de hand en wilden het gesprek openen, maar Bertl verontschuldigde zich en zei dat we haast hadden.

Nadat we ons weer bij de anderen aan de waterplaats hadden

gevoegd, werd het voorval zo nadrukkelijk genegeerd dat mij begon te dagen hoe betekenisvol het was geweest. Inmiddels woonde ik lang genoeg in Wenen om te begrijpen hoe diep de groeven en geulen waren die de politieke, sociale, etnische en religieuze groepen hier van elkaar scheidden en met welk een vijandigheid en wantrouwen zij elkaar vanuit hun loopgraven bezagen. Had ons jeugdige samenzijn in Baden zonder twijfel al een zekere mate van maatschappelijke ongepastheid in zich gedragen, onze volwassen hereniging was ronduit een waagstuk – en om die reden misschien niet erg gebaat bij openbaarheid, zo besefte ik.

Ik versnelde mijn pas iets, zodat ik ter hoogte van Béla kwam.

'Béla,' zei ik zacht. 'Is er bij jou in de buurt niet een onopvallend café?'

Van opzij keek Béla me aan en zei: 'Goed plan.'

Toen we op de Wittelsbachstraße met zijn vijven op de tram stonden te wachten, was het uiteindelijk Lotte die de stilte doorbrak.

'En?' zei ze en keek de kring rond. 'Hoe gaan we nu met elkaar verder?'

Hoewel haar woordkeus komisch was, lachte niemand.

Béla keek even naar mij en zei: 'We zouden elkaar voortaan kunnen treffen bij Hackl in de Dürergasse.'

'De Dürergasse, waar is die?' vroegen Bertl en Lotte tegelijk.

'Dat bedoel ik,' zei Béla. 'En niemand kent er óns.'

Tegen de tijd dat ik die avond de sleutel in de voordeur stak, voelde ik me een man van de renaissance. Alles wat ertoe deed had lange tijd ver weg van mij gestaan, maar met mijn vrienden was mijn oprechte belangstelling voor het leven teruggekeerd.

Innerlijke waarden die op sterven na dood waren geweest, zouden herleven: Beschutting. Heelheid. Hoop.

Tevreden hing ik mijn jas op en ging naar bed.

Het universum was opnieuw gerangschikt.

3

Op de afgesproken, bewolkte namiddag in april liep ik door de Dürergasse, een straat in een wijk waar de overbevolkte, stinkende huizen zo dicht opeen stonden dat de lucht er leek stil te staan. Een groepje kinderen speelde blootsvoets buiten en tussen het afval in de goot scharrelde een hond. Ergens halverwege vond ik Café Hackl, een groezelig koffiehuis waar het rook naar sigarenpeuken en dood bier.

Béla, Max en Lotte, die achterin aan een stamtafel zaten, wenkten me en in het voorbijgaan groette ik de humeurige houwdegen achter de toog: de oude mijnheer Hackl, de enige mij bekende cafébaas met een afkeer van klanten, hoewel hij in de loop der tijd voor ons op deze overtuiging een uitzondering zou maken.

Lotte zag er zo fris uit dat je kon zien dat ze hier niet thuishoorde, maar de omgeving scheen haar niet bijzonder te storen en zij begroette me even hartelijk en ontspannen als een week geleden. Alleen Bertl, die tegelijk met Franzi arriveerde, keek bedenkelijk, maar Béla beantwoordde zijn blik nonchalant.

'Tja Bertl, ik heb nog geprobeerd de chambre séparée te reserveren, maar die is er niet.'

We bestelden koffie, die verrassend genoeg helemaal niet slecht was en constateerden dat we de enige gasten waren op dit uur, met uitzondering van twee lieden aan een tafel bij het ongewassen raam.

'Zeg eens, Franzi,' zei Bertl terwijl hij een koekje nam, 'hoe is het nu om in de galei van het socialisme te zijn ingescheept?'

'Vermoeiend,' zei Franzi. Ze zag bleek en haar diepliggende ogen stonden dof. 'Naast mijn studie aan het Instituut voor Anglistiek begeleid ik jeugdgroepen. Mijn ouders zijn vaak naar bijeenkomsten en ook mijn broers zitten in het wereldje.'

'Nou ja, de bevrijding van het proletariaat is ook niet niks.'

'– zei de student Economie en slaafse apostel van de Oostenrijkse School,' kaatste Franzi terug.

'Dat laatste klopt niet,' zei Bertl, 'en het eerste ben ik alleen geworden op aandringen van mijn ouders. Ik ben slachtoffer van een familietraditie; zowel mijn vader als mijn opa hebben Economie gestudeerd.'

En zo deelden we persoonlijke omstandigheden uit ons leven, dat wil zeggen: uit ons openbare leven, onze maatschappelijke omgeving die was ingebed in een zekere consensus over de betekenis van de wereld om ons heen. We vroegen Hackl om bruisend mineraalwater en Lotte vertelde op hilarische wijze hoe haar ouders waakten over haar maagdelijkheid en in Amerikaanse films, muziek en mode hiervoor de grootste bedreiging zagen. Béla liet een karaf wijn aanrukken en Max deed beeldend verslag van de meest onzinnige klusjes waarvoor zijn moeder hem naar de synagoge stuurde om de kennelijk zeer onthande Joodse gemeente te helpen met het zoeken, tillen of bezorgen van iets.

Tot mijn stomme verbazing hoorde ik Bertl ineens zeggen: 'Manno is wees. Hij woont bij zijn tante, een ondraaglijke, overgeparfumeerde vrouw die werkt als gezelschapsdame voor heren.'

In mij streden allerlei gevoelens om voorrang: schaamte, maar ook schrik en verontwaardiging, omdat Bertl iets wat ik hem in vertrouwen had gezegd plotseling op tafel legde. Tezelfdertijd begreep ik dat deze actie misschien niet voortkwam uit een behoefte aan sensatie, maar uit een vorm van kameraadschap. En inderdaad had zijn mededeling, alsof hij niet had gesproken over een schandelijk geheim maar over een gesteldheid in de atmosfeer, op mij een heilzame uitwerking; er bestonden dus woorden voor hetgeen mij was overkomen, gewone, onschuldige woorden die mij behalve relativering ook een zekere erkenning verschaften.

Nadat de anderen op allerlei manieren hun meeleven hadden betuigd, zei Béla: 'Overmorgen vertrek ik naar Hongarije.'

Hij keek even naar Max, die nadrukkelijk knikte.

'In die tijd ben je van harte welkom in ons huis. Dan ben je in elk geval voor enkele weken van haar geur verlost.'

Ofschoon Max en ik elkaar al vijf zomers lang kenden, zou de bodem onder onze volwassen vriendschap worden gelegd gedurende die zeventien dagen in het huis aan de Köstlergasse.

Afgezien van onze afzonderlijke colleges en een uitvoering van *Tosca* in de Staatsoper, waren we vaak samen thuis. Daags om dezelfde tijd zaten we 's avonds aan de eettafel, waarna we Dostojevski lazen bij het vuur en luisterden naar muziek uit de grammofoonspeler. Daarnaast brachten we veel tijd door in het huislab, waar Max aan het werkblad mompelend berekeningen maakte en ik mijn ezel had opgesteld bij de vensterbank, tot waar vanuit de diepte van de tuin de kruinen van drie dicht opeenstaande essen reikten.

Als ik niet werkte, keek ik hoe Max met buitengewone precisie en geduld vloeistoffen mengde, verhitte en weer afkoelde, kleine pipetten bediende en verschillende stoffen in glazen cilinders wiegde, net zo lang tot zij volledig in elkaar waren opgelost. Op methodische wijze bediende hij het instrumentarium en legde het in onberispelijke volgorde evenwijdig aan elkaar weer terug.

Op zijn beurt toonde Max zich geïnteresseerd in mijn materialen. Op zijn ellebogen leunde hij over de tafel terwijl ik pigmenten fijnmaalde in de vijzel, het poeder op de glasplaat legde, een scheutje olie toevoegde en de verf stevig aanwreef met de glazen loper.

Max nam het flesje en rook eraan. 'Waarom gebruik je lijnolie?'

'Goede verf kent twee componenten,' zei ik. 'De pigmenten bepalen de kleur, maar er is ook een middel nodig om de kleurdeeltjes onderling te verbinden. Lijnolie is een fantastisch bindmiddel, Rembrandt wist dat al.'

Met mijn spatel spreidde ik de verfpasta uit over de glasplaat en liet hem even rusten.

'Droogt de verf zo niet uit?' vroeg Max.

Ik schudde het hoofd. 'Deze tijd gebruiken de pigmentdeeltjes om elkaar weer te vinden en zo met behulp van het bindmiddel een netwerk te vormen.' Buiten ruziede een groepje spreeuwen tussen de boomtakken. Ineens hoorde ik mijzelf zeggen: 'Franzi noemde me laatst jullie bindmiddel.'

'Zei ze dat?' Max liep om de tafel heen om me in het gezicht te kunnen kijken. Hij lachte een glimlach met een vleugje melancholie, waarmee hij me ineens aan mijn oude huisleraar deed denken. 'Misschien heeft ze gelijk, Manno, zo waardevol ben je voor ons. Immers, zonder bindmiddel geen verf!'

Elke avond betrad ik het met zijde bespannen slaapvertrek van Béla, waar een reusachtig bed stond onder een fluwelen baldakijn. Aangrenzend bevond zich een badkamer met wastafel en lampetkan van Karlsbader porselein en een badkuip waarin het water kon worden warm gestookt. Nadat ik me had gewassen, verzorgde ik volgens Béla's instructies de verzameling jonge kweek op de lange tafel voor het slaapkamerraam en ging naar bed. Op een avond ontdekte ik in de lade van een van de nachtkastjes een oud exemplaar van het tijdschrift *Ver Sacrum*, dat lag opengeslagen bij een pentekening van Gustav Klimt. De afbeelding met als titel *Nuda Veritas* toonde een naakte vrouw met een spiegel in de hand. De spiegel was naar mij, de lezer gekeerd – en hij was leeg.

Ineens werd ik overvallen door een heftige gewaarwording, alsof iemand in het vredige schemerdonker van mijn binnenste onverwachts het licht aandeed.

Nogmaals tuurde ik naar de illustratie en de lege spiegel.
Ik had geen reflectie, ik was onzichtbaar. Kleurloos.
Zonder pigment.
Ik deed het nachtlampje uit en ging, opgerold onder de donzen deken, een slapeloze nacht tegemoet.

Vijf dagen later keerde Béla terug naar Wenen en ik naar de onpersoonlijke, nomadische huiselijkheid van de Weense koffiehuizen.

4

Het kleine station van Bad Aussee lag aan een landweg net buiten het dorp. We hadden onze bagage neergezet en zaten naast elkaar op de rand van het pleintje, waar de straatstenen de zonneschijn weerkaatsten en merels hipten tussen de paardenvijgen.

In deze streek bereikte het tumult van de wereld de mensen slechts als verre muziek.

Nog geen drie weken geleden hadden we met zijn zessen achter de beslagen ramen bij Hackl gezeten en nogmaals gelukzalige herinneringen opgehaald aan onze zomers in de natuur.

'Kunnen we zoiets niet nog een keer doen?' had Bertl voorgesteld. 'Buiten het seizoen, na Pinksteren of zo? En een beetje verder van Wenen – voor onze rust dan, hè.'

'Misschien kan het bij Baumi,' prevelde Lotte.

'Baumi... De plaats of het gerecht?' zei Max droogjes.

'De vrouw.' Lotte lachte en haalde haar schouders op. 'Baumi, zo noemt mijn moeder mevrouw Baumgarten uit Steiermark, een vrouw die niet haar tante is en ook niet haar nicht, zelfs niet haar achternicht, waarschijnlijk niet eens familie, nou ja, in elk geval zeer ver verwijderd. Baumi heeft een boerderij met ruimte voor gasten in een of ander gehucht in de buurt van Bad Aussee. Ik zou het haar kunnen vragen.'

'Aha, Steiermark!' zei Bertl. 'Land van het vredige bergvolk achter Semmering, waar de jongens half mens, half den zijn en de meisjes nog in virginale toestand verkeren.'

'Hetgeen we zo láten,' zei Franzi en ze gaf hem een stomp.

'Ik denk dat hij daar aankomt,' zei Bertl.

Hij wees in de verte, waar een jongen zijn blonde trekpaard in onze richting stuurde.

'Paul?' riep Lotte.

De jongen knikte en tikte tegen zijn hoed.

'Wie is Paul?' vroeg Max.

'De zoon van Baumi,' zei Franzi.

Met de benen bungelend over de rand van de wagen reden we in noordelijke richting, langs bermen vol sleutelbloemen en hondspeterselie. Boven ons strekte zich de lakzuivere hemel uit, naast ons kabbelde de Traun en in ons deinden de hobbelige zandweg en het vakantiegevoel.

Niets wees erop dat ons verblijf in een andere toonaard zou eindigen dan het begon.

Het dorpje Altaussee bevond zich buiten de stroom van de vliedende tijd en was van een verrukkelijke schoonheid. Het lag bij een meer aan de voet van de Loser, een berg met een machtig rotsdak die het *Totes Gebirge*, het Gebergte des Doods erachter inluidde. Langs het kleine dorpshuis, waar de linten van de meiboom nog fladderden in de wind, reden we over de hoofdweg en sloegen links een karrenspoor in.

Naast het pad lag te midden van een kleine bloemenweide, als een stuk bucolische poëzie, het houten huis van Baumi. Tussen de fruitbomen scharrelden twee schapen en een losgebroken geit knabbelde aan de geel-witte kamperfoelie, die zich rond de stam van een okkernoot had geslingerd.

Door het hek van de moestuin verscheen de boerin, een vrouw

in de dracht van de streek met een geruite hoofddoek die in haar nek was vastgeknoopt. Ze kwam naar ons toe en legde de geit vast aan het touw, waarna ze Lotte omhelsde en ons een hand gaf.

Nog geen halfuur later aten wij aan een lange tafel onder de appelboom brood met spek en rookte Baumi een lange, porseleinen pijp met de afbeelding van wijlen keizerin Elisabeth.

'Het is narcissentijd,' zei ze en blies de rook uit. 'Alles wordt zich bewust van zijn bestemming.'

Onze dagen in Altaussee kenden hun eigen ritme. 's Morgens na het ontbijt hielpen we Baumi met allerlei klusjes in en om de boerderij, waarna we onze rugzakken pakten en het blauw van de lucht opzogen. We trokken door bossen met in elkaar vergroeide loof- en naaldbomen, welriekende kruiden en wilde koekoeksbloemen, hyacinten en violen. De gecombineerde geur van bosgrond en dennenhars was bedwelmend.

'Kijk, de heilige geometrie in werking,' zei Max. Hij wees op een jonge varen, die als een vraagteken uit de grond kwam. 'De vorm van de gulden snede: de meest volmaakte, goddelijke verhouding die er bestaat. En dan de ronde boomstammen, driehoekige dennen en cirkelvormige kronen van de eik! Hier...' Hij nam een dennenappel en wat eikendoppen van de grond en toonde ons het diagonale verloop van de schubben. 'Allemaal spiralen te herleiden tot de getallenreeks van Fibonacci.'

Franzi grinnikte en wees naar boven. 'Jij zult het wel moeilijk vinden dat boomstammen nooit precies parallel lopen.'

'Integendeel! Pure wiskunde: allemaal lijnen die elkaar snijden in het oneindige.'

Bij goed weer brachten we tijd door aan het meer, dat lag ingeklemd tussen de Loser en de rotsmuren van de Trisselwand. Gezeten op de horizontale stam van een boom, die groeide alsof hij laag bij de grond wou blijven maar zich later had bedacht, maakte ik pentekeningen van het zacht rimpelende, geheimzinnige meer met de vergrijsde boothuizen en de vissers op hun kleine platschuiten.

We gordden Max en Lotte gedroogde flespompoenen om, gaven hun zwemles en hielden wedstrijdjes die ik, tot frustratie van Bertl en hilariteit van de anderen, consequent won.

'Hollanders!' mopperde Bertl. 'Jullie hebben gewoon een lagere dichtheid en voeten als trekschuiten, geen wonder dat jullie niet verzuipen.'

Hiermee naderde Bertl, die vaak genoeg lariekoek verkocht, op die dag onbewust de waarheid, al waren in het voorjaar van 1926 nog slechts de contouren van die ontwikkeling zichtbaar. Ik hád een lagere dichtheid – niet omdat ik lang was en dun, maar omdat mijn aanwezigheid de raderen in hun onderlinge verhouding smeerde. Ik was als haarlemmerolie en dreef op hen, gedragen door hun verbinding.

In de namiddag hielpen we Baumi bij het honing slingeren, eieren rapen, was ophangen of het scheren van de schapen. Na afloop zat ik liefst met potlood en papier op een stapel beukenblokken in de schaduw van de bloeiende kastanjes. Met toewijding bracht Paul, die in de houtwinning werkte, Béla de fijne kneepjes van het houtkloven bij. Ik tekende de krachtige opwaartse armbewegingen van Béla, zijn opengeknoopte, doorzwete hemd en de manier waarop hij door zijn benen zakte voor meer balans. En ik schetste de zelfbewuste, nonchalante houding waarmee Paul – die zijn gebruinde bovenlijf helemaal had ontbloot – Béla aanwijzingen gaf en het spel van de spieren onder zijn vochtige huid, wanneer hij de bijl liet neerkomen op het houtblok.

Achter het erf slingerde de Augstbach, een smal en bochtig riviertje waar we water haalden en waar Paul, zodra de zon achter de Dietrichkogel was verdwenen, stiekem viste op rivierkreeftjes en forel.

'Een forel onthoudt de geur van het water in zijn geboortegebied, opdat hij er kan terugkeren om te paren,' zei Béla.
'Benieuwd of dat ook voor mensen geldt,' zei Lotte. Ze knielde naast de beek en nam een flinke slok van haar spiegelbeeld.
'Tuurlijk,' grinnikte Bertl. 'Daarom gaat Béla zo vaak naar Boedapest.'

's Avonds na het voeren van de dieren nam Baumi de gebloemde doek van haar grijsblonde haren en schonk zelfgestookte pruimenbrandewijn. Dan dronken wij op de veranda, terwijl de spinnenwebben zacht aan de balken schommelden en de bloemen op tafel een muntachtige geur verspreidden. We zongen mee met de liedjes die Max en Paul speelden op viool en accordeon, deden een potje Halma of voerden zelfbedachte stukjes op.
Op een avond kwam Max naast mij zitten.
'Manno,' zei hij. 'Ik had ongelijk. Het was een onjuiste vergelijking. Het spijt me.'
'Excuses aanvaard.' Ik probeerde te bedenken waarover hij het kon hebben.
'Onze vriendschap is niet als olieverf, maar als aqua Regia.'
'Wat?' Ik keek naar zijn glas op tafel, maar dat was nog halfvol.
'Aqua Regia. Koningswater! Een mengsel van salpeterzuur en zoutzuur – chemicaliën die afzonderlijk niet veel klaar kunnen spelen, maar tezamen zelfs in staat zijn goud, de edelste aller metalen, op te lossen. Hun verbinding is krachtiger dan de som der delen en voegt een speciale kwaliteit toe. Dat geldt ook voor ons: gezessen vormen wij een organisch geheel met eigenschappen die ieder van ons afzonderlijk niet heeft.' Max hief zijn glas en keek me vriendelijk aan. 'Daarom kunnen wij niemand missen. Ook jou niet.'

We sliepen in een barak naast de stal, waar anjelieren bloeiden en een tak van een wilde zwartebessenstruik door het open raam naar binnen stak. De lange houten brits rook branderig zoet en 's nachts konden we vanaf onze strozakken de sterren zien.

Op de eerste avond hadden we onze slaapplaatsen naast elkaar in de rij bepaald, waarbij Bertl tussen Max en Lotte terechtkwam.

'Jakkes, Bertl, jij bent vanbinnen echt bedorven,' zuchtte Lotte in het donker.

'Butaanzuur en koolstofdisulfide,' zei Max.

'De mercaptanen in menselijk flatus hebben een ondertoon van koffie en zwarte bes en worden door parfumeurs graag gebruikt,' zei Béla.

'Max,' zei Bertl, 'voor de goede orde: al je lichaamsdelen mogen op mijn matras verkeren, met uitzondering van je jongeheer.'

'O,' zei Max, en even later: 'Bertl, ik heb ruggespraak gehouden en ik moet doorgeven dat mijn geslacht daartoe geen enkele aanleiding ziet, maar dat het nu eenmaal aan mij vastzit en dientengevolge nergens voor instaat.'

Op de eerste ochtend van juni was ik, net als vroeger in Baden, zodra zij was opgestaan nog even op de strozak van Lotte gaan liggen, die rook naar het struikgewas waarin een dier opgerold de nacht had doorgebracht. Omdat het motregende had Baumi, die de schapenwol op de tafel onder de veranda uitspreidde, de ontbijttafel voor ons binnen gedekt.

'Over enkele dagen brengen we het vee naar de Blaa-Alm,' zei ze door het keukenraam. 'Daar vlakbij zijn de narcissen nu op hun mooist.'

'Die zou ik wel willen zien,' zei Bertl.

'En ruiken,' zei Béla.

'Laten we er vandaag naartoe wandelen,' stelde Lotte voor.

Baumi kaardde de wol met ijzeren borstels. 'Denk eraan: pluk nooit één narcis, maar altijd een bos. Een enkele narcis brengt ongeluk.'

Een uur lang volgden we het weggetje langs de Augstbach omhoog, tot de dichte bebossing na een scherpe bocht ineens ophield en wij een adembenemend koninkrijk binnenstapten. Voor ons lagen hellingen bespikkeld met duizenden witte vlokken, alsof er eerder die dag een sneeuwbui over de weiden was getrokken. Hier heerste een atmosfeer van stille afzondering, een volkomen eigen, intiem klimaat en de geur van wilde narcissen vulde de lucht. Béla staarde naar het landschap of hij het diep in de ogen wilde kijken en liep daarna de weide in. Hij knielde te midden van de kleine narcissen met hun witte bloemblaadjes, teer als zijdepapier, rook er langdurig aan en draaide zich naar ons om.

'Geweldig!'

Bertl hurkte in het bloeiende gras en kwam niezend weer overeind. 'Maar bedwelmend,' zei hij.

'Inderdaad. Topnarcissen!' zei Béla. 'Een zuivere, volle geur, met een vleugje bergwind en zonder kamfernoot. Een goede narcissengeur kent geen zoetigheid en heeft een aldehyde noot – maar niet meer dan dat; te veel aldehyden in een parfum maken dat een vrouw naar niet meer ruikt dan naar schone was.'

Bertl plofte neer en pakte de veldfles uit zijn rugzak. 'Ga lekker plukken, zou ik zeggen. Narcissen genoeg!'

Max zette een hand op zijn heupen. 'Eh Bertl, voor honderd milliliter absolute is pakweg honderd kilo aan narcissen nodig...'

Franzi keek om zich heen. 'Het kán. Als we samen een aantal dagen achtereen plukken...' Zoals ze daar stond, met haar scherpe gelaatsstrekken en ranke lichaam tegen de achtergrond van de bloeiende weide, verlangde ik er vurig naar haar aan te raken, of in elk geval te tekenen.

Béla schudde het hoofd. 'Narcissen moeten worden geplukt als het droog is, want regenwater onttrekt de essentiële oliën aan een bloem. En het is nogal een operatie: eenmaal geplukte narcissen moeten uit de zon worden bewaard en snel worden verwerkt, want ze zijn, als lijken, onmiddellijk aan bederf onderhevig.' Hij glimlachte. 'Volgend jaar! En dan zorg ik dat ik mijn spullen bij me heb.'

'Geen Fibonacci voor de narcis,' zei Bertl en hield er een omhoog. 'Welgeteld zes bloemblaadjes. Daar gaat je goddelijke ordening, Max.'

'Zeg dat wel,' zei Max. 'De stervorm van de Narcissus poeticus vloeit, net als die van Da Vinci's levensbloem, voort uit de snij- en middelpunten van zeven overlappende cirkels die symbool staan voor de zeven dagen van de schepping.'

'Oh nee, Bertl!' zei Lotte. 'Je hebt één narcis geplukt. Nu heb je het ongeluk over ons gebracht.'

Die avond aten we forel onder de appelboom, waarvan de stam was verzonken in de bloeiende grasaren. Béla sneed de vis alsof hij hem streelde, terwijl Max de zijne nauwkeurig ontleedde.

'Baumi, hoe oud is de appelboom?' vroeg Lotte.

'Precies zo oud als Paul.'

'En eh... waar is de vader van Paul?' vroeg Bertl, die Lottes blik ontweek.

'Hij is dood,' zei Baumi. 'De Loser heeft hem genomen.'

'Wat afschuwelijk,' zei Franzi. Ze keek beteuterd en zei: 'Eigenlijk waren we van plan de Loser morgen te beklimmen...'

Baumi knikte. Het was fris geworden en ze trok haar halsdoek over het hoofd. 'Paul blijft beneden,' zei ze. Toen stond ze op om de tafel af te ruimen.

Dwars door het bos kronkelde het pad naar de top van de Loser omhoog. We floten de Kaiser-Walzer en luisterden naar Bertl en Franzi, die als een bejaard echtpaar kibbelden over de herkomst van steentjes in schoenen. Daarna verdween het loofbos en waren er slechts nog dunne bergdennen, die de plakkerige hars als tranen over de stammen liep, tot we de boomgrens passeerden. Geconcentreerd liepen we nu over brokkelige stenen en rotsen vol kloven en geulen waar we, nog zo'n tweehonderd hoogtemeters van de top verwijderd, bleven staan. Hier en daar bloeiden bloempjes en op de vlakke stukken lag sneeuw, terwijl beneden ons de huizen verspreid lagen in het dal, alsof iemand ze er van bovenaf had neergegooid.

'Precies hieronder moet het meer van Altaussee zijn,' zei Bertl. 'Ik ga kijken of ik het kan zien.'

Nog voor iemand iets kon zeggen liep hij naar de rand van het pad dat steil afliep naar de rotswand en verdween uit het zicht. We hoorden hem gekscherend roepen: 'O, als ik nu aan mijn eind kom, laat het een waardige dood zijn...!' gevolgd door een verbaasde schreeuw, waarop we allemaal tegelijk in zijn richting renden.

Vlak naast de rand bevond zich tussen het mos een houten kruisje met een emaillen plaquette, waarop stond: JOHANN BAUMGARTEN † 1916.

Franzi richtte zich op, zette de handen in de zij en keek Bertl vinnig aan. 'Misschien wilde hij het meer van Altaussee zien.'

Ruim een uur lang klommen we in stilte verder over het kale gesteente naar de top. Hier waaide het hard en had zich een wonderlijke rotsformatie gevormd, als een indrukwekkend venster waardoor je het hele Gebergte des Doods kon overzien: oneindig eenzame wouden, ooit beschermd door een adellijke hand, opklimmend tot halverwege de steile bergrijen waar de heerschappij begon van de blauwgrijze rotsen: het dode steen waarop niets groeien wou.

Inmiddels tekenden de bergrijen zich scherp af en hingen wolken tastbaar laag en zwaar boven ons.

'Er komt slecht weer aan,' zei Max. 'We moeten afdalen.'

Hoewel slapen me in Altaussee beter afging dan in Wenen, hield onze ontdekking van de kennelijke sterfplaats van Pauls vader me die nacht wakker. Toen ik uiteindelijk overeind kwam, merkte ik dat Béla er niet was. Bezorgd dat hem mogelijk iets mankeerde, stond ik op en ging naar buiten.

Bij het schijnsel van de vormeloze maan die zich af en toe van de wolken ontdeed, liep ik voorzichtig in de richting van het huis.

Net toen ik op het punt stond Béla's naam te roepen, werd mijn aandacht getrokken door een geluid achter de houtstapel. Lopend op blote voeten oriënteerde ik me op de bijl die, gestoken in het hakblok, glanzend in het donker oplichtte. Vanachter de houtvoorraad hoorde ik nu duidelijk iets, wellicht een dier in nood, dacht ik, of erger: een mens.

'Béla,' riep ik zacht en rende naar de achterkant van de houtopslag. Hier trof ik een tafereel dat mij zo verwarde dat ik even niet in staat was me te verroeren. Daarna maakte ik me zo gauw ik kon uit de voeten, als vluchtend van een plaats delict.

Ik rende naar de veestal waar de schutsmei nog aan de nok hing, rukte de deur open, deed hem achter me dicht en klom hoog boven in het hooi.

In de stal heerste een geconcentreerde, bijna plechtstatige rust, begeleid door de trage bewegingen van de herkauwende dieren. Een tijdlang ademde ik de lauwwarme lucht in en luisterde naar het ritmisch slaan van de staarten, terwijl ik probeerde mijn gedachten te ordenen.

Eigenlijk had ik geen oordeel over hetgeen waarvan ik zojuist onbedoeld getuige was geweest. Mijn gevoel betrof op de eerste plaats stomme verbazing, nu liefde en erotiek tussen mannen mij op school, in boeken, muziek of theater eenvoudigweg nooit als reële mogelijkheid was voorgehouden. Ik was er altijd voetstoots van uitgegaan dat elke prins een sneeuwwitje of een assepoester begeerde – niet een edelman of een houthakker. Wat wist ik van de herenliefde, behalve dat die door God en bij wet verboden was?

Ik dacht aan de schandaalartikelen in het *Neue Wiener Tagblatt* over mannen die waren vervolgd wegens 'tegennatuurlijke gedragingen', waarbij louter de vondst van enkele liefdesbrieven al voldoende was geweest voor een fikse veroordeling. Het maakte me angstig. Zojuist had ik Béla en Paul betrapt tijdens het plegen van een misdrijf – een strafbaar feit waarop dan misschien niet levenslang, maar toch zeker twee jaar verzwaarde kerkerstraf stond. Als ík deze illegale activiteit zo gemakkelijk had kunnen ontdekken, hoe veilig was hun geheim dan voor anderen?

In gedachten zag ik weer hun naaktheid, de ontsteltenis op de gezichten en de schrik waarmee zij elkaar hadden losgelaten. Ineens voelde ik ook irritatie over het hele voorval. Waarom moest Béla, die werkelijk alle vrouwen van de wereld kon krijgen, het zo nodig aanleggen met een man? Ik dacht aan mijn vriendelijke, welgemanierde vriend met zijn verfijnde charme en beheerste optreden – en begreep er niets van. Was zijn erotische uitstapje met Paul de verveelde escapade van een rijkeluiszoon die verder alles heeft? School de aantrekkingskracht voor Béla juist in de onwettigheid ervan, als een kind dat geen weerstand kan bieden aan verboden terrein?

Pas toen de vogels begonnen te roepen, maakte ik me los van mijn overwegingen. Ik kroop uit het hooi en liep de stal uit naar de pomp om me te wassen.

Die morgen was het aanmerkelijk minder warm en hingen grijze wolken breed in het dal. Ik ontweek Béla's blik en schonk mijzelf een kop sterke koffie in. Het was rustig aan de ontbijttafel; Paul was vroeg naar zijn werk vertrokken en Baumi bad met Lotte in het parochiekerkje van Altaussee tot de heilige Aegidius om bescherming van de dieren, die de volgende dag naar de alm zouden worden gebracht.

We ruimden alles op en verdeelden de geijkte karweitjes. Met twee lege emmers liep ik naar de beek, tot Béla me ter hoogte van het kippenhok de weg versperde.

'Manno...' zei hij op smekende toon.

'Natuurlijk,' antwoordde ik, een beetje beledigd dat hij mijn loyaliteit in twijfel trok.

Ik liep een paar passen om hem heen in de richting van de rivier, maar Béla greep mijn arm en met tegenzin draaide ik me om.

Voor het eerst die ochtend keek ik hem recht aan en liet de emmers vallen.

Béla's gezicht was vertrokken van smart. Zijn ademhaling was schokkerig, bijna hijgend en zijn ogen waren met tranen gevuld.

Als een bel uit troebel water werd me duidelijk dat ik de situatie volledig verkeerd had ingeschat. Voor mij stond beslist geen man met een gebrek aan moreel beoordelingsvermogen, noch een kind dat tegen beter weten in een snoepje stal en dit dus ook níét had kunnen doen. Hier stond een doodongelukkig mens, een mens die mij zojuist niet om geheimhouding maar om erbarmen had gevraagd en ik, zijn vriend, had hem afgewezen.

Later heb ik vaak teruggedacht aan dat moment aan de voet van de Loser; hoe ik Béla in mijn armen nam, mijn neus in zijn haren begroef en hem vasthield, zoals mijn moeder mij in een ander leven had vastgehouden.

Pas toen er commotie klonk aan de andere kant van het erf maakte Béla zich van mij los. We vergaten de emmers en liepen naar de boerderij, waar iedereen op de veranda bijeenstond. Met een stuk papier in de hand kwam Lotte ons tegemoet.

'Bezorgd bij de pastorie,' hijgde ze. Tussen de blonde haartjes op haar bovenlip parelden kleine druppels. 'Mijnheer Reines is onverwacht overleden.'

Het eerste wat ik me afvroeg, was waarom Edmonda de moeite nam mij per telegram van dit feit in kennis te stellen.

'Wat erg, mijnheer Reines...' zei ik, behoorlijk aangedaan. 'Het was zo'n fijne man.'

Verbaasd keek Lotte me aan. 'Ik wist niet dat jij de vader van Max kende.'

Even bevond ik mij op dat geduchte punt vanwaar je de hele schepping kunt overzien, het punt waarop je ervaart dat het leven zich, ondanks alles, misschien toch voltrekt volgens een plan.

Toen zei ik: 'Jazeker. Hij is degene die me met zijn zoon in contact heeft gebracht.'

Baumi spande de Haflinger in en bracht ons naar het station van Bad Aussee, waar we de trein naar Wenen zouden nemen voor de begrafenis van mijnheer Reines. Vanaf de schuddende platwagen zagen we hoe donkerte langzaam bezit nam van het dal, tot helse regens zich uit de hemel stortten en de aarde veranderden in een kleffe modderbrij.

5

In de maanden na de dood van zijn vader zorgden we gezamenlijk voor Max en hielden we hem bij toerbeurt gezelschap. Op een van de middagen die mij waren toebedeeld, nam ik hem mee naar het Volksgartencafé aan de Burgring voor een *Einspänner* en een sigaartje met papieren mondstuk.

Voor het eerst sinds weken zag ik Max glimlachen.

'Een hond krijgt meer informatie uit het ruiken van andermans kont dan een mens uit de *Neue Freie Presse*,' zei hij. 'Hier, moet je dit lezen.' Hij liet me een krantenkop van die ochtend zien: MAN GEARRESTEERD IN CAFÉ 'IN DE VLUCHT NAAR EGYPTE'.

Ik schoot in de lach. 'De vlucht náár Egypte.'

'Zeker weten dat die arrestant geen Jood is,' zei Max. 'Na alle moeite die we ooit hebben gedaan om er weg te komen...'

Voorzichtig, om niet te morsen, roerde ik de room door de koffie. 'Max, ik ben je vader zoveel verschuldigd...'

'Hij was de beste vader.'

'En de beste leraar.'

'Ze zeggen dat ik op hem lijk.'

'Dat doe je zeker.' Gedachteloos speelde ik met het deksel van de suikerpot. Ook ik had de gelijkenis tussen mijnheer Reines en Max waargenomen, maar nooit bewust, althans: het was niet bij me opgekomen hieraan de mogelijkheid van een bloedverwantschap te verbinden.

'Ik eh... ik ben je vader gewoon zo dankbaar dat hij me met jou in contact heeft gebracht.'

Max tipte de as van zijn sigaar en keek me veelbetekenend aan. 'Misschien heeft hij het niet alleen voor jou gedaan.'

Op een zaterdagochtend in augustus zat ik aan mijn vaste tafeltje in de hoek van Café Wortner en bladerde door de kranten toen Bertl ineens naast me stond.

'Ik dacht al dat ik je hier zou kunnen vinden,' zei hij en schudde mijn hand. Hij ging zitten en ik bestelde voor hem een *Doppelmokka* en roerei met brood, in stilte becijferend of ik wel voldoende geld zou hebben om af te rekenen.

'Het is stil,' zei Bertl, waarmee hij niet het café bedoelde maar de afwezigheid van onze vrienden die, ieder met hun familie, de zomer buiten Wenen doorbrachten. Met een flinke vaart verorberde Bertl het roerei en leegde zijn kop koffie. Toen boog hij zich voorover en legde zijn hand boven op de mijne.

'Manno, ik heb eens nagedacht over wat je me laatst vertelde. Je weet wel, over je gebrek aan financiële ruimte.' Zijn toon hield het wonderlijke midden tussen vaderlijk advies en kinderlijke voorpret. 'Dat probleem lossen we vanmiddag op. Om vijf uur pik ik je hier voor de deur op.'

Om tien over vijf stopte voor de deur van Café Wortner langs de stoeprand een automobiel. Door het geopende raam riep Bertl mijn naam en ik nam op de achterbank naast hem plaats.

Bertl, die een lichte outfit droeg en zijn hoed op schoot hield, nam me met een bedenkelijke blik op. Toen zei hij, meer tegen zichzelf dan tegen mij: 'Nou ja, misschien zie je er ook wel precies goed uit.'

'Een taxi?' vroeg ik.

'Natuurlijk!' zei Bertl. 'Een mens gaat niet met de tram naar een tuinpartij in Grinzing.'

Met opgetrokken wenkbrauwen keek ik hem aan.

'Luister,' zei Bertl. 'Ik ga je voorstellen aan Theodor Luckner, de heer des huizes: gepensioneerd ritmeester, drager van het Kruis van Militaire Verdienste en adviseur van de Oostenrijkse Tabaksregie – voor de vorm dan, aangezien hij zijn vermogen heeft belegd in buitenlandse effecten. Begin niet over zijn zoons, want de jongste is gestorven aan kinderverlamming en de oudste is om het leven gekomen bij het bergbeklimmen.' Hij trok me naar zich toe en fluisterde: 'En van zijn dochter blijf je af, die is voor mij.'

De ongecompliceerde vrijmoedigheid waarmee Bertl me in deze absurde situatie bracht, bezorgde me een melig geluksgevoel, alsof we samen een klucht opvoerden over een gesjeesde kunstenaar die met het leven speelt als een onbekommerd kind met een dure vaas.

Na een tijd stopte de taxi voor de deur van een ruime witgepleisterde villa.

'Wat ga ik hier ook alweer doen?' vroeg ik.

'Geld verdienen,' zei Bertl.

Hij rekende af met de chauffeur en liep met mij over het tuinpad naar de voordeur.

'O ja, voor ik het vergeet,' zei Bertl. 'Je krijgt straks veertig schilling geboden. Neem genoegen met dertig.'

De bloeiende tuin was bomvol zorgeloos gebabbel en de zon scheen, een vloedgolf van licht die alles opslokte. Na een tijdje troonde Bertl mij mee naar een groepje mensen dat bij de openstaande tuindeuren stond.

'Zeer gewaardeerde heer Luckner, dames en heren, graag stel ik u voor aan Hermann Loch.' En terwijl ik handen schudde, vervolgde hij: 'Hermann hier, enige zoon van de voor het keizerrijk gestorven Leopold Loch, officier in het Zesde Regiment Dragonders, restaureert schilderwerken van oude meesters. Zoals u ziet bekijkt hij de wereld vanuit de hoogte, maar ik verzeker u dat hij de bescheidenheid zelve is.'

'Welkom, mijnheer Loch,' zei Luckner. 'Berthold heeft me al over u verteld. Liefde voor de oude wereld én nakomeling van een officier die zijn waarden met zijn leven heeft verdedigd: het kan niet anders of u bent uit het juiste weefsel opgetrokken.'

Na een halfuur van luchtige groepspraat waarbij Luckner mij bij wijze van intieme gunst af en toe tutoyeerde, zei Bertl: 'Mijn waarde, waarom neemt u Hermann niet mee naar uw patiënt voor een consult?'

'Zeer graag,' zei Luckner en hij ging mij zo kwiek voor naar de salon dat het leek alsof zijn stok op hem leunde in plaats van andersom. 'Berthold is een fijne jongeman, ik ken zijn ouders,' zei hij ondertussen. 'Voortreffelijk opgevoed, maar jammer genoeg niet erg muzikaal. Hij heeft een abominabele pianistiek en een weinig gracieuze voordracht – en dan druk ik me mild uit.'

We stonden stil voor een olieverfportret in een bovenmatig brede krullijst dat ik in de gauwigheid dateerde rond 1850.

'Mag ik u voorstellen aan Wilhelm Luckner, mijn grootvader.'

Ik staarde in het gelige gelaat van een man met een dikke *Kaiser*knevel en begreep dat ik te maken had met een goedkope en tegelijkertijd onbetaalbare brok ingelijste familie-eer.

'Tja,' zei ik. 'Een mooi en belangwekkend werk. Dat zonder meer.'

Ik keek even om me heen. Het plafond zag bruin van de sigarenrook, door de zuidelijke tuindeuren viel het zonlicht schel naar binnen en precies onder het schilderij zat een deukje in de vloer.

'Maar...?' zei Luckner.

'Oorspronkelijk is het werk naar mijn inschatting helderder van kleur geweest. De vernislaag is blind uitgeslagen en zou moeten worden gereinigd of zelfs vervangen; de verf eronder is hier en daar beschadigd en zou moeten worden bijgewerkt; en er is een flinke hoek uit de lijst, die zou gerestaureerd moeten worden met harde materialen en bladgoud.'

'Ik kan u niet zeggen hoezeer het mij verheugt dat u dit karwei op zich wilt nemen,' zei Luckner stralend.

Ik moest alle wilskracht aanwenden om mijn gezicht in de plooi te houden.

'Berthold vertelt me dat u gewoonlijk veertig shilling rekent voor een restauratie...'

Ik slikte. 'Voor dit eh... werk denk ik dat ik met dertig al een heel eind kom.'

'Uitnemend! En waar kan ik het laten bezorgen?'

'Köstlergasse 4,' antwoordde Bertl, die vanaf het terras de kamer binnenwandelde. 'Hermann woont in Wieden, maar zijn atelier bevindt zich in Mariahilf. En zoals in zijn branche te doen gebruikelijk werkt hij op basis van vooruitbetaling.'

'Uiteraard geen enkel probleem.' Luckner draaide zich weer naar mij toe en greep met beide handen de mijne. 'Mijnheer Loch, ik ben u oneindig dankbaar dat u zich persoonlijk over mijn grootvader ontfermt.'

'Bertl!' siste ik toen we weer buiten stonden.

'Manno, dit kun je, echt waar.'

'En mijn atelier bevindt zich bij Béla thuis?!'

'Nou en? Daar zít je toch ook vaak te werken? Je kunt opa Wilhelm moeilijk meenemen naar de studentenwerkplaats op de academie...'

'Klopt! Omdat ik dan in de grootst mogelijke moeilijkheden kom!'

'Manno,' zei Bertl opnieuw en legde zijn hand kalmerend tegen mijn bovenarm. 'Je kunt toch niet eeuwig voor een habbekrats reclameborden blijven schilderen? Kom, bevrijd het genie in jezelf! Als je dit zaakje voor Luckner goed afhandelt, zullen de opdrachten binnenstromen.' En, terwijl we naar het hapjesbuffet liepen: 'Heeft ome Theo nog iets gezegd over mij?'

'Ja. Hij zei dat je zo'n virtuoos pianist bent dat hij niet kan wachten je in de Grosser Musikverein te zien optreden.'

Op de laatste dag voor de start van het nieuwe academisch jaar stond de oude Luckner op mijn schildersezel in het laboratorium aan de Köstlergasse. Onder de nieuwsgierige blikken van Max en Béla, die aan weerszijden van mij stonden, bekeek ik het schilderij.

'Het ziet er vuil uit,' zei Max.

'Je lijkt wel een Hollander,' grapte ik een beetje nerveus. 'Reinheid is de oppergod die in mijn geboorteland met grote eensgezindheid wordt vereerd.'

Behoedzaam verwijderde ik de lijst ter linkerzijde, waaronder de oorspronkelijke, heldere kleuren op het doek tevoorschijn kwamen. 'Kijk,' wees ik. 'Door zonlicht ontkleurde organische pigmenten. Vuil is het zeker, maar het is ook verbleekt.'

Ik lijstte het doek helemaal uit en legde het plat op tafel, wond een reep wit katoen om mijn wijsvinger, spuugde erop en wreef heel voorzichtig over een klein plekje. Béla slaakte een kreet en Max moest vreselijk lachen, maar ik zei: 'Jongens, ik begrijp dat dit in jullie metiers geen bon ton is, maar ik verzeker je dat er in het mijne geen beter, zachter, veiliger en effectiever eerste schoonmaakmiddel is dan...' Ik hief mijn wijsvinger met het vuile lapje katoen, '...de enzymen in menselijk speeksel.'

In de weken erna overtrof ik alle verwachtingen die ik nooit van mijzelf had gehad. Nadat het speeksel zijn werk slechts beperkt had gedaan, pakte ik de resterende vervuiling aan met viervoudig gerectificeerde terpentijn en een scheutje spiritus. Toen ook dat onvoldoende hielp, loste ik de vernislaag op met isopropanol, trok hardnekkig vernis er voorzichtig af met een stukje kleefband, restaureerde met een fijn penseel de beschadigingen en voorzag het werk van een nieuwe laag vernis uit damarhars, terpentijn en wat lijnolie. Daarna herstelde ik de lijst met houtstof en lijm, bedekte het nieuwe hoekje met bladgoud en lijstte Wilhelm weer in.

Twee weken later ontving ik per koerier een envelop van Theodor Luckner met duizend woorden van dank en tien shilling extra en kort hierna meldde zich de eerste van zijn vele kennissen voor herstel van een Smigelschi met vochtschade.

Nog vóór het vallen van de eerste sneeuw behoorden mijn financiële zorgen tot het verleden.

6

Het moet zaterdag 16 juli 1927 zijn geweest, want het was de dag na de brand in het Paleis van Justitie. Tot verontwaardiging van de socialisten was een groepje van moord verdachte, extreemrechtse onverlaten vrijgesproken door wat werd beschouwd als een systeem van klassenjustitie. Meteen braken wilde stakingen uit en was een grote menigte woedende arbeiders naar de binnenstad opgetrokken waar zij het gerechtsgebouw hadden bestormd, de inventaris uit de ramen hadden gekieperd en papieren strafdossiers in de fik gestoken.

Daags na die opstand zaten we aan onze vaste tafel in Café Hackl, waar het drukker was dan gewoonlijk en de gesprekken gonsden van de recente gebeurtenissen. Ieder van ons was er, met uitzondering van Bertl die een bijeenkomst had van zijn studentenvereniging.

'Franzi, hoe gaat het nu met je broer?' vroeg Lotte.

'Redelijk, dank je. Hij heeft veel bloed verloren maar hoort niet bij de meer dan tachtig doden die de politie op haar geweten heeft; godzijdank hoort hij tot de bijna zeshonderd gewonden.'

'Vergeet niet dat er ook politiemensen gewond zijn geraakt.'

'Max, de politie heeft het vuur geopend op burgers!'

'Ik begrijp rovers, dieven, oplichters en zelfs sommige moordenaars, maar vandalen kan ik niet begrijpen,' zei Béla.

'Die begrijp jij niet omdat zij, anders dan jij, hun kamer delen met negen anderen en allerlei ongedierte!'

'Mijn moeder begrijpt het ook niet hoor,' zei Lotte tegen Béla, 'die is zó bang voor marxisten! Als de tuinman ergens rode anjers plant, vermoedt zij al een communistisch complot.'

'Hoe weet je zo zeker dat arbeiders uit de slavernij willen worden bevrijd door jouw hoogopgeleide broers?' zei Max tegen Franzi. 'Is een echte socialist geen proletariër, iemand die met zijn handen werkt, in plaats van een bedenker van enorme complexen voor arbeidersgezinnen die daar moeten wonen volgens door anderen opgelegde regels?'

'Complexen die zij eerst zelf hebben moeten bouwen...' zei Béla.

'Daar gaat het niet om,' zei Franzi ongeduldig. 'Het proletariaat blijft onderontwikkeld door de macht van de intelligentsia – precies díé club die verantwoordelijk was voor die stomme oorlog en zijn afschuwelijke nasleep: een sociaaleconomische misère die vooral het proletariaat heeft getroffen! Je kunt die mensen toch niet kwalijk nemen dat ze elke vorm van autoriteit inmiddels wantrouwen?' En daarna, met zachte stem: 'In opdracht van de socialistische leiders heeft mijn vader nog geprobeerd, staand in een open auto, de menigte tot kalmte te manen. Mijn oudste broer sprong eruit en begaf zich onder de mensen om hen ertoe te bewegen naar huis terug te keren. Hij werd als een van de eersten neergeschoten.' Franzi keek wezenloos voor zich uit en barstte toen in tranen uit. 'Eigenlijk heb ik een hekel aan de Arbeiderspartij!'

Via de spiegelwand achter de bar zag ik hoe de anderen Franzi troostten. Ineens voelde ik me van hen die me eigenlijk vertrouwd waren als door een glazen wand gescheiden. Mijn vrienden hadden een leven naast onze vriendschap, een maatschappelijk leven met sociale contacten, verenigingen, familiebanden en een publieke persoonlijkheid. Voor hen was onze vriendschap een vrijplaats, een plek waar zij verlost waren van het keurslijf van hun sociale groep en de druk van de maatschappij – dat monsterverbond van schone schijn en vijanddenken. Voor mij vervulde onze vriendschap de rol van familie, vriendenkring en maatschappelijke bedding ineen; zij wáren mijn sociale groep.

Ik verontschuldigde me, zei dat ik hoofdpijn had en vertrok.

In de lauwe zomeravond liep ik naar huis. Muziek waaide uit open ramen en voor Palais Ehrbar converseerde een groepje jonge mannen onder het genot van een pijp.

Zodra ik het huis aan de Wiedner Hauptstraße binnenging, viel de leegte in massa's op mij neer. Ik hing mijn jas aan de kapstok en wierp door de openstaande kamerdeur een blik in de verlaten salon, waar een bosje uitgeputte gladiolen stond met plakkerige, stinkende stelen.

Op mijn kamer ging ik met kleren aan zijdelings op bed liggen en staarde naar de werkeloze penselen op het bureau. Ineens realiseerde ik me dat ik daadwerkelijk hoofdpijn had. Ik maakte een lap nat, legde die op mijn voorhoofd en sloot de ogen.

Ik moet zijn ingedommeld, want in het schemerdonker schrok ik wakker van een schel klinkend geluid. Even dacht ik dat ik had gedroomd, tot er opnieuw lang en hard werd aangebeld.

Toen ik de voordeur opendeed, knipperde ik een paar keer met mijn ogen. In het licht van de hal stond een veldmaarschalk in een witte rijbroek, een donkerblauw jasje met Brandenburg-tressen, een gekleurde sjerp en een sabel. Op het donkerrode haar prijkte een stijve pet en het gezicht eronder was vertrokken in een kommervolle knoop.

Terwijl ik me afvroeg hoe hij wist waar ik woonde, stapte Bertl over de drempel en liep rechtstreeks naar de zitkamer, waar de sabel met een doffe dreun op het vloerkleed viel. Hij gooide pet en jasje over een stoel, zeeg neer op de sofa en begon keihard te huilen. In het halfdonker ging ik naast Bertl zitten, waarop hij zich in zijn klamme hemd tegen mij aan wierp, aangeschoten en doorrookt. Geschrokken van zijn wanhoop hield ik hem vast, vagelijk vereerd dat hij juist mij had uitgekozen voor steun en tegelijk verward, omdat ik merkte dat hij mijn verbinding met de wereld in luttele seconden had hersteld.

Ineens voelde ik hoeveel ik van hem hield.

'Bertl,' zei ik zacht. 'Bertl, wat is er gebeurd?'

'Ik heb bewogen!'

Ik vroeg me af hoeveel hij had gedronken. 'Hoe bedoel je, bewogen? Bewogen bij de fotograaf? Bij de kapper?'

Verwilderd keek hij me aan, zijn gezicht nat van snot en tranen. Ik gaf hem mijn zakdoek, hij snoot zijn neus en gaf hem aan mij terug.

'Bewogen tijdens de mensuur,' zei hij.

'Maar dat is toch een normale reflex? Als iemand naar mij wijst met een sabel wend ik ook mijn gezicht af.'

'Je snapt het niet,' huilde Bertl. 'Het is eerloos. Ik ben blijvend geschandvlekt!' Al wat zijn lichaamscellen bijeen had gehouden, was verdwenen en hij liet zich slap van de bank op de grond glijden. 'Ik heb een borrel nodig.'

'Bertl, zou je dat wel doen? Morgenochtend heb je er spijt van...'

'Dan slaap ik wel uit tot de middag. Alsjeblieft Manno, ik moet iets drinken.'

In Edmonda's kamer vond ik een fles Slivovitsj en omdat ik zo gauw geen glas kon vinden, overhandigde ik hem de fles. Maar ook bij de drank vond Bertls gekwelde ziel geen rust. Moeizaam krabbelde hij overeind en begon doelloos door het vertrek te lopen.

'Een echte man is een drager van deugden!' riep hij me toe alsof ik het tegendeel had beweerd. 'Andreia en Thumos, moed en eer!'

Ten slotte ging hij op de armleuning van een fauteuil zitten en stak zijn armen in de lucht alsof hij zich opeens zijn catechismus herinnerde. 'Een man is het levende uithangbord van zijn eigen voortreffelijkheid.'

In aangeslagen toestand staarde ik naar mijn goede vriend, van wie ik altijd had gedacht dat zijn leven liep als zoet water door een brede beek. Nu openbaarde zich even eenvoudig als onweerlegbaar het tegendeel; net als de anderen had Bertl moeite met de specifieke eisen en verwachtingen waaraan hij was blootgesteld. Arme Bertl, hoe afschuwelijk moest de publieke aantasting van eer en goede naam zijn voor iemand als hij, die onzekerheid compenseerde met een charmante presentatie en een groots imago.

Zo pardoes als hij voor de deur had gestaan, zo plotseling kondigde Bertl zijn vertrek aan. Wankelend stond hij op, wees ieder aanbod van maaltijd of slaapplaats van de hand, maar stond mij toe een taxi voor hem te bestellen.

Bij de voordeur omhelsde hij me.

'Manno, je bent open als een oester en doorzichtig als een mistig alpenlandschap,' lispelde hij met dubbele tong, 'maar ik hóúw van je.'

Nog een tijdje staarde ik naar de gesloten voordeur. Toen ging ik naar de zitkamer om op te ruimen.

7

De eerste keer dat Béla me meevroeg op een van zijn wandelingen, was op een ochtend met verwaaide wolken en bleekgeel licht in de late zomer van 1928. Ik zat in zijn lab en werkte ingespannen aan het herstel van een piepklein olieverf op hout van Palizzi, toen met vertraging tot me doordrong dat hij tegen me sprak.

'Neem me niet kwalijk, wat zei je?' sliste ik met een penseel tussen mijn tanden.

Hij had zijn hoofd om de hoek van de deur gestoken. 'Of je zin hebt om mee te gaan.'

Ik keek naar mijn handen, waarin ik het palet en een tube Schönbrunnergeel hield. 'Eh... waar naartoe?'

'Op geurtocht,' zei Béla.

Max had me inderdaad ooit verteld van deze ontdekkingsreizen door de stad, waarvan Béla pas aan het eind van de dag of zelfs pas tegen de morgen huiswaarts keerde met bijzondere producten en fijne verhalen of ogen vol onuitgesproken gelukzaligheid. Dat hij me meevroeg had mij verrast, want van Max begreep ik dat Béla gewoonlijk alleen op pad ging.

Zoals we dat later vaker zouden doen, begon de tocht ook die eerste keer met het geurmozaïek van de Naschmarkt, de natuurlijke grens tussen Wieden en Mariahilf – wijken die elkaar over die lijn als vreemden bekeken. Een halfuur zwierven we tussen de kramen met stokvis, groenten en fruit, blauw geaderde kazen, gezouten kabeljauw, vers vlees, reuzel, gedroogde pepers en geroosterde noten. Béla, die de handelaren bij naam kende, stelde vragen, rook aan kruiden en ontving overal een gulle glimlach en een gratis exemplaar. Met een rugzak vol lekkernijen namen we vervolgens de tram langs de stinkende schoorstenen aan de Triesterstraße, de broodbakkerslucht van de gebroeders Anker en de geur van verstookte brandstof bij de gloeilampenfabriek van Kremenezky naar Béla's volkstuintje aan de Laaer Berg. We verzorgden er de planten, bonden zwakke broeders op met afgedankte zijden kousen, oogstten wat rijp was en rustten uit tegen het houten tuinhuis.

'Planten zullen alles voor je doen, zolang je ze met respect en naar hun aard behandelt,' zei Béla en tikte op zijn tas vol leverkruid en salie.

Meestal voerden mijn geurtochten met Béla ons naar de randen van de stad, waar zich zowel de natuurlijke als menselijke werkplaatsen bevonden voor de vervaardiging van allerlei moois en lekkers of lelijks en nuttigs. We snoven de metalige geur op van bloed bij de slachthuizen in Landstraße, de dampen van gistende hennep en teer bij de touwfabrieken in Floridsdorf, de weezoete lucht vol bittere tonen bij de veevoederfabrieken in Hernals en die van brandende turf bij de rokerijen in Favoriten. Béla, die zelfs opgewekt door een wolk van desinfectantia rond de openbare toiletten liep, lachte om mijn van afkeer vertrokken gezicht.

'Stank bestaat niet in de wereld van de geurcompositie,' hield hij me voor. 'Iets ruikt houtachtig, nootachtig, tabakachtig, rokerig, bloemig, fruitig, kruidig, ranzig, aardeachtig, pittig – *kwalijk* desnoods, maar stinken doet het nooit. Wat stank is voor de één, is voor een ander functioneel.'

Nooit heb ik mij gelukkiger gevoeld dan tijdens deze tochten door Wenen, de stad die Béla tot in iedere uithoek leek te kennen en die hij mij, als de achterkant van de maan, toonde in een hoedanigheid die zich voorheen aan mijn zintuigen had onttrokken. Toch waren het niet zozeer de geuren zelf waarvan ik genoot, als wel de verrukking die zij opriepen bij mijn vriend – zoals het ook niet de geuren zelf waren die ons nabij brachten, maar onze gedeelde beleving ervan, de gezamenlijke ervaringen waarbij Béla en ik elkaar zo dicht naderden dat ik nauwelijks nog voelde waar ik ophield en hij begon. Nog bezit ik enkele tekeningen uit die tijd, waarop ik Béla's gezichtsuitdrukking heb vastgelegd bij het ruiken van de zoete moutgeur van een bierbrouwerij en de scherpe lucht van een lederwerkplaats, die volgens mijn onderschrift rook naar 'mosterd en wilde dieren die hun vacht drogen aan de zon'.

In die prachtige herfst van 1928 voerden onze gezamenlijke geurtochten vooral naar de Kahlenberg en de heuvels aan de oever van de Donau, waar we snoepten van de zoete wijnstokken en elkaar wezen op buizerds en ravottende eekhoorns in de bomen. Op een heiige nazomerdag zaten we na zo'n wandeling in het gras tegen een boom. Onder ons lag het vermoeden van de stad met haar grommende verkeer en rokende fabriekspijpen, maar in de wijngaarden om ons heen klonk slechts het geroep van vogels en het zachte gegons van insecten boven de rijpe druiven. Béla had zijn schoenen uitgetrokken en liet een kever over zijn handen lopen, terwijl ik met houtskool de verre stadscontouren schetste op mijn tekenblok.

'Dank je, Manno,' zei Béla ineens.

Ik keek hem aan. 'Waarvoor?'

'Voor je vriendschap.' Zijn gouden ogen stonden ernstig en hij sprak met een zekere bedachtzaamheid.

Om mijn ontroering te verbergen wendde ik mijn blik af. 'De dankbaarheid is wederzijds. Bij jou ben ik mijn beste versie.'

Een tijdje keken we naar de trillende stadstorens in de verte. Toen zei Béla: 'We hebben het nooit meer gehad over die nacht in

Altaussee, toen je Paul en mij samen zag.'

Een beetje verlegen haalde ik mijn schouders op. 'Jij en ik hoeven niet te praten om in de ziel van de ander te zien.'

Béla maakte een instemmend geluid. 'Daarom weet jij dat ik als mens uiteenval in een deel dat wel, en een deel dat niet mag bestaan. Helaas is juist het deel dat verboden is, dat wordt afgewezen en verfoeid, van groot belang voor het geluk en het welbevinden van het geheel.' Hij draaide zich naar mij toe. 'Als ik bij jou ben, kan ik toegeven aan het verlangen als geheel te worden gekend. Dat maakt me gelukkig.'

Wanneer we uit de wijngebieden terugkeerden naar de stad, maakten we op Béla's verzoek steevast een tussenstop aan de Heiligenstädter Straße, waar in die tijd de reusachtige Karl-Marx-Hof werd gebouwd: een kilometerlang woonproject voor de arbeidersgezinnen van Wenen. Op Béla oefenden bouwterreinen een onweerstaanbare aantrekkingskracht uit, hetgeen ik aanvankelijk toeschreef aan de gecombineerde geur die er hing van roet en kalk. Na verloop van tijd begon ik wel te vermoeden dat het niet ging om die krijtachtige lucht, maar dat de bekoring was gelegen in de bouwvakkers die er rondliepen: kaarsrecht en soepel, de gespierde, ontblote torso's bedekt met glanzend zweet, als Oud-Griekse atleten op weg naar de sportzaal. Pas weer later zou tot me doordringen dat Béla zijn volkstuinhuisje niet gebruikte voor de opslag van gereedschap, het Diana Bad niet bezocht om schoon te worden, niet naar Café Paulanerhof ging om er te biljarten en dat zijn geurtochten tegelijkertijd speurtochten waren.

Hoewel ik genoot van onze wandelingen was ik van een groot deel van Béla's leven afgesneden. Voor dat stuk zocht hij vooral het gezelschap van Lotte die hij, na haar werk als stenotypiste bij de Grondkredietbank, in een open automobiel meenam naar de Neue Markt om er te winkelen bij bonthuis Roubitscheck, de hoedenzaak van Julius Mayreder of lederwarenboetiek Fassel. Zo vanzelfsprekend als Béla met mij over de paardenmarkt aan de Matzleinsdorferplatz tussen de mest scharrelde, zo eenvoudig bezocht hij met Lotte een bal masqué, de bioscoop, het revuetheater of een derby op de drafbaan. En nadat hij en ik 's ochtends samen in de aarde van zijn moestuin wroetten en die vervolgens overgoten met stinkende gier, verloren Béla en Lotte zich met gemak een hele middag in het keuren van krokodillenleren sigarenetuis en koffieserviezen uit Constantinopel of een zoektocht naar kralensnoeren en veren.

Wat Béla betreft gingen deze verschillende grondstoffen die hij in zich droeg schijnbaar moeiteloos samen, maar ik had het pijnlijke gevoel dat ik me gedurende de helft van de tijd aan de andere kant van de draadversperring bevond. En ondanks het feit dat ik geen exquise smaak had, niets gaf om Egyptisch gekamd katoen of Rosado-tabak en geen enkele reden zag voor een geliefde vriend om minder tijd door te brengen met een wederzijdse vriendin, voelde ik mij afgewezen. Voor deze platte kleinzieligheid schaamde ik me diep, maar hoezeer ik mijzelf er ook om verachtte – ik kon het niet helpen. Het was niet zozeer afgunst jegens Lotte die mij parten speelde, als wel mijn ervaringen met afkeuring, verlating en verlies, waarvan ik in Béla's gedrag de eerste tekenen meende te herkennen. Het is van een bittere ironie dat mij in die milde herfst van 1928 nog niet helder voor ogen stond dat juist Béla degene was die afwijzing en uitstoting te vrezen had.

8

Zoals intussen traditie was, brachten we ook in de lente van 1929 gelukkige dagen door op de boerderij van Baumi. Deze jaarlijkse vakantie stond deels in het teken van een gezamenlijke narcissenpluk omwille van Béla's gedroomde parfum op basis van de wilde bergnarcis. Inmiddels was ik intens gaan houden van de schoonheid en de charme van deze landstreek, waar de lucht fris was en verkwikkend, alsof hij per ademteug meer zuurstof bevatte.

Ook dit keer begonnen we onze vakantie op de eerste dag met een frisse duik in het meer van Altaussee, als een rituele reiniging waarbij het water een kleverig onbehagen van ons afspoelde, een onbestemd gevoel van gemis dat we ervoeren als we niet allemaal samen waren. Bij ons vertrek uit Wenen droegen de seringen in de tuin van de Hofburg nog geen bloem, maar hier in Altaussee was het voorjaar al verder, alles botte uit en bloeide met alle benevelingen die daarbij hoorden. Honingdronken bijen lagen voor pampus in de kelken van het vingerhoedskruid, vette naaktslakken trokken slijmsporen in het gras en langs de waterkant was het zwanenpaar op zijn nest teruggekeerd. Bijna eerbiedig keken wij hoe Béla de ontblote huid van Lotte, die last had van zonnebrand, zorgvuldig inwreef met een olie van walnootbolsters. In het badpak dat haar slanke taille en prachtige rondingen strak omsloot, zag ze er anders uit dan Franzi, die met haar ranke gestalte en kleine borsten eerder oogde als een berglynx.

We dronken wijn, zongen, stoeiden in het water, werden weer droog in de lauwe wind en waanden ons de onaantastbare waterspiegel van het meer, waarop voortdurend verandering zichtbaar was zonder dat er ooit werkelijk iets veranderde.

De volgende dag lieten we ons rond het middaguur door Paul naar de Blaa-Alm rijden, schommelend op de wagen die we op de bodem hadden bespannen met jute. Naast hem op de bok zat Béla, wiens hand quasinonchalant op het bovenbeen van Paul lag.

Het bos rustte vredig in zijn eigen zoemen. Hemellicht sijpelde door de roerloze boomtoppen en zo nu en dan klonk het geluid van een slaande specht.

Over mijn schouder keek ik naar Franzi. Haar sterke benen waren gestoken in bergschoenen en ze droeg een mouwloze jurk. In gedachten schilderde ik haar roze konen en de lichte huid met ondertonen van oker en omber, als de kleur van een bloeiende perzik, waarvoor ik cadmium, zwavel en seleen zou mengen. De spanning van de huid over de jukboog en de kaakhoek zette ik aan met vergulderswit en de schaduwen maakte ik leemkleurig, precies zoals Rembrandt graag deed. Als bindmiddel voor de pigmenten zou ik papaverolie gebruiken, een olie die pasteuze, boterachtige penseelsteken mogelijk maakt, opdat ik het portret een dynamiek kon geven, passend bij haar temperament.

Ook dit jaar werden we gegrepen door de eerste aanblik van de bergnarcissen die de hellingen hadden gekoloniseerd. Paul, die de kar voor ons dicht bij het weideland achterliet, klom op de Haflinger en reed terug naar het dorp. Terwijl Bertl op zijn gemak de meegenomen proviand keurde en Béla zijn plukaanwijzingen herhaalde – 'de bloemsteel onder de nectariën van het vruchtbeginsel scherp omknikken' – zat Franzi al op haar knieën in het halfhoge gras. Met smalle, lenige vingers ontdeed ze de narcissen razendsnel van hun bloemdek en wierp die met handenvol in de mand naast zich.

Opgetogen riep Béla: 'Een uitmuntend narcissenjaar: overvloedig aanbod, droge pluk en een perfect geurstempel!'

'Je moet het zelf weten, maar persoonlijk zou ik het niet gauw aanleggen met een vrouw die naar narcissen ruikt,' zei Bertl.

'Dat waag ik te betwijfelen,' zei Franzi.

'Natuurlijk niet,' zei Béla. 'De narcis geurt uitsluitend sensueel als je haar combineert in een mooi akkoord, bijvoorbeeld met een topnoot van bergamot, een middengeur van kardemom en een houtige basisnoot van eikenmos of witte amber.'

Max richtte zich op. 'Na een uur boven die narcissen ruik ik vooral menselijke uitwerpselen.'

'Indool,' grinnikte Béla. 'De geurstof die witte bloemen beschermt tegen schimmels en insecten. Parfumeurs zijn er dol op; indolen benadrukken de bloemige tonen in een parfum.'

Na een paar uur onderbraken we de pluk en ploften neer in het bloemloze gras, waar Franzi zich naar mij toe boog en me iets te eten aanreikte. Op haar voorhoofd glansden zoutkristallen en ze rook naar de zeewind en zurige duindoorn van de Hollandse kust. Een gouden kettinkje golfde over haar fijne sleutelbeenderen. Hoe graag zou ik haar aanraken, haar lichaam met mijn vingertoppen traag en grondig verkennen!

Bertl liet zich achterovervallen en legde zijn hoofd in Lottes schoot.

'Waarom doen we dit ook alweer?' kreunde hij.

'Omdat we van Béla houden,' zei Lotte. 'En omdat we hem met zijn eigen narcissengeur een doorbraak gunnen bij parfumerie Filz. Toch, Franzi?'

'Geen idee,' zei Franzi met volle mond. 'Waar ik vandaan kom is parfum een symbool van kapitalistische decadentie en verspilling.' Ze slikte haar hap door. 'Ik hou van de bergnarcis om wat hij met ons doet.' En in de richting van Bertl: 'Of je wilt of niet, de rest van je leven zul je aan ons denken zodra je een narcis ruikt.'

Ik nam mijn pet af, strekte me naast Franzi uit in het gras, legde de rug van mijn hand op haar buik en liet me meevoeren door het ritme van haar ademhaling, als door de golving van de zee.

Pas aan het eind van de middag, toen Paul verscheen om ons op te halen, leegden we de laatste manden met narcissen op de wagen en bonden Max en Béla de juten lap boven op de berg bloemen dicht. 'Kijk!' zei Lotte en wees naar een steenarend hoog boven ons. Met haar losgeraakte lokken en lippen als vochtige kiembladen zag ze eruit als een Germaanse godin. Bertl raapte een veer op en stak die tussen de blonde haarstrengen, kuste haar, tilde haar op de wagen en ging ernaast zitten. 'Kom Béla,' zei hij, 'dan gaan we je liefdeselixer brouwen!'

Terwijl de anderen de vracht narcissen naar de schuur sjouwden om ze in het vat met petroleumether te storten, hielpen Franzi en ik Baumi bij het bereiden van de avondmaaltijd. We klopten een romig beslag waarin we vlierbloemen doopten en dompelden ze daarna onder in gloeiendheet vet. Baumi maakte kippenlever met ei en gebruikte voor het dessert de laatste ingemaakte vruchten die de boomgaard hadden verruild voor de kast.

Toen Franzi en ik naar buiten gingen om de tafel te dekken, troffen we een tafereel dat me deed denken aan Rembrandts *Anatomische Les*. Boven op de houten tafel zat Lotte en op een stoel ernaast zat Béla met een deel van haar voet in zijn mond. Max gloeide de punt van een pincet uit en verwijderde hiermee een angel uit haar teen, waarna Bertl de steek depte met vierdievenazijn.

'Heren!' zei Franzi. 'Het is bijna jammer dat Lotte in een bij is gaan stáán, in plaats van zitten; ik had jullie operatie van haar achterste niet willen missen.'

Vanaf het moment dat ik Paul en Béla drie jaar geleden 's nachts bij toeval verraste, had ik me afgevraagd of iemand van de anderen enig benul had van hun seksuele opmaak. Nog altijd kneep Béla er na zonsondergang regelmatig tussenuit, hetgeen mij doorwaakte nachten vol angstbeelden bezorgde. Zodra het donker werd, voelde ik me geroepen hem te behoeden voor – ja, voor wat eigenlijk? Voor ontdekking door onze vrienden? Waarom zou ik Béla moeten beschermen tegen mensen die onze veilige haven waren, een zone zonder gevaar waarbinnen elk van ons zich kon bewegen zonder de druk van een maatschappelijk gewenste persoonlijkheid? Wat was ik voor kameraad om hun onvoorwaardelijke vriendschap met zulk een wantrouwen te beantwoorden? Starend in de caleidoscoop van het donker gaf ik me over aan gevoelens van schuld en schaamte. Pas tegen de tijd dat het zwart van de nacht overging in het blauw van de ochtend, viel ik in slaap.

Die morgen dansten de muggen al in de zware lucht onder de appelboom. We aten donker brood met spek, dronken verse koemelk en keken uit op de Rehkogel, waartegen zich wolkenslierten hadden gevormd.

'Er komt onweer,' zei Baumi. 'Dit is de laatste droge dag.'

Nauwkeurig besmeerde Max zijn brood met boter en honing. 'Geeft niet, we gaan naar de Loser, daar waren vorig jaar narcissen genoeg.'

'Dat wel, maar het is de vraag of we met zijn zessen voldoende bloemen kunnen binnenhalen zonder een derde plukdag,' zei Béla.

'Ik ga mee,' zei Paul rustig en hij keek zijn moeder recht aan. 'Ik ga mee naar boven.'

Toen we wegreden bad Baumi de rozenkrans op de veranda.

Naast de wagen liepen we over het brede, steile pad naar de hooggelegen alm van de Loserberg. De atmosfeer was broeierig, een milde wasem bedekte de akkers en langs de weg wentelden hommels zich trillend in het stuifmeel van de klaprozen. Lopend in de buurt van de weldadige geur van het paard keek ik naar de fijne gestalte van Franzi, die met lichte tred voor ons uit liep. Halverwege de klim stond ik even stil en keek om naar het dorp, dat beneden mij zichtbaar werd tussen de wolken.

Eenmaal op de met wilde narcissen bezaaide almweide die wel speciaal voor ons leek te zijn uitgerold, was de lucht minder dik en keken we ver uit over het Gebergte des Doods. Als een hondje strekte Béla zijn hals en stak zijn snuit in de lucht om de narcissengeur op te snuiven. Hij knikte verrukt.

'De narcissen met bruine vlekken moet je laten staan, die hebben een tik gehad van de IJsheiligen. Voor het overige verzoek ik jullie hierbij officieel deze berg kaal te plukken!'

Paul spande het paard uit, we verspreidden ons over het veld en in een razend tempo namen onze geoefende handen de bloemen van de stelen.

Die dag onderbraken we het werk eenmaal kort om te eten en eenmaal iets langer om de ontsnapte Haflinger te vangen, maar tegen het einde van de middag lag een ongeëvenaarde oogst bloemen op de kar.

Er was een wind opgestoken en met vereende krachten bonden we de punten van het doek over de berg bloemen samen, toen Paul ineens de hoed van Béla's hoofd griste en ermee wegrende. Hierop zette Béla de achtervolging in en even later buitelden de twee stoeiend over elkaar, om uiteindelijk giechelend en innig omstrengeld te eindigden in het korte gras.

Geschrokken keek ik naar de anderen. Kon dit tafereel nog doorgaan voor volwassen knapen die zich na het saaie plukwerk gedroegen als jolige schoolkinderen? Of zagen zij wat ik zag: een onmiskenbaar liefdesspel?

Mijn blik kruiste die van Bertl, die het hoofd afwendde en zei: 'Nou, nou, het blijkt maar weer dat de narcis in staat is de meest primitieve gevoelens wakker te roepen in de mens.'

'Snuffel jij dan als de sodemieter even aan deze berg narcissen opdat het primitieve gevoel van dienstvaardigheid in jou ontwaakt,' zei Franzi. 'Ik kan wel wat hulp gebruiken met dit touw.'

Franzi! Haar woorden sneller dan de kogel, haar menselijk inzicht scherper dan de pijl. Ik hield zoveel van haar dat ik barstte.

Toen we op de terugweg aan de zuidzijde van de Loser het gedenkteken van Johann Baumgarten passeerden, stopte Paul om er een bosje narcissen neer te leggen. In een halve cirkel stonden we rond het houten kruis. Het was stil, zelfs de krekels zwegen.

'Wat is er gebeurd, Paul?' vroeg Max uiteindelijk.

Paul ging bij de rand staan en keek in de diepte van het ravijn, dat uitkwam op het wandelpad rond het meer. 'Volgens mijn moeder stond mijn vader te dicht aan de afgrond en is hij eraf gewaaid.' Hij draaide zich naar ons toe en schudde het hoofd. 'Hier val je niet vanaf. Niet op deze plaats.'

Uiteindelijk was het Franzi die onze verwarde gedachten samenvatte. 'Denk je dan dat hij is geduwd?'

Paul keek haar lang aan. Zoals hij daar stond, had hij iets van een engel, met zijn blonde krullen tegen de achtergrond van de wolkenhemel die wel speciaal voor hem geschapen leek.

Toen zei hij: 'Of gesprongen.'

Hoewel het onweer zich pas boven de meer noordelijke flanken van het Totes Gebirge bevond, kon ik de geur van ozon beneden in het dal al ruiken. Voor de zekerheid had Baumi de tafel voor het avondeten binnen gedekt, bij de hoekbank in de grote keuken. We aten karper in biersaus met aardappelen en appelmoes.

'Moeder Baumi, wat houd ik van u,' zei Bertl en tegen Béla: 'Liefde gaat door de maag, jongen, niet door de neus.'

Baumi, die een struldeeg kneedde, zei: 'Aan de geur herkent een roofdier zijn prooi en een jongeling zijn geliefde.'

'Geur is gewoon een heel slechte investering, want geuren zijn vluchtig,' vervolgde Bertl.

'Geur is een uitstekende investering,' wierp Béla tegen. 'Geuren zijn in staat om de mens het bestaan van een "ik" te laten ervaren. Een parfum, juist een op basis van narcis, brengt de liefde voor de eigen persoon tot stand.'

'Aha!' zei Max en hij deed een scheut bruisend mineraalwater bij de wijn. 'Dáárom heeft onze vrolijke vriend Sigmund Freud het altijd over narcisme.'

Baumi had het deeg papierdun uitgerold en bracht het naar de zolder om het hangend te laten drogen. Door het raam zag ik dat de gewelfde kim van de Dietrichkogel merkwaardig licht afstak tegen de dreigende hemel. Ineens fladderde een sijsje meermalen op tegen de ruit.

'Ach, wat schattig,' zei Lotte. 'Hij wil naar binnen.'

'Natuurlijk niet,' zei Franzi, 'die vogel wordt door het glas weerspiegeld en is verliefd op zichzelf.'

'Of op iemand van gelijke kunne,' zei Béla.

We staarden naar zijn woorden alsof die uit zijn mond op de grond waren gevallen.

'Dat kan niet,' zei Bertl uiteindelijk. 'Die vogel is onderdeel van de natuur en...' Met vettige vingers van de saus nam hij zijn wijnglas. '...en verkeren met iemand van gelijke kunne is tegennatuurlijk.'

Paul stond zo abrupt op dat zijn stoel omviel en liep naar buiten. Zijn vertrek liet een vreemd gat achter, alsof er een tegel was gelicht waaronder allerlei kruipends en kronkelends zichtbaar werd.

Ineens leek het of iets mij een ongeduldige duw in de rug gaf.

'Vertel eens Bertl,' hoorde ik mijzelf zeggen. 'Heb jij daar dan iets op tegen?' Ik sprak zo langzaam dat de vraag aanmerkelijk minder nonchalant klonk dan ik had bedoeld.

De ontzetting aan tafel was tastbaar en daarvoor had ik begrip, want ik nam zelden het woord. Mijn rol binnen onze vriendengroep was vooral die van klankkast voor de trilling van door hén uitgesproken woorden.

'Nou, hij praat niet veel maar als hij iets zegt, meent hij het ook,' stelde Bertl na een tijdje vast alsof ik er niet bij was. Even liet hij zijn door de wijn wat troebele blik op mij rusten. Toen grijnsde hij en zei: 'Of ik iets tegen homo's heb? Integendeel beste Manno, ik ben gek op homo's.' Hierop trok hij Béla naar zich toe en gaf hem een klapzoen. 'Homo's laten niet alleen meer meisjes voor ons over, ze halen zelfs een kerel van de markt. En daar drink ik op!' Hij hief zijn glas richting Béla, maar die excuseerde zich en liep naar buiten, Paul achterna.

Pas toen we in bed lagen, barstte het onweer los. Lotte liet zich door Bertl stevig vasthouden en Max legde zijn arm beschermend om Franzi's middel, ofschoon zij volstrekt niet bang was en al sliep. In het donker luisterde ik naar het kabaal buiten en de rustige ademhaling van mijn vrienden vlakbij. Toen klonk, heel zacht, de stem van Béla die naast me lag.

'Manno...'

Ik wachtte even, rolde me naar hem toe en fluisterde onder dekking van een klap onweer: 'Luister Béla, hij bedoelde er niets mee. Het is de verwarrende armoede van de taal, dat verdomde schemergebied van woorden. Je kent hem toch! Bertl zou alles voor je doen...'

Béla antwoordde heel lang niet en ik was al bijna in slaap toen ik hem nog hoorde zeggen: 'Ik geloof graag dat je gelijk hebt.'

De volgende ochtend glinsterden ontelbare waterdruppels in de zon en was de sfeer aan het ontbijt ronduit vrolijk, alsof de onweersbuien ook het ongemak tussen ons hadden weggespoeld. We zongen en zwommen, speelden schaak, hielpen Paul bij het vervangen van de slechte palen om de wei en repareerden het dak van het kippenhok.

Aan het einde van de week maakten we ons gereed voor de terugtocht naar Wenen, waar de laatste tentamens van het academisch jaar ons wachtten. Net als voorgaande jaren zouden Béla en Lotte achterblijven om de oplossing te filtreren en de narcissenstof van het hexaan te scheiden. Eenmaal thuis in zijn lab zou Béla de met was verzegelde flesjes openen, de inhoud oplossen in alcohol en opnieuw destilleren tot een essence die zo puur en geconcentreerd was, dat zij haast pijnlijk rook.

'Bertl, vergeet de sokken onder je bed niet,' zei Max terwijl hij zijn tas inpakte.

'Die kunnen blijven liggen, want ik blijf ook,' zei Bertl. 'Ik heb de afdaling van de narcis in de duisternis nu zo vaak gezien, ik wil er ook weleens bij zijn als zij weer tot leven wordt gewekt.' Hij sloeg zijn arm om Lotte. 'En natuurlijk blijf ik graag in de buurt van mijn liefje.'

'Heb jij dan geen tentamens?' vroeg Franzi.

Even leek Bertl van zijn stuk gebracht. 'Nee,' zei hij toen, 'die heb ik eerder dit jaar al behaald. Béla daarentegen blijft op deze manier eeuwig student – maar goed, die heeft er dan ook geld genoeg voor.'

9

Op een dag in het najaar van 1930 werkte ik aan een zelfportret in het lab aan de Köstlergasse, toen er werd aangeklopt. Er passeerde wat tijd voor ik me realiseerde dat Max en Béla allebei niet thuis waren. Haastig legde ik de handspiegel terzijde, waste mijn handen in het bassin en liep naar de hal om open te doen.

Voor de deur stond een gesoigneerde, blonde man, die mij op dit adres duidelijk niet had verwacht.

'U komt waarschijnlijk voor Max of voor Béla,' zei ik hulpvaardig.

Mijn uitspraak leek de man niet uit zijn verwarring te bevrijden.

'Max...?' zei hij. Toen draaide hij zich om en liep gehaast de trappen af naar beneden.

Terwijl ik over de balustrade leunde om hem terug te roepen, keek ik recht in het donkerrode gezicht met blauw geaderde wangen van de huismeester enkele verdiepingen lager. In mijn lichaam ging een stil alarm af dat van orgaan tot orgaan werd doorgegeven.

'Goedemiddag,' zei ik.

Met de handen in zijn zakken en het hoofd in de nek keek de conciërge mij achterdochtig aan, waarbij hij langdurig knikte, alsof hij een innerlijke dialoog voerde en het grondig met zichzelf eens was.

'Het is hier een nette straat!' riep hij toen en hief daarbij zijn wijsvinger.

Toen draaide de man zich om en slofte naar binnen.

Die avond aten we met zijn drieën terwijl de haard brandde en de wind buiten de herfstbladeren opjoeg. De maaltijd ging vergezeld van wijn, kaarslicht en hoogdravende gesprekken. Tijdens het dessert draaide Béla op de grammofoonspeler muziek van George Gershwin, die zoveel indruk op mij maakte dat ik tot op de dag van vandaag trek krijg in *Kaiserschmarrn* als ik ergens jazz hoor.

'O, voor ik het vergeet,' zei ik tegen Béla. 'Er was vanmiddag iemand voor je aan de deur.'

'O, werkelijk? Wie dan?'

'Hij heeft zich niet bekend gemaakt, maar ook je huisbaas, zelfbenoemd hoeder van orde en tucht in de Köstlergasse, had het graag willen weten.'

Max' vork bleef op de weg van bord naar mond in de lucht steken.

'O ja, de bemoeizuchtige huismeester,' zei Béla op luchtige toon. 'Wat is hij overweldigend aanwezig hè? Niet aan te ontsnappen gewoon.'

'Béla...' zei ik. Met mijn toenemend besef van de hachelijke manier waarop Béla uiting moest geven aan zijn verlangens was mijn angst voor zijn veiligheid gegroeid, vooral sinds Max onlangs zijn zorgen over diens roekeloosheid met me had gedeeld. 'Nu de Kripo intensiever patrouilleert in baden en parken brengt hij de mannen thuis,' had hij me gezegd, 'terwijl die verdomde portier al zo argwanend is!'

'De huismeester heb ik onder controle,' zei Béla kort.

Max nam zijn bril af en poetste de glazen met het gesteven servet. 'We willen gewoon niet dat je in de gevangenis belandt, begrijp je.'

Béla stond van tafel op en liep naar het raam. 'Ik word gedwongen tot het leven van twee simultane levens,' zei hij met de rug naar ons toe. 'Een openlijk leven en een verborgen leven. Deze opgedrongen gespletenheid is een gekmakende mishandeling die ik mijn ergste vijand niet toewens.' Hij draaide zich om. 'Dáárop zou gevangenisstraf moeten staan!' En, na een diepe ademteug weer vriendelijk en beheerst als gewoonlijk: 'Manno, laat eens zien waaraan je vandaag zo vlijtig hebt zitten werken.'

Bij binnenkomst in het lab draaide Béla de lichtschakelaar om.

Op de ezel voor het donkere raam stond het portret van een amechtig uitziende man met kringen onder de ogen, een scherpe neus, de oren afstekend tegen de magere schedel, het weinige haar slecht gefriseerd, de blik eerder wantrouwig dan waardig.

Met verbijstering keek ik naar mijn spiegelbeeld, een ruïne in wording.

'Wat een goed zelfportret, Manno,' zei Max bewonderend.

In drie stappen was ik bij het doek.

'Het is maar een oefening hoor,' zei ik. 'Puur bij gebrek aan een model.' Vlug bedekte ik de stellage met een lap stof en wees naar de tafel erachter. 'En met nieuwe penselen, gemaakt van echt eekhoornhaar: zeer fijn en met een geweldige absorptie.'

In de weken die volgden probeerde ik het zelfportret te logenstraffen. Ik liet mijn snor staan, hield mijn dunne haar met pommade in een scheiding en speurde advertenties af naar Tragol-tabletten die korte metten beloofden te maken met mijn ondermaatse lichaamsgewicht. Ik stak mijn kin vooruit, mijn schouders naar achteren en dwong mijn armen onder het lopen tot meer zwier met hulp van mijn vaders paraplu, een volstrekt gedateerd exemplaar met een zilveren handvat. Tot slot kocht ik bij herenmodezaak Kessler twee zijden dassen en liet me door een kleermaker in de Praterstraße extra lange hemden aanmeten, alsmede een sportief jasje met schoudervullingen dat naar Amerikaans model met één knoop sloot.

Om eerlijk te zijn dreef niet uitsluitend de confrontatie met mijn eigen beeltenis me ertoe, mijn uiterlijk te verbeteren. Sinds de zomer waren Béla en ik nauwelijks nog op geurtocht geweest, want als aanstormend parfumcomponist ging veel van zijn tijd op aan onderzoek in het lab, contacten met leveranciers en modehuizen en het bezoeken van premières en salons. Bij deze gelegenheden was Lotte steevast aan zijn zij, nu eens gestoken in een papaverrood avondtoilet, dan weer in een elegant hemdjurkje met franjes. Zij was zijn muze en vervolmaakte zijn parfums als een beeldschoon model de schilderijen van een impressionist. Natuurlijk zagen Béla en ik elkaar in het lab en bij Café Hackl, maar tijdens die ontmoetingen naderden we bij lange na niet onze vroegere mate van vertrouwelijkheid, die innige nabijheid die ik zo wanhopig miste. Als door een weerlicht beschenen had de recente, onbekende jongeman aan de deur mij de troef getoond die ik op Lotte voorhad: ik was een man. En met een pathetiek die alleen op de bodem van de vertwijfeling ontspringt, hoopte ik met het gewicht van mijn verbeterde uiterlijk de weegschaal weer in mijn richting te doen zwenken. Maar ofschoon Béla alleraardigst was en me zelfs complimenteerde met mijn nieuwe voorkomen, de gezamenlijke geurtochten bleven uit.

In de vochtige oktoberlucht slenterde ik alleen door Leopoldstadt, omringd door opstijgende geurflarden van de textielververijen. Kastanjepoffers warmden hun handen boven het eigen vuur en zwaarbeladen wagens passeerden mij, getrokken door dampende paarden met haverzakken om de neus. En terwijl ik over de plakkerige herfstbladeren naar huis liep, viel mij plots de ultieme manier in om mijzelf weer bij Béla in de kijker te spelen.

Op een vrijdagmiddag, toen ik in het lab was en hij zich verkleedde voor een soiree, legde ik mijn penseel neer, trok mijn kleren uit en ging Béla's slaapkamer binnen. Nadat ik een tijdje op de rand van het bed had gewacht, kwam hij de badkamer uit, naakt en welgeschapen.

'Manno!' begroette Béla me wat afwezig, kennelijk niet verwonderd over mijn adamskostuum, en hij liep in de richting van zijn garderobekast voor een schoon hemd.

Op dat moment voelde ik hoe de stem van de rede mij waarlijk verliet. Ik liep op hem toe, sloeg mijn armen om hem heen en kuste mijn vriend op de mond. Het viel me niet tegen, ik was zelfs zo overvallen door de zachtheid van zijn lippen dat ik mijn aanvankelijk nogal straffe greep wat verslapte.

In eerste instantie reageerde Béla op mijn kus met een door het lichaam ingebouwde barmhartigheid, maar algauw maakte hij zich voorzichtig van mij los en keek me stomverbaasd aan, een beetje lachend van ongeloof. Hijgend deed ik een stapje achteruit en keek van mijn scheve, halfslachtig opgerichte lid naar het zijne, dat buitengewoon ontspannen voor de balzak hing.

'Ik dacht, ik bedoel... omdat je op mannen valt...' mompelde ik.

'Goeie genade,' zei Béla. 'Kom, Manno.' Hij wenkte me naar het bed. Samen gingen we erin liggen, misschien niet onder de dekens maar toch zeker onder de sprei. Ik kroop dicht tegen hem aan, voor het eerst sinds tijden rook ik zijn geur, ik kon hem dwars door zijn huid ruiken, tot op zijn ziel.

Béla lag op zijn rug en had zijn linkerarm om me heen geslagen.

'Manno, dat ik me voel aangetrokken tot mannen betekent niet tot álle mannen.'

'Dat is een twijfelachtige troost.'

'En mijn penis is niet de antenne van mijn hart; het is mijn zesde zintuig, dat de lust bespeurt: een heftig, gevaarlijk oplaaiend vuur. Onze liefde kent een heel ander, eigen register. Tussen ons heerst een koesterende warmte, een gloed die niet brandt en verzengt. Dat is ware vriendschap, de hoogste vorm van liefde.'

Ik zei niets. Ik genoot simpelweg van zijn nabijheid en luisterde naar het geluid in zijn borstkas.

Béla draaide zich op zijn zij, zodat hij mij kon aankijken. 'En jij, Manno? Voel jij je aangetrokken tot mij – tot mannen?'

Ik dacht aan de kuiltjes in de knieholten van Franzi. 'Geen idee,' zei ik naar waarheid. Ineens zag ik mijn kans schoon.

'Wat zou je ervan zeggen als ik een keer meeging naar de Spittelberg?'

Béla kwam half overeind. 'Meen je dat?'

Ik haalde mijn schouders op. 'Natuurlijk. Alles beter dan een tuinpartij in Grinzing.'

En zo kwam het dat Béla en ik ons op een donderdagavond in november te voet begaven naar de Stiftgasse voor een bezoek aan Gasthaus Neumann. In het café bleken behalve heren tot mijn verrassing ook dames aanwezig te zijn, al ontdekte ik spoedig dat de meesten van hen een lage bas hadden en met de schmink op hun wangen donkere stoppels verdoezelden.

Hoewel zich op de begane grond een dranklokaal bevond, liepen we de trap op door een haag van jonge mannen, die Béla begroetten als oude bekenden en mij nieuwsgierig aanspraken. Boven bevond zich een zaaltje waar het rook naar talkpoeder en tabak en naar de vertrouwelijke sfeer tussen gelijkgestemden. Mijn oog viel op een zeer knappe, blonde jongeman aan de andere kant van de ruimte en ik wees hem Béla aan. 'Dat is de man die laatst voor jou aan de deur was.'

'Alfons? O, God, maak me braaf, maar nu nog niet...' prevelde Béla, gaf me een knipoog en stapte op hem af.

Die avond genoot ik van het spel van een van de beste pianisten die ik ooit heb gehoord – de negenendertigjarige 'Mary', in het dagelijks leven uitvoerend musicus Richard Michaelis – en ook het cabaret en de liedjes waren van een ongelooflijke kwaliteit. Op zeker moment nam een man met fijne gezichtstrekken mijn hand en voor ik het wist deden we de quickstep, die hij zo goed leidde dat ik me pas achteraf realiseerde dat ik de vrouwelijke partij had gedanst. Tijdens het dansen had de heer, die ik van gezicht meende te kennen zonder te weten waarvan, vleiende woorden in mijn oor gefluisterd en na afloop ging hij op zijn tenen staan en begon mij te kussen. Zijn mond was lang niet zo zacht als die van Béla en zijn geur was mij vreemd. Omzichtig wrong ik me onder zijn armen vandaan, waarna een eerst teleurgestelde en vervolgens vergevingsgezinde blik over zijn gezicht gleed en hij zich met een sportief knikje van mij verwijderde.

Ineens besefte ik waarvan ik hem kende.

'Ik zou zweren dat ik zojuist ben gezoend door de kapelaan van de Paulanerkerk,' zei ik tegen Béla, toen die weer naast mij stond.

'Walter?' Béla grinnikte. 'Walter is een geestelijke die de "krachten vanuit het kruis" iets anders interpreteert...'

'Aha, een lichamelijke geestelijke.'

'Je zegt het.'

Hoewel alle aanwezigen in Gasthaus Neumann mij die avond vriendelijk en gastvrij tegemoet traden, voelde ik me toch verloren te midden van dit bolwerk van saamhorigheid en solidariteit. Dat de vrouwen er harige benen hadden en een adamsappel deerde me niet, en het plaatsvinden van allerlei andere aangelegenheden waarvoor artikel 129 Ib van het Wetboek van Strafrecht speciaal was geschreven, stoorde mij evenmin. Eigenlijk was mijn probleem niet eens gelegen in het feit dat ik niet van mannen hield. Ik hield gewoon niet van mij onbekende mensen – dus ook niet van onbekende vrouwen. Twee dansen en drie vrijages later was mijn geestdrift volledig geweken en om halfeen zei ik tegen Béla dat ik vast naar huis ging.

Buiten was het aangenaam stil en door de mistige nacht begon ik aan de weg terug naar het burgerlijk fatsoen, tot mij op de hoek met de Siebensterngasse over de verder verlaten straat een flinke troep politieagenten tegemoetkwam. De haast waarmee zij geruisloos optrokken, maakte dat ik bleef staan en me omdraaide om hen na te kijken. Nu marcheerden de agenten de Stiftgasse in, terwijl hun vanaf de andere kant van de straat twee grote overvalwagens tegemoet reden.

Mijn onbestemde angst maakte plaats voor het besef van concreet gevaar. Op enige afstand, aan de overkant van de straat, liep ik terug in de richting van het Gasthaus, ter hoogte waarvan ik me in een portiek aan de overkant verschool.

Ik wist wat zou komen en toch schrok ik van het geweld waarmee de deur van Neumann werd ingetrapt en het gebrul van de naar binnen stormende agenten. Als een razende ging mijn hart tekeer, ik trilde op mijn benen en moest een kreet onderdrukken toen de bezoekers van het Gasthaus door de politie met getrokken pistolen naar buiten werden gedreven en als vee in de overvalwagens werden gejaagd. Onder hen was ook Béla, voor mij herkenbaar aan zijn rechte rug en bedaarde tred.

In wanhoop sloeg ik de handen voor mijn ogen en maakte me zo klein mogelijk, maar toen nieuwsgierige omwonenden hun ramen en deuren openden, werd het me te gevaarlijk en zette ik het op een lopen. Op de Burggasse hield ik een taxi aan en liet me afzetten voor de deur van Béla's huis, waar ik aanbelde. In slaapmuts en met een nachtkaars kwam de conciërge aan de buitendeur, die hij een klein stukje opende.

'Ja,' zei hij.

'Een eh... noodbericht voor de bewoners van de bovenste verdieping,' stamelde ik hijgend.

'Bericht? Wat voor bericht?' snauwde de man mij toe.

Ik haalde een briefje van twintig schilling tevoorschijn, een absurd bedrag maar ik had zo gauw niets kleiners, en hield het omhoog tot de portier de deur helemaal had geopend. Hij griste het biljet uit mijn hand, vergunde mij met een hoofdgebaar toegang tot de trap en siste me achterna: 'Het is hier een nette buurt!'

Met twee treden tegelijk nam ik alle trappen naar boven en moest langdurig aanbellen voordat Max slaperig en met ontbloot bovenlijf opendeed. Ik stormde naar binnen.

'Béla,' zei ik naar adem snakkend, 'opgepakt bij Neumann, samen met wel veertig anderen.'

Max werd bleek en sloot de deur achter mij.

'Even nadenken,' zei hij en greep naar zijn hoofd alsof hij dat handmatig activeerde. 'Die zitten natuurlijk vast in de Liesl, de onderzoeksgevangenis in Roßau...' Hij keek mij aan.

'Ik was net weg,' antwoordde ik op zijn onuitgesproken vraag. Max knikte. 'Jij gaat Lotte waarschuwen en ik ga me melden op het politiebureau.'

'Wat?' zei ik, terwijl ik hem volgde naar zijn kamer.

'Over een paar uur is de politie hier om huiszoeking te doen,' zei Max zonder zich om te draaien. 'Ze zullen mij, mannelijke huisgenoot van de verdachte, ter plekke arresteren. Dat spektakel gun ik onze conciërge niet.' Hij schoot zijn broek aan en trok de bretels over zijn schouders. 'Om diezelfde reden moet jij hier onmiddellijk weg.'

Met mijn schoenen in de hand was ik de trappen af geslopen, maar toen ik buiten kniealde om ze weer aan te trekken, zag ik het gordijn voor de ramen van de huismeester toch bewegen.

Omdat ik met geen mogelijkheid midden in de nacht bij de familie Schmidt kon aankomen, besloot ik eerst naar huis te gaan. De straatverlichting wierp een vals licht op de huizen en de lucht rook zwavelig van de kolenkachels. Ik liep snel, als een opgeschrikt hert hief ik met ingehouden adem en gespitste oren op iedere straathoek het hoofd. Intussen was het gaan regenen, de manchetten van mijn hemd werden nat en er drupte water van mijn pet in mijn boord. Ik kon het gevoel van aan mijn huid klevend textiel bijna niet verdragen, zelfs het gespje van mijn polshorloge hinderde me, maar toen ik thuiskwam was het binnen zo koud dat ik mijn jas aanhield.

Ik liep naar de theekar, snuffelde aan de karaf met strohrum en schonk mezelf een bodempje in. Het huis was verlaten; om geld uit te sparen stuurde Edmonda het personeel tegenwoordig gedurende de tweede helft van de week, wanneer zij zelf werkte, naar huis. Met het gesloten klavier, de lege kanariekooi en de roerloze slinger van de klok zag de zitkamer eruit als een compositie van Johannes Vermeer, die in staat was geweest stilte te schilderen.

Ineens verlangde ik naar het gewicht van Herr Jodl op mijn schouder, veertig gram oordeelvrij gezelschap dat jaren geleden mijn leven uit was gevlogen. In werkelijkheid verlangde ik waarschijnlijk naar de hand van mijn moeder op mijn schouder. Of naar die van Béla.

Ik ging op de bank zitten, nam een slok van de rum en stelde me Béla voor, opgesloten in een benauwd vertrek met veertig anderen. Béla alleen in een koude, ondergrondse cel. Béla kalm en beheerst rokend tijdens een verhoor. Béla met een dichtgeslagen oog, in de verhoorkamer beschenen door een felle lamp.

Ineens viel me in dat ik geen idee had waar Lotte precies woonde, behalve dat het ergens in Währing moest zijn. Ik liep naar de hal, sloeg het telefoonboek open bij haar familienaam en bekeek de vele rijen Schmidts, maar geen van de straatnamen kwam me bekend voor. Toen kreeg ik een beter idee. Lotte werkte bij de Kredietbank aan de Graben; als ik me daar tegen halfnegen meldde, zou ik haar ongetwijfeld kunnen onderscheppen op haar weg naar binnen.

Ettelijke glazen later, toen de klok van de Paulanerkerk tien voor zeven wees, verliet ik het huis. Buiten haastten mensen zich door de nog halfdonkere stad. Verkeer ruiste over het natte wegdek, de grijze dampen sloegen neer in de vochtige ochtendmist.

Huiverend nam ik plaats aan mijn vaste tafeltje in Café Wortner, bestelde zwarte koffie en speurde naar een bericht over de inval bij Neumann in de ochtendkranten. 'Ontwapening Weense milities mislukt' las ik, 'Hongaarse parlementariër daagt collega uit voor duel in plaats van debat', 'Inwoners Wenen snakken naar rust in de stad' en 'Joodse studenten stelselmatig mishandeld door medestudenten'. Ineens viel mijn oog op een klein artikel op pagina 2 van de *Wiener Allgemeine Zeitung*:

POLITIE WENEN ROLT NETWERK HOMOFIELEN OP
In de nacht van donderdag 6 op vrijdag 7 november heeft de Weense politie een inval gedaan bij Gasthaus Neumann op de Spittelberg. Vooral ene Julius Zajic viel de agenten op; hij werd door de aanwezigen Julia genoemd en maakte vrouwelijke gebaren. Tijdens het binnentreden droeg Zajic juist een gedicht voor, waarbij hij in de hand ter hoogte van zijn gulp een zakdoek hield. In totaal werden 42 heren in de leeftijd van 19 tot 56 jaar gearresteerd en voor verhoor meegenomen naar de politiegevangenis van Roßau. De mannen worden verdacht van verstoring van de openbare orde, handelingen tegen de menselijke natuur en van schending van de goede zeden. Herbergier Saul Neumann wordt vervolgd voor het bieden van gelegenheid tot ontucht en riskeert een boete van de Handelsautoriteit wegens het tolereren van homofiele activiteiten. Onmiddellijk is een begin gemaakt met de doorzoeking van woningen. Vannacht alleen al zijn hierbij 61 naaktfoto's, zeven onzedelijke tekeningen, drie essays met obscene inhoud en twee handtassen met damesartikelen in beslag genomen.

Tegen kwart voor acht nam ik de tram in de richting van de binnenstad, stapte over op de bus naar de dom en liep vandaar naar de Graben. Nadat ik vijf minuten in de buurt van het bankgebouw had gewacht, herkende ik Lotte in de verte aan de mensen die haar in het voorbijgaan nakeken. Gestoken in een met konijnenbont afgezet jasje, met rode lippen en schouderlang, in golven gefriseerd haar zag ze eruit als een filmster die de rol van bankmedewerker speelt.

Toen Lotte vlakbij was, riep ik haar naam. Ze draaide zich om en bekeek me met een afstandelijk soort verwondering.

Achter haar zag ik mijzelf weerkaatst in de ruit: ongeschoren, met open hemdskraag en verkreukelde halsdoek, stellig riekend naar alcohol, tabak en gebrekkige hygiëne, toonbeeld van geestelijk en lichamelijk verval.

'Manno,' zei Lotte en keek even om zich heen.

Ik rook haar parfum in de natte ochtendlucht. Snel streek ik met een hand mijn weinige haren glad.

'Béla is vannacht opgepakt bij Neumann. Hij zit vast in de Liesl.'

Van schrik sprongen haar de tranen in de ogen. Ze schudde langdurig het hoofd en bracht haar tas van de ene arm over naar de andere.

'Mijn god,' zei ze. 'Dit kan hem zijn carrière kosten! En nu?'

'Max is naar de politie gegaan om zichzelf bekend te maken als onderhuurder van Béla's appartement.'

'Goed idee. En jij?'

Geschrokken staarde ik haar aan. Ik voelde me als een acteur die niet had beseft dat hij op moest. Maar ik was acteur noch regisseur, ik was toeschouwer, een getuige wiens ervaringen dienen om de gebeurtenissen vast te leggen – niet om de loop ervan te bepalen. 'Gisteravond was ik met Béla bij Neumann. Ik vertrok eerder en was net op weg naar huis, toen de politie er een inval deed.'

Verbeeldde ik het me, of lag in haar ogen een zweem van teleurstelling besloten – van afkeuring zelfs? Hoe dan ook had Lottes oordeel over mij moeilijk genadelozer kunnen zijn dan dat van mijn innerlijk tribunaal. Urenlang had ik mezelf de maat genomen, overwegend of ik geen schuld had aan Béla's hachelijke situatie, of op zijn minst een morele verantwoordelijkheid. En ofschoon de gerechtvaardigde conclusie was dat mij strikt genomen geen blaam trof, bloosde ik diep, alsof zij mij terecht een lafhartig verraad ten laste had gelegd.

'Ik ben zo snel mogelijk hiernaartoe gekomen om je in te lichten.' Van mijn schoenen keek ik naar de hare, die met een riempje sloten over de wreef.

'Daar ben ik blij om, Manno,' zei ze hartelijk. 'Bestel jij vast een taxi, dan ga ik binnen zeggen dat ik vandaag onmogelijk kan werken.' Ze haalde diep adem. 'Misschien dat wij de politie ervan kunnen overtuigen dat Béla in deze kwestie slachtoffer is van een absurd misverstand.'

Vier dagen later kwam Béla op vrije voeten: vermoeid en verfomfaaid, maar ongedeerd. Samen hielpen we hem bij het opruimen van de ravage die de politie tijdens de huiszoeking had aangericht. We voerden de kapotgesneden matrassen af, zetten alles wat nog heel was terug in de kasten en lieten vernielde meubels herstellen.

Toen we klaar waren, zette Béla een Nocturne van Chopin op, ontkurkte een oude fles Rotgipfler en schonk ons in.

'Ik weet niet hoe ik jullie moet bedanken,' zei hij.

'Nou, ik vrees dat ik niet veel heb kunnen uitrichten,' zei Lotte. 'Toen ik me uitgaf voor je verontwaardigde verloofde, zeiden ze dat ik nog maar eens goed moest nadenken voor ik met je zou trouwen.'

Onwillekeurig keek ik naar Bertl, die de kostbare wijn met gesloten ogen door zijn mond liet walsen.

'Hoelang hebben ze jou die nacht eigenlijk verhoord?' vroeg Lotte aan Max.

'Hooguit een uur, toen stond ik weer buiten. De volgende ochtend heeft de politie de verklaring van de portier opgenomen en het huis doorzocht. De agenten raakten gefrustreerd omdat ze nergens incriminerend materiaal konden vinden en schreeuwden om Béla's adresboekje.' Max keek spottend naar Béla. 'Toen zei ik dat je dat de helft van de tijd kwijt bent, zoals de meeste zaken in je leven. "Behalve één ding", zei ik tegen de politie. "Er is iets dat Béla nooit verliest: zijn rechtschapenheid." Je had die gezichten moeten zien!'

'En waar was mijn adresboek nou?' lachte Béla.

'Dat had ik eerder die nacht, samen met al je geparfumeerde brieven, compromitterende foto's en bedenkelijke blaadjes in snippers losgelaten in de Donau. Die zullen over een jaartje dus wel in de Zwarte Zee drijven, naast die van het notitieboek van de directrice.'

'Max, je bent een held,' zei Franzi met fonkelende ogen. Ik kon me niet herinneren dat zij ooit op die manier naar mij had gekeken.

'Laten we drinken op Max,' zei Béla. 'De man die het kleed der alledaagsheid op de drempel aflegt en zijn vrienden keer op keer redt met een bijzondere gave: het vernietigen van potentieel belastend materiaal!'

Bertl stond op en hief zijn glas.

'Op onze vriend Max,' zei hij. 'Omdat onze daden de enige spiegel vormen waarin we kunnen zien wie we zijn.'

Hoewel deze heildronk eerder klonk als een frase uit het studentenhandvest dan als een doorleefde uitspraak, raakten Bertls woorden mij onverwachts. Een diep, verwarrend verdriet schuimde op: de smart van de omstander, de getuige die zich niet kan beroemen op eigen daden omdat hij de handelingen van anderen aanschouwt en in gedachten optekent. Maar ware vriendschap had geen boodschap aan geschiedschrijvers, integendeel: vriendschap bloeide waar mensen de neerslag van feiten op het juiste moment wisten te verdonkeremanen.

Twee weken na zijn vrijlating werd aan de Köstlergasse een aangetekende brief bezorgd van het Openbaar Ministerie, waarin alle aanklachten tegen de Hongaar Béla Andrássy de Csíkszentkirály et Krasznahorka wegens gebrek aan bewijs werden geseponeerd.

In die tijd, het zal begin december zijn geweest, zat ik in het lab. Ofschoon alles in het vertrek al in een donkergrijze tint vervloeide, legde ik bij de lichtreflectie van de sneeuw op de binnenplaats de laatste hand aan een portret.

Ineens kwam Max binnen en knipte het licht aan.

'Hé Manno, werk je tegenwoordig in het donker?' zei hij verbaasd, meteen gevolgd door een uitroep, want op mijn ezel stond Franzi, met haar elleboog op tafel en haar kin in de hand, stil als een orchidee.

Pardoes liep hij voor me langs, nam Franzi van de ezel, hief haar hoog boven zich en danste de kamer rond als een gelovige met een relikwie.

'Het is nog nat,' zei ik met een voorgevoel van pijn.

'Het is ongelooflijk mooi,' zei Max stralend en plaatste het doek weer op de ezel. 'Franzi zal het geweldig vinden!'

Als donker, hoog water stond de ontsteltenis in mij; ik had het portret voor mijzelf gemaakt, opdat ik iedere avond zou kunnen inslapen met haar prachtige, ernstige ogen in de mijne.

En toen zei hij het.

Hij deelde het mee als een feit waarover met het lot niet te onderhandelen viel, alsof zijn toekomst met Franzi nu eenmaal onderdeel was van de gulden ordening, het wiskundig patroon waaraan alle aardse verhoudingen zijn onderworpen.

Maar ik wist beter, ik kende hem te goed. Max arrangeerde het leven eerder dan dat hij het leefde, gewend als hij, de fysicus, was aan de toegang tot formules voor de choreografie van de kosmos. Hij had aan de touwtjes van de voorzienigheid getrokken en zijn verbinding met Franzi beïnvloed, als waren zij chemische stoffen in een laboratoriumglas.

10

'Misschien rijden de trams vandaag helemaal niet,' zei Lotte. We tuurden in de verte, stampten met onze voeten en bliezen in onze handen. De afgelopen nacht had het meteorologisch instituut op de Hohe Warte minus 28,6 graden gemeten en daarmee was deze 22ste december de koudste sinds mensenheugenis. De gemeentelijke Winterhilfe draaide overuren, in geïmproviseerde gaarkeukens hielpen militairen bij de uitgifte van goulashsoep en brood, werklozen werden ingezet als sneeuwschuivers en in het Wienerwald hadden de boswachters de strijd tegen illegale houtkap en stroperij opgegeven. De geur van wanhoop en ellende hing in de straten, Wenen rilde en hongerde. Werk, voedsel en warmte moesten er komen!

Amper een week eerder zaten we in ons stamcafé, waar de oude mijnheer Hackl de verwarming noodgedwongen zo laag zette dat bezoekers er hun jas aanhielden.

'Waarom zitten we in vredesnaam in dit ijspaleis,' mopperde Bertl.

'Prima, dan gaan we met zijn allen toch in die verwarmde, rechts-conservatieve, katholieke studentensociëteit van jou zitten?' zei Franzi. 'Zeg maar waar ik moet zijn!'

'Wat ben je stil, Béla,' had Max gezegd. 'Alles wel?'

'Zeker.' Béla nam een slok van zijn warme chocola. 'Ik moet alleen even zin maken voor mijn jaarlijkse excursie naar de betamelijkheid: Kerstmis bij mijn ouders.'

'Dan gaan wij met je mee!' riep Bertl, zichtbaar onder de indruk van zijn eigen voorstel.

We keken naar elkaar maar vooral naar Béla, op wiens gezicht voor het eerst sinds zijn verblijf in de gevangenis een gulle lach doorbrak.

'Echt?' vroeg hij als een kind dat een onverwacht kerstgeschenk ontving. En toen opgetogen: 'In dat geval is er werk aan de winkel. Heren, jullie gaan gekleed in jacquet, maar voor de reis volstaan pantalon, vest, das, hemd en schoenen met gesp. Voor kerstavond is gala gewenst. Jullie mogen alles van mij lenen, wat niet past huren we. En Franzi: Lotte en ik nemen je mee naar Maison Herzfeld voor de aanschaf van een avondtoilet.'

Nadat Béla zijn familie per telegram op de hoogte had gesteld van onze komst, de naaister van Kniže voor mij twee kostuums had verlengd en Bertl de ouders van Lotte plechtig had beloofd haar geen seconde uit het oog te verliezen, waren we op die ijskoude decemberdag in 1930 gereed om af te reizen.

Twee dagen later gleden we even ten zuiden van Grän in sledekoetsen door kristallen heuvels en gesuikerde bosjuwelen regelrecht een roman van Goethe binnen. Onze paarden draafden de cour op van een wonderschoon jachtslot en nadat knechten waren toegesneld om de dampende dieren uit te spannen, liepen we de trappen op naar de entree.

'Overal is het keizerrijk ingestort, behalve hier,' fluisterde Lotte.

We kwamen in een enorme hal waar boven een zware houten deur het wapenschild hing van Béla's familie: een tweezijdig geslepen zwaard boven vier tere bloemen, die met hun kopjes tegen elkaar aan leunden.

Met zijn gedrongen gestalte, dikke bos sneeuwwitte haren en

borstelwenkbrauwen leek de vader van Béla op niemand die ik ooit had gekend. Hij droeg een uniform met allerlei wapenen om zijn middel, alsof hij ieder moment een aanval verwachtte van een of andere feodale krijgsheer en hij huis en haard met alles wat hij in zich had, zou beschermen.

Vluchtig kuste Béla de man op de wang. 'Vader, mag ik u voorstellen aan mijn dierbare vrienden Hermann Loch, Berthold Rauscher en zijn verloofde Charlotte Schmidt, aan Max Reines en...'

'...en,' zei Max met het gebaar van een vorst die het hof zijn aanstaande bruid presenteert, '...mijn verloofde Francesca Weill.'

Een uurtje later ging een dienstbode ons voor naar de gastenverblijven aan de voorhof, die in de schemering sprookjesachtig werd verlicht door het schijnsel van talloze lantaarns. We kleedden ons om en Béla toonde ons het koetshuis, de oranjerie en de stallen, waar dunne ijskaarsen de dakrand verbonden met de witte aarde. Toen we de cour overstaken en terugliepen naar het hoofdgebouw wees hij ons op de kapel ernaast. 'En daar gaan we morgen naar de ochtendmis.'

'Pardon?' zei Franzi. Ze droeg een donkergroene cape die haar scherpe contouren verhulde.

'Is rijkdom niet heidens?' spotte Max. 'Ik dacht dat de ármen de gunstelingen waren van de katholieke God.'

'Gij zondaar, die een dwaalweg gaat door mist en nevel!' riep Bertl en gooide een sneeuwbal naar Béla.

'Aanvaard mijn nederig gebaar van penitentie en berouw, bisschop Berthold!' antwoordde Béla en mikte er een terug, waarna een sneeuwgevecht losbarstte dat we pas beëindigden toen de vader van Béla op het bordes verscheen in een jas van zeehondenbont.

De volgende dag rond het middaguur druppelden de gasten binnen voor het kerstbanket. Béla's enige en veel oudere broer was verhinderd wegens een acute flebitis, maar er waren nog genoeg verre en minder verre familieleden en bevriende aristocraten uit de omgeving om de feestzaal te vullen.

Pas halverwege de middag maakten de dame en heer des huizes hun entree. Béla's vader droeg een gala-uniform met een trits onderscheidingen op de borst, een degen, goudkleurige aiguillettes en een sjerp waarop het familiewapen was geborduurd. Aan zijn arm schreed een vrouw met dezelfde delicate gelaatstrekken als Béla, in een zijden japon en op het kunstig opgestoken haar een tiara. Terwijl de aanwezigen hoffelijk applaudisseerden voor het paar, kon ik mijn ogen niet afhouden van de enige echte prinses in het gezelschap. Franzi droeg een avondjurk als een lichtblauwe edelsteen, met een gedrapeerde rok die gelijk een waterval om haar lichaam viel. Het kasteel was het juwelenkistje van haar verschijning, alsof het in de achttiende eeuw met vooruitziende blik speciaal voor haar was gebouwd.

Het kerstbanket werd geserveerd aan een lange tafel in de grote eetzaal, onder reusachtige messing kroonluchters met balletjes van Venetiaans melkglas. Tussen de consommé van wild zwijn en de hertenstoofpot met veenbessen gluurde ik naar Béla die naast zijn moeder zat, en naar Lotte en Bertl die schuin aan de overzijde van de tafel geanimeerd in gesprek waren met andere gasten. Omdat Max en Franzi helemaal aan de andere kant zaten en de dame links van mij zich intensief bezighield met een ander heerschap, was ik overgeleverd aan de man naast mij: een breedsprakige hertog met een knolvormige neus, die aan meerdere vorstenhuizen verwant was en de beste jachthond ter wereld bezat.

Na het diner werd een digestief geschonken in de kleinere salonvertrekken, waar jachttapijten aan de wand hingen en edelherten met geweien als takkenkronen. Door de tabaksrook speurde ik met een glas cognac in de hand naar mijn vrienden, onderwijl de adellijke knobbelneus zorgvuldig ontwijkend. Vanuit mijn ooghoek zag ik hoe Béla door zijn ouders nadrukkelijk werd voorgesteld aan enkele jonkvrouwen. Een eindje verderop stond Lotte, gehuld in een wolk van zachtroze chiffon en voornamelijk omringd door heren, met het zelfbewustzijn van iemand die gewend is aan de uitwerking die zij op haar omgeving heeft. Vlak bij haar leunde Bertl tegen de deurpost over een zeer jong uitziend meisje en achterin ontwaarde ik Franzi, die een kleur had als vuur en in gesprek was met een knappe neef van Béla, gestoken in krijgstenue met een korte dolk tussen de gordel.

Op zoek naar Max stak ik de hal over naar de bibliotheek, waar het koeler was. Er was niemand, behalve wat adellijke voorouders die breedgeschouderd en met gezwollen borst ingeklemd tussen hun gouden lijsten vanaf de muur op mij neerkeken. Voor de open haard lagen twee broodkleurige honden op een pels en nadat ik enkele houtblokken in de smeulende as had gelegd, knielde ik naast hen. De geur van de dieren, het aroma van het brandende hout en het spoortje naftaleen van het berenvel vermengden zich tot zo een verbluffend bouquet dat ik het graag met Béla had gedeeld.

Die nacht werd ik in mijn logeerkamer rond een uur of drie gewekt door een siddering van begeerte, die onverwijld uitmondde in een hoogtepunt. Even bleef ik op mijn rug liggen en sloeg daarna de besmeurde lakens opzij. Besluiteloos en een beetje gegeneerd stond ik naast het bed. Ineens verlangde ik naar de geur van brandend hout en naftaleen en naar de hartslag van een levend wezen. Ik kleedde me aan en liep door de sterrenklare nacht naar de bibliotheek in het hoofdgebouw.

De jachthonden waren er niet, maar zij was er. Ze zat op de sofa bij het haardvuur, nog steeds in gala, het lijfje aan de achterzijde scheef dichtgeknoopt en de lichtblauwe rok als een rimpelende plas water om zich heen. Ik liep naar de sofa en noemde haar naam, waarna Franzi het hoofd draaide en vagelijk naar me glimlachte, als een stuk religieuze kunst. Haar gezicht vertoonde een nieuw soort schoonheid, alsof de scherpe lijnen met een delicaat penseel waren vervaagd. Behoedzaam, om haar jurk niet te beschadigen, ging ik met mijn rug in een hoek van de bank zitten en keek hoe de vlammen een koperen gloed wierpen op haar huid. Met schrik zag ik ineens dat tranen geruisloos over haar wangen rolden, waarna ze zich traag naar opzij liet vallen en haar hoofd tegen mijn borst vlijde.

Mijn hart barstte haast uit mijn lichaam, ze rook onwaarschijnlijk zalig, een beetje kleverig, naar een zacht geworden vrucht die uit zijn huls breekt. Ik sloeg mijn armen om Franzi heen, streelde haar rug, veegde de tranen van haar wang en kuste haar haren. Ik had geen idee wat zij mankeerde en was te zelfzuchtig om het te vragen, bang dit heilige moment met woorden te bezoedelen. Ik bevond me op een van die goudgekrulde golven van het leven, op zijn top, net voor hij omslaat.

Na een tijdje merkte ik aan haar regelmatige ademhaling dat ze sliep. Ofschoon mijn benen prikten en mijn voeten gevoelloos waren, peinsde ik er niet over te gaan verzitten. Zo lagen we samen op de bank, tot een kamerheer binnenkwam om de binnenluiken te openen en het vuur aan te steken voor een nieuwe dag.

Zonder Béla, die nog een paar dagen langer in Grän bleef, keerden we terug naar Wenen. In de beslotenheid van de treincoupé babbelden we over de tochtige logeerkamers, plaagden Max met zijn langdurige kerstverblijf op het privaat wegens buikloop en raadden Bertl bij thuiskomst een dieet aan van karnemelk en sla ter compensatie van zijn onmatigheid tijdens het banket. Franzi glimlachte af en toe en bestudeerde het langsglijdende landschap.

Onze aankomst in Wenen zou me niet zijn bijgebleven als er niet iets wonderlijk was gebeurd, iets waaraan ik later nog vaak heb teruggedacht. Terwijl we over het stationsplein liepen, kwam ons een oude zigeunerin tegemoet met bruine, doorgroefde wangen die met een Hongaars accent zei: 'Voor tien *fillér* lees ik u de hand!' Max drukte de vrouw een muntstuk in de hand en wilde doorlopen, maar Bertl bleef staan en trok zijn rechterhandschoen uit.

'Ach Bertl, het is veel te koud voor die onzin!' zei Lotte, maar Bertl zei: 'Nee, nu wil ik ook waar voor mijn geld.'

'Voor míjn geld zul je bedoelen,' zei Max en stopte zijn handen in de armholten om ze warm te houden.

Een moment keek de vrouw Bertl doordringend aan, nam toen zijn hand in de hare, boog zich voorover en bewoog haar lederachtige wijsvinger over de palm.

'U trouwt,' zei ze.

'Klopt,' zei Bertl en sloeg zijn andere arm om Lotte. 'En hoeveel kinderen krijgen we?'

'Twee,' prevelde de vrouw zonder opkijken. 'Eerst een jongen en daarna een meisje.'

Lotte wendde zich lachend tot Bertl en wilde iets zeggen, toen de zigeunerin luid begon te spreken in een vreemde taal, het gezicht vertrokken van vrees en afgrijzen. Ze maakte een gebaar alsof zij zich beschermde tegen een denkbeeldige aanval en stiefelde weg zo snel ze kon.

'Die zigeuners van tegenwoordig!' zei Bertl hikkend van het lachen en toonde ons zijn geopende hand, waarin de vrouw het muntstuk had teruggelegd.

Hoewel ik geen bijzonder geloof hecht aan voorspellingen, herinner ik me dat ik het hele voorval toch ook weer niet zo dolkomisch vond als de anderen. Mogelijk voorvoelde ik, met de waarzegster, al iets van de huiveringwekkende, destructieve krachten die ons leven nog geen acht jaar later voorgoed zouden veranderen.

11

Op een aardige dag in april van het nieuwe jaar verliet ik 's middags de academie toen Franzi opeens voor mijn neus stond. Nerveus streek ze wat haren opzij en kuste me ter begroeting op de wang.

'Hallo, Manno. Kan ik je even spreken?'

Haar stem klonk mat en ze had blauwe kringen onder de ogen.

We staken over naar het Schillerpark en namen plaats op een bankje tussen de nog kale eiken.

'Manno, ik ben in verwachting.' Ze keek langs me heen, alsof ze dat wat ze vertelde liever aan de boom naast ons prijsgaf.

'In verwachting,' herhaalde ik, omdat ik haar minder snel begreep dan zij sprak. 'In verwachting van...?'

'Van eh... Kerstmis.'

Ik herinnerde me ons verblijf in het kasteel, de imposante neef van Béla die haar hoogrode konen had bezorgd en de wonderlijke stemming waarin ik haar 's nachts in de bibliotheek had aangetroffen.

'En Max dan?' dacht ik hardop.

Ze greep mijn jas. 'Max mag het nóóit te weten komen! NOOIT. Echt, Manno, zweer me dat je het aan geen levende ziel zult vertellen!'

Geschrokken keek ik haar aan. 'Nee, natuurlijk niet, ik zweer het.'

Ze liet de handen in haar schoot vallen en haalde diep adem.

'Ik heb je hulp nodig, Manno. Of eigenlijk de hulp van je tante.'

Stomverbaasd over de wending die dit gesprek nam, vroeg ik me af onder welke omstandigheden het een goed idee zou zijn om voor de oplossing van welk probleem dan ook Edmonda te raadplegen.

'Zou het voor de baby niet beter zijn als je een arts consulteert?' vroeg ik voorzichtig.

'Manno, alsjeblieft!' zei ze met een smekende stem die ook irritatie verried. 'Ik kan dit kind niet krijgen, begrijp je dat dan niet? Dáárom heb ik de hulp nodig van je tante.'

Om er zeker van te zijn dat ze geen visite zou hebben, beraamde ik de ontmoeting tussen Franzi en Edmonda aan het einde van een woensdagmiddag. Op die dag stak ik tegen zes uur voorzichtig mijn hoofd om de hoek van de voordeur, maande Franzi met een vinger tegen mijn lippen tot stilte, loodste haar naar de salon en liet haar plaatsnemen op de sofa. Daarna hing ik mijn jas op, streek mijn haren glad, klopte op Edmonda's kamerdeur en ging op haar goedkeuring naar binnen.

Een beetje verstrooid keek Edmonda mij aan, alsof zij was vergeten dat ik hier woonde. Haar laatste frisheid was verdwenen, haar gelaat had iets geligs gekregen en de haren, eerder altijd zorgvuldig gekleurd met een doosje uit de chemische fabriek van Friedrich Bayer, waren bij de aanzet effen grijs.

'Manno,' zei ze.

'Hallo, tante. Hoe gaat het met u. Er is een eh... klein probleem. In de huiskamer zit Francesca Weill.' Ik legde een gezicht vol passende spijt en boetvaardigheid aan de dag. 'Zij is zwanger.'

Edmonda werd bleek van woede. 'Welja, daar zul je het hebben! Weill, zei je? Je bent al net zo'n schande als je vader, jij ellendig jong, jullie hebben geen enkele standaard. Je vader met een keukenmeid en jij met de eerste de beste Jodin. Bah!'

Zo ging ze nog een tijdje door, tot ze uiteindelijk met grote stappen langs me heen naar de zitkamer liep en de deur openzwaaide.

'Zo. Juffrouw Weill?' zei ze tegen Franzi.

'Dag mevrouw Loch.'

'Ik begrijp dat u mijn neef Hermann met een probleem hebt opgezadeld. Ik zal u helpen, maar dat doe ik niet voor u.'

Edmonda liep naar de gang, nam haar mantel van de kapstok en keek om. 'Als u maar lang genoeg blijft zitten, is het kind straks geboren,' snauwde ze. Met haar jas aan liep ze naar de keuken. 'Gretl, maak onmiddellijk het bed op in de kamer van Leo, vanavond hebben we een logee.'

Toen ik enkele uren later de voordeur hoorde slaan, veerde ik op uit mijn stoel en liep naar de gang, waar Edmonda met haar linkerarm een hoopje ellende ondersteunde. Snel nam ik Franzi aan de andere kant vast en samen brachten we haar naar de vroegere kamer van mijn vader. Edmonda liet Gretl een warmtekompres maken, trok Franzi een van haar eigen nachthemden aan en hielp haar in bed. Ik sleepte een oude fauteuil van mijn vader tot bij het hoofdeinde en ging naast haar zitten.

'Ze denkt dat jij de vader bent,' mompelde Franzi.

Toen sliep ze in.

De volgende ochtend had Franzi koorts. 'Wat een rotmeid,' zei Edmonda. 'Nu kan ik niet werken – en die abortus bij Gekke Doris was ook bepaald niet gratis.'

Ze gaf de dienstbodes opdracht voetwisselbaden met eucalyptus te maken en thee te trekken van kamille en berkenblad. Ik bleef bij Franzi en koelde haar voorhoofd, schudde de kussens op en gaf haar kleine slokjes van de thee. Op zaterdag, toen de koorts begon te zakken, riep Edmonda mij bij zich.

'Als ik maandag thuiskom, is de Jodin weg,' zei ze en vertrok.

Die zondagmiddag zat ik in de armstoel naast het bed en hielp haar bij het drinken van een kop bouillon, toen Franzi naar me glimlachte. 'Je tante is net een narcis.'

'Wat?'

'Is je dat nooit opgevallen? Haar hoofd staat naar voren ten opzichte van de romp, bijna haaks. Dat mens beweegt zich voort als een roofdier, met haar muil eerst. Als een trompetnarcis aan een steeltje.'

'Nu je het zegt,' grinnikte ik. 'Ik dacht dat het knikkende kopje van die bloem Narcissus verbeeldt, hangend met zijn hoofd over de rand van de vijver.'

'Je bent lief,' fluisterde ze. 'Dank je, Manno.'

Ik staarde naar de tegenoverliggende muur, waar een licht, rechthoekig vlak herinnerde aan het zoveelste schilderij dat destijds voor de drankzucht van zijn eigenaar was opgeofferd.

Het gloeide achter mijn ogen. Was ik de echo van mijn vader, die als gevolg van zijn eigen verzuim als onbeduidend terzijde was geschoven en van het speelveld was uitgesloten?

'Je bent zelf lief, Franzi,' zei ik met bevende stem. 'Jij bent mij zo lief! Ik houd van je, ik houd van je zachte huid en je smalle vingers en je scherpe tong en je weerspannige karakter en je puntige knieën en je stekelige humor en van de manier waarop je leeft, met gehesen zeilen, klaar voor vertrek bij het eerste zuchtje wind... Ik smeek je, begin niet aan een huwelijk dat geheimen kent nog voor het gesloten is, trouw met míj, ik mag dan geen held zijn maar ík ben er!'

Graag had ik mijn woorden met meer precisie en terughoudendheid geplaatst, maar alle opgehoopte gedachten spoelden naar buiten als een rivier die voor het eerst buiten zijn oevers treedt. Door de beantwoording van haar geheim met het mijne had ik de situatie in een adembenemende vaart gebracht en in afwachting van Franzi's respons durfde ik niet naar haar te kijken. Toen zij een hele poos had gezwegen, draaide ik voorzichtig mijn hoofd naar het bed links van mij.

'Franzi?'

Ik boog me naar haar toe en luisterde naar haar regelmatige ademhaling, de onbewaakte ademtocht van de slaap.

Zo'n zes weken later – om precies te zijn op zaterdag 23 mei 1931, een datum die in mijn geheugen staat gegrift – ging de telefoon. Ik was goed gemutst en bezig met het inpakken van mijn rugzak, want daags erna zouden we voor onze jaarlijkse vakantiepluk afreizen naar Altaussee. Met een handdoek in de ene hand nam ik met de andere de hoorn op.

'Hallo?' zei ik, en omdat het stil bleef aan de andere kant nog eens: 'Hallo!'

'Manno...'

'Max, alles goed?'

'Nee Manno, alles is niet goed. Het is...' Er klonk een hevig gekraak, waarna ik helemaal niets meer hoorde.

'Hallo! Max!'

'Manno, Bertl hier. Kom alsjeblieft naar de Köstlergasse. Er is zeer slecht nieuws.'

'Hoe bedoel je?' Ik had de handdoek op de grond laten vallen en bukte me om hem op te rapen. 'Wat voor slecht nieuws?'

Het was even stil.

'Manno, het is Paul. Hij is van de Loser gesprongen. Op dezelfde plek als zijn vader.'

Ik merkte niet dat ik de handdoek opnieuw losliet.

'Hallo! Manno! Ben je daar nog?'

'Ja.' Mijn keel was dik en ik kon amper spreken. 'Hoe weet je dat? Dat hij... dat hij het zelf heeft gedaan, bedoel ik.'

'Vanochtend kregen Lottes ouders het nieuws van Baumi en omstreeks dezelfde tijd werd door de postbode bij Béla een afscheidsbrief bezorgd.'

Toen ik tien minuten later Béla's voordeur binnenging, was

de lucht er zwaar van tranen. Mijn vrienden zaten dicht om Béla heen op de bank en hoewel alle fauteuils leeg waren, ging ik op de leuning van de bank zitten, vlak naast Lotte die me de brief overhandigde.

'Hij heeft gewacht tot de narcissen bloeiden,' snikte ze.

Mijn liefste,

Het is met een zwaar hart dat ik je schrijf, wetend dat dit de laatste keer zal zijn. Als je dit leest, ben ik er niet meer. Een deel van mij mag niet bestaan, of alleen in het geheim, terwijl ik zeker weet dat dit deel liefdevol is en niemand kwaad berokkent. De wereld om me heen is een onbarmhartig oord waar ik nooit mijzelf zal kunnen zijn. In jouw ogen was ik altijd de sterke, maar het tegendeel is waar. Ik vrees de blikken, het gefluister, de oordelen, de uitsluiting. Ik vrees een leven vol eenzaamheid en onbegrip – of nog erger, een dubbelleven vol hypocrisie en stil verdriet. Ik heb geleefd in de schaduw van mijn eigen angst, en God weet dat ik heb geknokt voor elke glimlach die ik toonde. Maar ik heb de kracht niet om nog langer te doen alsof.

Lieve Béla, jij hebt mijn tijd op aarde draaglijk gemaakt, mijn hart zal altijd jou toebehoren. Moge je de kracht vinden om mij te vergeven. Draag zorg voor mijn arme moeder en groet de anderen van mij!

Je liefhebbende
Paul

'De brief kan hier niet blijven, dat is te gevaarlijk,' zei Max. 'Ik zal hem versnipperen en in de rivier gooien.'

Twee dagen later werd Paul naast zijn vader begraven op het kleine kerkhof van Altaussee, aan de oever van het meer, nog geen honderd meter van de plek waar zijn gebroken lichaam was gevonden.

Hoewel wij in ons verdriet meer verenigd waren dan ooit, waren we tezelfdertijd anders gebonden geraakt dan voorheen, alsof de schokgolf van de dood van Paul een herschikking van atomen had veroorzaakt. Het leek of we in een nieuwe constellatie waren gebracht – een die uiteindelijk maakte dat ik alles wat ik over onze vriendschap dacht te weten, zou moeten heroverwegen.

1

'O nee, ik doe het in mijn broek!' gierde Franzi en rende naar een meidoorn, waarachter ze haar rok opschortte en neerhurkte. Zojuist hadden we op Bertls aanwijzing met zijn allen een tableau vivant uitgebeeld met als titel 'estafette-race gaat mis', waarbij onze regisseur uiteindelijk zelf was uitgegleden in een koeienvlaai. Nog slap van het lachen liepen we terug naar het pad om onze wandeling in de bossen ten noordwesten van Wenen te vervolgen, de eerste vrolijke samenkomst sinds de dood van Paul.

Het was een prachtige zondag in oktober van 1931 en de herfst, meester der coulissen, trakteerde ons op boomkruinen als koperen erebogen, wilde bosasters en bloeiende zilverkaars. Om ons heen klonken de zachte inslagen van vallende eikels en dwars over het pad hingen spinnenwebben als feestelijke slingers.

'Kijk eens naar deze perfect uitgevoerde geometrische structuren,' wees Max, als was hij de trotse vader van een spin. 'Ieder segment van dit web is een gelijkbenig trapezium, gebouwd volgens de universele principes van de kosmische architectuur.'

In de late middagzon lieten we het bos achter ons en betraden de lieflijke heuvels van Grinzing. Elders in het land was de aarde al naakt, ontdaan van haar vruchten, maar hier maakten de druivenstokken zich nog op voor hun triomf. Aan de Himmelstraße lag een wijnboerderij in waterverftinten, waar tafels en stoelen vanwege het mooie nazomerweer buiten waren geplaatst.

'Laten we hier maar gaan zitten,' grinnikte Béla, doelend op Bertls stinkende kleding.

Door de ramen zag ik het wasgoed op de binnenplaats van de boerderij zacht aan de drooglijn wiegen. De dag geurde nog naar de warmte van de herfst en het sap van boomvarens. Ik pakte mijn tekenspullen en begon aan een schets van Bertl, wiens haar in de schuin invallende stralenbundels vuurrood oplichtte. Béla wenkte de serveerster en bestelde voor iedereen spuitwater met citroen.

'Prachtige heupen, maar een beetje te oud,' oordeelde Bertl, die haar nakeek.

'Bertl, hou op!' zei Lotte, niet helemaal gespeeld verontwaardigd. 'Anders trouw ik niet met je, hoor!'

Bertl grijnsde breed. 'Op dit soort momenten citeer ik graag Tolstoj: "Gebonden aan het vlees maar vrij door de geest."'

'Toen Tolstoj dat schreef, bedoelde hij niet dat soort vlees,' zei Franzi.

'Juist wel,' zei Béla. 'Hij bedoelde niet dat soort gebondenheid.'

'Wanneer gaan jullie eigenlijk trouwen?' vroeg Max.

'Zodra Bertl klaar is met zijn studie,' zei Lotte. Ze had haar blonde haren laten groeien en droeg het tegenwoordig in vlechten.

'En wanneer zal dat zijn?' vroeg Franzi, die als eerste van ons was afgestudeerd en sinds kort op het Piaristengymnasium werkte als docent Engels.

'Sneller dan je denkt,' zei Bertl.

Terwijl ik Bertls neus schetste, dacht ik aan mijn bezoek aan de Faculteit Economie eerder die week met Robert Eigenberger, die behalve mijn docent restauratiekunde ook kunstschilder was. Eigenberger had een olieverfportret vervaardigd van de beroemde econoom Wilhelm Bucek en ik had hem geassisteerd bij het ophangen ervan in het hoofdgebouw.

'Bertl, heb jij weleens les gehad van Wilhelm Bucek?' vroeg ik me hardop af.

'Zeker,' zei Bertl, 'vorige week nog.' Hij leunde ontspannen achterover. 'Een boeiende man, de collegezaal zit bij hem altijd stampvol.'

'Gezien de omstandigheden is het te hopen dat je snel aan het werk kunt in het bedrijf van je vader,' zei Lotte tegen Bertl.

'Welke omstandigheden?' vroeg Max.

Lotte keek naar Bertl. Die schraapte zijn keel. 'Tja. De Joden hebben Lotte ontslagen.'

'Welke Joden?' zei Franzi.

'De Rothschilds natuurlijk, die schofterige grootkapitalisten die hun bank laten omvallen om er zelf beter van te worden!'

Op het terras ontstond een hoorbare stilte. Vanuit het wijnhuis klonk vrolijke volksmuziek, die Bertl met gekromde vingers op de tafel meetrommelde.

'Als econoom zou jij beter moeten weten, Bertl,' zei Max met een trilling in zijn stem. 'Onze regering heeft de Creditanstalt door de jaren heen gedwongen tot fusies om allerlei noodlijdende banken overeind te houden. Aan díé erfenis, in combinatie met de Amerikaanse beurskrach, is de Creditanstalt te gronde gegaan – niet aan diefstal of wanbeleid door Joden. En als die Bucek van jullie beweert van wel, is dat klachtwaardig.'

Er stak een flinke bries op, die de vensterluiken in hun hengsels deed knarsen.

'Wat naar dat je je baan hebt verloren, Lotte,' zei Béla. 'Het zal momenteel niet meevallen een nieuwe te vinden.'

'Dat klinkt grappig uit de mond van iemand die kan bogen op een maandelijkse toelage van duizend schilling,' zei Bertl.

Ik tilde mijn potlood van het papier en staarde hem aan. Er sijpelde iets nieuws door dit gesprek.

'Net zo grappig als uit de mond van iemand afkomstig uit de villawijk Hietzing, die over een halfjaar door zijn vader in het zadel zal worden geholpen bij de directie van diens kartonnagefabriek,' zei Franzi met opgewekte hardheid. 'Maar jullie armoedzaaiers hebben mazzel, want ik betaal vandaag de rekening van mijn eerste salaris.'

Een dag of tien later zat ik met Max in een café vlak bij de universiteit. Vanachter ons tafeltje voor het raam keken we tussen de kalende boomtakken door uit op de Votivkirche, die met zijn torens twee pilaren plaatste onder het loodgrijze hemelgewelf.

'Ik begrijp Bertl gewoon niet,' zei Max hoofdschuddend en hij nam een hap van zijn rozijnenbroodje.

Ik haalde mijn schouders op. 'Misschien is het niet altijd gemakkelijk om iemand van wie je zoveel houdt, te moeten delen met een derde.'

'Wat?'

'Nou ja, ik bedoel... Lotte is natuurlijk wel erg op Béla gericht,' zei ik en bloosde.

'Aha,' zei Max. Hij knikte, nam een slok koffie en zette het kopje weer neer zonder het los te laten. 'Zelf doelde ik eigenlijk op Bertls totale gebrek aan economisch inzicht.'

'Max, weet je nog dat Bertl laatst vertelde dat hij colleges volgt bij professor Bucek?'

'Nou en? Dat zegt niets.'

'Jawel.' Ik keek hem recht aan. 'Bucek heeft in 1928 al afscheid genomen van de faculteit.'

Even later stonden we buiten.

'Waar moet je nu zo snel naartoe?' vroeg ik Max.

'Even langs de universiteit om een boek te lenen,' zei hij. 'Loop je mee?'

We sloegen de hoek om en liepen op het universiteitsgebouw toe, waar zich naast de trappen twee studentengroepen hadden gevormd die liederen brulden, leuzen scandeerden en elkaar beledigingen toeriepen. De studenten aan de linkerkant stonden met geheven communistische vuist en aan de tegenoverliggende zijde werd met gestrekte arm het Horst Wessellied gezongen.

'Schering en inslag,' zei Max op mijn geschrokken blik. 'Gewoon negeren.'

We liepen de trappen op, wrongen ons op het bordes door de menigte en gingen via de hal de leeszaal binnen, waar Max recht op de balie afstapte.

'Goedemiddag mevrouw,' zei hij. 'Ik zou graag een boek lenen maar ik ben mijn pas vergeten.'

'Dat is eigenlijk tegen de regels,' zei de bibliothecaresse, 'maar ik zal kijken wat ik voor u kan doen. Wat is uw naam?'

'Berthold Rauscher,' zei Max.

De vrouw bladerde in een kaartenbak. 'Berthold Rauscher? Met een R?'

Max knikte bevestigend.

'Vreemd,' zei ze. 'Een klein ogenblik alstublieft, ik ga even informeren.'

Na enige tijd kwam zij terug en legde beide handen plat op de balie. 'Geachte jongeheer Rauscher, ik vrees dat u wel meer bent vergeten dan uw studentenpas. U staat al drie jaar niet meer bij de universiteit ingeschreven.'

Zonder iets te zeggen gingen Max en ik naar buiten, we liepen door de menigte de trappen af, het trottoir op. Almaar liepen we, werktuiglijk en tegelijkertijd doelgericht, alsof iedere stap ons dichter bij antwoorden bracht op de duizenden vragen die we onszelf stelden. Ter hoogte van de Elisabethstraße sloegen we op mijn voorstel rechts af en gingen in een hoek van het Schillerpark op een bankje zitten.

'Ik weet niet wat ik erger vind,' zei Max uiteindelijk. Met een vinger bevoelde hij de scheuren in de bast van de eik naast ons. 'Dat Bertl ons heeft voorgelogen of dat hij ons niet heeft kunnen vertrouwen.'

Ik knikte. In gedachten keerde ik terug naar de zomeravond waarop Bertl mij na zijn mislukte duel thuis had opgezocht.

Destijds had ik zijn buitensporige schaamte over iets wat ik beschouwde als een relatief geringe blamage, vooral geweten aan zijn dronkenschap. Was het mogelijk dat Bertl mij die avond nog iets anders had willen opbiechten? Een bedrog dat de publieke façade in stand moest houden van de veelbelovende student – een bedrog dat de omvang van zijn beschaamdheid wél rechtvaardigde?

'Stel je eens voor onder welke druk je moet staan om deelname aan een academische opleiding te veinzen,' zei ik. 'Het beeld dat je hoog moet houden, die schepping van andermans brein... Misschien is hij ermee begonnen en was er geen weg meer terug.'

'Maar Manno, dit is toch de daad van een krankzinnige?'

'Dit is de krankzinnige daad van een gezond persoon die zo gebukt gaat onder de verwachtingen van zijn omgeving dat hij tot het uiterste gaat om zichzelf en zijn familie gezichtsverlies te besparen.'

'Hm,' zei Max. 'En wat doen we nu?'

'Niets,' zei ik. 'We doen niets.'

'Wat? Dus je wilt Bertl niet confronteren met onze ontdekking?'

Dat laatste woord sprak hij zachter uit, want twee studenten van de academie liepen langs en groetten mij. Ik wachtte even tot ze weg waren en schudde het hoofd.

'Beslist niet. Dat zou geen daad van vriendschap zijn. Als Bertl had gewild dat wij weten dat hij niet meer studeert, had hij het ons gezegd.'

'Maar Manno, het is toch juist zijn geheimzinnige gedrag dat onbestaanbaar is in een vriendschap!'

Ik keek hoe hij daar zat, op dezelfde plaats waar Franzi mij een halfjaar geleden in vertrouwen over haar zwangerschap had verteld.

'Ik weet niet of vriendschap absolute openheid vergt, Max. Misschien gunnen ware vrienden elkaar de mogelijkheid wat geheimen te bewaren.'

'Kom op Manno, dit soort zaken houd je toch niet voor je vrienden achter.'

Een tijdlang zwegen we. Op het bankje naast ons landde een enorme kauw die een zwerm mussen verschrikt deed opstuiven.

'Goed dan,' verzuchtte Max ten slotte.

'Zelfs niet tegen Franzi!' waarschuwde ik, want ik las zijn gedachten. 'Het blijft tussen ons.'

Aan het begin van het nieuwe jaar kondigde Bertl zijn afstuderen aan. Het geplande feestbanket werd afgeblazen – vanwege het slechte weer, naar men zei. Een week later werd hij benoemd tot assistent-directeur van zijn vaders kartonnagefabriek in Donau stadt.

2

'Dit werk, *De boetvaardige Maria Magdalena*,' doceerde Robert Eigenberger die aan de andere kant naast mijn ezel stond, 'werd vervaardigd in een tijd waarin licht nog werd gezien als een geschenk van God in plaats van de gloeilamp.' De man sprak met de wat slepende, langgerekte tongval van iemand uit het zuiden. Het was een druilerige donderdagmiddag in maart 1932 en met mijn medestudenten, die in een halve cirkel om ons heen stonden, luisterde ik naar zijn beoordeling van mijn werk. Voor de restauratie van de manshoge Rubens, door mij uitgevoerd in opdracht van het Kunsthistorisch Museum, had ik met toestemming van Eigenberger een bijzondere aanpak gebruikt: omdat harsolieverf met het verstrijken van de tijd donkerder wordt, had ik de defecten in de verflaag eerst opgevuld met een lichte gouachebasis, erop rekenend dat deze lichte achtergrond de donkerte in de toekomst zou uitmiddelen tot de originele kleur.

'Volgens sommige collega's zijn wij, restauratoren, de advocaten van de kunstenaar,' vervolgde Eigenberger. 'Beste mensen: dat is een misverstand. Een advocaat plaatst zichzelf op de voorgrond, terwijl een kunstenaar juist iemand nodig heeft die onzichtbaar is: iemand die volledig is afgestemd op het oorspronkelijk werk en zichzelf slechts beschouwt als doorgeefluik. Een restaurator moet kunnen verdwijnen. De roem van de kunstenaar straalt niet op hem af, hij staat niet op het podium en ontvangt geen applaus. Met het verdienstelijk herstel van dit schilderij heeft jullie medestudent Hermann Loch bewezen dat hij in elk opzicht een restaurator is; de door hem bedachte en uitgevoerde restauratiemethode maakt het mogelijk het werk onzichtbaar te restaureren, zonder onderbreking van de penseelstreken. Zo draagt hij dit werk van Rubens in de best mogelijke staat over aan de volgende generatie. Voor de uitmuntende uitvoering van deze afstudeeropdracht vraag ik bij wijze van uitzondering wél uw applaus.'

Na afloop van de les kwam Eigenberger op mij toe. Zijn kleine gestalte, de volstrekte afwezigheid van gezichtsbeharing en de volle, weke lippen deden jeugdigheid vermoeden, maar boven op zijn schedel zat middenvoor slechts nog donshaar. 'Mijnheer Loch, nogmaals mijn complimenten,' zei hij. 'Mag ik u vriendelijk uitnodigen voor een kop koffie in Café Museum? Ik zou u graag iets voorleggen.'

Naast elkaar, ik mijn pas inhoudend omdat hij anders moest rennen, liepen wij door de motregen naar het café op de hoek met de Operngasse. Voordat Eigenberger naar binnen ging, veegde hij op gedistingeerde wijze het regenwater van zijn vilten hoed, een gebaar dat ik hem onwillekeurig nadeed met mijn pet.

We namen plaats aan een tafeltje achter een beslagen raam en bestelden koffie met likeur. Eigenberger, zelf lid van de Wiener Secession, leek bijzonder op zijn gemak in dit kunstenaarscafé, waar hij hartelijk werd begroet door allerlei langs onze tafel bewegende Weense beroemdheden. Voorzichtig deed hij een scheutje likeur bij zijn koffie en nam een slok, waarna zijn iets uitpuilende onderlip langdurig vochtig bleef.

'Mijnheer Loch, u bent bijzonder getalenteerd en maakt de indruk stevig in het leven te staan,' opende hij het gesprek. 'Ik zou graag beweren dat u me aan mijn jongere zelf herinnert, maar niets is minder waar, helaas. Op uw leeftijd, tijdens de oorlog in

1915, nam ik vrijwillig dienst in het leger en liep na twee weken tyfus op. Ik schaamde me vreselijk en was doodsbang dat mijn vader zou moeten vernemen dat ik roemloos in bed was gestorven, als een vrouw.' Met één beweging goot hij de rest van de likeur in de koffiekop. 'Het was erger: ik werd ontslagen en moest gedurende bijna een halfjaar thuis worden verpleegd.'

Deze plotselinge intieme ontboezeming trof mij zo onvoorbereid dat ik mijn gebruikelijke achterdocht vergat.

'Was... is uw vader ook militair?'

'Nee, mijn vader, zaliger nagedachtenis, was directeur van een verzekeringskantoor.' Zijn glimlach was even pijnlijk als berustend. 'Ik herinner me vooral hoe wij tegenover elkaar zaten, gescheiden door de lengte van de tafel. Die afstand stond symbool voor onze verhouding. Ik moet in elk opzicht een teleurstelling voor hem zijn geweest.'

'En uw moeder, leeft zij nog?'

'Mijn moeder is dementerend. Ze herkent me niet, maar dat maakt geen verschil met vroeger, toen had ze ook al geen idee wie ik werkelijk was.'

'Mijn vader was militair,' hoorde ik mijzelf zeggen. 'Ook hij is ontslagen. Niet wegens ziekte, maar vanwege zijn beste vriend.' Gedachteloos zette ik het glaasje likeur aan mijn mond.

'Zijn beste vriend?' zei Eigenberger.

Ik leegde het glas in één teug en knikte. 'Zijn naam is Stroh Rum.'

Opnieuw lachte Eigenberger zijn melancholische glimlach. Hij schoof bij wijze van troost een etui met Memphis-sigaretten in mijn richting en stak er zelf ook een op. 'Voor elke jongen is het belangrijk dat hij door een man wordt gezien voor wie en wat hij is.'

Ineens voelde ik mij volkomen weerloos. Het was alsof Eigenberger met een paletmes de achtereenvolgende verflagen op mijn ziel had blootgelegd.

'Die overtuiging indachtig doe ik u het volgende voorstel,'

vervolgde hij. 'Als hoogleraar is mij gevraagd na de zomer de nieuwe Academie voor Conservering en Technologie te gaan leiden. Het zou mij een eer zijn u te kunnen benoemen tot universitair docent restauratieve schilderkunst.'

Als vanzelf was ik na afloop van dit gesprek in de richting gelopen van de Köstlergasse, naar het huis waar vrienden in mijn vreugde zouden delen en de reeds overweldigend opkomende angsten en twijfels helpen bezweren. Wandelend over de Linke Zeile keek ik naar de wereld om mij heen – niet het decor waarvoor zich het leven afspeelde, maar een wereld die zich niet liet schilderen omdat ik er deel van uitmaakte. Ofschoon het een drukte van belang was, kwamen de stem van de koopvrouw op de Naschmarkt mij milder voor, het door de plassen weerkaatste daglicht zachter, de geuren minder opdringerig.

Met een zak appels en een boeket ranonkels draafde ik de trappen op naar Béla's woning, waar ik de voordeur op een kier vond. Met één voet duwde ik de deur open, sloot hem met een beweging van mijn achterwerk, kondigde intussen mijn komst aan en ging de woonkamer binnen.

In een van de verstelbare fauteuils lag Max. Zijn linkerarm was gestoken in een mitella, boven zijn lip zat bloed en hij had een blauw oog. Béla, die uit de keuken kwam, glimlachte ter begroeting op dezelfde manier als eerder die middag mijnheer Eigenberger en overhandigde Max een koude lap.

Stomverbaasd keek ik van de een naar de ander.

'Manno, wat ontzettend aardig van je,' zei Béla terwijl hij bloemen en fruit van me aannam. 'Een stelletje onverlaten op de universiteit heeft Max toegetakeld.'

'Niet alleen mij,' mompelde Max.

'Twee gebroken ribben, vier hechtingen, een gekneusde oogkas, een gebroken sleutelbeen en een kapotte bril,' somde Béla op. 'We komen net uit het ziekenhuis. Wil je thee?'

Onwillekeurig dacht ik terug aan de dag in oktober waarop Max en ik ons een weg hadden moeten banen tussen de rivaliserende studentengroepen.

'Vandaag hadden de fascisten het in de bibliotheek gemunt op hun Joodse en socialistische medestudenten,' sprak Max moeizaam en plaatste de natte doek voorzichtig tegen zijn oog. 'Overigens ben ik er nog goed van afgekomen. Meteen nadat die kerels binnenkwamen, gingen ze ons met stoelen te lijf, ik hoorde mijn ribben kraken maar kon wegkomen naar de deur, waarna ik in de hal nog een pak slaag kreeg en naar buiten werd gesmeten, de trappen af. Wil je thee?'

Ik ging zitten op de punt van de bank. 'Heb je al aangifte gedaan?'

Verbaasd keken ze me aan.

'Dat kan toch niet, Manno,' zei Béla. 'Heb je nooit gehoord van de immuniteit van het hoger onderwijs? De universiteit valt niet onder de jurisdictie van de overheid; binnen die muren is de rector magnificus de baas. Politiemensen hebben uitsluitend toegang tot de universiteit op uitnodiging van de rector: alles wat op universiteitsgrond gebeurt, wordt door de universiteit afgehandeld – niet door de politie.'

Ik zette mijn ellebogen op mijn knieën, vouwde mijn handen voor mijn mond en schudde langdurig het hoofd.

'En hoe gaat onze rector, hoe heet hij ook weer, de Joodse en socialistische studenten dan beschermen?' vroeg ik uiteindelijk.

'Wie zegt dat Maresch, zo heet hij, dat wil? Onze universiteit is al zó lang een bolwerk van haat tegen zowel linksdenkenden als Joden! En het zijn bepaald niet alleen de studenten; juist ook veel docenten aan onze universiteit zijn fascisten. Twee jaar geleden nog stelde een grote groep hoogleraren dat zij het hun vaderlandse plicht achten verlinksing en verjoding van het hoger onderwijs in Oostenrijk tegen te gaan.'

'Verjoding?'

Béla haalde zijn schouders op. 'Het schijnt een woord te zijn. Sorry, had ik al gevraagd of je thee wilt?'

Bij wijze van kameraadschappelijk gebaar legde ik mijn hand op Max' stoelleuning in plaats van op zijn pijnlijke ledematen. 'Als je geen aangifte kunt doen, wat dan wel?'

'Er zijn twee zaken waarvan ik weet dat mijn vader ze belangrijk vond,' zei Max. 'De eerste is dat ik joods zou trouwen. De tweede is dat ik mijn studies zou afmaken. Dat ga ik allebei doen.' Hij keerde de natte doek om en legde de koele kant op zijn gezwollen oog. 'Béla, schenk onze goede vriend nu eindelijk eens thee in.'

Twee dagen later, op de eerste lentedag van het jaar, ging ik rond het middaguur te voet naar het armetierige winkeltje van mevrouw Szczotka in Mariahilf – misschien wel voor de laatste keer, bedacht ik, want als ik eenmaal docent was, zou ik de beste penselen kunnen aanschaffen bij Boesner & Kinski. De zonnige lucht was vervuld van klokgelui en vogelgekwetter en uit de keldergaten van de lunchrestaurants in de Schmalzhofgasse stegen fijne geuren op.

Aan de linkerkant passeerde ik de zijstraat waar zich op nummer 25 het Weense hoofdkwartier van de nazi's bevond. Voor het gebouw had zich een troep vrolijke meisjes verzameld in identieke jurken met een geregen lijfje en een wit schort. Hoewel de begeleidster, als was ze een groot kind, hetzelfde gekleed ging als de pupillen en ik haar slechts op de rug zag, zou ik haar uit duizenden hebben herkend. Als vanzelf bleef ik staan en noemde haar naam, misschien van verbazing, misschien uit gewoonte.

Ze had het gehoord en draaide zich om.

'Manno!' zei ze blij verrast en tegen de kinderen: 'Lieve meisjes, gaan jullie maar vast naar binnen, ik kom zo.'

Ze kuste me op de wang en zei: 'Wat leuk, Manno! Wat brengt jou vandaag naar de Hirschengasse?'

Stond ik daar echt, omringd door haar tedere lichaamsgeur,

zoekend naar woorden? En stond zij daar: mooier en zachter dan ooit, stralend voor de banieren met swastika's die over de gevel achter haar waren neergelaten?

'Dag, Lotte. Ben je eh... werk je voor de NSDAP?'

'Nou... werk,' glimlachte ze bescheiden, 'was het maar waar! Nee hoor, op zaterdagen ben ik vrijwillig groepsleidster bij de Bund Deutscher Mädel.'

'De meisjesafdeling van de Hitlerjugend.'

'Klopt! Heerlijke meiden. Ze giechelen wat af, maar het zijn echt schatten.'

De hele situatie was van een verwarrende irrationaliteit.

'Maar Lotte... je weet toch hoe Adolf Hitler denkt over socialisten? Over Joden?'

Zorgeloos lachte ze kuiltjes in haar wangen. 'Ach Manno, je moet niet alles geloven wat je leest!'

Hierop kuste ze mij hartelijk ten afscheid, wuifde nog even op de drempel en verdween in het partijgebouw.

Werktuiglijk draaide ik me om en liep terug naar de Schmalzhofgasse, daarbij gehinderd door een gevoel van beduimeld textiel op mijn huid, ofschoon ik zeker wist dat ik die ochtend een schoon hemd had aangetrokken. Bij iedere stap werd ik me meer bewust van de vuiligheid die mij omhulde, tot de sensatie zo ondraaglijk werd dat ik een kledingstomerij binnenliep. Opgelucht ontdeed ik me daar van mijn kleren, nam plaats op een bankje achter het gordijn en trachtte, zittend in mijn ondergoed, bijeen te brengen wat onverenigbaar was: Lottes liefde voor Max, Franzi en Béla en haar activiteiten voor een club die hen wilde elimineren; Lottes onschuld tegen de achtergrond van de gewelddadige keerzijde van de wereld; het voor mij al waarneembare begin van nieuw leven onder Lottes geplooide schort en de vernietigende krachten waarmee zij zich inliet.

Bij het afroepen van mijn naam nam ik mijn kleding aan, die nog warm was en waarvan de chemische reinigingslucht op mijn adem sloeg. Ik kleedde me aan, rekende af en keerde zonder penselen huiswaarts.

Die avond zaten wij rond onze stamtafel in het café van de oude mijnheer Hackl.

'Tjee Max, wat is er met jou gebeurd,' zei Bertl geschrokken.

'O, afgelopen donderdag liep ik in de universiteitsbieb tegen wat geboefte op,' zei Max op luchtige toon maar met een waakzame blik.

'Wat is het toch erg dat er altijd en overal tussen goede mensen wel enkele rotte appels zitten die de sfeer bederven,' verzuchtte Lotte. 'Zo jammer!'

Bertl knikte. 'Overigens hebben we een nieuwtje,' zei hij. 'Lotte en ik gaan begin juli trouwen!'

'Eigenlijk twee nieuwtjes,' zei Lotte blozend van geluk. 'We hebben al een woning gevonden. Aan de Große Neugasse.'

'En eigenlijk is er nog een derde nieuwtje,' zei Bertl die niet naar ons keek maar naar Lotte, alsof hij het háár verklapte. 'Een nieuwtje dat zich nog in jouw buik bevindt.'

'Bertl...' berispte Lotte hem verlegen stralend.

'Wat geweldig, een kleine Rauscher!' zei Max en hij wenkte Hackl voor meer doppinda's en rode wijn.

Daarna hief hij met zijn gezonde arm het glas. 'Op jullie toekomstige gezin, Lotte en Bertl! En dat het ook ons ooit gegeven mag zijn, hè Franzi?' Franzi glimlachte op dezelfde manier als ik Robert Eigenberger eerder die week had zien doen.

'We trouwen 's morgens,' zei Lotte, 'en in de namiddag is er voor onze gasten een thé dansant in de Drei Engel Säle, die voor de gelegenheid door Bertls ouders is afgehuurd.'

'Vanzelfsprekend zijn jullie welkom,' zei Bertl.

Na wat woorden van erkentelijkheid volgde een stilte waarin we beseften dat Bertls invitatie, in deze tijd waarin het maatschappelijke iedere dag persoonlijker werd, minder vanzelfsprekend was dan hij het deed voorkomen.

'Zeg Bertl, je ouders weten toch wel dat de sociaaldemocraten hun congres ieder jaar in de Drei Engel Säle houden?' zei Franzi spottend.

'Natuurlijk', antwoordde Bertl, 'maar gelukkig worden alle ruimtes daarna met aeroform gedesinfecteerd.'

'Nou,' zei Lotte lachend, 'de NSDAP houdt er ook weleens bijeenkomsten hoor. Trouwens: vandaag kwam ik Manno tegen bij...'

'Ik heb ook een nieuwtje!' onderbrak ik haar bijkans schreeuwend, niet wetend of ik Lotte tegen de anderen wilde beschermen of tegen haar eigen onnozelheid. 'Professor Eigenberger wordt directeur van de nieuwe Academie voor Conservering en hij draagt mij voor als docent!'

'Ongelooflijk,' zei Max, waarschijnlijk naar waarheid. Bewonderende felicitaties vielen mij ten deel.

'Dan moet je wel wat meer gaan praten,' giechelde Lotte.

'Mooi zo, Manno,' zei Bertl. Hij zat naast me en stootte me aan. 'Je bent de eerste universitair docent die ik tot mijn vrienden mag rekenen.'

3

'Lotte,' kreunde Béla, 'wat moet je in hemelsnaam met zo'n lelijk dressoir!'

Lotte, die net terug was van haar huwelijksreis aan de Adriatische kust en blootsvoets in de woonkamer stond, wees ons waar zij het buffet wilde hebben. 'Het is een erfstuk uit Bertls familie.'

'Het een sluit het ander niet uit,' hijgde Max en schoof de kast samen met mij tegen de wand. 'Ziezo. Het ís dat jullie op de begane grond wonen...'

Lotte liep met ons naar buiten, waar de rest van de toekomstige inventaris van het kersverse echtpaar in de brandende zon op de stoep stond te wachten.

'Wat is dáár in hemelsnaam aan de hand,' prevelde Béla en wees naar een toeloop van mensen verderop in de straat.

Ter hoogte van de ingang van de Drei Engel Säle hadden zich bewapende paramilitairen en burgers verzameld die liederen zongen en elkaar de gestrekte arm-groet brachten – het beruchte armgebaar dat niet alleen aan de nazi's was voorbehouden.

'Kijk eens aan, Bertl: je vrienden van de Heimwehr zijn gekomen om jullie huwelijkssluiting te vieren,' zei Franzi. Vanonder het korte, donkere haar rolde een zweetdruppel naar de scherpe onderrand van haar kaak, die ze met de rug van een hand achteloos afveegde.

'Dan zijn ze twee weken te laat,' grinnikte Bertl. Hij trok Lotte naar zich toe en kuste haar. 'Liefste, ik wil niet dat jij je in jouw toestand te veel vermoeit. Ga naar binnen, daar is het koel. En maak een grote kan van die heerlijke frambozenlimonade!'

Max zette zijn handen in de zij. 'Zeg Bertl, neem jij die massief eiken eettafel zelf even? Dan draag ik wel een stoel.'

'Ach jongen, de nieuwe zitbank wordt morgen bezorgd, wees blij dat je die niet hoeft te sjouwen!'

Een tiental politieagenten en wat soldaten passeerden ons over de weg en marcheerden op in de richting van de Drei Engel Säle. Hun jankende honden joegen me schrik aan.

'Hoe is het mogelijk dat onze dienders zelfs onder het huidige belastingstelsel niet over behoorlijke wapens beschikken,' zei Bertl terwijl hij hen nakeek.

Max maakte een smalend geluid. 'Alsof jij zoveel weet van het huidige belasti...'

'Luister!' zei Béla en stak zijn vinger in de lucht. In de verte klonk een wel duizendkoppig mannenkoor.

'Dit... dit gaat helemaal fout,' zei Franzi ademloos.

'Ja. Jouw vrienden van de Republikanischer Schutzbund komen het feestje verpesten,' zei Bertl.

'Het zijn mijn vrienden niet,' fluisterde Franzi. Ze zag bleek en huiverde ondanks de hitte.

Ineens, alsof we het hadden afgesproken, pakten Max en ik de boekenkast, Franzi en Bertl de eettafel en Béla een paar stoelen. Met vereende krachten sleepten we alles naar binnen, volgden Lottes aanwijzingen slordig op, leegden een glas limonade en gingen weer naar buiten voor de rest van de huisraad.

Inmiddels hadden de socialisten, van wie de voorhoede zeker zo zwaar bewapend was als de mannen van de Heimwehr, het begin van de Große Neugasse bereikt. Diep dreunend weerkaatste hun massale eenstemmigheid tegen de gebouwen aan weerszijden en zwol aan tot een volume van cyclopische omvang:

Arbeider, geef acht,
Voel je eigen macht!
Alle raderen staan stil
Als jouw sterke arm het wil!

'Snel!' zei Bertl met overslaande stem. Vliegensvlug namen we kartonnen dozen vol porselein, beddengoed en tafellinnen mee, droegen schilderijen, lampen en opgerolde kleden op de schouders en zeulden nachtkastjes en commodes het huis binnen. De bronzen kaarsenkroon kon nog net in veiligheid worden gebracht, maar voor het grote mahoniehouten ledikant, dat met één poot op de straat stond, was het te laat. Hijgend stonden we in de deuropening en zagen hoe de voorvechters van de arbeidersbeweging door de smalle straat naar de Drei Engel Säle oprukten, waar voor de deur intussen groot tumult was ontstaan en een rookbom afging.

De lucht was kleverig als gesmolten metaal.

'Moeten we niet naar binnen gaan?' zei Max, maar net als wij bleef hij staan om te kijken naar het gewelddadig over elkaar heen tuimelen van ideologieën verderop in de straat. Terwijl de antimarxisten zich in allerijl in het conferentiegebouw hadden teruggetrokken, trachtten socialistische demonstranten de deuren van de Drei Engel Säle te forceren. Op het balkon erboven dromden leden van de Heimwehr samen en kiepten zwaar meubilair over de rand naar beneden, het publiek in. Plots klonk een afgrijselijk gekraak. Gegil van mensen in doodsangst. Een bons die de aarde onder onze voeten deed trillen. Een enorme stofwolk.

'Naar binnen!' brulde Max.

Achter ons sloot Bertl de deur van het gebouw en barricadeerde de voordeur van de woning.

'Wat is er allemaal aan de hand buiten? Wat was dat geluid?' vroeg Lotte, die vanachter het raam slechts uitzicht had op een deel van de straat.

'Het is niets, liefste,' zei Bertl, die hevig transpireerde. 'Gewoon een oproer. Er stonden iets te veel mensen op het balkon van de Drei Engel Säle. Daar is dat ding niet op gebouwd.'

Vanachter het raam zagen we mensen rennen, er verscheen politie te paard en ambulances reden af en aan.

'Waar gaat dat naartoe,' zuchtte Lotte. 'Als het zelfs in Wieden niet meer rustig is...'

'Ze doen het erom, die marxisten,' mopperde Bertl. 'Laat ze mooi in hun eigen wijken blijven.'

Béla gaf hem een por en gebaarde naar de bevende Franzi, waarna Bertl een glas limonade voor haar inschonk en zijn arm om haar heen sloeg.

'Maar, Franzi,' zei hij, 'jij bent wel de allerliefste socialiste die ik ken.'

Pas enkele uren later was de rust in Wieden enigszins weergekeerd. Voorzichtig opende Bertl de buitendeur en gluurde de straat in als een rat over de kademuur. Ter hoogte van de Drei Engel Säle werden kuipen water over het plaveisel uitgegoten en de straatkeien geschrobd, als betrof het de sluitingstijd van een café. De straat lag bezaaid met stukken gescheurd textiel, hout, paardenvijgen, loden pijpen en zelfs een verloren schoen. Voor de deur stond het gehavende echtelijke bed. Met zijn vieren namen we het op en droegen het plechtig naar binnen, als een gevallen vorst naar de keizerlijke crypte.

4

'Dan zul je wel wat meer moeten gaan praten, Manno,' had Lotte destijds in Café Hackl gereageerd op mijn aangekondigd docentschap, zoals mensen een serieuze boodschap wel vaker gekscherend verpakken. Toch kostte het laten klinken van mijn stem me veel minder moeite dan gedacht – niet in het minst tot mijn eigen verrassing. Mijn passie voor het vak bleek groter dan mijn schroom en vanachter het veilige schild van mijn vakmanschap, omringd door zes ijverig meeschrijvende eerstejaarsstudenten, bracht ik mijn liefde voor restauratieve technieken, materialen en grondstoffen ten gehore.

'Hoe rook de slag bij Leipzig?' vroeg ik mijn studenten in de derde week van het academische jaar. Op de ezel in de restauratiezaal had ik de *Slag bij Leipzig* gezet, een ruim tachtig jaar oud werk met schade.

'Rook?' herhaalde een van hen onzeker.

'Ja. Kijk eens naar dit schilderij van Alexander Sauerweid. Je kunt het slagveld bijna ruiken. Wat ruikt u?'

'Kruitdampen,' zei dezelfde jongen. 'En paarden.'

'Aarde,' zei een ander. 'En bloed.'

'Heel goed. En wat te denken van transpiratievocht?' zei ik. 'Angstzweet ruikt veel kruidiger dan normale transpiratie; bij mannen komt dan de geur van komijn vrij.'

Achter de studenten zag ik dat Robert Eigenberger de restauratiezaal was binnengekomen en mij gebaarde vooral door te gaan met de les.

'Nu vraag ik uw aandacht voor de lucht boven het slagveld,' vervolgde ik. 'Vermoedelijk heeft de schilder hiervoor onder meer Frans ultramarijn gebruikt, een kleurstof die werd gemaakt door verhitting van porseleinklei, soda, houtskool, kwarts en zwavel. Het resultaat werd verpulverd en was blauw. U ziet dat de verflaag daar is gebarsten en zelfs is afgevallen. Hoe zou dat hebben kunnen gebeuren?'

'Doordat de verf is gekrompen?' zei iemand.

'Heel goed! Scheurtjes kunnen vele oorzaken hebben en verlies van flexibiliteit van de verf zelf is er een van. Maar in dit geval heb ik een meer specifiek vermoeden. De kleuren van de hemel op dit schilderij variëren van blauw en wit tot geel en mauveïne. Waarschijnlijk heeft Sauerweid de ultramarijne pigmentstof vermengd met eenzelfde hoeveelheid oplosmiddel als de andere pigmenten, niet wetend dat ieder afzonderlijk pigment voor een gelijkmatige droging om zijn eigen verhouding vraagt. Te veel oplosmiddel doet sommige stoffen te snel drogen, met craqueleren en loslaten tot gevolg.' Ik glimlachte. 'Hartelijk dank voor uw aandacht, dit was het voor vandaag; morgen gaan we dieper in op het door Sauerweid gebruikte organisch en anorganisch pigment voor zijn *Slag bij Leipzig*.'

'Dat was uitermate boeiend!' applaudisseerde Eigenberger. 'Maar ik wist natuurlijk al dat u een geweldige aanwinst zou zijn voor de opleiding.' Hij liep op mij toe en omvatte mijn rechterhand met beide handen. 'De jongste docent aan de universiteit ooit! Hermann, mijn vrouw Thea en ik zouden u graag bij ons thuis uitnodigen voor het avondeten. Zou het u misschien aanstaande zaterdagavond schikken?'

De Eigenbergers bewoonden een zonnig appartement op de Rossau, precies in de speelse inham van de Porzellangasse.

Toen ik mijn jas had uitgetrokken en de woonkamer binnenkwam, bleef ik staan. Meer nog dan de kasten vol boeken, werken van bevriende kunstenaars en met folklore stoffen beklede meubels, trof mij de geur van het huis. Diep ademde ik de wat zure, nootachtige lucht in, de huiselijke intimiteit van gestoofde kool, bordspelletjes en gestopte sokken. En sneller dan de ademhaling wisselt tussen in en uit, zelfs nog voor de volgende hartslag, overvielen mij allerlei onbenoembare herinneringen, bewaard tussen de geurige lagen van het verleden.

Een hondje kwam me begroeten.

'Dit hier is de kleine Herr Schnick,' zei de vrouw des huizes en nam de meegebrachte bloemen aan. 'En ik ben Thea. Welkom!'

Mevrouw Eigenbergers voortanden stonden op een vertederende manier iets over elkaar en ze droeg een groene jurk die spande om haar boezem. Ofschoon ze een jeugdige indruk maakte, lag op haar stemgeluid al wat honing van de jaren en het lichtbruine haar grijsde aan de slapen.

Aan de achterzijde bood het huis uitzicht op het Liechtensteinpark en in afwachting van het avondeten maakten Eigenberger en ik daar samen een wandeling, hij met een Engelse pijp in zijn hand en ik met de riem van Herr Schnick in de mijne. Het was september, maar reeds kleurden de bomen aan de rand tot zachtgeel en in de neigende namiddag zwol de zon op het gras aan tot goud.

Bij thuiskomst bleek de eettafel driehoekig te zijn gedekt, waarbij de Eigenbergers elk aan een lange kant zaten en ik aan de kopse, als waren we een familie. De maaltijd bestond uit een paprikahaantje, aardappels met *Einbrenn* en Dobostaart toe, door Thea zelf gebakken.

'Robert zegt me dat u uit Nederland komt,' zei Thea. 'Vertel me iets over uw geboortestad! Haarlem, is het niet?'

Ik glimlachte een beetje afwerend. 'Ik vrees dat ik u niet veel kan vertellen; toen ik Nederland verliet, was ik pas tien jaar.'

'Ach,' zei ze, 'u weet vast nog wel íéts. Wij vinden alles leuk om te horen, we zijn nog nooit in Nederland geweest.'

'Wel... Nederland is een land dat uit het water tevoorschijn is gekomen. Een land dat voor anker ligt. In Haarlem merk je dat goed, want die stad ligt niet ver van de kust.' Het leek alsof ik mijzelf voorlas uit een opengeslagen jeugdboek. 'In twee opzichten lijkt Haarlem op Wenen: in het midden staat een grote kerk en er stroomt een rivier door de stad. Maar daar houdt iedere gelijkenis op.'

'Wat is in uw herinnering het grootste verschil?' vroeg Robert.

'Het licht,' zei ik.

'Het licht?'

'Ja. Het Hollandse licht wordt gefilterd door een waas van zout water. Alles in Haarlem lijkt te baden in licht en lucht.' Ik had willen vertellen over de vlakheid van het land, de hobbelkeien, de narcissen in het Kenaupark, het linnengoed op de bleek, de Bolwerken waar ik bleef talmen om naar de eenden te kijken, de eeuwige westenwind, de velden vol bloeiend koolzaad, de zwartbonte koeien in de wei en de uiengeur van de tuinderijen aan de rand van de stad – maar de Duitse woorden hiervoor dienden zich eenvoudigweg niet aan.

'Ging u weleens naar zee?'

'Jazeker.' Ik glimlachte, want nu verscheen mijn moeder in mijn ontwaakte bewustzijn. 'Als je in de richting van de zee fietst, ontmoet je eerst de oude watertoren, een verdedigingswerk met kantelen op de borstwering. Daar begint het landschap te golven: de natuur heeft er bergen zand opgeworpen om het achterland te beschermen tegen de zee. Het zijn... wij noemen het duinen.'

Dit laatste woord, dat ik in het Nederlands had uitgesproken, bracht mij zo in vervoering dat ik het hoofd moest afwenden.

Pas toen Thea haar hand op de mijne legde, keek ik op.

'Het zijn mijn beste herinneringen,' zei ik. 'Herinneringen aan mijn moeder. Met haar wandelde ik in de duinen. Op haar dertigste is zij bij een aanrijding verongelukt. Ze was op slag dood.'

In de afkoelende, windstille avondlucht nam ik de tram naar de Wiedner Hauptstraße en stapte voor de deur uit. De wolken stonden stil aan de hemel en het vaandel van de Paulanerkerk hing slap aan zijn stok.

Bij binnenkomst van onze woning kwam mij, behalve het gebruikelijke 4711, nog een andere lucht tegemoet, een weeë geur die ons huis zijn vreemde aanwezigheid opdrong. Ik hing mijn jas naast die van Edmonda en liep naar de zitkamer, waar ik bij het openschuiven van de hendels de warmte voelde die zich in de loop der dag had verzameld tussen de dubbele vensters. Door de wijd open ramen trad frisse lucht binnen, samen met het verkeersgeluid en het klingelen van een voorbijrijdende tram.

Maar op de gang rook ik weer die sterke geur, de lucht van uitwerpselen, alsof het riool dwars door ons huis liep. Ter hoogte van de kamer van mijn tante was de stank zo heftig dat ik bij haar aanklopte. Zelfs toen ik haar naam riep, bleef het stil. Voorzichtig opende ik de deur die slechts enkele centimeters meegaf, alsof er iets zwaars voorlag.

'Tante?' Ik zette mijn schouder tegen de deur, duwde hard en wurmde me door de vrijgekomen ruimte.

Op de grond, beschenen door het avondlicht dat door de ramen binnenviel, lag Edmonda languit in haar eigen vuil. Haar gezicht leek op de weerspiegeling van de maan in een beek: onvast en vervormd. Ik kneep mijn neus dicht en bewoog mijn hoofd alsof ik mijn ogen op de juiste plaats wilde schudden, maar ze lag er echt. Terwijl ik daar stond, diende zich een woord aan, een woord uit mijn moedertaal dat ik in 1916 had leren kennen.

Hartaanval.

Een tijdje bleef ik onbeweeglijk staan, vastgepind door het gewicht van dit begrip. Toen liep ik terug naar de gang, trok mijn jas aan, ging de deur uit en wandelde bedaard de trappen af naar buiten. Een paar honderd meter verder belde ik aan en tot mijn verbazing, zeker gezien het uur, deed de huisdokter zelf de deur open.

'Goedenavond dokter Lindberg. Excuseer dat ik u stoor, maar mijn tante ligt dood in huis. Ze heeft een hartaanval gehad.'

De dokter keek mij verbaasd aan en ik realiseerde me dat ik het Nederlandse woord had gebruikt.

'*Ein Herzschlag*,' verbeterde ik mijzelf.

De man knikte, schoot in zijn jas en trok de deur gehaast achter zich dicht. Ofschoon toch niet meer de jongste, liep de arts voor mij uit over het trottoir, bijna dravend, hetgeen mij eigenlijk vreemd voorkwam bij een sterfgeval. We gingen naar binnen en ik wees hem de slaapkamer, waar hij naast Edmonda neerknielde, haar pols bevoelde en zijn wang voor haar mond hield.

'Hebt u telefoon?' vroeg de dokter.

'In de hal,' zei ik.

De man draaide enkele cijfers. 'Goedenavond, u spreekt met dokter Lindberg. Mag ik een ambulance aan de Wiedner Hauptstraße nummer 22? Het betreft mevrouw Loch, 58 jaar. Ja, met spoed graag.' En terwijl hij zich halfnaar mij toe draaide: 'De dame heeft een hersenbloeding gehad.'

Gedurende drie dagen bezocht ik Edmonda aan het eind van mijn werkdag in de kliniek aan de Lazarettgasse, waar zij klein en onbeduidend in een wit bed lag.

'Zij is nog altijd niet bij kennis geweest,' zei de zaalverpleegster elke keer, en ze waarschuwde: 'Twee minuten, maximaal!'

'Het spijt me,' zei ze op de vierde dag op dezelfde strenge toon, nadat ze haar klembord had gecontroleerd. 'Uw tante is vanochtend overleden. Zij wordt momenteel afgelegd. Bent u in de gelegenheid kleding voor haar te laten bezorgen?'

Een uur later was ik terug met Edmonda's knalgele japon met ruches en gelaagde strokenrok.

'Het was haar lievelingsjurk,' verzuchtte ik amechtig tegen de ontstelde zuster en haalde hierbij verontschuldigend mijn schouders op, suggererend dat men de doden hun wansmaak tenminste op het sterfbed moet gunnen.

Een halfuur later stond ik bij het opgebaarde lichaam van mijn tante, waarvan mij tot tweemaal toe moest worden verzekerd dat zij het echt was. Haar gezichtshuid was als een ploegveld in de herfst en de voorheen zo zorgvuldig gekapte haren lagen plat tegen haar schedel, waarvan de oren afstaken als oude bladeren.

De begrafenisondernemer plaatste een advertentie in de krant:

ENIGE EN ALGEMENE KENNISGEVING

Getroffen door de diepste pijn
breng ik hierbij familieleden, vrienden en bekenden
op de hoogte van het droeve nieuws van het overlijden
van mijn zeer geliefde tante

Edmonda Hortense Loch

Op vrijdag 30 september om 14 uur zal haar aardse omhulsel
van het uitvaartcentrum aan de Schwarzenbergplatz 5A worden
overgebracht naar het Zentralfriedhof en aldaar
voor eeuwig te ruste gelegd.

Hermann Loch | Wenen, 28 september 1932

In feite was het Zentralfriedhof – dat in Simmering lag, dus niet bepaald centraal – Wenen in het klein: in de armoedige kwartieren waren de grafzerken vervallen en met mos bedekt, terwijl de rijke eruitzagen als goed onderhouden wijken met bloemen en groen. Achter de doodbidders en de geestelijken van de Paulanerkerk liep ik naar de gegoede sectie van de begraafplaats. De jonge kapelaan, diezelfde met wie ik in de nacht van de politionele inval in Gasthaus Neumann had gedanst, herkende mij en bloosde als een rijpe tomaat. Plots voelde ik een hand tegen mijn rug, waarvan de warmte dwars door mijn jas drong. Toen ik opkeek, werd ik zo blij dat ik bijna hardop lachte.

'Bertl!'

Hij omhelsde mij stevig. 'Lotte laat je hartelijk groeten, ze heeft dikke enkels.' En terwijl hij om zich heen keek, alsof zij zich ergens op de begraafplaats hadden verstopt: 'Waar zijn de anderen?'

De mannen met hoge hoeden hadden de kist naast het vers gedolven graf gezet.

'Max in de synagoge wegens Jom Kippoer, Franzi voor de klas en Béla in Hongarije,' zei ik zacht.

De kapelaan nam de crucifix van de priester aan en overhandigde hem het wierookvat.

'En jij, hoe gaat het met je?' fluisterde Bertl.

Ik keek hem van opzij aan. 'Nu goed.'

Na afloop van de ceremonie condoleerden priester en kapelaan mij met het verlies van Edmonda, waarna zij zich opmaakten voor hun vertrek.

'Dat is dus met een sisser afgelopen,' prevelde ik.

'Wat?' zei Bertl.

'O, niks, ik had het over de kapelaan. Hij heeft het een tijd niet gemakkelijk gehad – en waarschijnlijk nog steeds niet. Hoe dan ook, ik ben blij dat hij er weer is.'

'Manno, ik moet gaan,' zei Bertl. 'Lotte kan ieder moment bevallen. Hou je haaks, vriend.'

Voor ik hem kon bedanken, omringden mij drie dames met geverfde blosjes op de wangen, die zich met een stortvloed aan tederheden op mij wierpen en evenzo snel weer waren verdwenen.

Toen ik me omdraaide om ook naar huis te gaan, stond een heerschap voor mij met een dure hoed en het laatste stuk van een gedoofde sigaar tussen zijn gehandschoende vingers.

'Een zoon, neem ik aan?'

'O, nee. Nee, de naam is Hermann Loch. Aangenaam. Ik ben een neef van mevrouw Loch. Maar ik woon wel in haar huis.'

De heer knikte en drukte kort mijn uitgestoken hand, zonder zijn eigen naam te noemen.

'Het is mijn huis.'

Ik staarde de man aan, wiens ogen voor de helft schuilgingen onder zijn zware oogleden. 'U bent eh... bent u de verhuurder van het appartement?'

'Denkt u echt dat Edmonda in haar leven ooit iets met géld heeft betaald?' De man gooide de sigaar op de grond. 'Destijds heb ik haar de woning compleet uitgerust en gestoffeerd ter beschikking gesteld. En nu wil ik hem terug. Onbewoond.' Met de punt van zijn schoen trapte hij de peuk in de richting van het graf. 'U hebt veertien dagen de tijd.'

'Kijk eens naar het gewaagde gebruik van de kleur violet in de hemel boven de *Slag bij Leipzig*,' doceerde ik enkele dagen later. 'Mogelijk heeft Sauerweid dit afgekeken van de opkomende impressionisten in zijn tijd; vanwege hun veelvuldig verblijf in de felle zon zagen zij boven het landschap vaak een violetkleurig nabeeld – de complementaire kleur van geel zonlicht – en schilderden de hemel paars.' Ik trok mijn handschoenen uit. 'Uw opdracht voor vandaag bestaat uit het exact nabootsen van Sauerweids violet met gebruikmaking van louter minerale pigmenten.'

Ik verliet de zaal voor een toiletbezoek en liep op de gang Robert Eigenberger tegen het lijf.

'Goedemorgen Hermann! Wat fijn u te zien, Thea en ik hebben genoten van uw bezoek laatst. Alles goed?'

Zijn woorden brachten de warme huiselijkheid van hun woning in herinnering, die in schril contrast stond met mijn thuiskomst na de begrafenis. Met mijn jas nog aan had ik ons huis bekeken door de ogen van een buitenstaander: het onpersoonlijke interieur, de vochtplekken tegen de buitenmuren, de repen loslatend behang, de afbladderende verf en het gescheurde pleisterwerk dat de laatste, metalige noten ademde van Edmonda's parfum.

'Goedemorgen, Robert. Om eerlijk te zijn niet helemaal. Mijn tante, bij wie ik inwoonde, is vorige week plotseling overleden. De huiseigenaar die haar het vruchtgebruik had verleend – ook van de inventaris, zo blijkt nu – eist de woning op en ik...' Hier stokten mijn woorden, want met schrik bedacht ik dat het zeer waarschijnlijk niet eens zijn éígen schilderijen waren geweest, die mijn vader destijds had verkocht voor de financiering van zijn drankgebruik.

'Nou ja,' zei ik, 'Ik ben dus op zoek naar een kleine huurwoning, maar er zijn weinig betaalbare te vinden.'

Eigenberger deed een stapje naar voren. 'Hermann, wij hebben een logeerkamer. Kom toch zolang naar de Porzellangasse!' En, terwijl zijn afhangende onderlip zich verbreedde tot een glimlach: 'Als u het niet voor zichzelf doet, doet u het dan voor ons.'

Als zo vaak kon ik ook die avond de slaap maar moeilijk vatten. Reeds lang had ik mijn leesboek weggelegd en de bureaulamp uitgeknipt, toen ik buiten geluiden hoorde. Vanaf de rand van het bed gluurde ik om een hoek van het gordijn. In het schijnsel van de straatlantaarns zag ik een groepje mensen rennen in de richting van Café Paulanerhof. Er klonken kreten van wilde agressie en ik hoorde 'Heil Hitler!' en 'Dood aan de flikkers!'.

Even later bevond ik me met mijn handen over mijn hoofd ineengedoken op het voeteneinde van het bed. Langzaam liet ik mijn armen zakken, maar mijn oren gonsden zo dat ik niet kon horen wat zich buiten afspeelde. Bevend kwam ik overeind, nam een fles met een bodempje rode wijn van mijn bureau, stapte in mijn pantoffels en opende voorzichtig de slaapkamerdeur. Pas toen ik op de gang de lichtschakelaar omdraaide, zag ik dat ter hoogte van de salon glassplinters op de vloer lagen. Met de fles als wapen voor mij uit liep ik met bonzend hart naar de salondeur, waar mij een koude wind tegemoet waaide uit het gat waar ooit de erkerramen hadden gezeten. De valse pers op de grond was bezaaid met scherven en een gordijnroede stond op de sofa als de mast op een zeilschip.

Geleidelijk drongen de fluitende sirenes van brandweer en politie tot mij door en hoorde ik stemmen in het trappenhuis. Ik zette de fles neer, opende de voordeur en liep met de geschrokken buren de trappen af naar de begane grond, waar het branderig rook en de conciërge volledig gekleed naast enkele gendarmes stond.

'Wat is er godsnaam aan de hand!' zei mijn bovenbuurman.

'Rustig blijven, mijnheer, rustig blijven. Alles is onder controle,' zei een van de agenten.

'Hij vroeg wat er aan de hand is,' snauwde iemand die ik niet kende.

'Rustig blijven. Volgens getuigen is bij het Paulanercafé aan de overkant een projectiel naar binnen geworpen. Hierop volgde een explosie waarbij gewonden zijn gevallen. Ik beloof u dat alles onder controle is.'

'Bij ons is een ruit gesprongen!' zei de bovenbuurvrouw.

'Alle schade zal morgenochtend door ons worden opgenomen, waarna de verhuurder die op de verzekeringsmaatschappij kan verhalen. Ik garandeer u dat wij alles onder controle hebben en vraag u dringend terug te keren naar uw woning en de komst van de politie morgen af te w...'

Ik hoorde niet meer wat hij zei, want als een meteoriet was bij mij een gedachte ingeslagen die me naar boven deed vliegen. Hijgend van angst en inspanning sloot ik de voordeur achter me en draaide met trillende vingers 7794.

Ik liet de beltoon eindeloos overgaan, maar de telefoon werd niet beantwoord en ik draaide het nummer opnieuw.

'Hallo?' klonk de slaperige stem van Max.

'Max! Goddank. Luister. Ligt Béla in bed?'

'Wat? Ja, hoor.'

'Weet je het zeker!'
'Manno, ik begrijp...'
'Max, luister naar me! Je móét gaan kijken of Béla er is!'
'Goed, goed. Wacht, ik ben zo terug.'

Ik sloot mijn ogen en dacht met wanhoop aan de zomerdag waarop Béla mij met een vette knipoog had toevertrouwd dat hij graag de 'speciale vrijdagavonden' bezocht in Café Paulanerhof.

'Manno? Béla slaapt. Nou ja, hij sliep. Hij staat naast me. Wil je hem spreken?'

Mijn stem weigerde zowat dienst. 'Nee, Max, niet nodig. Ik... ik wilde alleen weten of jullie veilig thuis zijn. Tot gauw.'

'Welterusten.'

Ik nam de fles van de grond, dronk het restje wijn op en veegde daarna de gang met een bezem. Hoewel de deur naar de zitkamer dicht was, was het in huis inmiddels even koud als buiten. Met een dikke trui over mijn pyjama kroop ik onder de dekens van mijn bed en staarde in het donker.

Tegen de ochtendschemer wist ik wat me te doen stond.

In het grauwe ochtendlicht stond Edmonda's koffer met ijzeren beslag tegen de muur. Ik nam hem mee naar mijn slaapkamer en stopte mijn bezittingen erin. Uit de vertrekken van mijn vader, waar het rook naar lege bureauladen en lang liggend stof, pakte ik de laatste boeken die nog in de kast stonden. Daarna ging ik terug naar de kamer van Edmonda en deed er het licht aan. Op de grond was de uitgebeten plek zichtbaar waar ik het hout pasgeleden met reinigingsmiddel had geschrobd. Mijn blik gleed langs de meubels die nooit haar eigendom waren geweest, de talloze potten en flesjes waarmee zij haar handelswaar had onderhouden en de gedroogde rozen en vergeelde brieven van tevreden afnemers. Uit het nachtkastje nam ik haar gouden oorhangers en uit een la van de kaptafel de zilveren toneelkijker. Vervolgens stapte ik de garderobekast binnen, waar ik een rode en een lilakleurige japon met bijpassende schoenen uitkoos en die samen met het vosje in een apart valies pakte. Ik zette de kleine metalen kist op het bed, inspecteerde de inhoud, legde de juwelen uit het nachtkastje erbij en stopte hem in de koffer.

Zittend op het bed bracht ik mijn die nacht voorgenomen bezigheden in een logische volgorde: ontbijten bij Wortner, een taxi bestellen om bij de bank aan de Prins Eugenstraße een kluis te huren voor de geldkist, per taxi naar Gasthaus Neumann om er Edmonda's tas met jurken te doneren en tot slot doorrijden naar de Porzellangasse om het logeeraanbod van Thea en Robert Eigenberger te aanvaarden. Ik haalde diep adem, nam in de hal mijn jas, sjaal en pet van de kapstok, keek nog een laatste keer om en wilde de huisdeur achter me dichttrekken, toen de telefoon ging.

Ik duwde de deur weer een stukje open en staarde stomverbaasd naar het ding, dat rinkelde alsof het mij terugriep.

Ik ging weer naar binnen en nam de hoorn van de haak.

'Hallo?'

'Manno, luister, we hebben een zoon! Zijn naam is Berthold, net als zijn vader. Hoe vind je dat, Manno: een kleine Bertl!'

5

'Wat een opvallend onopvallend gezicht,' zei Béla, die twee glazen wijn had ingeschonken en over mijn schouder blikte naar het schetsblok op mijn schoot.

Ik keek op, verrast door de woorden die Béla gaf aan iets wat ook mij fascineerde. 'Ja hè? Met die ogen wat dicht bij elkaar, bijna als een roofdier, maar omdat ze licht uitpuilend zijn, verschijnt er een randje wit om de iris dat juist weer onschuld suggereert...'

'En dat pruimenmondje!' Béla zette de glazen op tafel bij de open haard. 'Wie is het?'

'Robert Eigenberger.' Ik stak twee sigaretten tegelijk aan en gaf hem er een.

'Aha: je chef en mentor met vaderlijke gevoelens!'

Ik schoot in de lach. 'Thea en Robert zijn te jong om mijn ouders te zijn, maar zij drijven wel graag op de illusie van die mogelijkheid, zonder er een berekening op los te laten. Het zijn lieve mensen hoor, ze hebben me afgelopen winter zelfs meegenomen op skivakantie naar Fischau, maar ik ben heel blij met mijn bovenwoning aan de Praterstraße.'

'Je bedoelt je kamer.'

'Het zijn twee kamers.'

'Waarom wilde je niet bij hen blijven wonen?'

'Ik weet het niet,' antwoordde ik. 'Ze zijn wat...'

'Fascistisch?'

'Ik wilde zeggen reactionair.'

'Allicht,' zei Béla. 'De man is hoogleraar aan de Universiteit van Wenen!' Hij zette zijn glas neer en wenkte me. 'Kom Manno, ik wil je iets laten ruiken.'

In het lab deed hij het licht aan en liet me zien wat op zijn werkblad lag.

'Pak maar,' zei hij, 'en dan samen onder je neus houden.'

Ik nam de reep hertenleer en het potje tabak van de tafel en snoof, terwijl Béla er in citroenolie gedrenkte watten bij hield. Het aroma gaf mij een zinsvervoering die de opwinding van Gasthaus Neumann samenbracht met de wuivende grassen van Altaussee.

Ik opende mijn ogen, keek naar Béla en zei niets.

Béla glimlachte. 'Fijn dat je het lekker vindt. Het wordt een kruidig, mysterieus herenparfum op basis van tabak, leer en een vleugje citrus, met mannelijke ondertonen van hout en hars.'

'Heeft de narcis je verlaten?'

'De Narcissus poeticus is uitgevlogen en geworden tot het belangrijkste ingrediënt van het nieuwe parfum van modehuis Worth, waarvoor ik de receptuur heb geleverd.' Hij pakte een bolvormig flesje met BELA NARCISA op het etiket, sprenkelde wat op een reep katoen en sloeg die door de lucht terwijl ik de geur opsnoof.

'Ik ruik inderdaad narcis.'

'Manno!'

'En... en hyacint!'

Béla schoot in de lach. 'Ziehier hoe banaal het vakmanschap waarmee dit parfum is gecomponeerd, wordt afgedaan.'

'Citroen...'

'Het parfum opent met geurige roze peper, frisse mandarijn en vers gemaaid gras,' zei hij met een mysterieuze glimlach. 'Daarna ruik je het hart, van verkwikkende scharlei, poederig vioolblad en de tedere verfijning van de wilde bergnarcis. En uiteindelijk versmelt dit akkoord met de fluweelzachte noten van iriswortel, ambrettezaad en hooi.'

'Ik was nog niet uitgesproken, hè,' zei ik. 'Welke tabak ga je gebruiken voor het herenparfum?'

'Mijn eigen.'

'Béla, het eerste dat meneer Reines mij in 1916 leerde is dat de teelt, verwerking en distributie van tabak in Oostenrijk sinds 1784 onder staatscontrole staat.'

'Klopt,' zei hij met een ondeugend lachje, 'maar in het kader van ons universitaire onderzoek naar het botanische geslacht Nicotiana rustica heb ik gemeend een half grammetje zaad te mogen gebruiken voor thuisanalyse.'

Een week later, op een prachtige zaterdag in maart, rustten we in Béla's moestuin tegen het tuinhuis uit van het spitten. Het voorjaar had zo abrupt zijn intrede gedaan dat in het tuintje ernaast al een kleine vosvlinder zat op de nog bloeiende winterjasmijn. Gulzig dronken we uit de waterfles en wisten met een zakdoek het zweet van onze gezichten.

'Gisteren heb ik de tabak in de kweekpotten ingezaaid,' zei Béla, 'dus er is nog voldoende tijd om de plantjes af te harden voor ze hier de grond in gaan. Dat laatste wil ik overigens pas doen na Sint Bonifatius; nachtvorst is funest voor tabak.'

Ik knikte peinzend. Het was fijn om zijn tuin gereed te maken voor de ontvangst van de tabaksplanten, maar ik was ook met hem meegegaan om een andere reden. Ik maakte me ongerust over Lottes werk voor de Bund Deutscher Mädel, of liever gezegd: over de kans dat Max, Franzi of Béla haar banden met de NSDAP zouden ontdekken. Wat zouden zij zeggen van haar werk voor de partij van Adolf Hitler, de zojuist in Duitsland benoemde bondskanselier die meteen een boycot van alle Joodse winkeliers had afgekondigd? De partij die de Duitse Gestapo uitdrukkelijk had belast met de vervolging van homoseksuelen? En, had ik bedacht: zou Lotte dit zelf weten?

Ik nam een stuk brood uit de tas en vroeg, zonder naar hem te kijken: 'Zeg Béla, mis je Lotte niet?'

Hij zweeg best lang, maar dat kon komen doordat hij juist een hap genomen had. 'Natuurlijk mis ik haar. We brengen veel minder tijd met elkaar door dan voorheen. Het huwelijk en het moederschap nemen haar in beslag.'

'En als jullie samen zijn, is het dan nog zoals vroeger?' Tersluiks monsterde ik zijn gezicht, dat behoedzaamheid verried.

'Nu ja... het zwaartepunt van Lottes belangstelling is verschoven van couture naar borduren, van bioscoop naar bridge en van restaurantbezoek naar een abonnement op *De Oostenrijkse Huisvrouw*. Maar zij is gelukkig en dat is voor mij wat telt.'

'Het is me inderdaad opgevallen dat zij er in dirndl en met vlechten anders uitziet dan vroeger,' waagde ik. 'Ik heb weleens de indruk dat haar traditionele uiterlijk een verschuiving weerspiegelt naar meer eh... conservatieve opvattingen, denk je niet?'

Maar Béla liet de open wissel in het spoor van ons gesprek voor wat hij was. Hij stond op, klopte zijn handen af aan zijn broek en zei: 'Kom Manno, we gaan de plaats van de heggen uitzetten. Tabak heeft een hekel aan wind.'

Aan het einde van de maand zaten we met zijn zessen op een kleed in een wat afgelegen hoekje van het Prater. Of liever gezegd met zijn zevenen, want in de armen van Franzi lag de kleine versie van Bertl: een goedlachse, mollige baby met een lichte huid en een dikke bos knalrood haar.

'Nou Bertl, jij zult je nooit hoeven afvragen of jij de vader wel bent,' zei Béla, die het kind met één vinger over het voorhoofd streelde. 'Alleen de sproeten en de lichaamsbeharing ontbreken.'

'Maak je geen zorgen, die werden mij ook pas vijftien jaar later nageleverd.'

We aten *Buchtel* met pruimenjam, bespraken een mogelijke voorjaarsvakantie in Altaussee en dronken frambozenlimonade.

'Hoe gaat het in de fabriek, Bertl?' vroeg Max, terwijl hij hem een servet aanreikte.

'Moeizaam. Door de crisis is de vraag naar karton afgenomen; de fabriek maakt al een tijd geen winst meer en draait maar net quitte. We proberen het uit te zingen en hopen op betere tijden – zonder socialisten.'

'Kom op Bertl,' zei Franzi. 'Levensmiddelen zijn onbetaalbaar geworden, de huren rijzen de pan uit en de werkloosheid in Wenen is 37 procent...'

'38 procent.'

'Je kunt wel zien wie hier de econoom is,' fluisterde Max, maar ik had het gehoord. Hij kneep de baby heel zachtjes in zijn volle wangetje en op zijn beurt hield de baby Max' neus plechtig vast, alsof zo een verbond tussen hen werd gesloten.

'Met hun stakingen leggen de gasstokers, het spoorwegpersoneel en de posterijen voortdurend de hele economie plat!' vervolgde Bertl. 'Of wat er nog van over is.'

'Ze moeten wel,' zei Franzi, die het zachte pakketje heel voorzichtig aan mij doorgaf. 'Met de huidige lonen kunnen werkers als machinisten of gemeentelijke gasarbeiders niet voorzien in het levensonderhoud van hun gezin, terwijl zij toch ook gewoon arbeid verrichten, net zoals een minister of dokter dat doet – alleen zonder een behoorlijke beloning.'

'Prima, dan laat jij je toch door de gasstoker opereren.'

'Mijn Nederlandse grootvader was spoorwegbeambte,' zei ik tegen de kleine Bertl in mijn armen, die deze ontboezeming beloonde met een stralende lach. 'En als ik het me goed herinner, was hij zelfs bij de vakbond.' Ik knuffelde het kindje, dat zalig geurde naar warme melk en kamille.

'Natuurlijk, de Hollandse communisten!' riep Bertl en hij draaide zich opgetogen naar mij toe. 'Manno, zeg me niet dat je met Marinus van der Lubbe naar school bent geweest!'

'Welke...' Stomverbaasd keek ik hem aan. 'Bedoel je nu de jongen die vorige maand de Duitse Reichstag in brand heeft gestoken?'

'Precies! Die vent is ongeveer even oud als jij en komt ook uit Holland.'

Ik schoot in de lach. 'Een willekeurige communist uit Holland? Laat me even nadenken. Aha, ik weet het al. Nee, Bertl, ik ken hem niet.'

'Er wordt verteld dat die Nederlandse jongen valselijk is beschuldigd en dat de brandstichting het werk van de nazi's zelf is geweest,' zei Béla.

'Natuurlijk niet,' zei Lotte. 'Waarom zouden ze dat doen?'

'Om, onder het mom van een communistische samenzwering, duizenden politieke tegenstanders gevangen te kunnen zetten – zoals ook meteen is gebeurd.'

'Ja, en weet je wat ook wordt verteld?' zei Bertl. 'Dat die Marinus van der Lubbe de lustknaap was van Ernst Röhm, de homoseksuele stafchef van de SA. En ook dát geloof ik niet.'

Hij opende een flesje gemberbier en gaf het aan Franzi. 'Die brand is beslist gesticht door een van jouw kornuiten.'

'Ik moet je teleurstellen Bertl, Van der Lubbe en ik zijn geen kornuiten: hij is communist en ik ben sociaaldemocraat. Onze Arbeiderspartij heeft met communisme weinig te maken. Vraag maar aan de communisten, die vinden ook dat wij niks voorstellen.' Ze stak vragend haar handen naar mij uit en ik overhandigde haar heel behoedzaam het in slaap gevallen kindje.

'Ik vind onze fascist Engelbert Dollfuß weinig beter dan hun nazi Adolf Hitler,' zei Max. Hij hield een broodje ansjovispastei in de linker- en een klein, afgebroken stukje in de rechterhand. 'Het aantal paramilitaire organisaties is niet te overzien, het aantal wapens dat in omloop is evenmin en er zijn iedere dag bomaanslagen en schietpartijen.'

'Dat geweld is vooral afkomstig van nazi's die denken hun partij ook in Oostenrijk wel even naar de macht te kunnen bombarderen,' zei Franzi.

Gespannen keek ik naar Lotte, maar die zocht in haar tas naar een schone luier en leek elders met haar gedachten.

'Franzi, wees eerlijk, ook de socialisten maken zich schuldig aan geweld,' zei Béla. Hij stak een dun sigaartje op en blies de rook uit naar links, weg van de kleine Bertl. 'Ik weet het niet meer, hoor. Misschien kan ons land uitsluitend nog worden gered als het nu voor enige tijd autoritair wordt geregeerd.'

Franzi richtte zich op. 'Helemaal mee eens, Béla. De economische wereldcrisis heeft de democratische weg geblokkeerd en er moet krachtig orde op zaken worden gesteld – maar wel middels een dictatuur van het proletariaat, niet een van het kapitalisme!'

'De arbeidersbeweging is een ramp voor het land! Mijn zoon wil graag opgroeien in een welvarende stad waar het veilig is op straat,' snauwde Bertl.

'O ja, en daar zorgen de nazi's zeker voor!'

Op dat moment begon de kleine Bertl te huilen.

'Het spijt me dat ik hem heb laten schrikken,' stamelde Franzi. 'Dat was niet mijn bedoeling...'

Lotte stond op, liep om de kring heen naar Franzi en nam de baby van haar over. Hoe ze daar stond in haar kuitlange rok, de blonde haren vastgestoken, baken van rust en liefde, vloeide ze zo over van moederlijkheid dat ze ons aller moeder was.

'Ben je gek, Franzi,' glimlachte ze. 'Kleine Bertl doet niet aan politiek. Die heeft gewoon honger.'

6

'Ik maak me zorgen om Baumi,' zei Franzi en ze gooide een steentje in het water.

Voor het eerst sinds de dood van Paul zaten we op onze vaste plek aan de oever van het meer van Altaussee met uitzicht op het pad aan de overkant, waar zijn lichaam was gevonden. 'Het lijkt of ze niet twee, maar twintig jaar ouder is geworden.'

We konden het op dat moment niet voorzien, maar later zou Max beweren dat de abrupte manier waarop deze vakantie zou eindigen verschillende voortekenen had gekend. Zo waren we voor het eerst pas na Pinksteren in Altaussee gearriveerd en bovendien niet compleet: kleine Bertl was ziekjes en zijn ouders hadden besloten in Wenen te blijven. Om die reden reisden we dit keer ook niet per trein maar met Béla's donkerrood glimmende Packard, die hij met verve bestuurde.

Nog op de dag van aankomst dompelden we ons onder in het meer en lieten het kalme water de stoffige reis van ons afspoelen. Max had een fles witte wijn in het water gekoeld en schonk een glas in, waaruit we gezamenlijk dronken.

'Verdorie,' zuchtte hij. 'God weet hoe vaak ik heb gewenst dat Bertl zijn waffel hield, maar nu mis ik hem.'

'En Lotte,' zei Béla. 'Hoe ze, zodra we hier zitten, haar nagels wrijft met een reepje marokijn of voor Baumi met rode zijde allerlei berijmde spreuken borduurt...'

De wind stak op en we dronken de fles leeg, pakten onze spullen en liepen over het pad terug naar huis voor het avondbrood. In de stilte scheerde een watervogel krijsend over ons heen.

De ziel van Baumi, toch al een vrouw van weinig woorden, had zich gesloten als de luiken van haar boerderij. Onophoudelijk bewoog zij zich, vermagerd en met de blik naar beneden gericht, om haar smart met een of andere bezigheid te maskeren. Zonder dat zij erom hoefde vragen, kloofden wij blokken hout, schuurden en lakten de planken van de veranda, wiedden de moestuin, bonden de bonenplanten op, repareerden de staldeur, vingen mollen en wetten de sikkel op de blauwe slijpsteen. De aarde ademde de geur van bloeiend gras en vrije tijd en we aten knapperig brood met vruchtengelei.

Op zaterdagochtend 10 juni vertrokken we in alle vroegte naar de Loser. De lange schaduwen van de ochtendzon vielen over het bedauwde veld en in het ontluikende groen van de bomen tsjilpten de eerste vogels. We liepen voort over het bospad en dronken water uit een stroompje dat van de berg afliep, terwijl Max zich met zijn badkamertenor zonder artistieke bedenkingen dwars door de operaliteratuur heen zong.

Met het stijgen der hoogtemeters nam met de begroeiing onze opgewektheid af en toen we bij het gedenkteken van vader Baumgarten kwamen, zagen we dat ernaast een tweede kruis was geplaatst met daarop PAUL BAUMGARTEN † 1931.

Zwijgend klommen we verder naar de alm, waar duizenden narcissen als witte sterren op het gras lagen alsof ze 's nachts uit de hemel waren gevallen. We plukten twee bosjes, daalden het pad weer af en legden ze bij de gedenkplaats neer, waar we elkaar omarmden en de snikkende Béla troostten. Plots droogde Béla met hemdsmouwen zijn tranen, liep naar de rand, zette de handen aan zijn mond en riep: 'WAAROM!!'

De vraag stuiterde over de daken van het Gebergte des Doods, kaatste af op de Hochklapf en werd ons met een weerklank door de Trisselwand opnieuw gesteld.

Waarom? Waarom?

Twee dagen later hadden we vroeg willen opstaan om een wandeltocht naar de Tressenstein te ondernemen, maar de lichtbewolkte hemel was zo vol geweest van zorgeloze loomheid dat we pas na het middaguur vertrokken. Juist hadden we een stop gemaakt bij het kleine postloket aan de Fischerndorfom ansichtkaarten te versturen, toen de druk gebarende beambte ons staand in de deuropening terugriep.

'Is iemand van u Max Rainer?' vroeg hij.

'Reines,' zei Max. 'Bedoelt u Max Reines?'

'Juist, Reines. Excuseert u mij. Ik heb een telegrambericht voor u ontvangen.' En terwijl hij Max het papier overhandigde, zei hij: 'Een zekere Lea verzoekt u haar op te bellen tussen...' Hij zette een stap naar voren en rekte zich uit om op de kerkklok te kunnen zien. '...twaalf en twee. Het is nu bijna één uur.'

'Lea – bedoelt u mijn zuster Lea?' Max las het telegram en keek van ons naar de postbeambte, die uiteindelijk zei: 'Mijnheer, binnen is een telefoontoestel.'

Op een bankje voor het gebouw wachtten wij in de zachte junizon tot Max naar buiten kwam. Terwijl hij de hoekjes van het telegram nauwkeurig op elkaar legde, zei hij: 'De broer van mijn moeder is vanochtend om halfelf bij een bomaanslag om het leven gekomen.' Hij inspecteerde de vouwlijn, sloeg het papier precies hierop dubbel en streek er met twee nagels overheen. 'Hij had een juwelierszaak aan de Meidlinger Hauptstraße.' Max draaide het papier een slag en mat met zijn vingers een derde deel van het blad af, waarop hij het papier invouwde. 'Iemand heeft een projectiel naar binnen gegooid, dat meteen door mijn oom werd opgeraapt om de klanten in de winkel te beschermen. Toen hij ermee naar buiten rende, explodeerde het, waarbij hij en een voorbijganger zijn gedood.' Minutieus vouwde hij nu het bovenste derde deel van het telegram terug en controleerde de evenwijdigheid van de zijden. 'Twee maanden geleden hebben een paar nazi's al stinkbommen bij hem naar binnen gegooid en leuzen op de gevel geschilderd.' Hij stopte het kleingemaakte document in zijn binnenzak en knikte. 'Ik moet naar huis.'

De volgende dag vertrokken we bij het ochtendgloren.

Vanaf de achterbank van de automobiel keek ik om naar de steeds kleiner wordende Loser, tot groene bergen mijn blikveld golvend beperkten en hij uit het zicht verdween.

Terwijl Béla ons door Opper-Oostenrijk chauffeerde, had ik alle tijd om na te denken over wat ik bij mijzelf de 'nazikwestie' was gaan noemen. Als een bal rolde ik de zaak in gedachten heen en weer en bekeek hem van alle kanten.

Tot mijn schaamte had ik opluchting ervaren over het ziekzijn van de kleine Bertl; ik had er niet aan moeten denken dat het bericht over de moordaanslag op de oom van Max zou zijn samengevallen met argeloze nazi-sympathieke uitspraken van Bertl of Lotte.

Ter hoogte van Steyr, waar we overnachtten in een klein hotel, diende zich een nieuw en tegelijkertijd vertrouwd inzicht aan: mijn vrees voor het nazisme als splijtzwam onder mijn vrienden was eerder de echo uit een verzonken verleden dan een diepgevoelde plicht om hen tegen elkaar te beschermen. Boven alles wilde ik mijzélf beschermen; ik was eenvoudigweg niet bij machte me te ontdoen van die hevige angst voor verlies, die mijn gedrag bepaalde als een registerboek de melodie van het draaiorgel.

Daags erna, we reden in de buurt van Amstetten, vroeg ik me af of ik wellicht een onjuist beeld had van de werkelijkheid. Zouden Béla, Max en Franzi minder geschokt zijn door de voorkeuren van Bertl en Lotte dan ik vermoedde? Was lidmaatschap van de Nationaalsocialistische Partij, net als dat van de Arbeiderspartij, inmiddels salonfähig en werden de geweldsmisdrijven toegeschreven aan een kleine groep querulanten die men nu eenmaal binnen elke stroming treft?

Bij het binnenrijden van Sankt Pölten dacht ik aan de Eigenbergers, wier opvattingen in veel opzichten zeer rechts waren en op punten ronduit antisemitisch – gelijk die van Lotte en Bertl, van wie ik toch innig hield. En waren Robert en Thea Eigenberger niet zeer intelligente en breed ontwikkelde mensen, die mij bovendien na Edmonda's dood zo liefdevol in huis hadden opgenomen? Geslagen stond ik tussen twee werkelijkheden en tegen de tijd dat we Wenen binnenreden, waren mijn gedachten volkomen verstrikt geraakt in een netwerk van nerveuze gevoelens.

Op dat moment had ik niet kunnen raden dat nota bene de Oostenrijkse bondskanselier zélf mij die week nog te hulp zou schieten.

Op dinsdag 20 juni ontbeet ik haastig in Fürstenhof, mijn nieuwe vaste café, omringd door de vertrouwde geurmelange van koffie, drukinkt en vers brood. Zodra ik de ochtendbladen openvouwde, kopten de kranten mij de verlossing tegemoet. 'PER DIRECT VERBOD OP DE NSDAP', 'DIT WAS DE DRUPPEL!' en 'EINDE VAN DE NAZI'S IN OOSTENRIJK', las ik. Mijn ogen vlogen over de regels. 'De regering van Engelbert Dollfuß heeft met onmiddellijke ingang een verbod uitgevaardigd op de nazipartij. Directe aanleiding voor het besluit is de granaataanval gisteren van nationaalsocialisten op de christelijke gymnastiekbond in Krems, waarbij één dode en negenentwintig gewonden zijn gevallen.' Ik staarde naar het papier tot de letters wazig werden en de boodschap glashelder tot mij doordrong. Niet ik, maar nota bene de fascistische Oostenrijkse regering zou de ene helft van mijn vrienden beschermen tegen de andere.

Ik sloeg de krant dicht, stond vederlicht op van de stoel, legde een te groot geldbedrag op tafel en stapte de deur uit, op weg naar de academie.

Tegen het einde van de zomervakantie, toen de tabaksplanten in de moestuin hoog stonden als zonnebloemen, achtte Béla de tijd rijp om een aanvang te maken met de oogst.

'Kijk,' wees hij. 'Het blad moet glanzend en elastisch zijn en van onder naar boven worden geplukt, te beginnen met het zandblad.'

Zo werkten we ons elke zaterdag verder omhoog langs de stengels, tot aan de uitlopers en het bestegoed aan de toppen.

Iedere keer als Béla en ik een lading tabaksbladeren thuisbrachten, kneusden we de nerven, bonden de bladstelen per twee aaneen en hingen de bladeren over een lange stok te drogen op de zolder, waar ze een geur van mos verspreidden.

Tegen Allerheiligen, toen de bomen in het Schillerpark half kaal waren en de laatste bloemen verwelkt, was het tabaksblad op zolder bruin gedroogd. Voorzichtig besproeiden we het met water, verwijderden met een scherp mes de dikke middennerven en staken de bladeren daarna tussen lagen hooi in houten kisten, die speciaal hiervoor door mopperende bezorgers de zoldertrap op waren getakeld.

'Zo, nu is het de beurt aan de chemie,' zei Béla en sloot de deksel van de laatste kist. Iedere dag mat hij de temperatuur in het hart van de hooikisten en vanaf het moment dat de thermometer vijftig graden aanwees, luchtte hij het tabaksblad dagelijks. Het was duidelijk dat zich in de kisten krachtig verlopende omzettingen voltrokken, want zodra Béla de deksels oplichtte, wendde ik mijn hoofd af van de geur van vetzuren, ammoniak en salpeter die eruit opsteeg.

Béla moest erom lachen. 'Ja, mijn vriend, geen transformatie zonder pijn.' Hij overhandigde mij een zak tabakspeulen met daarin het fijne zaad. 'Hier. Voor als je ooit je eigen plantage wilt beginnen.'

Hierna strekte de herfst zijn koude handen uit over Wenen. Vanachter het raam zag ik hoe de wind de lindebomen aan de Praterstraße van hun laatste bladeren ontdeed, over het natte wegdek joeg en ten slotte in bergjes tegen de stoep ophoopte.

7

Geloof het of niet, maar ik miste het uitbreken van de Oostenrijkse burgeroorlog. Nadat ik pas tegen de ochtend van die twaalfde februari was ingedommeld, sliep ik door het historische moment heen waarop regeringsgezinde troepen slaags raakten met de Republikanischer Schutzbund, de zwaarbewapende militie van de socialisten.

Tot die maandag in 1934 was de winter vervuld geweest van herhaaldelijke aanslagen op telefoonmasten en bovengrondse leidingen door de illegale nazi's, maar nu de rode revolutie ophanden leek, kwamen de arbeiders in opstand en legden zij massaal het werk neer.

Die ochtend werd ik dan ook niet zoals gewoonlijk wakker van het driftige geklingel van de trams in de straat, maar pas veel later, van de ratelende metalen rolluiken van de winkeliers en uitbaters die hun zaken haastig sloten.

Geschrokken, niet beseffend wat mij zojuist had gewekt, keek ik op de klok. Halfelf, en ik moest om het middaguur college geven! Ik sprong uit bed, waste mijn gezicht en besloot het scheren dan maar een dag over te slaan. Haastig kleedde ik me aan, schoot in mijn wollen winterjas, pakte mijn tas van de stoel naast het raam – en bleef beduusd staan. Op straat was geen tram te bekennen. Op de deur van tandarts Állvány aan de overkant hing het bordje GESLOTEN, de reclamezuilen van de autorijschool stonden niet buiten en stalen jaloezieën waren neergelaten over de winkelruit van de koosjere slagerswinkel van Moses Haspel. Ik sloot mijn woning af en liep de trappen af om buiten poolshoogte te gaan nemen.

Omdat Café Fürstenhof gesloten was, kocht ik bij wijze van ontbijt op straat een broodje Frankfurter bij een verkoper met een rode neus en traanogen van de kou.

'Mijnheer, weet u misschien wat er gaande is?' vroeg ik en betaalde met een halve shilling.

'De proletarische revolutie is uitgebroken, naar het schijnt,' zei de man op vermoeide toon. Nu klonk in de verte een gedempt verontrustend geratel, maar de man trok de schouders op en blies in zijn handen. 'Artillerievuur in Floridsdorf.'

Met het broodje in de ene en mijn werktas in de andere hand liep ik de Praterstraße uit in de richting van het stadscentrum. Op iedere straathoek prezen opgewonden krantenverkopers hun handelswaar aan en zij deden goede zaken, hoewel binnen enkele uren ook de arbeiders in de drukkerijen zich bij de staking zouden aansluiten en de nieuwsstroom zou luwen.

De Maria Theresien-brug naar het stadscentrum was versperd met prikkeldraad en werd door militairen bewaakt. Ik had mijn dagelijkse muntje voor de blinde mijnheer Tisch al in de hand, maar de straatmuzikant was vandaag nergens te bekennen.

Op de hoek van de Taborstraße kocht ik een krant.

'Weet u misschien welke brug open is?' vroeg ik de krantenjongen.

'Geen een, m'neer,' antwoordde de jongen. 'Ze zijn allemaal dicht. Het centrum is luchtdicht afgesloten.' En eerder nieuwsgierig dan behulpzaam: 'Waar mot u wezen dan?'

'Eh, bij de Kunstacademie.'

'Huh?'

'Een universiteitsgebouw aan het Schillerpark.'

De jongen klakte met zijn tong en schudde ongelovig het hoofd.
'Mijnheertje, kijk es effe om u heen; denkt u echt dat Wenen op dit moment tijd heeft voor wetenschap!'
Stom staarde ik de jongeman aan.
'Die universiteit van u zal toch wel dicht wezen, nie-waar?'
Een beetje gegeneerd tikte ik met de krant tegen mijn pet, maakte rechtsomkeert en liep de weg terug, ver voorbij mijn huis tot aan de Praterstern. Bij een gezette vrouw achter een stalletje sloeg ik tegen een belachelijk hoge prijs kaas, brood, boter, worst, appels, wortelen en zelfs twee sinaasappels in en keerde huiswaarts om te doen wat ik altijd deed in tijden van crisis: ik verschanste me achter mijn eenzelvigheid en trok me terug in mijn innerlijk huis. Gedurende de vierdaagse Oostenrijkse burgeroorlog las ik het verzameld werk van Tolstoj, at appels en dronk Turkse koffie zonder suiker, want die was op.

Pas toen ik op zaterdag in de namiddag zag dat de eerste tram weer reed, bond ik het ijzeren sneeuwbeslag onder mijn schoenen en ging naar buiten.

Op straat was het drukker dan gewoonlijk, alsof mensen dachten de verstreken tijd te kunnen inhalen met een veelvoud aan bezigheden. Een ijzige bries woei mij in het gezicht en hoewel er een tram bij de halte stopte, liet ik die passeren en besloot te gaan lopen.

Anderhalf uur later trof ik bij Béla thuis tot mijn verbazing niet Max, maar Bertl aan. Op zijn beurt leek Béla verrast mij te zien, een beetje verlegen zelfs, alsof ik hem had betrapt bij het beramen van een misdaad.

'Majoor Loch!' riep Bertl. Hij omhelsde me en sloeg geestdriftig op mijn rug. 'Kijk mijn zoon eens, Manno! Sterk als een beer, net als zijn vader.' Als een miniatuurversie van Bertl liep de dreumes met zijn dikke, kromme beentjes guitig en onbevangen door de woning, terwijl hij vol bravoure allerlei onverstaanbaars brabbelde.

Béla schonk een glas wijn in en onwillekeurig keek ik om me heen. Het gewoonlijk zo magnifieke interieur maakte op mij een andere indruk. Smoezeliger. Eenvoudiger.

'Heb je je Chinese vazen weggedaan, Béla?'

'Ach ja, anders moet ik ze toch maar afstoffen,' antwoordde hij.

'Maar... heb je dan ook geen huishoudster meer?' vroeg ik en boog me naar rechts om langs hem heen te zien, alsof het personeel zich achter de bank kon bevinden.

'Nee. Ik gebruik de dienstbodekamer nu als opslagruimte, dat is veel praktischer.' Hij ontweek mijn blik, zocht in zijn zakken naar een sigaret maar vond er zo gauw geen, waarop Bertl hem een pakje Lucky Strike presenteerde en een vuurtje gaf.

Terwijl ik de kleine Bertl hielp bij mij op de fauteuil te klauteren, nam ik zijn vader schielijk op. Bertl had een gezonde blos op de wangen en droeg een elegant, donkerblauw maatpak.

'Zo Bertl, jij bent de bolsjewistische revolutie goed doorgekomen,' zei ik. 'Je ziet er patent uit.'

Trots vulde zijn borstkas en zijn gesteven hemd bolde op. 'Dank je Manno! De eer komt echter geheel toe aan Béla, die mij tegenwoordig kledingadvies geeft en de beste modehuizen kent,' en tegen Béla: 'Nietwaar, mijn vriend?'

Op Béla's gezicht verscheen een uitdrukking waarbij mond en ogen elk een ander verhaal vertelden van dezelfde gebeurtenis: een glimlach vergezeld van een blik vol afkeer en vrees, zoals de hond die koestert jegens de wolf.

Ik keek van Béla naar Bertl en weer terug en moest denken aan een Amerikaanse speelfilm die ik ooit had gezien in de bioscoop aan de Schottenring. De ondertitels ontbraken en hoewel ik de plot niet begreep, herinnerde ik me duidelijk het beklemmende gevoel waarmee het spel tussen de hoofdpersonen mij had achtergelaten.

'De arbeiders in onze fabriek hebben slechts twee dagen gestaakt,' zei Bertl. 'We draaien alweer volop. En jij, Manno? Jij hebt de afgelopen week toch zeker geen onderwijs gegeven?'

'Nee, ik heb thuis bij de kachel gezeten,' zei ik. 'Hoe is het met de anderen?'

'Max is bij Franzi,' zei Béla. 'Ze maakt het slecht; haar vader en broers zijn gearresteerd en gevangengezet in Wöllersdorf.'

Mijn maag trok samen alsof ik iets smerigs had doorgeslikt.

'Wöllersdorf bij Baden?'

'Ja. Het interneringskamp voor politieke gevangenen.'

Met het hoofd in mijn handen en de ellebogen op mijn knie staarde ik naar een putje in het blad van de salontafel. Ineens kwam alles me zo overbodig voor, zo vergeefs en van elk belang verstoken.

Terwijl we rookten, daalde de avondschemering in de kamer neer. Kleine Bertl liet een autootje over de parketvloer rijden, waarbij hij luidkeels brommende geluiden maakte.

'Kijk,' verbrak Bertl als eerste het zwijgen, 'het is natuurlijk allemaal heel naar voor Franzi en haar moeder, daar doe ik niets aan af. Maar zeg nou zelf, die marxistische krijgszucht was toch ook niet houdbaar! De hele maatschappij hebben ze ondergraven, er is geen orde meer, geen respect...' Met een gedecideerde vingertik deponeerde hij de askegel van zijn sigaret in de asbak. 'Het is een zegen dat de socialisten de strijd nu definitief hebben verloren. Verbeeld je wat er met ons land zou zijn gebeurd als ze per ongeluk hadden gewonnen!'

Ineens voelde ik hoe kleine Bertl met zijn auto over mijn voeten reed. Hevig geschrokken keek ik naar mijn schoenen, alsof ik hierop de bandensporen verwachtte van de wagen die mijn moeder had doodgereden. Een onbestemd verdriet maakte zich van mij meester en ik keek op mijn horloge.

'Ik moet ervandoor,' zei ik. Ik gaf mijn vrienden een hand en de kleine Bertl een aai over zijn bol.

Eenmaal op straat bleef ik nog even voor de dichte deur staan. Een postbode met ijzeren klemmen om zijn broekspijpen fietste voorbij en een oude man liet zijn hondje uit. Huiverend zette ik mijn jaskraag op, trok mijn hoofd naar binnen en stak mijn handen diep in mijn zakken.

Het hielp niet, de kou kwam van binnenuit.

Béla had de tabaksbladeren, die een ongekend kruidig geurstempel hadden gekregen, uit de hooikisten genomen en fijngesneden. Hierna hadden toverketels en ballonflessen de levenssappen aan de tabak onttrokken, met hun sublieme aroma van hars, eikenmos en een vleugje karamel.

Ik genoot ervan in Béla's gezelschap te verkeren als hij een nieuwe geur componeerde en zijn handen met gracieuze bewegingen het parfumorgel bedienden, pipetjes vulden en aantekeningen maakten in een schrift. Ook in het vroege voorjaar van 1934 spendeerde ik schetsend en schilderend heerlijke uurtjes tussen de geruisloze, geurige ontploffingen in zijn atelier. Wij zaten daar samen in stilte, eindeloos met elkaar vertrouwd, verbonden door een onzichtbare draad die niet werd gehinderd door de beperkingen van gesproken taal. Op de binnenplaats omringde het tere groen al de kale takken van de drie eiken, waarin de eerste merels zongen.

'Béla, zullen we muziek draaien op je grammofoonspeler?'

'Die heb ik niet meer,' zei hij op de toon van iemand die zich bewust op de vlakte hield.

'Och wat jammer, is hij kapotgegaan?'

'Nee, ik heb hem aan Bertl gegeven...'

Verbluft keek ik naar zijn rug.

'...opdat de kleine Bertl een goede muzikale opvoeding kan krijgen,' vervolgde hij.

Een warm gevoel trok door mijn vaten – van ontroering, maar toch ook van gêne, nu ik de verhouding tussen Béla en Bertl kennelijk zo verkeerd had beoordeeld. Vriendschap kende vele vormen; wie was ik om de relatie tussen mijn vrienden onderling te beoordelen!

'Hee, Manno,' zei Béla en draaide zich op de stoel met wieltjes naar mij toe. 'Ruik eens?'

Hij knipte een stuk katoen af, besprenkelde dit met druppels uit een flacon en dempte het licht. Ik reikte met mijn hand om het lapje van hem aan te nemen, maar hij zei: 'Niet aankomen, dan breekt de geur! Ik houd het voor je vast.'

Ik kneep mijn neus dicht, liet die pas los zodra hij het lapje eronder had geschoven en snoof diep, precies zoals ik van hem had geleerd.

'En?'

'Heerlijk. Iris en weegbree.'

'Wat? Weegbree? Dat zit er niet in. Iris ook niet.'

Tussen zijn wenkbrauwen groefden zich drie verticale rimpels. 'Geen varen? Koriander? Neroli?'

Verontschuldigend draaide ik mijn handpalmen naar boven.

'Hm. Vreemd.' Hij greep in zijn goudbruine haardos en boog zich weer mompelend over het papier.

Plots viel mijn oog op een messing voorwerp naast hem op tafel.

'Béla! Waar komt die kogelhuls vandaan?'

'Deze? O, die kreeg ik vandaag met de post.'

Het was alsof ik werd opgestuwd door een golf en op de schuimende kam maar met moeite in evenwicht bleef.

Béla draaide zich half naar mij toe en trok een gezicht. 'Grapje. Vorige maand maakten socialisten de Laaer Berg vanwege zijn strategische ligging tot hun militaire uitvalsbasis. Toen ik deze glimmende jongen afgelopen week in mijn moestuin vond, heb ik hem zolang in mijn jaszak gestopt.'

Van de couppoging door de nazi's en de moord op bondskanselier Dollfuß op 25 juli herinner ik me nog minder dan van de burgeroorlog. Op die bewuste dag was ik bij Robert en Thea Eigenberger aan de Zeller See, waar zij de hele zomer een huis hadden gehuurd. Eerder had ik het echtpaar geholpen alle meubels in het huis aan de Porzellangasse af te dekken met witte lakens en ze uitgezwaaid, plechtig belovend hen spoedig achterna te reizen.

Zo kon het dat ik me twee weken later in het Salzburger Land bevond, ver weg van de grimmige sfeer en de verhitte gemoederen in Wenen, waar gewapende bendes straffeloos deden waar ze zin in hadden en het elimineren van andersdenkenden inmiddels gemeengoed was. Gedurende twee heerlijke weken wandelde ik met Robert, die ik inmiddels tutoyeerde, en Herr Schnick, het hondje waartegen ik net als iedereen u bleef zeggen, urenlang door naaldbos en over bloeiende almen, soms vergezeld van met hem bevriende schrijvers of kunstenaars. Het daverende nieuws uit Wenen over de poging tot staatsgreep bereikte de Alpen slechts als een flauwe echo, die Eigenberger louter de uitspraak ontlokte dat 'het omverwerpen van een bewind niet prijzenswaardig is, maar dat men kan verwachten dat mensen naar radicale middelen grijpen als men hun politieke partij verbiedt'.

'En de socialisten?' vroeg ik. 'Geldt dat ook voor hen?'

Hierop lachte Robert breeduit, hief het glas en zei: 'Scherp als altijd! Natuurlijk niet, mijn beste Manno, daarin heb je volkomen gelijk; voor sommige partijen is het zelfs áán te bevelen ze te verbieden.'

We zwommen in het meer, tekenden en schilderden in de tuin van de okergele villa, spraken over kwesties rond restauratie en conservatie en over ouderschap en kinderloosheid.

'Robert,' vroeg ik hem op een namiddag bij een glas bier, 'zouden Thea en jij niet graag een gezin stichten?'

'Zeker wel,' zei hij, 'maar volgens de heren doktoren zal de ooievaar bij ons niet langskomen. Dat vonnis heeft ons destijds zeer geraakt, maar de tijd heeft de scherpe hoeken van het verdriet getikt; we berusten in ons lot en richten ons op andere mooie zaken. Muziek. Natuur. Vriendschap.' Hij stak een sigaar op. 'Hoe gaat het intussen eigenlijk met je vrienden, Manno? Met die Bertl, over wie je me vertelde, en Franzi en... heet hij Sándor?'

Ik kneep mijn ogen iets toe en schetste de contouren van Thea, die verderop onder de kastanje met een boek in een leunstoel zat.

'Hij heet Béla.' Ik tekende de hoek van Thea's ellebogen en haar over elkaar geslagen benen. 'Franzi heeft het moeilijk. Sinds de burgeroorlog zitten haar vader en broers voor onbepaalde tijd opgesloten in Wöllersdorf op beschuldiging van samenzwering tegen de staat. En wat Bertl betreft... Hij heeft een bedrijf en een gezin, hetgeen in de huidige economische tijd een uitdaging is. Eigenlijk vermoed ik dat Béla hem financieel ondersteunt.'

Ik tilde mijn potlood van het papier en zei meer tegen mijzelf dan tegen Eigenberger: 'Ik vraag me af of Bertl die hulp wel op waarde schat; soms lijkt me de vriendschap tussen hen wat...'

'Onevenwichtig?'

'Precies.'

'Dat hoeft niet bezwaarlijk te zijn,' zei Eigenberger. 'Vriendschap is geen handelsvennootschap waar de vennoten die meer kapitaal inbrengen een groter aandeel hebben in de winst. Vrienden kennen geen exacte gelijkheid in geleverde diensten, geen perfect evenwicht tussen krediet en debet.'

Onmiddellijk ervoer ik een gevoel van verlichting, als een zieke die van houding verandert.

'En geheimen?' vroeg ik gretig. 'Denk je dat het bezwaarlijk is als vrienden geheimen hebben voor elkaar?'

'Als je het mij vraagt is de mens ten diepste niet te kennen, zelfs niet door zichzelf en dat moeten we ook niet proberen. Vriendschap wordt gedragen door het respect voor elkaars geheimen; discretie is de oudste dochter van de vriendschap.'

'Ook...' zei ik en ik slikte. 'Ook als het geheim iets moreel laakbaars betreft?'

Op de hem kenmerkende wijze stak Eigenberger zijn onderlip vooruit. 'Ach Manno, of een feit moreel laakbaar is, verschilt naar tijd en plaats, is smaakgebonden en hangt af van de omstandigheden. En wat dan nog? Echte vrienden beschouwen elkaars fouten als een essentieel onderdeel van hun karakter en verdedigen die zelfs tegenover anderen.'

Vanuit de serre werd geroepen voor het avondeten.

'Maar...' aarzelde ik, 'als iedereen recht heeft op geheimen, zelfs in een vriendschap, hoe kun je dan weten met wie je bevriend bent?'

'Dat kun je niet weten,' zei Robert terwijl hij opstond. 'Dat weet je pas achteraf.'

8

'Kijk eens naar dit werk van Carl Joseph Begas,' zei ik in de week voor de kerstvakantie tegen mijn eerstejaarsstudenten. 'Wat valt u op?'

'Dat het betere tijden heeft gekend,' zei een jongen en iedereen lachte.

'Heel juist gezien, mijnheer Roth,' zei ik. 'Trekt u uw handschoenen maar aan, dan vernemen wij graag uw gedetailleerde diagnose.'

Voorzichtig nam de student het schilderij van de ezel, legde het plat op de onderzoekstafel en bracht de lamp tot vlak erboven.

'Op meerdere plaatsen komt de verf los van het doek.' Hij keerde het werk om en legde het met de voorzijde op een deken. 'Het linnen is niet meer strak gespannen in het spieraam, het is door schimmel aangetast en twee van de vier hoekverbindingen lijken te kieren.'

'Uitstekend, hartelijk dank.'

Ik liep naar de tafel, nam het schilderij op en hield het omhoog.

'Stelt u zich dit schilderij eens voor als een kostbare vriendschap, waarin alle vrienden zijn samengebracht om het mooist mogelijke kunstwerk te creëren. Maar met het verstrijken van de tijd brengen diezelfde vrienden, elk met hun eigen aard en neigingen, de onderlinge verbinding in gevaar. Het hout gaat werken, het linnenweefsel rekt uit, de verf krimpt. En dan hebben we het nog niet over alle invloeden van buitenaf! Geen wonder dat restauratoren voortdurend op zoek zijn naar de beste methoden om alle componenten weer stevig met elkaar te verenigen en zo het voortbestaan te garanderen van het kunstwerk als geheel.' Ik legde het schilderij neer. 'Mijne heren, uw opdracht voor vandaag bestaat uit het opstellen van een restauratieplan, na uitvoering van welk alle bestanddelen dit kunstwerk in samenhang weer toekomstbestendig maken.'

Na het college bracht ik nog enkele uren door in de bibliotheek van de academie, om aan het einde van de middag in het vroege donker door de motregen naar huis te lopen. Zodra ik op de Praterstraße van de tram stapte, versnelde ik mijn pas, want ik herkende de twee figuren die voor mijn deur stonden, stevig gearmd en met het hoofd in de nek turend naar de tweede verdieping.

Max en Franzi begroetten me met een omhelzing, want wij hadden elkaar geruime tijd niet gezien.

'Laten we een hapje gaan eten in Café Fürstenhof,' stelde ik voor.

'Nee!' zei Franzi en bleef stokstijf staan. De gelige straatlantaarn lichtte haar gezicht scherp op, regendruppeltjes schitterden tussen haar gekrulde wimpers. 'Dat wil ik niet. Boven in dat gebouw komen de leden van het Vaterländische Front tegenwoordig bijeen.'

We kozen een eethuisje in de buurt, met houten stoelen en geblokte gordijntjes voor de ramen, waar we stoofvlees bestelden en bier.

'Hoe gaat het met je familie?' vroeg ik Franzi.

Ze zuchtte. 'Hetzelfde. Mijn vader en broers zitten vast in Wöllersdorf, waar sinds de mislukte staatsgreep ook nazi's gevangen worden gehouden.' Hoewel zij spuitwater had besteld, nam ze een slokje van mijn bier. 'Je kunt je dus wel voorstellen hoe gezellig de gevangenen het daar onderling hebben.'

Ik streek een lucifer af en boog me voorover om Max een vuurtje te geven.

'Zie jij Béla nog weleens?' vroeg ik hem.

'Veel te weinig,' zei Max. 'Als ik niet op de universiteit ben, pendel ik heen en weer tussen mijn ouderlijk huis en dat van Franzi.'

'Ik maak me zorgen,' zei ik.

'Heel begrijpelijk,' murmelde Max met de sigaret tussen zijn lippen. Hij liet de punt rood opgloeien en blies de rook uit in de richting van het plafond. 'We zitten hier met zijn allen midden in de nieuwste en meest onverkwikkelijke geschiedenis van Oostenrijk.'

Franzi knikte. 'Op het gymnasium waar ik lesgeef worden de Joodse leerlingen sinds twee maanden gescheiden van de andere', en even daarna, misschien omdat ze mijn sprakeloosheid interpreteerde als een gebrek aan begrip: 'En de Joodse docenten dus van de christelijke.'

'Maar... dat begrijp ik niet.'

'Natuurlijk niet. Jodenhaat valt niet te begrijpen.'

We rookten en zwegen langdurig. Ineens overviel mij het gevoel dat er lange tijd was verstreken, zeker een paar dagen, sinds we hier een uur geleden naar binnen waren gegaan.

'Ik bedoelde Béla,' zei ik uiteindelijk. 'Ik maak me zorgen om hem. Dat is alles.'

'Béla?' herhaalde Max. 'Waarom dan?'

Ik haalde mijn schouders op. 'Hij heeft een loterijbriefje gekocht.'

'Ach nee,' zei Franzi en trok de wikkel van een chocolaatje. 'Wat afschuwelijk! Eerst de oorlog, toen de dood van keizer Franz Josef en nu dít weer.'

Ik deed of ik haar niet had gehoord. 'Het lijkt wel of hij geldgebrek heeft. Ga dat maar eens na: geldgebrek. Béla. De enige van onze vrienden met een automobiel en een ouderlijke toelage waarvan wij alle zes wel kunnen leven.'

'Dat van die automobiel klopt niet,' zei Max. 'Die heeft hij aan Bertl verkocht.'

'Wat?'

'Echt waar. Toen ik laatst over de Heumarkt liep en Béla's wagen luid toeterend naast me stopte, zat niet Béla achter het stuur, maar Bertl. Hij vertelde me dat hij de nieuwe eigenaar is en heeft me meteen even thuis afgezet.'

Langzaam schudde ik het hoofd. 'De grammofoonspeler is verdwenen, net als de Chinese vazen, de marmeren tafel, de ronde theekar, het personeel – en nu dus ook zijn auto.' Onwillekeurig kwam mij het beeld voor ogen van de kale muren in mijn vaders vertrekken.

'Denk je dat hij zijn geld uitgeeft aan drank?' vroeg Franzi, alsof ze mijn gedachten raadde. 'Of ermee gokt?'

'Dat kan ik me bijna niet voorstellen,' zei ik. 'Hij werkt aan een herengeur voor Kniže en als ik hem zie, maakt hij volstrekt geen beschonken indruk.'

'En als die ouderlijke toelage inmiddels eens wat minder groot is dan wij denken?' opperde Max. 'Met de huidige torenhoge inflatie zouden de Andrássys niet de enige adellijke rijken zijn die het familiekapitaal zien verdampen.' Hij veegde zijn mond af aan het geblokte servet en vouwde het textiel tot een gelijkbenige driehoek. 'Trouwens, over familie gesproken...' Hij pakte Franzi's hand. 'We kwamen je vertellen dat wij gaan trouwen!'

We hieven het glas en dronken op het aanstaande huwelijk.

'Dat onze nakomelingen talrijk mogen zijn, als de sterren aan de hemel en het zand aan de oever van de zee,' citeerde Max uit Genesis en drukte een kus op de hand van Franzi.

Franzi's waarschuwende ogen kruisten de mijne. 'Volgens mij was die zegenspreuk bedoeld voor Abraham,' zei ze stroef. 'Voor de rest van de mensheid geldt wat Salomon heeft geschreven: het openen van uw schoot is aan de Eeuwige, de vrucht van uw buik is Zijn beloning.'

'En die beloning komt ons toe!' glunderde Max. 'Je zult het zien. Wat hebben wij ooit gedaan om Zijn toorn over ons af te roepen?'

Een maand later, op een ijskoude woensdagochtend in januari, trouwden Max en Franzi in de synagoge aan de Seitenstettengasse. Gezamenlijk schonken wij het bruidspaar twaalf kristallen glazen, waarin hun verstrengelde initialen waren gegraveerd. Bijna vier jaar later zou dat glaswerk tijdens de Kristallnacht in het riool van de Weense geschiedenis belanden.

Omdat Max en Franzi geen geld hadden voor een huwelijksreis besloten we onze vakantieweek in Altaussee, in het late voorjaar van 1935, daartoe uit te roepen. Die beslissing had nog wat voeten in de aarde.

'Geen sprake van,' zei Max, zodra hij lucht kreeg van het plan. 'Daar ga ik niet meer heen. In dat narcissendorp bereiken mij alle slechte tijdingen van mijn leven. Het is een wetmatigheid!'

'Dan breng ik onze wittebroodsweken wel alleen door,' zei Franzi, waarna Max mopperend overstag ging. 'Maar het is jouw schuld als in die week weer een familielid overlijdt!'

Op een regenachtige dag vertrokken wij met de trein vanaf de Westbahnhof, terwijl Bertl met zijn gezin de auto nam.

'Waar is Béla?' begroette Baumi ons een dag later met een stem die roestig was geworden van het weinige gebruik.

'In Wenen.'

'In Boedapest.'

'In Parijs.'

We hadden het tegelijkertijd gezegd en er viel een stilte waarin we elkaar een beetje verward aankeken.

'Nou, nou,' zei Bertl, 'het blijkt maar weer dat onze salonjonker het liegen beoefent als een schone kunst.'

En terwijl hij dat zei openbaarde zich, even eenvoudig als ontegenzeggelijk, een feit dat al bijna onmerkbaar in het kernhout van mijn inzicht was gegroeid: om een of andere reden wilde Béla het contact met Bertl vermijden.

Hoewel allerlei factoren bijdroegen aan het verder compliceren van zaken die al scheef lagen, waren die eerste dagen in Altaussee onbetaalbaar. Stralend middelpunt van het gezelschap was de kleine Bertl, die Baumi tussen duim en wijsvinger lieveheersbeestjes bracht, met Bertl dammen bouwde in de Augstbach, achter de kippen aan rende en daarna op de veranda tegen de Duitse herder in slaap viel.

Tijdens wandelingen draafden we als lipizzaner met de kleine jongen op de schouders, vanwaar hij hoog boven ons uittorenend riep: 'Ik ben de koning!' en zijn klappertjespistool afvuurde in de lucht. Van een buigzame twijg maakte Franzi een boog, waarvoor Max de pijlen sneed en het kind over het erf meenam op berenjacht. Tot Lottes ongenoegen maakte Bertl er een punt van hun zoon te leren plassen in de vrije natuur.

'Niet zeuren, Lotte. Alle levende wezens markeren hun territorium door erop te plassen. Met die geur waarschuwen ze hun rivalen een bepaald gebied te mijden, tenzij ze ervoor willen vechten.'

Vroeg in de ochtend van de laatste dag zei Lotte: 'Opstaan allemaal! Het is Corpus Christi, ik heb Baumi beloofd dat we meelopen in de processie.'

Het slaapvertrek was vochtig en rook scherp naar de latschenkiefer olie waarmee wij ons 's avonds inwreven tegen de muggen.

Bertl geeuwde langgerekt, draaide zich nog eens om en zei slaperig: 'Ik ga niet mee hoor schat, ik leid niet echt een actief katholiek leven; ik beperk me ertoe Onze-Lieve-Heer niet tegen te werken als Hij Zijn bedoelingen te kennen geeft.'

Max pakte een kleine hazelworm die als een guirlande aan de balken van de barak hing, nam de punt van Bertls deken op en stopte het dier eronder, waarna Bertl met een gilletje uit bed sprong.

'Kennelijk is het Zijn bedoeling dat je vandaag meeloopt,' grinnikte Franzi.

Na het ontbijt wandelden we onder de laaghangende wolken naar het dorp. Met een opgetogen Bertl op mijn schouders liep ik over de landweg waarlangs hoefblad stond en klaprozen die wuifden in de wind. Franzi plukte uitgebloeide paardenbloemen voor het ventje, dat boven mijn hoofd de pluizen wegblies en wel duizend wensen deed. Vederlicht dansten de zaden op de wind voor ons uit naar de Fischerndorfstraße, waar ons de kleine stoet al tegemoetkwam. Voorop, met een gouden monstrans in de hand, liep de zingende priester, wiens dunne stem verwaaide onder het klapperende baldakijn. We sloten achter aan en liepen voort tussen de traditionele houten huizen, waarvan de balkons waren behangen met bloeiende geraniums.

Na een tijdje sloot zich het donkere wolkendek en blies een plotselinge windvlaag de ivoorkleurige hoed van Bertls hoofd, die enige meters verder op de grond terechtkwam. Bertl liep ernaartoe en bukte zich om hem op te rapen, toen de wind het ding opnieuw optilde en meenam. Potsierlijk rende Bertl achter de hoed aan die voortdurend neerviel en weer opvloog, terwijl hij zich vergeefs bukte en strekte om hem te vangen. Onderdrukt proestend bekeken we het hilarische tafereel, tot Bertl uiteindelijk met een sprong van zijn modderschoenen op de nieuwe hoed landde en we bijna stikten van het lachen.

Het schouwspel had geleken op een komische scène uit een film of theaterstuk en we bedoelden er niets mee, maar toen Bertl met de platte hoed in zijn hand op ons toe liep, bestierf ons de lach op de lippen. Zijn gezicht kwam mij vreemd voor, alsof ik het voor de eerste keer zag, en hij wierp ons een koolzwarte blik toe.

'Wat staan jullie daar onbeschoft te lachen!' siste hij woedend. Een paar mensen keken om. 'Geen greintje respect hebben jullie!' Intussen hadden Lotte en Baumi, die in haar gang werd belemmerd door een versleten heup, ons ingehaald.

'Wat is er?' vroeg Lotte. 'Waarom lopen jullie niet door?'

Verlegen staarden we naar de grond, met stomheid geslagen

door Bertls uitbarsting, zwaaiend met het gescheurde vaandel van zijn trots.

Op dat moment klonk een donderslag en barstte een regenbui los. Ik liet de kleine Bertl van mijn schouders glijden naar mijn borst, stopte hem onder mijn jas en schuilde met anderen onder het dichtstbijzijnde balkon, waar wij het bedaren van de storm afwachtten.

Een uur later zaten we in Baumi's keuken, waar Bertl de haard opstookte en Lotte een schoon laken met geborduurde narcissen over de tafel spreidde. Buiten rukte de wind aan de klapperende waslijn, binnen was de atmosfeer verzadigd van onuitgesproken gedachten. Terwijl Baumi zich met de kleine Bertl terugtrok voor een gezamenlijk middagslaapje, speelden wij mahjong en tarock, dronken thee met rum en droegen elkaar grappige verzen voor van Grünbaum. De rest van de dag hielden we het oppervlak van ons samenzijn rimpelend met steeds nieuwe golfjes gelach, opdat geen rustige waterspiegel de onvaste bodem van onze vriendschap zou blootleggen, met zijn verraderlijke kloven en spelonken.

Hoewel het niet meer regende, was de wind op de ochtend van ons vertrek nog altijd niet helemaal gaan liggen. De storm had de jonge aanplant in de moestuin ontworteld en de eerder door ons opgebonden bonen- en tomatenplanten lagen als gevelde soldaten in de modder. Franzi, Max en ik legden onze rugtassen in de kofferbak van de Packard waarmee Bertl ons naar het station zou brengen, en namen afscheid.

'Kom Bertlke,' zei Lotte tegen haar zoon. 'Onze vrienden gaan vertrekken. Zeg eens gedag!'

We hurkten neer, sloten het schattige kind om beurten in de armen en wilden net instappen, toen de kleine Bertl om de wagen heen naar Max rende en zijn speelgoedpistool op hem richtte. Met toegeknepen ogen, als een echte schutter, legde hij aan en haalde de trekker over. Toen liet hij de revolver zakken, grijnsde en zei: 'Jij bent dood.'

9

'Wist je dat het zaad van een vruchtbare man anders ruikt dan dat van een eunuch?' zei Béla en deed een lepel room bij zijn koffie.

'Nee,' zei ik. 'Maar hartelijk dank voor deze informatie, zonder welke ik het in mijn dagelijks leven niet had kunnen stellen.'

Het was een zachte namiddag in juni van 1936 en we zaten met zijn tweeën in het koffiehuis op de hoek van de Wienzeile.

'Echt waar,' zei Béla. 'Plutarchus heeft het zelf geschreven.'

'Plutarchus schreef ook dat het lichaam van Alexander de Grote naar viooltjes rook,' zei ik. 'En dat had hij ook maar van horen zeggen.'

'Kan zijn,' zei Béla, 'maar wat onomstotelijk vaststaat, is dat Alexander de Grote van de herenliefde was; zijn beste vriend Hephaistion was tevens zijn minnaar.'

Ik dacht eraan hoe Béla's geslacht destijds voor mij was teruggeschrikt en hij mij slechts als een broer had kunnen omhelzen.

'À propos herenliefde,' zei ik, nadat de ober de koffiebroodjes op tafel had gezet en zich van ons had verwijderd. 'Verkeer je nooit met vrouwen?'

'Natuurlijk, ik verkeer zo vaak met vrouwen, ik ben gek op vrouwen! Ik houd alleen nog meer van mannen, althans: dat ene orgaan in mijn lichaam en het deel van mijn brein dat dit verlangen opstuwt. Voor het overige prefereer ik de vrouw.'

Hij bracht een broodje in de richting van zijn mond maar wachtte even, alsof hij zich iets herinnerde. 'Weet je nog dat ik destijds in Baden altijd bij Lotte sliep?' Hij nam een hap en glimlachte vergenoegd. 'Slapen doe ik het liefst naast een vrouw, er gaat een weldadige werking uit van een vrouwenlichaam.'

Terwijl hij at, liet ik mijn ellebogen rusten op tafel en gluurde naar hem over mijn koffiekop. Bij binnenkomst had zijn verschijning mij verrast, al begreep ik niet precies waarom, of het moest het korte stoppelbaardje zijn dat hij droeg, zijn wat rood doorlopen ogen of de vlek op de boord van zijn hemd. Mijn blik raakte gefixeerd op een knoop aan zijn jasje, die nog maar aan één draad hing en ieder ogenblik kon loslaten en over de grond rollen.

'Je ziet eruit of je dat vaker zou moeten doen. Slapen naast een vrouw, bedoel ik.'

'Waarschijnlijk heb je gelijk,' grinnikte hij. 'En jij, Manno? Slaap jij naast een vrouw?'

Hevig aangedaan keek ik in de zachte ogen van mijn vriend, degene die mij het best kende en die toch van mij hield.

'De vrouw naast wie ik graag zou slapen is getrouwd met eh... een vriend van ons.'

Béla legde zijn hand op de mijne. 'Ik vermoedde het al. Dat spijt me voor je, Manno.'

Ik slikte. 'Franzi is gelukkig. Dat is voor mij een troostende gedachte.'

Zo aten en zwegen we een tijd waarna we achteroverleunden in onze stoelen.

'Waar is je auto eigenlijk, Béla?' vroeg ik toen.

Met een ruk ging hij rechtop zitten. 'Wat? O, de Packard. Die heb ik Lotte en Bertl geschonken. Het leek me een goed idee. Nu hun dochtertje Otilie al bijna een jaar is en zo...'

Zonder iets te zeggen liet ik mijn monsterende blik op hem rusten.

'Wat is er?'

'Bertl vertelde dat hij de automobiel van je heeft gekócht.'
'O, zei hij dat? Dan ben ik dat zeker vergeten.'
Verbouwereerd stond ik voor deze doorzichtigheid. 'Béla, is er een reden waarom je Bertl mijdt?'
'Bertl? Die mijd ik helemaal niet hoor. Nee zeg. Ik heb het gewoon druk.'
'...met je studie?'
'Ja. Althans: die studie heb ik tijdelijk op een lager pitje gezet. Momenteel schenk ik wat meer aandacht aan mijn sociale leven.'
'Je sociale leven.'
'Ja, mijn sociale leven, ja. Ik wens het zuivere feit van mijn seksuele geaardheid niet langer te verloochenen.'
De angst streek neer in mijn borst. Scherper dan ooit tekenden zich in mijn gedachten de gevaren af waaraan Béla blootstond in de parken, baden en nachtlokalen die hij bezocht.
'Beloof me dat je op jezelf past, Béla!'
Even leek het of hij mijn verzoek welwillend in overweging nam. Toen lachte hij ondeugend. 'Ik kan in elk geval niemand bezwangeren.'

Tegen het einde van de middag nam ik de tram naar de Ringstraße, waar ik besloot uit te stappen en verder te lopen naar de Eigenbergers, die mij hadden uitgenodigd voor het avondeten. De lucht was warm voor de tijd van het jaar en de bladerkronen van de platanen wierpen een wirwar van lichtreflecties en bladerschaduwen op het trottoir.
Inmiddels had ik de hoorns van naderende hulpdiensten ontwaard, wier bestemming ik vaststelde toen ik de Schmerlingplatz was gepasseerd. Zeker vijf politiewagens en een ziekenauto stonden voor het hoofdgebouw van de universiteit geparkeerd met wijdopen portieren en draaiende motoren. Agenten blokkeerden de toegang en begeleidden personeel en studenten uit het gebouw naar buiten.

Ineens ontwaarde ik onder de arcadebogen op het bordes het gezicht van Max, die door een politieman vanuit het gebouw naar de schuine hellingbaan aan mijn kant werd gedirigeerd.

'Max!' Ik stak mijn hand naar hem op en wenkte hem.

Ik nam hem bij de schouder en liep een tiental meters terug, waar we naast elkaar op een bankje gingen zitten. Max nam zijn bril van het gezicht, ging met een trillende hand door zijn haar, wreef in zijn ogen, schudde ongelovig het hoofd en ademde met bolle wangen uit.

'Hij schoot hem zó neer, Manno, vlak onder onze neus! Op weg naar de collegezaal. Filosofie.'

'Wie schoot wie neer?'

'Morsdood! Moritz Schlick. Vermoord in het trappenhuis door die rare gast, Johann Nelböck, een nazi. Eerst hoorde ik hem "vuile rotjood" roepen en meteen daarna klonk een schot. Nelböck rende weg, maar iemand sprong vanaf de balustrade boven op hem en heeft hem vastgehouden tot de politie op last van de rector werd binnengelaten.'

'Moritz Schlick?'

'Ja. Ken je hem niet? Hoogleraar filosofie en oprichter van de Wiener Kreis, heeft zijn kritiek op het nationaalsocialisme nooit onder stoelen of banken gestoken.' Hij zuchtte vertwijfeld. 'Ik kan het gewoon niet geloven.'

Samen staarden we langdurig voor ons uit naar de godin Victoria, die triomferend op haar obelisk aan de overkant stond. Onwillekeurig wierp ik een blik op mijn polshorloge, hoewel ik vond dat ik onder de heersende omstandigheden tegenover de klok van elke plicht ontslagen was.

'Manno, ik moet gaan,' zei Max ineens. 'Franzi zal niet weten waar ik blijf.'

'Ik loop met je mee, ik moet ongeveer dezelfde kant uit,' zei ik. 'Kom, we gaan over de Mölker Bastei.'

Een uur later dan afgesproken arriveerde ik bij het huis van de Eigenbergers aan de Porzellangasse.

'Het spijt me,' begroette ik Eigenberger bij binnenkomst. 'De Ring is afgesloten ter hoogte van de universiteit. Er is een eh... ongeluk gebeurd.'

'Och, dat is niet mooi. Welkom mijn vriend, ik ben blij dat je er bent, ik maakte me al ongerust.'

Hij ging mij voor naar de eetkamer, waar mijn ogen behang en vloer begroetten als oude bekenden.

'Laten wij gauw aan tafel gaan, Hermann,' zei Robert, 'dan praten we tijdens het eten verder.'

'Eet Thea niet mee?' vroeg ik toen de soep werd opgediend.

'Thea verblijft deze week bij haar vader. De man kan het in zijn hulpeloze ouderdom nauwelijks nog zonder haar stellen en zodra ze bij hem is, laat hij haar niet meer gaan.'

'Robert, ik moet je nog iets vertellen. Het ongeluk van vanmiddag heeft niet plaatsgehad op de Ringstraße, maar in het gebouw van de universiteit. Moritz Schlick is door een van zijn studenten in het trappenhuis neergeschoten en ter plekke overleden.'

Eigenberger keek me aan. 'Goede god, het lijkt daar wel een dierentuin! Weet je wie het heeft gedaan?'

'Mijn vriend Max was in de buurt toen het gebeurde en zegt dat ene Johann Nelböck de trekker zou hebben overgehaald.'

'Mijn hemel,' zei Eigenberger. 'Na het eten zal ik de rector meteen opbellen.'

Tijdens de kalfsworstjes met aardappelsalade spraken we over onze studenten, over de voortgang van ons onderzoek naar de lijmstijfselbedoeking, over een uitbreiding van mijn aanstelling en de aanschaf van nieuwe röntgenapparatuur.

'Maria, mijnheer Loch en ik zullen het dessert in de zitkamer gebruiken,' zei Eigenberger tegen de dienstbode en tegen mij: 'Excuseer me een ogenblik Manno, ik ga de rector opbellen. Ga vast naar de zitkamer en maak het je gemakkelijk, ik ben zo terug.'

Na een minuut of vijf kwam Eigenberger de kamer binnen en nam plaats in de fauteuil tegenover mij.

'De rector wil de gehele universiteit voor de rest van de week sluiten. Uitstekend natuurlijk, maar ik heb hem gezegd dat dat besluit wat de academie betreft onzinnig zou zijn. Wil je koffie?'

'Nee, dank je. Ik wil vanavond vroeg naar bed.'

'Ik vraag of je koffie wilt,' glimlachte hij, 'niet of je meegaat naar het theater.'

'Goed, één kopje dan.'

'Waarom zouden wij onze locatie aan het Schillerpark niet gewoon openhouden?' ging hij door. 'Dat hele incident gaat ons in feite überhaupt niets aan.'

Ik stootte me aan die opmerking als aan een openstaande kastdeur. 'Ik ben bang dat ik je niet goed begrijp. Op welke manier zou de gewelddadige dood van een collega tijdens het werk ons niets aangaan?'

Eigenberger onderbrak het inschenken van de koffie en keek me verbaasd aan, waarschijnlijk omdat hij niet gewend was aan tegenspraak, in elk geval niet van mij.

'Natuurlijk is het zeer ernstig wat zich heeft afgespeeld, Hermann,' zei hij snel. 'Een student die een professor aanvalt – daar doe ik niets aan af. Tegelijkertijd zet juist het verbod op hun ideologie de nationaalsocialisten aan tot wanhoopsdaden als deze. Onze regering moet inzien dat dit gebeurt als men zo omgaat met een zeer fatsoenlijk, substantieel deel van de Oostenrijkers.'

Hij sneed een reep af van de hele, nog warme apfelstrudel en gaf me die aan op een bordje.

'Kijk Hermann, voor onze universiteiten is de zuiver Duitse cultuur enorm belangrijk. Dat is waar onze wortels liggen, ons bestaansrecht zelfs. De Duitse beschaving heeft in Oostenrijk het beste voortgebracht op het gebied van kunst, literatuur, bouwkunde, filosofie... Het lijkt misschien of inmenging van andere culturen de onze naar een hoger plan brengt, maar dat is een misverstand; zij bederft haar juist. Daarin is de noodzaak gelegen tot beperking van het aantal Joodse docenten en studenten aan onze universiteit.'

Het was warm in de woning. Als een roze lint hing de tong van Herr Schnick uit zijn bek en terwijl Eigenberger langdurig sprak, geraakte mijn geest in een wonderlijke sluimertoestand.

'...en, zeg nou zelf, dan lok je het ook wel uit,' besloot Eigenberger zijn betoog, geen idee hoeveel later. 'Wil je nog een stuk strudel, Hermann? Dan spelen we daarna een potje schaak.' Ik dwong mijn bewustzijn weer tot scherpte, prees de strudel, roemde het knapperige korstje en de puffigheid van de rozijnen, keek op mijn horloge zonder de wijzers te zien en zei: 'Het spijt me Robert, maar ik moet gaan. Geweldig bedankt voor de gastvrijheid.'

Toen ik thuiskwam, opende ik het raam en liet de zachte avondlucht binnenstromen. Ik ging voor het venster zitten, stak een sigaret op en luisterde naar het verstommende stadsgeruis.

Een halfuur later sloot ik de gordijnen, kleedde me uit en ging in bed liggen. Denkend aan Franzi liefkoosde ik mijzelf. We stonden op het strand van Bloemendaal, een flinke bries speelde met haar bruine lokken en onder haar huid was een fijne landkaart zichtbaar van groene bloedvaten. Plots begon het te regenen, als parels lagen de druppels op haar schouders en ik likte het hemelwater van haar af.

Meer dan een jaar later, op een van die bedrieglijke middagen in de herfst waarop de reeds stervende natuur de wereld nog bedot met de bloeseming van asters en chrysanten, werd op mijn kamerdeur geklopt. In de halfdonkere gang onderscheidde ik de groene jas van Franzi en toen ik het hangende hoofd voorzichtig optilde, keek ik in haar door tranen getekende gezicht. Terwijl zij huilde, hield ik haar vast en trotseerde het gezicht van een buurman die het hoofd om de hoek van zijn kamerdeur stak. Nadat ze enigszins was gekalmeerd, troonde ik Franzi mee naar binnen, hing haar jas op, liet haar plaatsnemen op de bank en ging naar de keuken om thee te zetten.

Toen ik terugkwam gaf ik haar de thee aan, maar ze leek het niet op te merken en ik zette het glas voor haar neer. Met een brandende blik staarde zij voor zich uit, ze hield haar tas op schoot en omklemde het handvat zo stijf dat haar knokkels wit waren. Franzi deed geen poging haar komst te verklaren en om haar niet in verlegenheid te brengen, ontweek ik haar blik.

'Ik ben bij de dokter geweest,' zei ze uiteindelijk, haar ogen nog steeds gericht op het niets. 'Ik kan geen kinderen krijgen.'

Ik dacht eraan hoe dol ze was op kleine Bertl en Otilie en hoe onvermoeibaar en uitgelaten zij met hen kon spelen.

'Komt het...' Ik schraapte mijn keel. 'Komt het door de ehm... zwangerschapsonderbreking van toen?'

Ze knikte en draaide haar hoofd naar mij toe.

'Je mag het nooit aan Max vertellen, van die abortus,' zei ze langzaam, alsof ze haar woorden nog even nakeek terwijl die haar mond verlieten.

Ik knikte en reikte haar de warme thee aan, waarvoor ze de handtas naast zich op de bank zette.

'Manno, ik heb gehoord wat je tegen mij zei. Dat je van me hield. Vlak na de abortus, toen je aan mijn bed zat,' zei Franzi en haar ogen schoten wild heen en weer. 'Ik deed alsof ik sliep, maar ik sliep niet.'

Het was alsof ze met deze uitspraak het licht in de kamer doofde. Ik zocht naar woorden, maar was niet in staat mijn gevoelens in een grammaticaal korset te persen.

Franzi had de thee teruggezet op tafel en frunnikte met haar vingers aan de zoom van haar rok. Opeens voelde ik met een onherroepelijke zekerheid wat er stond te gebeuren. Achter mijn rechterslaap begon een ader te kloppen, ik had mijn hoofd moeten omdraaien en iets tenietdoen, moeten protesteren, het luidkeels uitschreeuwen, rechts en links om me heen slaan – maar ik deed niets.

'Bertl heeft nooit geweten dat ik die Kerstmis in Boedapest zwanger van hem ben geraakt,' zei ze.

Mijn keel was dichtgesnoerd, ik stikte zowat.

'Ik ben degene die zijn eerste kind heeft gedragen!' barstte ze uit. 'Ik had hem een zoon moeten schenken, niet Lotte!'

Tranen rolden over haar gezicht – een gezicht dat mij ineens vreemd was, alsof ik het voor de eerste keer zag en ik werd gegrepen door een gevoel van schaamte, voor mijzelf, voor haar, voor de mensheid.

'Hoe is het mogelijk dat ik van hem houd,' snikte ze. 'Van die vlegel, die bourgeois, nazi bovendien, met zijn idiote denkbeelden. Ik veracht mezelf erom, maar het is de waarheid, ik houd van hem! Mijn god, ik moet welhaast geestesziek zijn, mijn liefde voor die man is volstrekt tegennatuurlijk, een maas in de wetten van het universum!'

Terwijl ik deze nieuwe kennis vanuit mijn stoel zo goed en zo kwaad als het ging in mijn beeld van de werkelijkheid inpaste, zat Franzi ineengedoken op de bank, een radeloos hoopje ellende. Al waartoe ik mij kon brengen, was het vasthouden van haar hand.

Zo zaten we daar, zwijgend bij het rode schijnsel van de kachel, tot de duisternis zich tegen de ramen vlijde.

10

Met de laatste anjers in het Stadtpark verwelkte mijn levenszin. Woedend ging de herfst tekeer, hij deed de tochtige ruiten van mijn woning rammelen in hun sponning en dreef me naar de onpersoonlijke gemoedelijkheid van de koffiehuizen.

Ik ging gebukt onder een aanhoudend gevoel van onheil, alsof ik de kiem van een gevaarlijke, dodelijke ziekte in me droeg en hoewel ik dagelijks college gaf en al mijn plichten vervulde, was het of een sluier mij scheidde van de buitenwereld. Als een marionet bewoog ik me door de gangen van de academie, in winkels, over straten, aangestuurd door de mechanische tandwielen van de routine. Ik voelde mij onuitsprekelijk eenzaam, omsloten door een groot verdriet dat mij op de voet volgde, als een schaduw.

Met het korter worden van de dagen daalde de winter neer en werden de wegen ontoegankelijker. De koude lucht verdoofde mijn zintuigen, niets van de buitenwereld drong meer echt tot mij door. In mij heerste de nacht.

Op een zondagochtend in januari van 1938 had ik, vlak voor ik wakker werd, een afschuwelijke droom. Hijgend bleef ik op mijn rug liggen, ik rilde en was nat van het zweet. Toen de ergste beelden waren vervaagd, ging ik rechtop zitten. De kamer was gedompeld in een beduimelde lusteloosheid, alsof er lange tijd een zieke had gelegen. In het grauwe, bleke ochtendlicht lag alles kleurloos en verstild. Terwijl ik me waste, hief ik het hoofd en keek naar mijn spiegelbeeld, dat ik nauwelijks herkende, als het gezicht van een lang vergeten, onbelangrijke collega.

Ik begaf me naar het dichtstbijzijnde café, waar ik in het verste hoekje plaatsnam en zwarte koffie bestelde. Ik dronk de koffie, bestelde er nog een en bladerde wat door de kranten van gisteren. Toen ik opkeek van het nieuwsblad kwam het café me plots kleiner voor dan eerder, de muren leken langzaam naar mij toe te buigen. Snel rekende ik af en begaf me naar buiten, waar een ijskoude windvlaag mij in het gezicht geselde.

De morgen was zo vaal als de nacht was geweest, er was nauwelijks verschil tussen zon en maan. Als vanzelf zetten mijn benen zich in beweging, ik liep en liep, doelloos maar moedwillig, onderwijl een diep begraven kinderliedje voor me uit zingend, onbegrijpelijke klanken uit een verloren moedertaal.

In het Weissgerberviertel ging ik bij een driehoekig pleintje op een bank zitten, waar een achtergelaten krant slingerde. Voor mijn ogen rees een beeld op uit andere tijden: mijn moeder die mij voorlas, terwijl oma bij de kachel een sjaal breide en opa de kruiswoordpuzzel maakte in het vakbondsblad. Geschrokken veerde ik op en staarde argwanend naar het bankje, alsof deze zitplaats verantwoordelijk was voor het openrijten van oude wonden. Ik zette mijn kraag op en hervatte mijn tocht, hopend me van de herinnering te kunnen verwijderen, maar ter hoogte van de Ungargasse begreep ik dat de smart, ooit succesvol verbannen naar een uithoek van mijn ziel, nu uit zijn schuilplaats was gekomen om zich op mij te storten.

Hoewel ik het Belvedère moest hebben doorkruist en verschillende drukke straten veilig was overgestoken, kwam ik pas weer tot mijzelf in een straat die Rienösslgasse heette en me niet bekend voorkwam. Terwijl ik de van natte sneeuw doorweekte pet afnam en met mijn ogen de straat afspeurde naar een koffiehuis, werd ik opgeschrikt door een hand op mijn schouder en het geluid van mijn naam.

Ik draaide me om en keek in een paar bruine ogen onder koperkleurige wenkbrauwen en een nertsen bontmuts met oorkleppen. Onderzoekend keek Bertl me aan.

'Wat brengt jou hier? Was je op weg naar ons? Jezus, wat ben je nat. Gaat alles wel goed? Kom, we gaan naar Lotte en de kinderen, die zullen het ook fijn vinden om je te zien.'

Willoos liet ik me door hem meevoeren, als zaad in de wind, en tot mijn verrassing stonden we binnen enkele minuten voor zijn huis, waar Lotte de deur opende en mij omhelsde. Zij rook naar jasmijn, het huis naar kaneel en Bertl naar mondwater, brillantine en zoete tabak.

Mijn doorweekte jas droogde op de kachel, mijn doorweekte ziel op de sofa. De woning was inmiddels prachtig ingericht, met meubels van een heel andere kwaliteit dan de tafels en stoelen die we er ooit naar binnen hadden gesjouwd. De kinderen gaven me een hand, noemden me oom Hermann, vroegen me een sprookje voor te lezen, klommen op de divan en leunden aan weerszijden vertrouwelijk tegen mij aan. Lotte trakteerde op mokkakoffie en op liefdevolle aanrakingen, Bertl omhulde me met Mannerwafels en zijn kinderlijke opgetogenheid. Kortstondig kwam me zijn bedrog met Franzi voor ogen; daarna schoof ik de hele affaire welbewust naar de periferie van mijn hart en gaf me over aan de troostende nabijheid van het gezin, die me uit mijn innerlijke schemertoestand deed ontwaken als de schone slaapster uit het sprookjesboek.

Na het voorlezen vroeg kleine Bertl: 'Papa, mag oom Hermann vanmiddag alsjeblieft met ons mee gaan schaatsen?'

'Natuurlijk,' zei Bertl. 'Ik denk dat oom Hermann op jouw leeftijd al steviger op de ijzers stond dan menig Weense knaap. Vraag mama maar vast onze schaatsen in te pakken, dan start ik de automobiel!'

Een halfuur later parkeerde Bertl de Packard voor de deur van de ijsbaan Am Heumarkt en huurde er voor mij de nieuwste schaatsen, een model waarop veterschoenen waren gemonteerd.

Hoewel ik een beetje aarzelend op het ijs stapte, hadden mijn benen aan die terughoudendheid geen boodschap; algauw reed ik over het ijs zoals ik in mijn jeugd had gedaan en na een paar rondes als de man die ik nu was. Mijn bloed warmde op, krachtig voelde ik het door de kleinste haarvaatjes stromen en ik genoot van elke gehoorzame spier in mijn lichaam als ik bewoog. Zo schaatste ik, zelfbewust en gracieus, nu weer met de handen gevouwen op mijn rug, dan weer arm in arm met Bertl en zelfs een stuk met zijn zoon, die ik vasthield en tussen mijn spoor liet delen in de verrukkelijke sensatie die ik had opgediept uit het geheugen van mijn lichaamscellen.

Die avond zette Bertl me met de automobiel voor de deur af. 'Schaatsen doet je goed,' zei hij door het open raam met de trots van een arts die de juiste remedie heeft gevonden voor een gecompliceerde patiënt. 'Vanaf nu haal ik je tweemaal per week op en gaan we samen naar de ijsbaan.'

Terwijl hij zwaaide en de Czerningasse insloeg, vond ik de sleutels in mijn zak. Boven het huis prijkten de sterren aan de hemel, alsof ze mij hier hadden opgewacht.

Zo verstreken de eerste maanden van 1938, waarin Wenen werd geteisterd door uitbarstingen van kille haat en razernij en ik me gedragen wist door de trouwe vriendschap van Bertl. Half en half registreerde ik de waarschuwingstekens – de in de binnenstad openlijk marcherende nazi's, beneveld door de geur van hun inmiddels bijna onvermijdelijke triomf; de permanente noodtoestand die gold op de universiteit; het straatbeeld dat werd bepaald door militairen, propagandaposters en witgekalkte leuzen. Maar de academie leek mijlenver verwijderd van het geweld in het universiteitsgebouw aan de Ring, de ramen van mijn woning aan de Praterstraße vingen weer zonlicht en in het besloten universum van de schaatsbaan bereikte mij slechts het geluid van mijn eigen ademhaling.

Op donderdagavond 3 maart stond Bertl voor mijn deur.
'Ik heb een verrassing voor je!' zei hij. 'Ik neem je mee naar een bijeenkomst op de universiteit.'
'Kom je daar dan nog weleens?' waagde ik.
'Alleen als er iets te doen is wat mij interesseert.'
Het was een avond van laaghangende wolken en regenbuien, ik had de hele middag onderwijs gegeven en vreesde dat het ging om een of andere redevoering over de superioriteit van de Duitse cultuur of de kansen op de aandelenbeurs.
'Is het een lezing?' vroeg ik aarzelend.
'Een voordrachtsavond, met verschillende sprekers. Vertrouw me, je vindt het vast interessant.'
Ik vertrouwde hem niet.
'Waar op de universiteit is het dan? In de kelder?'
'Nee, in de aula.'
Dat stelde me enigszins gerust. Een publieke bijeenkomst op een vrijdagavond in de grote, historische zaal van de universiteit – hoe erg kon dat nu helemaal zijn?
'Goed, ik ga met je mee,' zei ik. 'Wacht, dan strik ik even een das om.'

In de gewelfde hal van de universiteit was nog niets bijzonders te zien, maar zodra ik de drempel van de aula over stapte, begreep ik dat mijn komst berustte op een vergissing. Langs de wanden waren banieren met swastika's neergelaten en de mannen om mij heen, met koene lokken boven stoere hoofden, droegen hakenkruisen op hun borst of het medailles waren voor een sportieve prestatie. Snel keek ik naar Bertl, die mij opgewekt toeknikte en een sigaret aanbood.

Op het podium kondigde een corpulente en onberispelijk geschoren nazi de sprekers aan: de kleine, nerveuze nazi die sprak over de ondermijning van morele waarden, de koele, beheerste nazi Arthur Seyss-Inquart die de schadelijkheid van het Joodse ras betoogde en de zogenaamd geleerde nazi, die zonder enige verdienste op de resonantiekist van vijfhonderd jaar wetenschap stond.

Duizendvoudig steeg het geroep van de toehoorders op, ze zongen zelfgenoegzame, bloederige liederen, ik rook hun zweet en keek in hun flikkerende pupillen. Vreemd waren ze mij, niet tot mijn wereld behorend, niet tot deze wereld. Als individuen had ik hen misschien kunnen begrijpen, zoals ik Bertl begreep en Robert Eigenberger, maar in de massa waren er geen contouren, geen vaste punten, alles deinde en vervloeide.

Tegen een uur of tien was het voorbij en spuwde de aula, die stonk naar rook en bier en vochtig gekronkel, zijn inhoud uit.

Buiten in de regen stonden de beschonken makkers, even grauw als de regen en even oneindig. Te midden van hen stond Bertl, hij lachte luid en sloeg zijn kameraden op de rug terwijl hij om zich heen keek, speurend naar mij. Vanachter een pilaar glipte ik de hellingbaan af en liep op een drafje langs de gevel naar de Rathausplatz, waar ik een taxi nam naar huis.

Een week later vielen Hitlers troepen Oostenrijk binnen.

Op de laatste dinsdag van maart werd ik wakker met barstende hoofdpijn. Mijn keel brandde, mijn slapen klopten en toen ik probeerde te staan, zakte ik zowat door mijn knieën. Ik dronk een restje koude koffie, kroop weer tussen de lakens en gaf me over aan mijn koortsdromen. Vaag drong op enig moment de stem van de hospita tot mij door, die met haar eigen sleutel de kamerdeur had geopend en mijn brandende dorst leste met ijswater. De in allerijl geroepen dokter constateerde een dubbele longontsteking en schreef mij koortswerende poeders voor, een aftreksel van roomse kamille en saliethee met honing.

Na vijf dagen week de koorts en gleed ik in de kalme, bijna gelukzalige roes van een zieke wiens enige taak erin bestaat weer op krachten te komen. Overmand door vermoeienissen van onbekende herkomst sliep ik uren achtereen, terwijl het grijze ochtendlicht en het neon avondlicht afwisselend door het raam naar binnen schenen. Zowel Bertl als Béla bezochten mij af en toe en brachten tijdschriften mee en luchthartige praat en fruit, ingepakt in een krant met daarop het verkreukelde gezicht van Arthur Seyss-Inquart, intussen onze minister van Binnenlandse Zaken. Gehoorzaam at ik de smakeloze maaltijden van de oude hospita, ik spoelde mijn ontstoken ogen met rozenwater, gorgelde met zout en genoot van het wolkenspel en het ontluikende groen boven de Praterstraße.

Pas in de derde week van april, op een mooie, droge dag, ging ik voor het eerst weer naar buiten. Het was of ik mij gedurende drie weken van veel meer had ontdaan dan van wat kwalijke bacillen: ik voelde me kraakhelder, als een hernieuwde en tegelijkertijd meer oorspronkelijke versie van mijzelf.

Algauw werd me duidelijk dat ook de stad een transformatie had ondergaan. Het straatbeeld werd bepaald door vlaggen, plakzuilen en hemdsmouwen vol hakenkruisen, de veelkleurige uniformen hadden plaatsgemaakt voor eenvormige militaire tenues, het gebruikelijke 'servus' was vervangen door 'Heil Hitler' en het geweld tegen Joden werd nu van overheidswege georganiseerd. De nationaalsocialisten hadden hun oog laten vallen op de mooiste, meest iconische gebouwen van de stad: de Gestapo had zijn hoofdkwartier gevestigd in Hotel Métropole aan de Morzinplatz, voor de accommodatie van hoge nazifunctionarissen werd Hotel Imperial aan de Kärntner Ring geconfisqueerd en het oude, overwegend Joodse Wasagymnasium was verkozen tot uitvalsbasis van de Hitlerjugend.

Op de derde dag was ik tijdens mijn één uur durende wandeling achtereenvolgens getuige van een razzia in de Postgasse, een inval in de burgemeesterswoning aan de Lichtenfelsgasse en het aan diggelen slaan van de winkel van Moses Haspel aan de overkant van de straat. Toen ik tegen elf uur de sleutel in het slot van mijn voordeur stak, hoorde ik zeggen: 'Nu is voor Max en Franzi alles onherroepelijk verloren.' Ik keek om mij heen, maar er stond niemand bij mij in de buurt en ik moest concluderen dat ik het zelf hardop had gedacht.

De trappen naar mijn verdieping vielen me zwaar en ik was net met jas en al op de bank neergezonken, toen de deurbel ging.

Ik had de kracht niet om van mijn plaats te komen. Mijn ledematen deden pijn van vermoeidheid, mijn hart bonsde en met ingehouden adem luisterde ik naar de gestolde stilte in de kamer. Voor de tweede keer drukte iemand op mijn deurbel, nu lang en indringend en juist toen ik toch was opgestaan, hoorde ik hoe mijn hospita de bezoeker binnenliet en met hem de trap op liep.

Enkele ogenblikken later stond Max in mijn kamer. In zijn grauwbleke, ongeschoren gezicht waren de holle ogen blauw omringd en uit zijn ontzette blik maakte ik op dat ik er niet veel beter uitzag.

'Ik heb slecht geslapen,' zei hij verontschuldigend, terwijl ik bijna gelijktijdig zei: 'Ik ben ziek geweest.' Hij liep op mij toe en we omhelsden elkaar langer en met meer nadruk dan gewoonlijk. Nadat ik koffie had gezet, gingen we elk in een hoek van de bank zitten met het gezicht naar elkaar toegekeerd.

'Manno,' zei Max, 'Franzi en ik moeten hier zo snel mogelijk zien weg te komen. Ik heb alle papieren in orde gemaakt en een affidavit ontvangen van Imperial Chemical Industries in Londen, waar ik aan de slag kan als chemicus. Ik heb immers alle examens en scripties voor de studies natuurkunde en scheikunde afgerond en wacht alleen nog op de uitreiking van mijn diploma's.'

Omdat ik tijd nodig had om deze aankondiging te verwerken, vroeg ik maar: 'O. En wanneer zal dat zijn?'

Max beet op zijn lip. 'Dat is het juist. Die diploma-uitreiking komt er niet. Ik ben, samen met honderden andere Joodse studenten, per direct bij de universiteit uitgeschreven.'

Hij zat te roken en steunde met zijn hoofd in zijn hand.

Zo bleef hij een tijd bewegingloos zitten te midden van de mistroostige stilte.

'Manno, hoe kom ik in godsnaam nog aan mijn diploma's!' barstte hij daarna plots uit en vestigde zijn radeloze blik op mij, alsof hij de oplossing voor dat vraagstuk van mijn gezicht wilde aflezen. 'Zonder die getuigschriften kom ik Engeland nooit binnen!'

Geschokt keek ik naar mijn dierbare vriend, van de ene op de andere dag vogelvrij geworden en bedreigd, uitgesloten en vervolgd door de autoriteiten van zijn geboorteland; mijn vriend, die niet wist dat zijn echtgenote ten tijde van hun verloving in verwachting was geraakt van een gezamenlijke vriend en die zwangerschap heimelijk had beëindigd, waardoor zij nu kinderloos zouden blijven.

Ik liet het hoofd op mijn borst zakken en staarde naar het ingeweven patroon van de sprei op de bank.

'Manno, jij bent docent aan de universiteit, jij hebt gezag, invloed, een ingang! Help me alsjeblieft...'

Het kon niet anders of Max wist dat mijn positie als jonge docent kunstrestauratie van geen betekenis was voor het almachtige Examenbureau, maar zijn diepe wanhoop over deze boosaardige maatregel en zijn klemmend appel op mij als vriend maakten dat ik toch mogelijke uitwegen overwoog. Heel even kwam de gedachte bij me op om Eigenberger in te schakelen, maar die mogelijkheid verwierp ik meteen weer – de man, vast en zeker opgetogen over de komst van het nieuwe regime, zag me aankomen met een verzoek om de eerste verordening tegen Joden in het academisch onderwijs te overtreden! Net toen ik voor de vorm tegen Max wilde zeggen dat ik mijn best zou doen, kwam mij als van verre een gedachte aanwaaien. Verbaasd keek ik naar hem, alsof hij mij deze mogelijkheid zojuist had ingefluisterd, maar Max zat voorovergebogen te roken.

'Dan eh... dan ga ik maar meteen,' zei ik.

'Wat?'

'Naar het Examenbureau.'

'Dat heeft nu geen zin,' zei hij toonloos, terwijl hij op zijn horloge keek. 'Het Examenbureau is tussen de middag gesloten.'

'Dat komt mooi uit, want ik moet eerst nog iets anders doen.' Ik legde mijn hand op zijn schouder. 'Blijf hier op me wachten, Max. Ik neem een taxi en kom zo gauw mogelijk terug.'

'Een hele goedemiddag,' zei ik tegen de functionaris achter het bureau, terwijl ik in de deuropening bleef staan. 'Weber is de naam.' Het scheen mij toe dat mijn hele leven in Wenen de opmars was geweest naar dit moment.

'Insgelijks,' zei de man. 'Hebt u een afspraak, mijnheer Weber?'

Ik negeerde de vraag en glimlachte nerveus. 'Mag ik misschien even binnenkomen, mijnheer...?'

'Müllner.' De man aarzelde. 'Nu ja, als het niet te lang duurt...' Hij keek even door de openstaande tussendeur naar de typiste in de kamer ernaast. 'We hebben het druk.'

Duizelig van angst sloot ik de deur achter me, liep naar de tussendeur, zei 'Excuseert u mij mevrouw, het betreft een persoonlijke kwestie' en deed hem dicht.

Sprakeloos wees de man mij de stoel aan de overkant van zijn werktafel. Ik nam plaats, pakte een etui met twee Partagás-sigaren uit mijn binnenzak en bood hem er een aan, hopend dat hij mijn hart niet door het jasje heen kon zien bonzen. We knipten een stukje van de dop, streken lucifers af, draaiden de voet van onze sigaren zacht rond boven de vlam en namen een eerste, genotvol trekje. Zoals ik had gehoopt, scheen dit universele ritueel van mannelijke verbroedering Müllner gunstig te stemmen.

'Vertelt u eens, mijnheer Weber,' zei hij en hij leunde achterover in zijn bureaustoel. 'Wat kan ik voor u doen?'

Door het raam achter hem keek ik naar buiten, waar narcissen op de binnenplaats van het universiteitsgebouw hun zware kelken vol vertrouwen lieten balanceren op de tere steeltjes. Ineens greep mij een verlangen naar radicale overgave aan mijn nietigheid, aan de aloude wetten van het universum waarin alles reeds vastlag en was beklonken – onafhankelijk van mijn acties. Een onverklaarbare kalmte kwam over mij.

Ik grijnsde vertrouwelijk naar de ambtenaar tegenover me en zei: 'Ik heb iets nodig dat klaarligt in de kluis van uw instituut.'

'Ik weet niet of ik u goed begrijp,' zei Müllner. 'Er zou iets voor u klaarliggen bij ons in de kluis...?'

'Jazeker,' zei ik en sloot vrede met de mogelijkheid dat ik binnen een halfuur zou worden gearresteerd wegens misdaden tegen het staatsbelang. 'In uw kluis liggen twee diploma's klaar op naam van Max Reines. Die kom ik ophalen.'

Zonder het oogcontact met Müllner te verbreken, legde ik een envelop neer en schoof die naar het midden van zijn bureau.

'Natuurlijk begrijp ik dat mijn verzoek wat extra werk voor u meebrengt,' zei ik. 'Om die reden bied ik u deze kleine onkostenvergoeding aan.'

De achtereenvolgende emoties van stomme verbazing, schrik, angst, belediging, overdenking en verlokking waren zo mooi van Müllners gezicht af te lezen dat ik het onder andere omstandigheden graag zou hebben geschilderd. Ik boog me voorover, schoof de envelop nog iets verder naar hem toe en liet mijn stem wat dalen. 'Beste Müllner, dit pakket bevat honderd Zwitserse francs, een witgouden broche met eenentwintig pavé gezette briljanten en bijbehorende oorhangers. Ik hoop dat u dit bescheiden blijk van mijn dankbaarheid wilt aanvaarden.'

Lange tijd keken wij elkaar aan zonder iets te zeggen, als dieren die elkaar peilen alvorens zich op de ander te storten.

Toen schraapte Müllner zijn keel. 'Reines, zei u?'

Ik knikte en hij schoof zijn stoel achteruit, stond op en liep naar de tussendeur. 'Juffrouw Holzinger, mag ik u vragen per direct een bestelling voor mij op te halen bij bakkerij Fritzl in de Schlösselgasse? Is al betaald, ja. Fijn, dank u wel!'

Müllner keek naar mij om en ik knikte hem toe als een vader zijn zoon op de eerste schooldag. Toen verdween hij achter de deur van het secretariaat.

Zodra Müllner weg was, stond ik op en legde de envelop in zijn bovenste bureaula, voor het geval de man inmiddels toch met de Gestapo belde en men het incriminerende materiaal bij mijn arrestatie open en bloot op tafel zou vinden. Na enige tijd kwam Müllner, die inmiddels zeer bleek zag en transpireerde op het voorhoofd, binnen met een kartonnen map. Ik gebaarde hem die op tafel te leggen en controleerde de documenten als een geroutineerde oplichter van boven naar beneden op datering, tenaamstelling, zegels, linten en handtekeningen. Snel vouwde ik de diploma's terug in de map, strikte het sluitlint en nam hem onder mijn arm.

'Dank. U vindt de envelop in de bovenste lade van het bureau,' zei ik.

Een halfuur later stapte ik uit de taxi en ging mijn woning binnen, waar ik leunend tegen de deur op adem kwam en aan Max de map overhandigde.

Met opgetrokken wenkbrauwen nam hij die aan, sloeg hem open en slaakte een ongelovige kreet bij het zien van de officiële documenten. Hij liep op me toe, greep mij ter hoogte van mijn bovenbenen, tilde me op en danste met mij in het rond, terwijl ik half over zijn schouder hing en hem uit protest op de rug sloeg. Na twee rondjes zette hij mij weer op de grond en riep, alsof hij het ten overstaan van een publiek verkondigde: 'Die Manno! Je verwacht het niet. Wat een vriend. Met de groeten van de Universiteit Wenen!'

Hij keek opnieuw in de map, stelde nogmaals de aanwezigheid

van de getuigschriften vast, was weer net zo verbaasd, moest bijna huilen en omhelsde mij.

'Manno, ik weet niet hoe ik je moet bedanken.'
'De eer komt Edmonda toe.'
'Waar heb je het over?'
'Ik heb gebruikgemaakt van de wet van Müllner.'
'Nooit van gehoord. Hoe luidt die?'
'Bij gelijkblijvende hebzucht leidt een laag risico op ontdekking in combinatie met een overmatige beloning tot de afgifte van documenten.' Ik miste hem nu al.

Zo brak de dag aan waarop Max en Franzi om zes uur 's ochtends vertrokken met de trein, hun hele leven in twee koffers vervat.

'Hier is ons adres in Londen,' zei Max en gaf Béla en mij een papier. 'Schrijf ons!'

De trein zette zich in beweging.

'Het is zeker maar tijdelijk!' riep Franzi uit het raam. 'Hou ons op de hoogte van jullie eigen woonadressen!'

'Omhels Bertl en Lotte van ons! En kleine Bertl en Otilie! En let erop dat...' De rest van deze opdracht vervloog in de wind.

Béla en ik keken de trein na en stonden er nog nadat hij al geruime tijd uit het zicht was verdwenen. Toen verlieten we het station en liepen over het plein naar de weg. Een zwerm vogels vloog op van een stervende duif, bloedend uit door hun snavels gemaakte wonden en bij de tramhalte riep een krantenjongen de koppen van de gecensureerde ochtendbladen om.

11

De vlucht van Max en Franzi sloeg een onherstelbaar gat in onze vriendenkring, die achterbleef als een ontpitte vrucht. Overdag lukte het me nog hun afwezigheid te beschouwen als een noodzakelijke maatregel in plaats van als een verlies – wie een verwonding heeft, leert nu eenmaal die plek te ontzien en bepaalde bewegingen na te laten. Maar 's nachts deed de slaap mijn sluimerende angsten ontwaken en droomde ik over steeds weer nieuwe manieren waarop mijn bindingskracht het van die van Hitler verloor.

Meer dan ooit vond ik in die dagen troost en vervulling in mijn werk aan de academie, dat voor mij tot een middel van bestaan was geworden in de meest letterlijke zin van het woord. De tijdloze schoonheid van de schilderkunst en de leergierigheid van mijn studenten hielden mij op de been en maakten me gelukkig, als een licht dat mij van binnenuit verwarmde.

Op de eerste maandag in mei gaf ik de eerstejaarsstudenten college over de verkleuring van pigmenten aan de hand van een klein werk van Jelgersma uit 1749.

'De kunstschilders van de achttiende eeuw hadden het veel moeilijker dan de huidige,' vertelde ik. 'Pigmenten waren vaak onberekenbaar, reageerden verkeerd met andere pigmenten, veranderden na verloop van tijd van kleur, waren moeilijk verkrijgbaar, duur of dodelijk. Verschillende organische en anorganische pigmenten konden met elkaar een reactie aangaan en zodoende elkaars kleur beïnvloeden – ook later nog. Welke gevolgen zou dit kunnen hebben gehad voor de werkwijze van schilders als Jelgersma?'

'Ik stel me voor dat hij ervoor moest zorgen dat de pigmenten die hij gebruikte elkaar nergens overlapten of raakten,' zei de eerste vrouwelijke student van onze opleiding.

'U hebt volkomen gelijk,' zei ik. 'En om dergelijke verkeerde combinaties te voorkomen, moesten schilders hun compositie destijds zorgvuldig plannen.' Ik wees op het schilderijtje van Jelgersma. 'Welk voorbeeld van een dodelijk pigment zou u in dit werk kunnen vermoeden?'

'Loodwit?' vroeg een jongen.

'Zeer waarschijnlijk. En kijk ook eens naar de gele jurk van de dame op dit werk: mogelijk heeft Jelgersma hiervoor orpiment gebruikt, een gevaarlijk mineraal dat zijn gele kleur dankt aan arsenicum.'

Onmiddellijk na afloop van het college stapte Robert Eigenberger de zaal binnen. Sinds mijn ziekte had ik hem met enig succes ontlopen, maar op deze tweede meidag was er geen ontsnappen aan.

'Hermann! Wat geweldig je hier weer in goede gezondheid aan te treffen!' zei hij.

'Inderdaad Robert, hoe gaat het met Thea en jou?'

'Uitstekend, afgezien van een milde verkoudheid,' antwoordde hij. 'Thea laat je allerhartelijkst groeten, zij staat te popelen om je binnenkort weer culinair te verwennen.'

Ik knikte en wilde iets vriendelijks zeggen, maar voelde me gedwarsboomd door een opvallend bronzen insigne op zijn revers. Eigenberger volgde mijn blik, nam zijn kraag ter plaatse op en hield hem onder mijn neus.

'Wegens trouw illegaal lidmaatschap van de NSDAP gedurende

de afgelopen vijf jaren,' zei hij trots en ofschoon de zaal inmiddels bijna leeg was, boog hij zich samenzweerderig naar mij toe. 'Maar dat wist jij natuurlijk – ik merkte aan alles dat wij gelijkgestemden zijn.' Hij richtte zich weer op en gaf mij een papier. 'Daarom moet je dit even ondertekenen, Hermann.'

'Een ariërverklaring,' las ik hardop.

'Juist. Het is een formaliteit, maar wel een die noodzakelijk is om je aanstelling te behouden.' Eigenberger lachte. 'Of je moest stiekem van Joodse bloede zijn...'

Uitdrukkingsloos staarde ik hem aan, een zwijgen dat hij verkeerd opvatte.

'Kom, Hermann, ik bedoelde het niet kwaad, ik weet heus dat je geen Jood bent, ik maakte maar een grapje,' zei hij. 'Neem het papier maar mee naar huis, dan krijg ik het binnenkort getekend van je retour.'

Thuisgekomen legde ik het document op de tafel vanwaar het mij uitdagend aankeek, hetgeen ik afstrafte met een ijzig negeren. Ondertussen overdacht ik de aangelegenheid met een kop koffie op de bank. Het lag eraan, zo overwoog ik, welke betekenis je toekende aan de ariërverklaring. Op grond van zijn feitelijke betekenis zou mijn ondertekening niet meer zijn dan het verklaren van iets wat nu eenmaal waarheid was: ik was net zomin Jood als Bertl econoom was. Tegelijkertijd zou ik met mijn individuele getuigenis van de waarheid meewerken aan een nationaal bedrog, een zorgvuldig geconstrueerde leugen die ons als waarheid werd voorgehouden. Stond mijn handtekening gelijk aan de goedkeuring van die leugen? Of had Eigenberger in dit geval gelijk en betrof het slechts een formaliteit?

Na een uur prakkiseren waren alle grote en kleine uiteenlopende problemen van de wereld voor mij verschrompeld tot één eenvoudige, fundamentele kwestie: de vraag of ik van mijzelf kon verlangen dat ik mijn werk – het laatste waaraan ik momenteel nog vreugde beleefde, een zeer apolitieke bezigheid bovendien – opofferde voor het behoud van mijn morele standaard.

Ineens voelde ik grote behoefte mijn dilemma voor te leggen aan Béla. Ik liep naar de gang waar een telefoontoestel was geïnstalleerd en draaide zijn nummer, maar ik kreeg geen gehoor en ook toen ik het 's avonds opnieuw probeerde, nam hij de telefoon niet op.

Toen ik Béla de volgende dag aan het einde van de ochtend nog steeds niet te pakken had gekregen, schreef ik een briefje met het verzoek om contact en ging met de tram naar zijn woning om het bij hem in de brievenbus te doen.

Op het moment dat ik bij het huis aan de Köstlergasse arriveerde, vertrok juist een andere bezoeker uit het gebouw en in een opwelling glipte ik naar binnen, in de vage verwachting hem toch thuis aan te treffen. Op de bovenste verdieping vond ik Béla's voordeur met een geforceerd slot en toen ik hem openduwde, trof ik de woning aan in een toestand van chaos en destructie.

Omdat mij als eerste de openstaande laden opvielen waaruit het tafelzilver, de kostbare servetringen en het porselein waren verdwenen, vermoedde ik een inbraak en ik rende alle kamers door op zoek naar Béla, in de zekerheid hem ergens gewond te vinden. Pas toen ik hem nergens zag, diende zich een nieuwe, veel verschrikkelijker mogelijkheid aan: één waarbij diefstal niet het hoofdmotief was geweest, maar slechts een bijkomstige aangelegenheid.

Ineens bedacht ik dat het zolderluik op de gang open had gestaan en terwijl ik de houten trap opging, hoopte ik tegen beter weten in dat Béla zich daar had verstopt. Bij het zien van de ravage op zolder kreeg ik het te kwaad: de zo zorgvuldig gedroogde bloemen en planten lagen verkruimeld op de grond, de manden met zaden en vruchten waren omgeduwd en de vloer lag bezaaid met hooi uit de stukgeslagen kisten. Ik greep in mijn haren, struikelde hijgend van angst de ladder af en doorzocht het appartement nogmaals om vast te stellen wat ik al wist: Béla was er niet.

Ik rende zo hard rechtsom draaiend door het trappenhuis naar beneden dat het zwart werd voor mijn ogen en terwijl ik onderaan de trap wachtte tot ik weer wat zag, ging de deur van de conciërgewoning open.

'Zo, zoek jij je homovriendje! Kan niet meer hè? Nee, die is precies waar hij wezen moet. De Gestapo heeft hem drie dagen geleden opgepakt, samen met zijn holmaat, ze zijn op heterdaad betrapt. Dat wist je niet hè? Nou, ik wel, en ik ben er blij mee. Dit is een nette buurt!'

Ik had zin om de huismeester op zijn paarsblauwe smoelwerk te slaan maar ik kon me niet verroeren en fluisterde slechts: 'Vuile verrader!'

Een halfuur later stapte ik voor het hoofdkantoor van de Gestapo aan de Morzinplatz uit de taxi, waar mij de toegang werd versperd.

'Ik kom voor Béla Andrássy,' zei ik tegen de bewakers bij de deur. 'Verblijft... is hij hier?'

'Daarover doen wij geen mededelingen,' blafte een nazi met dikke, doorlopende wenkbrauwen. 'Wij verzoeken u verder te lopen!'

Ik liep terug naar de Kai en ging aan het Donaukanaal op een bankje zitten, waarvan ik onmiddellijk weer opstond. IJsberend langs het water probeerde ik wanhopig mijn gedachten te ordenen. Ineens schoot mij de naam te binnen van een advocaat, over wie Béla mij ooit had verteld dat hij vaker homoseksuelen verdedigde in een strafproces. Ik stak de straat over, ging een café binnen en raadpleegde er in het telefoonhokje de Lehmann-gids.

'Hans Gürtler, advocaat, praktijk houdend aan de Seilergasse nummer 3,' mompelde ik. 'Dat is aan de andere kant van de Stephansdom.'

Het liep tegen het einde van de middag en de Rotenturmstraße vulde zich al met mensen die uit winkels en kantoren tevoorschijn kwamen, uit geopende ramen klonken flarden muziek en een licht briesje voerde de geur mee van gebraden vlees ergens vlakbij. Nog geen kwartier later stond ik voor de deur van het kantoor, waar ik op de koperen bel drukte en een dame met een parelsnoer opendeed.

'Goedemiddag,' zei ze.

'Goedemiddag, de naam is Loch, ik kom voor Hans Gürtler.'

'Hebt u een afspraak?'

'Eh, nee, neemt u mij alstublieft niet kwalijk, maar eh... het betreft een zeer spoedeisende zaak,' zei ik.

'Mijnheer Gürtler is helaas afwezig,' zei de dame, 'maar als u binnenkomt, maak ik een notitie. Ik ben zijn assistente.'

De vrouw ging mij voor naar een ontvangstruimte, gebaarde mij plaats te nemen aan de tafel en ging tegenover mij zitten met pen en papier. 'Zegt u het maar, mijnheer Loch.'

'Mijn vriend Béla Andrássy, Köstlergasse 4, is waarschijnlijk afgelopen zaterdag thuis opgepakt door de Gestapo,' begon ik.

Ze knikte ernstig en vroeg, zonder de ogen van het papier af te wenden: 'Heeft u enig idee van de verdenkingen tegen hem?'

'Homoseksualiteit.'

Ze keek me over haar bril aan en zei: 'Weet u of hij ook daadwerkelijk aan de Morzinplatz wordt vastgehouden?'

Ik schudde het hoofd. 'Ze wilden me daar niets zeggen.'

Even later stonden we op. 'Goed mijnheer Loch, ik zorg dat Gürtler uw melding vanavond nog ontvangt. Ik vraag hem dus te onderzoeken waar mijnheer Andrássy wordt vastgehouden, hoe de aanklacht luidt, wanneer het proces begint en of hij de verdediging op zich wil nemen.' Bij de deur legde ze kort haar hand op mijn schouder. 'Zodra er iets bekend is, hoort u van hem, dat verzeker ik u. Intussen wens ik u veel sterkte.'

Uit gewoonte droegen mijn benen me in de richting van de Praterstraße, maar op de Stephansplatz bleef ik staan. Een bloemverkoopster zat zo onbeweeglijk geleund tegen de Dom, dat ze leek op een van de reliëfbeelden aan de muren rondom. Opeens stond de verlatenheid van mijn eigen woning me tegen en als vanzelf draaide ik me om en liep naar de halte van de tram naar Bertl en Lotte.

Een halfuur later stond ik voor het huis van het jonge gezin en belde bij hen aan, maar er deed niemand open. De vitrages voor de ramen ontnamen mij het zicht naar binnen en ik besloot te wachten in een koffiehuis schuin aan de overkant, vanwaar ik zicht had op de voordeur. Hoewel ik bepaald geen eetlust had, knaagde er iets in mij en ik bestelde asperges met ham en ei en zwarte koffie. Na een uur had ik Bertl noch Lotte in de buurt van hun huis gesignaleerd. Ik rekende af en stak de straat over, drukte voor de vorm nog eenmaal op de bel en wandelde daarna onverrichter zake terug naar de Ring.

Die nacht hield de ruisende stilte me uit de slaap en bad ik vertwijfeld tot alle mij bekende goden dat de jurist Béla toch spoedig uit de kelders van de Gestapo mocht bevrijden.

Toen ik de volgende dag thuiskwam van de academie hing er een briefje op mijn kamerdeur met de mededeling dat voor mij was gebeld door advocaat Hans Gürtler.

Ofschoon het al halfzes was, liet ik alles vallen en belde meteen naar het opgegeven nummer. Tot mijn verbazing nam Gürtler zelf op.

'Dag mijnheer Gürtler, mijn naam is Hermann Loch. Ik was gisteren bij u op kantoor, uw assistente heeft mij te woord gestaan en mijn verzoek genoteerd betreffende...'

'...de heer Béla Andrássy,' zei Gürtler. 'Ik heb uw bericht inderdaad ontvangen en vanochtend een paar telefoontjes gepleegd.'

'Werkelijk! En? Hoe maakt hij het? Weet u waar hij is?'

'Helaas wel. Het spijt me echt u dit te moeten zeggen, maar mijnheer Andrássy is eergisteren op transport gesteld naar concentratiekamp Dachau.'

Ik had het gevoel dat een vuist mij in de maagstreek trof en boog voorover van de pijn.

'Wat nu?' kermde ik.

Hij was even stil. 'Mijnheer Loch, helaas kan niemand nu meer iets voor hem doen.'

'Ik... hoe bedoelt u?'

'Het spijt me ontzettend, mijnheer, maar het is niet anders. Ik heb mijn gegevens in elk geval bij de autoriteiten achtergelaten.' Hij weifelde even. 'Misschien interesseert het u nog dat de Gestapo het huis van mijnheer Andrássy is binnengevallen naar aanleiding van een tip.'

'Dank u wel,' fluisterde ik en legde de hoorn op de haak.

Terwijl ik terugliep naar mijn kamer leek het of de vloer onder mijn voeten golfde. Ik nam mijn portemonnee en mijn sleutels, sloot de woning af en liep de trap af naar beneden, waarbij ik me moest vasthouden aan de leuning.

Voor de deur hield ik een taxi aan. 'Naar de Große Neugasse alstublieft.'

Dit keer deed Bertl bijna onmiddellijk de deur open, alsof hij erachter had staan wachten.

'Manno, wat ontzettend leuk! Je hebt Lotte net gemist, ze is met de kinderen op bezoek bij haar ouders. Jemig, wat is er met jou aan de hand? Je ziet eruit alsof je de nieuwe aardappelen niet haalt!'

Ik kon niets uitbrengen en liep stom over de drempel. Het huis rook naar de beschaafd ingetoomde geuren van het fatsoenlijk wonen, op de schoorsteenmantel tikte Béla's porseleinen pendule met gouden krullen en op de lessenaar van de piano stond een sonate van Schumann.

Bertl gebaarde naar de sofa en schonk een glas cognac voor mij in.

'Zo, kijk eens, even een hartversterkertje. Vertel eens kerel, wat is er gebeurd?'

'Bertl, het is helemaal mis. Béla is opgepakt en gedeporteerd naar Dachau.'

'Echt?' reageerde Bertl eerder verbaasd dan geschokt. 'Dat had ik nu ook weer niet verwacht.'

'Ik begrijp je niet,' zei ik. 'Wat had je dan wel verwacht?'

Mijn ogen bleven haken aan een bronzen speld op zijn jasje, precies zo een als Eigenberger had gedragen, wegens trouw lidmaatschap van de NSDAP.

Binnengevallen naar aanleiding van een tip.

VAN EEN TIP.

Het was alsof plotseling alle zuurstof uit de lucht was verdwenen en met afgrijzen keek ik Bertl in het gezicht.

'Heb jij... ik bedoel... een tip?' stotterde ik.

Hij haalde zijn schouders op, stond op van zijn stoel, draaide zich naar het buffet om een asbak te pakken en liet mij achter in mijn eigen wereld: de wereld waarin vriendschap verbonden was met onvoorwaardelijke loyaliteit, solidariteit en het geven van rugdekking. Met een doosje sigaren en een marmeren asbak in de hand keerde hij zich weer naar mij toe.

'Manno, ik moest wel. Met zijn levenswijze is Béla een vijand van de staat, iemand wiens slechte eigenschappen overspringen op al wie ernaast staat, een gevaar voor de nationale volksgezondheid! Als goed partijlid ben ik gehouden mensen als hij te rapporteren. Natuurlijk was het niet mijn bedoeling dat hij in Dachau terecht zou komen, ik kon toch ook niet weten dat die jongens van de Gestapo hem meteen zouden deporteren?'

Ineens drong tot me door dat wat er was gebeurd niet meer viel te herstellen, dat alles om me heen met een onstuitbare vaart naar de afgrond rolde en geen macht ter wereld het nog kon stoppen.

'Ik moest wel,' herhaalde hij. 'Stel dat ooit was uitgekomen dat Béla en ik bevriend waren!'

'Wáren??' Mijn stem sloeg over en ik kwam van de bank. 'Bertl, hij hield van je, hij onderhield nota bene je gezin! Hij heeft je alles gegeven: zijn auto, de Chinese vazen, zijn grammofoonspeler, de klok, de etsen aan de muur, geld, kleding, alles wat hier staat – hij gaf het je allemaal cadeau, hij is de meest genereuze vriend die je je kunt wensen en, en –' Ik hapte naar adem. 'Dan ga jij...'

Bertl stak een dikke Britannia op.

'O, denk jij dat? Denk je nu echt dat ons homovriendje dat deed uit de goedheid van zijn hart? Helemaal uit zichzelf? Je bent gek! Daar is die rijke stinkerd veel te egoïstisch voor. Terwijl wij hard moeten werken om iets behoorlijks voor elkaar te krijgen, hoeft hij alleen maar aan de familieboom te schudden en de mooiste vruchten vallen hem in de schoot! Béla is het typische zoontje van rijke ouders dat er lekker op los leeft zonder zich te bekommeren om enige moraal.' Hij blies de rook uit en schudde zijn hoofd. 'Nee Manno, die hulp kwam niet vanzelf, daar is Béla veel te gierig voor.' Hij pakte zijn glas op en glimlachte tegen zichzelf. 'Daartoe heb ik hem een beetje moeten motiveren.'

Met deze woorden nam Bertl in één klap de dikke laag honingkleurig vernis van mijn blikveld, die mij eerder had belet een van zijn werkelijke kleuren te zien.

De kleur van de afperser.

In het schelle licht van deze weerzinwekkende realiteit, die al wat ik meende te weten tenietdeed, begon mijn lichaam te beven alsof het een koortsaanval had.

'Oh, Bertl,' fluisterde ik. 'Wat heb je gedaan... Wat heb je gedaan...'

'Kom, kom, vriendelijke, kale reus,' zei Bertl. 'Rustig aan. Ik moest mijn argumenten gewoon wat kracht bijzetten, dat is alles. Je zult het zien, zodra de rechterlijke macht in Wenen de achterstand heeft weggewerkt, keert die nicht heus terug uit Dachau en wordt hij gauw weer op vrije voeten gesteld, net als de vorige keer.'

De kamer draaide voor mijn ogen. Ik braakte voor zijn voeten op de grond, strompelde naar de gang, rukte de voordeur open en vluchtte naar buiten, weg van deze mij volslagen onbekende, die de wereld bezag als in een lachspiegel: omgekeerd en waanzinnig.

De lentezon was zo scherp dat hij alle kleuren aan diggelen sloeg en over mijn rug gleden kille straaltjes zweet, als afschuwwekkend kruipend ongedierte. Blindelings liep ik naar huis, ik snakte naar de beslotenheid van mijn woning, ik snakte ernaar afgezonderd te zijn van de buitenwereld. Ergens oefende iemand voor een open raam toonladders op de piano, van laag naar hoog en weer terug. Er leek geen einde aan te komen.

In de dagen die volgden herbeleefde ik mijn laatste ontmoeting met Bertl tot in het geringste, smadelijke detail en woog ik opnieuw alle vroegere feiten over mijzelf en de wereld zoals ik die dacht te kennen. Tot driemaal toe belde ik naar het kantoor van Gürtler, om steeds van hem te horen dat er over Béla geen nieuws was en dat dit niet per se een slecht, maar toch ook geen goed teken was.

Aan het eind van de ochtend van vrijdag 27 mei maakte ik me juist klaar om de deur uit te gaan, toen de telefoon op de gang doordringend rinkelde. Terwijl ik mijn kamerdeur opende en langzaam naar het toestel liep, voelde ik dat er een ongeluk ging gebeuren waar ik niet tegenop kon.

'Mijnheer Gürtler?' zei ik in de hoorn.

'Mijnheer Loch! Hoe wist u dat ik het was?'

Ik zweeg.

'Mijnheer Loch, bent u daar nog? Ik heb vanochtend een brief ontvangen uit Dachau.'

'Ja.'

'Ik vrees dat ik zeer slecht nieuws voor u heb.'

Een verschrikkelijke, alomvattende duisternis trok over.

'Uw vriend Béla Andrássy is helaas gestorven. Hallo, bent u daar nog?'

'Hoe eh...'

'Hartfalen. Maar dat is de doodsoorzaak die men standaard

noteert achter de naam van gevangenen die in Dachau worden vermoord.'

In eerste instantie heerste er slechts stilte. Toen klonk een bloedstollende kreet, een langgerekt janken als van een dier en hoewel het geluid in mijn eigen borstkas was ontstaan, leek het toch van ver te komen.

Terug op mijn kamer liet ik me met jas en al op de bank vallen. De klok van de Johanneskerk verderop in de straat sloeg twaalf slagen, alsof hij een onherroepelijk vonnis velde.

Hoewel het eigenlijk onmogelijk was, moest ik constateren dat het leven om mij heen voortging. Ik weet ook niet wat ik had verwacht; de aarde werd echt niet uit haar baan geslingerd door de moord op een dierbare, zoiets was in Wenen aan de orde van de dag. In de straten klonk het holle geratel van de trams, de theaters waren vol amusementszoekers die van het ene pleziertje naar het andere jakkerden en in de cafés speelden accordeons *Wien, du Stadt meiner Träume*.

Nu wilde de verlossing van de slaap helemaal niet meer over mij komen. De nachten waren vervuld van grenzeloos verdriet en overdag verdoofde de uitputting mijn geest en effende mijn emoties. Ik voelde me volkomen verslagen, als een willoos voorwerp dat nergens toe diende.

Het academisch jaar sleepte zich voort naar de zomervakantie. Ik zag mijzelf de trappen van de academie op en aflopen en hoorde mijzelf collega's groeten, doceren over de vervaardiging van groen pigment uit koper en gedachteloos de universitaire aankondigingen lezen. Ik was de getuige van mijn eigen leven.

Op de laatste dag voor de zomersluiting van de academie ruimde ik mijn bureau op en leegde mijn houten postvak, waarin de brieven zich hadden opgestapeld. Vijf ervan bevatten steeds strenger wordende aanmaningen voor het inleveren van de ariërverklaring, met een ultimatum waarvan ik moest vaststellen dat het reeds verstreken was. Tussen de rest van de berichten bevond zich een grote roomkleurige envelop, gefrankeerd met postzegels uit Nederland.

Ik ging achter mijn bureau zitten en draaide hem rond in mijn hand. Linksboven op de voorzijde stond

FRANS HALS MUSEUM
HAARLEM

en achterop de afzender: *De heer G.D. Adema, directeur.*

Voorzichtig opende ik de envelop en nam er de handgeschreven brief uit. 'Zeer geachte heer Loch, waarde achterneef!' spelde ik. Zonder goed te begrijpen wat ik las, gleden mijn ogen over de regels in die vreemde taal, die mij tegelijkertijd vertrouwd voorkwam. Toen ik klaar was, las ik de brief opnieuw en ditmaal liet ik de klanken langzaam over mijn tong rollen, waar ze een sluimerend reservoir aanboorden van begrippen uit een vergeten wereld. Ik werd opgetild uit mijn docentenkamer en weggeslingerd naar de tafel in de knusse bovenwoning aan de Korte Herenstraat, waar mijn oma het huishoudboekje bijwerkte en mijn opa mij in een stuk touw verschillende knopen leerde leggen.

Nog een paar keer las ik mijzelf de brief hardop voor, tot ik er zeker van was dat ik de inhoud had begrepen. Toen vouwde ik hem dicht en stopte hem in de binnenzak van mijn jasje.

Wenen, 12 juli 1938

Lieve Max en Franzi,
Terwijl ik dit schrijf, zit ik op een bank helemaal achteraan in de Dom, en ik ben bepaald niet de enige. Een onbeschrijflijke hitte heeft bezit genomen van Wenen zoals ik die nog niet eerder heb beleefd. Wie kan, heeft de stad verlaten, wie tot achterblijven is veroordeeld, zoekt verkoeling in de zijarmen van de Donau of in de kerk.

Ik was geweldig blij met jullie brief en ben opgelucht te horen dat jullie een dak boven je hoofd hebben. Wat fijn dat je werk bevalt, Max, en wat jammer dat het je nog niet is gelukt om werk te vinden als vertaalster, Franzi. Ik hoop dat de baan als schoonmaakster je niet te zwaar valt!

Helaas rust op mij de afschuwelijke taak jullie te informeren over de dood van Béla. Hij is begin mei op heterdaad betrapt bij het plegen van ontuchtige handelingen met een man en gedeporteerd naar Dachau, waar hij binnen drie weken onder onbekende omstandigheden is omgekomen. Het spijt mij dat ik jullie hierover niet eerder heb bericht; ik was er eenvoudigweg niet toe in staat.

Sinds de dood van Béla voel ik mij ondraaglijk eenzaam en omgeven door pijn. Ik mis hem vreselijk. Ik mis jullie vreselijk. Om mijzelf te troosten, loop ik soms langs jullie oude huis in Alsergrund en stel me voor dat jullie er nog wonen. Toevallig was ik er gisteren, de gevel verhief zich glad en gesloten en de buitendeur stond als een aangeleunde grafzerk in de hitte.

Over Bertl, Lotte en de kinderen kan ik jullie niet veel vertellen, we zien elkaar weinig. Kennelijk is er veel vraag naar karton in het Derde Rijk: Bertls fabriek floreert, naar ik heb begrepen.

Met ingang van 1 juli zijn alle ambtenaren die geen ariërverklaring kunnen of willen overleggen, ontslagen – dus ook de universiteitsdocenten. Eerst heb ik mijn beslissing over het ondertekenen van de verklaring uitgesteld en om eerlijk te zijn ben ik het daarna gewoon vergeten, dus mijn werk aan de academie zit erop. Dat zou voor mij rampzalig zijn geweest, ware het niet dat ik ongeveer tezelfdertijd een brief ontving uit mijn geboortestad Haarlem, waar een mij tot nog toe onbekend familielid kennelijk directeur is van het Frans Hals Museum. In zijn brief stelt Adema, zo heet de man, dat hij een achterneef is van mijn oma, dat hij mijn publicaties over de restauratieve behandeling van zeventiende-eeuwse werken heeft gelezen en dat hij verlegen zit om gespecialiseerde restauratoren voor particulier kunstbezit dat hij tentoon wil stellen. Om kort te gaan: deze Adema heeft mij een baan aangeboden.

Tot nu toe ben ik in mijn leven nooit ergens heen gegaan maar altijd ergens terechtgekomen, georkestreerd door anderen. Deze keer kies ik er bewust voor mijn vaderland te verlaten en terug te keren naar mijn moederland. Ik voel hoezeer dit besluit voor mij van betekenis is, het geeft mij iets van mijn innerlijk evenwicht terug.

Volgende week neem ik het restant van Edmonda's erfenis uit de kluis en ga ik langs Filze en Kniže om er Béla's mooiste geuren te kopen. In deze composities ligt zijn ziel besloten, die ik op deze manier in Nederland iedere dag zal kunnen ervaren.

Hoewel het me zwaar valt Wenen te verlaten, geeft het mij toch een goed gevoel dat ik me dichter naar jullie toe beweeg en wij slechts nog gescheiden zullen zijn door de Noordzee. Ik zal jullie mijn adres sturen, zodra bekend is waar ik ga wonen.

Lieve, dierbare vrienden, ik omhels jullie innig. Schrijf me alsjeblieft, het is een geweldige troost in deze dagen.

Manno

IV

1

'Betreft het nog steeds hetzelfde probleem?'

Dit laatste woord werd door Hartog Cohen nadrukkelijk en toch terloops uitgesproken, zoals apothekers lichamelijke ongemakken kunnen aankaarten zonder hun klanten in verlegenheid te brengen. Evengoed stond ik op die maandagochtend een beetje beschroomd voor de toonbank van zijn apotheek aan de Kruisstraat.

'Hetzelfde probleem en eh... dezelfde persoon,' zei ik en wierp een blik naar opzij, waar twee vrouwen van middelbare leeftijd belangstellend met onze conversatie meeluisterden.

'Henrik,' zei mijnheer Cohen tegen zijn medewerker, 'help jij de dames hier, dan neem ik mijnheer Loch even mee naar achteren.'

'Dus,' zei de apotheker nadat hij mij een stoel had aangeboden en zelf achter zijn eiken bureau had plaatsgenomen, 'de pepermunt heeft onvoldoende effect gehad?' Zijn grijze, schrandere oogjes, aan de buitenste zijden begrensd door afhangende oogleden, drukten een zekere weemoed uit, alsof hij de schepping bezag met een mengeling van scherpte en teleurstelling. Hij had dezelfde blik als zijn vader die, in olieverf vervat, de bezoekers van de apotheek inmiddels alleen nog vanaf de wand begroette. Sinds ik het portret van de oude Cohen zijn oorspronkelijke zeggingskracht had teruggegeven, omringde de apotheker mij bij ieder bezoek met extra zorg en aandacht.

Ik dacht na over de pepermunt en schudde het hoofd. 'Helaas. Geen enkel effect.'

'Dan zullen we zwaarder geschut moeten inzetten,' zei Cohen. 'Hoe zou u de mondgeur van de directeur omschrijven?'

Als een lucht uit de diepte van de hel, dacht ik. Een dode kat in stilstaand water.

'Enigszins bedorven,' antwoordde ik. 'Met een vleugje aceton en zwavel.'

'Is mijnheer de directeur misschien opvliegend? Versnelde ontbinding van de gal bezorgt heetgebakerde mensen een stinkende adem...'

Ik dacht aan het effen gezicht van Gerard Adema, directeur van het Frans Hals Museum waar ik als hoofdrestaurator in dienst was.

'Volstrekt niet,' zei ik. 'Om eerlijk te zijn heb ik hem nooit op een grote gemoedsbeweging kunnen betrappen.' Ik schraapte mijn keel. 'Ik eh... vrees bovendien dat het probleem een bredere context kent: ook Adema's armholtes zijn onwelriekend. Aan het einde van de dag ruikt zijn hele kantoor naar Zwitserse kaas.'

Cohen trok een peinzend gezicht. 'Gebrekkige hygiëne is lastig. Een mens ruikt zichzelf immers niet, omdat hij aan zijn eigen lichaamsgeur gewend is.'

Ik schudde het hoofd. 'Adema ruikt zichzelf niet omdat hij niet kan ruiken.'

'Aha! Van geboorte af aan?'

'Dat denk ik niet. De man is van oorsprong kunstschilder en heeft naar eigen zeggen gewerkt met oplosmiddelen die zijn reukvermogen hebben aangetast.'

Mijnheer Cohen liep naar een houten kast, opende de onderste lade en nam hieruit een metalen doosje, dat hij mij overhandigde. 'Kijkt u eens. Zelfgemaakte dragees met eucalyptus, mirre en wintergroenolie. Speciaal geprepareerd voor gevallen waarin pepermunt niet afdoende is.'

Hij maakte een afwerend gebaar naar mijn portemonnee. 'Dat is niet nodig, mijnheer Loch. Volgende keer hoor ik graag van u of de pastilles hebben gewerkt. Over bestrijding van de okselgeur moet ik intussen nog nadenken.'

Cohen bracht me naar de deur, waar hij mijn uitgestoken hand net iets langer drukte dan gebruikelijk was.

'Past u goed op zichzelf, mijnheer Loch,' zei hij zonder de geringste spot. 'De adem van de mens is dodelijk voor de mens.'

Ik had willen zeggen dat hij zich over mij geen zorgen hoefde maken; dat ik, sinds ik mijn beste vriend verloor, uitsluitend nog doorleef uit koppigheid. Of gewoonte.

Maar ik glimlachte en zei: 'Rousseau.'

Toen liep ik naar buiten, pakte mijn fiets, zwaaide een been over het zadel en reed in de richting van het Groot Heiligland.

Mijn terugkeer naar Nederland, een jaar geleden nu, was de spiegelbeeldige versie van de beweging die ik drieëntwintig jaar eerder als kind had gemaakt, toen ik al mijn zintuigen had aangewend om zo vlug mogelijk een echte Weense jongen te worden. Even snel en geruisloos ontdeed ik me in de zomer van 1938 van het Oostenrijkse bezinksel dat zich aan de buitenkant van mijn persoon had afgezet; binnen de kortste keren was, op aandringen van Adema, mijn papieren terugkeer naar het protestantisme een feit en met behulp van wat schoolboeken van zijn kinderen hervonden mijn pen en tong de spelregels van de Nederlandse taal.

Andermaal omarmde ik de Haarlemse kleinschaligheid, de overzichtelijke eenvoud en de rust. Hier loste mijn lange gestalte op in het straatbeeld en werd mijn terughoudendheid beschouwd als een deugd. Alleen het rechts rijdend verkeer, waaraan ik de laatste maanden in Wenen al had moeten wennen, vergde enige oplettendheid bij het oversteken en was mij in een moment van onachtzaamheid zelfs bijna fataal geworden – nota bene vlak bij de plek waar mijn moeder ooit was verongelukt.

Slechts twee zaken die onverbrekelijk waren verbonden met Wenen, miste ik hartstochtelijk: mijn werk aan de academie en de koffie – echte koffie, niet het Hollandse slootwater waardoorheen men de bodem van het kopje kon zien.

Na mijn bezoek aan de apotheek parkeerde ik mijn fiets even voor achten bij de dienstingang van het museum, een carrévormig gebouw met een besloten binnentuin waar rozen bloeiden in perkjes rond een gouden zonnewijzer.

Ik trof mijnheer Adema op de zwart-wit geblokte marmeren vloer van de ontvangsthal. De directeur had een opvallend lang gezicht en droeg onder de neus een grijze snorborstel die de afwezigheid van een behoorlijke bovenlip moest maskeren, en een sikje ter verhulling van zijn Habsburgse onderbeet. Anders dan Eigenberger koesterde Adema geen vaderlijke gevoelens voor mij; onze vermeende familieband, zo die al bestond, bleef onduidelijk, de goede man had zelf al vijf kinderen en hoewel hij altijd correct was, leek hij niet bijzonder op mij gesteld.

'Goedemorgen Hermann,' begroette Adema mij. 'Fijn dat je er bent. Het is zover. Afgelopen vrijdag ontving ik van het ministerie de Richtlijnen voor de Bescherming van het Nationale Kunstbezit. Zaterdag zijn de veertig houten kisten door de Phoenix-fabriek afgeleverd en de komende dagen zal de firma Verzijlenberg zorg dragen voor...'

'Een goedemorgen tezamen!' riep een jonge gemeenteambtenaar, die de ingang van het museum binnenstapte en ons allebei een pamflet in handen duwde. 'Oproep tot algehele mobilisatie! Vordering van paarden en motorvoertuigen!'

'Mijnheer, u bent abuis,' zei Adema. 'Dit is een museum.'

De man haalde zijn schouders op en tikte tegen zijn pet. 'Neutraal Nederland is waakzaam en paraat. Een prettige dag verder!'

Adema schoof de zwaar beglaasde bril naar zijn voorhoofd, bracht het pamflet tot vlak bij zijn ogen, keek om zich heen naar een mogelijkheid om zich van het papier te ontdoen en gaf het toen aan mij.

'Hermann, mag ik je voorgaan naar mijn kantoor? Johan Verzijlenberg is er al. Dan nemen we de procedure gezamenlijk in alle rust door.'

Juffrouw Van Hees, de assistent van Adema, sloot de ramen die uitkeken op de binnentuin, schonk koffie in, rangschikte vier stoelen om de vergadertafel en pakte haar schrijfblok.

'Beste mensen,' begon Adema en keek de tafel rond. 'Voor de zekerheid meld ik nog eens dat dit gesprek strikt vertrouwelijk is. Weldra zult u deelgenoot worden van staatsgeheime informatie.' Hij liet een doelbewuste stilte vallen. 'Alle Nederlandse museumdirecteuren is opgedragen onze nationale kunstschatten te behoeden voor beschadiging of vernietiging tijdens een eventuele oorlog. Daartoe moeten alle musea deze week hun stukken verpakken en veiligstellen.' Adema schraapte zijn keel. 'Voor de echte topstukken van ons land echter wordt het onvoldoende geacht ze in te pakken en op te bergen in de kelders van de musea. Wij hebben opdracht gekregen deze elders onder te brengen. Om ze te eh... verbergen. Ondergronds.'

Even was het stil.

'Ik weet niet zeker of ik u goed volg,' zei mijnheer Verzijlenberg. Hij was eigenaar van een groot verhuisbedrijf en onze vaste transporteur. 'Ik dacht dat mijn mensen alles alleen hoefden in te pakken. Begrijp ik nu goed dat wij deze week ook voor het museum moeten rijden?'

Adema dempte zijn stem. 'Aanstaande zaterdag 2 september om vijf uur 's ochtends laden wij met zijn drieën aan de achterzijde van het museum de stukken in, die zijn aangewezen om in een geheime rijksbergplaats te worden ondergebracht. Dit zijn de Halsen, de regentenstukken en de schuttersstukken. U rijdt zelf, Hermann gaat naast u zitten in de vrachtwagen, ik rijd mee met een van de politievoertuigen die het transport begeleiden.'

'En waar moet het heen?'

'Om het risico te spreiden zullen de stukken worden opgeborgen in afzonderlijke bergplaatsen in en om Haarlem,' zei Adema. 'Meer informatie mag ik u helaas pas op het allerlaatste moment verstrekken.'

'Dan hebben mijn jongens dus drie dagen de tijd om in te pakken,' telde Verzijlenberg op zijn vingers, 'want donderdag is het Koninginnedag, dan zijn ze vrij.'

'Zet u de komende dagen zoveel mensen in als nodig is om alles in te pakken,' zei Adema. 'Zaterdagochtend brengen wij gedrieën de stukken die voor redding zijn aangewezen naar hun schuilplaatsen. Vanaf acht uur arriveert uw personeel dan om de rest naar de kelders te dragen.'

'Zijn alle materialen aanwezig?'

Juffrouw Van Hees raadpleegde haar notities en somde op: 'Veertig geschaafde kisten bestreken met brandwerende verf, vloeipapier, pakpapier, watten, zeegras, glaswol, vertinde spijkers in vier maten, zakken van brandwerende stof... De tweehonderdvijftig meter molton van Vroom en Dreesmann verwacht ik vanmiddag, de houten cilinders morgenvroeg. En volgens afspraak zorgt u zelf voor dekens, singels en draagbanden.'

'Houten cilinders?' zei Verzijlenberg.

'Doeken die te groot zijn voor de ingang van een schuilplaats worden uitgelijst en om een cilinder gerold,' zei Adema. 'Maar maakt u zich geen zorgen, op dat gebied is Hermann hier de deskundige. Overigens dienen zijn aanwijzingen bij het inpakken van iéder museumstuk door uw mensen strikt te worden opgevolgd.'

Johan Verzijlenberg knikte en stond op. 'Mooi zo. Dan wordt het deze week inpakken en wegwezen.'

Terwijl Adema met hem naar de uitgang liep, keken juffrouw Van Hees en ik elkaar aan en opende zij snel weer de schuiframen van het kantoor dat, hoewel het nog vroeg was, al smedig begon te ruiken. Daarna pakte zij het gemeentelijke pamflet van de tafel. 'Algehele mobilisatie?'

'Naar het schijnt.'

'Maar de Haarlemse kazernes zijn toch veel te klein om zoveel militairen te huisvesten?'

'Daarvoor worden scholen gevorderd,' zei ik. 'Lees maar.'

Adema kwam zijn kamer weer binnen. 'Van Bommel en Van der Starre gaan gouden tijden tegemoet.'

'Dat bedrijf waar ze stromatrassen maken? Hoezo?'

'Omdat al die nieuwe militairen in Haarlem ergens op moeten slapen,' zei ik.

'Oorlog is een lucratieve onderneming,' zei Adema.

'Maar er is toch geen oorlog?' zei juffrouw Van Hees.

'Dat is een kwestie van tijd, juffrouw,' zei Adema. 'Zou u de ramen willen sluiten? Het is fris hier.'

Aan het einde van de middag opende ik de poort naast het hoge huis aan de Kokstraat en zette mijn fiets tegen de zijmuur. Vorig jaar om deze tijd, toen ik in Haarlem aankwam en een woning zocht, had ik mijn oog laten vallen op deze buurt die als een klein eiland werd omsloten door het water van het Spaarne, de Bakenessergracht en de Nieuwe Gracht. Mevrouw Kleij, een weduwe met een haarwrong die zelf de onderste verdiepingen bewoonde, bood de enorme zolder met volpension te huur aan.

Ik herinner me nog hoe ik tijdens de bezichtiging voor het dakraam stond en uitkeek over de smidse, de stallen en de pakhuizen van 't Krom, waarna mijn ogen langs de witte toren van de Bakenesserkerk omhoog gleden, de hemel in. Het raam aan de straatzijde zag weids uit over de oude schuilkerk waarin Jan Kraakman zijn kunstatelier had, helemaal tot het dak van de kazerne aan de Koudenhorn.

Ik liep achterom, waar ik in de tuin constateerde dat de slakken de radijzen en de andijvie nog steeds hadden gespaard. Zo'n halve meter onder de tomatenplanten lagen mijn Oostenrijkse paspoort en de inhoud van Edmonda's kistje begraven, verpakt in paraffinepapier en een glazen pot met schroefdeksel.

Ik ging het huis binnen en voelde hoe mijn neusgaten werden uitgebeten door de dampen van salmiak en terpentijn waarmee mevrouw Kleij het geringste vermoeden van wandluis bestreed.

'...absoluut een keurige man, ongetrouwd en veel te mager, maar keurig,' hoorde ik haar zeggen tegen iemand aan de voorkant van het huis. 'Als kind ontvoerd door de katholieken... Ja, vreselijk hè, daar komt zo'n jongen toch niet meer overheen' en half omgedraaid, nadat ik mijn binnenkomst met een kuchje had aangekondigd: 'Dag, mijnheer Loch! Zeg maar wanneer u wilt eten, ik heb een kom erwtensoep bij het avondbrood.'

Dit jaar was de verjaardag van koningin Wilhelmina een dag van eigenaardige pracht, zoals het Hollands klimaat er maar een handvol per jaar telt, met een blauw-wit gestipte hemel, zondoorstoofde bakstenen en schaduwrijke plekjes. Ofschoon de meeste mensen niet werkten en de scholen dicht waren, fietste ik die ochtend gewoon naar het museum, dat al sinds maandag gesloten was voor het publiek. Op de Grote Markt werden de kinderspelen voorbereid en liet de brandweerkapel het blikken geluid van vrolijke deuntjes schallen.

In zijn kamer vond ik Adema gebogen over de registerboeken waarin zou worden bijgehouden welk museumstuk zich waar zou bevinden, en in welke staat.

'Goedemorgen mijnheer Adema,' zei ik. 'Zou u het goed vinden als ik op deze prachtige dag een raam voor u openzet?'

'Zeker, Hermann,' zei Adema. Hij stond op en kwam naast me staan voor het open raam, waardoor ik met gesloten ogen de geur van de bloeiende damastrozen in de binnentuin opsnoof. Adema glimlachte, waarbij hij een lucht van ontbinding verspreidde en ik mijn hoofd moest afwenden.

'Destijds was het toch fijn om goed te kunnen ruiken. Aan de andere kant ben ik van mening dat geuren worden overschat; geurstoffen zijn het afval van de plantenstofwisseling. Verlies van reukvermogen is jammer, maar niet rampzalig.'

Ik nam het metalen doosje van Hartog Cohen uit mijn zak, opende het en presenteerde Adema de bonbons. 'Voor een uitmuntende gezondheid,' zei ik snel, omdat ik zag dat hij aarzelde. 'Door de apotheker met de hand gemaakt.'

Adema pakte een pastille en stopte hem in zijn mond. Hij zoog erop, beet hem toen door en slikte hem in. 'Gelukkig worden bijtende stoffen niet door de reukzin waargenomen, maar met de pijnreceptoren,' zei de man in alle ernst. 'Mocht ik ooit buiten bewustzijn raken, dan kun je me bijbrengen met vlugzout.'

Mijnheer Cohen had vakwerk geleverd: het scherpfrisse, bijna medicinale aroma van de sterke kruidentablet overstemde Adema's putlucht tot zeker halverwege de ochtend. Zij aan zij inspecteerden en noteerden wij de kwalitatieve staat van nog niet verpakte kunstwerken en prepareerden de inpakmaterialen voor de volgende dag.

Tegen halfelf pauzeerden we met een kopje thee in zijn kantoor.

Boven de schouw hing een grote spiegel die het daglicht weerkaatste en het vertrek nog hoger en ruimer deed lijken. Aan de wand hingen, behalve stillevens van de hand van Adema zelf, een manshoog portret van een jonge man met donker haar en een baard. De heer op het schilderij, dat gesigneerd was met *C. de Nerée tot B. 1900*, droeg een elegante slipjas met bloemcorsage en had een dromerige expressie op het gezicht.

'Wie is die man op het schilderij?' vroeg ik en ik knikte ernaar.

'Dat ben ik,' antwoordde hij.

Ik staarde naar het vaalgrijze gezicht met de onopvallende neus en de slappe huid onder de kin tegenover mij, een gezicht dat ook nu niet de geringste expressie verried.

'En eh... de portretteur,' zei ik. 'Wie is hij, als ik vragen mag?'

Even, heel even maar, leek het of de kleine, bijziende ogen van

Adema oplichtten achter de glazen.

'Hij was mijn vriend,' zei hij. Hierna herviel zijn blik in de neutrale oogopslag. 'Zo, Hermann, dat was het voor vandaag. Meer kunnen we nu niet doen. Ga jij maar naar huis, ik sluit wel af.'

Die middag maakte ik een fietstocht en als altijd nam ik Béla op mijn ritje mee. 'De Hollanders wonen in Gods eigen schildersatelier,' verzuchtte hij terwijl we over de Spaarndammerweg fietsten.

Ik glimlachte. 'Al die meren, kanalen en rivieren geven ons een dubbele lichtbron; het reflecterende water maakt dat wij dezelfde hoeveelheid licht tweemaal kunnen gebruiken!'

Kennelijk verwachtten de boeren meer droge dagen, want zij hadden het gras gemaaid en spreidden dat met hun vork uit over het land.

'Wat ruikt het lekker, hè?' riep ik naar hem in de wind. 'Gemaaid gras geurt zo lekker omdat het kapot is gemaakt,' antwoordde hij. 'Ongeschonden gras geurt niet. Dat geldt overigens niet voor mensen: gekwetste mensen stinken.'

Daarna bleef het stil, maar ik wist dat ook Béla met volle teugen genoot van de molens op de Lagedijk en het Veer, de wilgen met hun grijsgroene blad en de sigarenpluimen langs het zilveren water. Een zachte oostenwind stuwde ons over het Bolwerk voort naar het westen van de stad, waar ik hem het Kenaupark wees en de plaats van de oude katoenververij aan de Garenkokerskade, waar nu huizen stonden en zelfs een kerk. We fietsten over de Leidsevaart, langs de bloembollenbeurs, de melkfabriek en de dikbuikige Sint Bavo, die in mijn jeugd voortdurend in aanbouw was geweest. Met Béla verwonderde ik me over het uitdijen van de stad, in alle richtingen en in zichzelf.

'De wijken zijn zo dicht naar elkaar toe gekropen,' zei ik hem in gedachten. 'Goddank voor het water, dat de buurten uit elkaar houdt en de stroken lucht erboven open.'

Op die tweede september, de dag van de vlucht van de kunst, fietste ik in de violetkleurige ochtendschemering naar het museum. Op de gracht klopte de bakkersjongen het meel van zijn broek, groette mij vriendelijk en sprong met een katachtige beweging op zijn fiets. De avond ervoor had ik mevrouw Kleij mijn Nederlandse paspoort overhandigd en haar gevraagd namens mij een stamkaart af te halen bij het distributiekantoor aan de Gedempte Oude Gracht.

'Natuurlijk doe ik dat,' had ze geantwoord. 'Volgende maand gaat de suiker op de bon en de Heer weet hoe hard u die nodig hebt. U werkt veel te hard, mijnheer Loch. En daar blijf ik bij.'

Ik zette mijn fiets naast de ingang van het museum, opende de deur met mijn sleutel en liep dwars over de binnenplaats naar de achterzijde van het museum aan het Klein Heiligland, waar de oude meesters klaarstonden voor vertrek.

Toen ik de achterdeur van het museum opende, trof ik Adema op straat in gesprek met twee motoragenten. In de ene hand hield hij zijn zakhorloge, de andere hield hij op de rug.

'Hermann, precies op tijd,' begroette hij mij met een blik op de klok. 'En daar komen Verzijlenberg en de politiewagen ook aan. Gelukkig is het droog.'

Met hulp van de agenten laadden we de kisten in de kleine vrachtwagen, zeventien stuks in totaal, rechtop gehouden door een speciaal hiervoor vervaardigd ijzeren rek.

'Waar gaat het heen?' vroeg mijnheer Verzijlenberg aan Adema.

'Naar de aula van de Noorderbegraafplaats aan de Vergierdeweg.'

'Een kerkhof?' zei Verzijlenberg.

Adema knikte. 'Ondergronds, instortingsvrij en niemand verwacht het.'

Ofschoon september nog maar net was begonnen, harkte een medewerker van de begraafplaats de eerste gele bladeren op het gazon al bijeen. Een jaar geleden had ik hier naar de graven van mijn moeder en mijn grootouders gezocht, maar binnen een tijdsbestek van twee decennia bleken zij gestorven, begraven en geruimd, verdwenen tussen de plooien van de geschiedenis.

Schuin naar beneden reed de vrachtwagen een ondergronds vertrek binnen, waar leden van de Vrijwillige Burgerwacht klaarstonden om vijf van de kisten uit te laden.

Terwijl Adema en ik naast elkaar stonden en bezorgd naar de hygrometer keken, voelde ik me genoodzaakt hem een van Cohens pastilles aan te bieden. Hij stak hem in zijn mond, bewoog het snoepje naar zijn wang en zei zonder slissen: 'Het lijkt heel wat, Hermann, maar ik prijs me gelukkig dat ik Henk Baard niet ben.'

'Mijnheer Baard van het Rijksmuseum? Waarom?'

Hij bewoog de bonbon naar zijn andere wang, vouwde beide handen op de rug en keek me uitdrukkingsloos aan. 'Die is op dit moment bezig De Nachtwacht door de deur van kasteel Radboud in Medemblik te krijgen.'

Samen met de politiemensen liep Verzijlenberg op ons toe.

'Zo mijnheer Adema, de Burgerwacht heeft de instructies ontvangen voor de bewaking. Vertelt u maar, waar moet de rest naartoe?'

'Drie stuks naar de kelder van het Provinciaal Ziekenhuis Santpoort, vier naar het Gemeentearchief, twee naar de nieuwe Sint Bavo en de regentenstukken graag naar de kluis van de Oyens Bank aan de Houtstraat,' zei Adema en omdat allen hem ongelovig aankeken: 'Heren, mij is de taak toevertrouwd de nationale kunstschatten uit ons museum veilig onder te brengen tot de bunker bij Zandvoort gereed is. We hebben geen tijd te verliezen.'

2

Op woensdagmiddag 15 mei 1940 keek ik op van mijn ezel in het museumatelier, waar ik werkte aan het *Portretje van een schilderes* van Gabriël Metsu. Adema liet mij het schilderij restaureren voor een van zijn vrienden uit herensociëteit Trou moet Blycken en hoopte het in ruil daarvoor ooit tentoon te mogen stellen. Nu trokken buiten donderwolken over en belette het gebrek aan daglicht mij de knoopjes op het lijfje van de geportretteerde vrouw nog goed te onderscheiden.

Vijf dagen was Nederland nu in oorlog met Duitsland en hoewel in Haarlem meteen veertig NSB'ers waren opgepakt en de scholen en postkantoren dicht bleven, hadden Adema en ik besloten om, net als veel anderen, gewoon door te werken en de loop van de gebeurtenissen af te wachten.

Enkele dagen geleden was ik begonnen met het reinigen van de Metsu, want ook de restauratiekunst ontkwam niet aan de schoonmaakwoede van de Hollanders – die mij om eerlijk te zijn wel beviel.

'Hermann, alles begint met een grondige reiniging van het werk en het elimineren van de oude vernislaag,' had Adema mij van meet af gemaand. 'Het patina moet eraf! Wij stellen kunst tentoon, geen ingelijste heimwee.'

Buiten was de lucht inmiddels gitzwart en toen ik op mijn

horloge keek, zag ik dat het halfdrie was. Ik trok het schort uit, reinigde de penselen, waste mijn handen en liep naar beneden.

'Het is voorbij,' zei Adema toen ik zijn kamer binnenkwam. Er stond een radiotoestel op zijn bureau, dat hij uitzette.

'Zoals verwacht heeft Nederland de capitulatie moeten tekenen. De Duitse bezetting is een feit.'

Aan de andere kant van de ramen bogen de rozenstruiken krom onder het geweld van een stortbui.

'Dat spijt me,' zei ik. 'Helaas ben ik ermee bekend – met een Duitse bezetting bedoel ik, niet met een vaderland dat zich daartegen verdedigt.'

Adema stond op en ik reikte vast in mijn binnenzak naar het doosje mondpastilles, maar de directeur liep naar de archiefkast om iets op te zoeken. Daarna draaide hij zich om.

'Eén ding moet je niet vergeten, Hermann. Oorlog is enkel politiek. En de politiek is niet de hoeder van de cultuur; kúnst is de hoeder van de cultuur. Daarom hebben we haar veilig opgeborgen. En daarom zullen wij haar blijven restaureren...'

Ik zweeg en dacht aan de boekverbranding voor de deur van de Wiener Stadtbibliothek.

'Blijven restaureren...' herhaalde Adema, 'onafhankelijk van de politieke machthebbers. Begrijp je wel?'

'Wat? Nou en of,' zei ik maar. 'Enfin, zoals u zich misschien herinnert zou ik vandaag wat eerder naar huis gaan om mevrouw Kleij te helpen met het verduisteren van de ramen in het trappenhuis.' Ik haalde mijn schouders op. 'Dat zal van de nieuwe politieke machthebbers ook wel moeten.'

Die avond vroeg ik me af waarom de Duitse legervoertuigen op de Grote Markt me die middag aanvankelijk niet waren opgevallen, net zomin als de nazivlag op het gemeentehuis of de gestrekte-armgroet van de militairen. Waren het de Duits gesproken woorden die mijn oren op een dwaalspoor brachten, terug in de tijd?

Of herkenden mijn ogen de uniformen met swastika-band om de mouwen, de wapengordels en glimmend leren laarzen eenvoudigweg niet meer als dissonanten?

Ter hoogte van de Riviervismarkt begon me iets te dagen en bleef ik staan. Langzaam draaide ik me om en keek nog eens goed naar de scène die zich vóór mij ontrolde, alsof het leven me een déjà vu presenteerde. Pas toen een begrafenisstoet passeerde – het zwarte paard voor de koets met brandende lantaarns, de rouwenden in stille colonne erachter – keerde ik terug naar het hier en nu en week met de andere omstanders achteruit. Ik nam mijn hoed af en boog het hoofd.

Net als in Wenen destijds voelden de Duitsers zich in Haarlem thuis als ratten in een kathedraal. Zodra zijn troepen de Amsterdamse Poort waren gepasseerd, vestigde majoor Freude de Ortskommandatur in restaurant Brinkmann en Hotel Den Hout, terwijl de staf van de SS en de SD het zich gemakkelijk maakte in de villa's rond het Kenaupark.

Dit alles vernam ik overigens niet uit de krant, maar van mevrouw Kleij, die om een of andere reden van elk nieuwtje eerder op de hoogte was dan de *Oprechte Haarlemsche Courant*.

'De Duitsers gaan de dienstfietsen van onze politieagenten vorderen,' meldde ze mij daags voordat dit publiekelijk bekend werd en 'De bakker aan de Korte Kleverlaan bakt vanaf volgende week vierkante broden met hakenkruizen erop.'

Maar wat zelfs mevrouw Kleij niet had kunnen voorspellen, staarde mij op woensdagochtend 29 mei vanaf de voorpagina van de krant in het gezicht.

'Wat is er, mijnheer Loch?' vroeg de hospita, toen ze mij de ochtendboterham bracht. 'Leest u een naar bericht?'

Ik draaide de krant een slag naar haar toe en liet haar de foto zien van het uit steen gehouwen gezicht van de SS-Obergruppenführer.

'ARTHUR SEYSS-INQUART BENOEMD TOT RIJKSCOMMISSARIS VAN NEDERLAND,' las ze hardop. 'Kent u die man?'

Ik knikte. 'Vlak voor ik Wenen verliet, was Seyss-Inquart nog bondskanselier van Oostenrijk en nu ik in Nederland ben, duikt hij ineens hier op. Mocht ik ooit halsoverkop per schip naar Amerika vertrekken, dan zou het me niet verbazen als de man naast me aan dek verschijnt.'

'Dat is goed om te weten,' zei mevrouw Kleij. 'Voor als wij hem zat zijn.'

Vijf dagen later, op maandag 3 juni – de dag waarop, zoals ruim tevoren aangekondigd door mevrouw Kleij, het brood werd gerantsoeneerd naar tweeënhalf per persoon per week – zocht een waterig zonnetje zijn weg tussen de sluierwolken. Hoewel het nog vroeg was, fietste ik al door de Ridderstraat om mijnheer Cohen nog voor het werk te vragen of hij misschien nog een voorraadje had van zijn magische ademverfrissers.

'Mijnheer Loch!' begroette de apotheker mij. 'Wat fijn dat u er bent. Ik heb iets voor u', en tegen zijn assistent: 'Henrik, help jij even aan de toonbank? Ik moet kort naar de spreekkamer.'

Cohen ging achter zijn bureau zitten, opende een lade en nam er een klein, vierkant doosje uit.

'Het allernieuwste,' zei hij niet zonder trots. 'Aluin met aluminiumchloride. Ontwikkeld door de Amerikaanse fabrikant Procter and Gamble. In Europa nog nauwelijks te krijgen, zeker nu, maar ik heb zo mijn connecties.'

'Aluminiumchloride?' zei ik een beetje geschrokken. 'De man moet van zijn transpiratiegeur af – niet dood.'

De apotheker lachte en overhandigde mij het kartonnen doosje. 'Gelooft u mij, mijnheer Loch, aan de minieme hoeveelheid aluminiumchloride in deze okselverfrisser sterft geen mens. In Amerika is het spul niet aan te slepen.'

'Ik kwam eigenlijk voor een nieuw doosje ademverfrissers,' zei ik. 'Ze zijn uitstekend.'

'Wat fijn dat ze hun werk doen. Ik hoop dat ik er nog heb, anders zal ik ze moeten bijmaken...' Mijnheer Cohen pakte een bijna leeg papieren zakje uit de kast. 'Dit is wat ik u vandaag kan meegeven, de rest is aan het einde van de week klaar.'

'Fijn,' zei ik. 'De assistente van de directeur, juffrouw Van Hees, rekent ook op u.'

Net als anders liep Cohen mee naar de winkeldeur en dit keer was ik degene die aarzelend bleef staan op de drempel.

'Mijnheer Cohen,' stamelde ik, 'wat ik u wilde zeggen... Zoals u weet woonde ik twee jaar geleden nog in Oostenrijk, waar Arthur Seyss-Inquart rijksstadhouder was...' Ik bewoog mijn voet over de plek waar de houten dorpel iets was uitgesleten. '...en Joden groot gevaar liepen.' Ik hief het hoofd en keek Cohen dringend aan. 'In Wenen lopen de ontwikkelingen twee jaar op ons voor.'

De apotheker leek enigszins aangedaan.

'Dank u wel, mijnheer Loch,' zei hij zacht. 'Ik weet dat het een kwestie is van tijd en ik verzeker u dat ik op het ergste ben voorbereid.'

Gedurende het eerste oorlogsjaar hielden de Duitsers zich tamelijk koest en betroffen de belangrijkste nieuwtjes de opening van een nieuwe gaarkeuken in het slachthuis aan de Oorkondelaan, het oprollen van een bende smokkelaars van Willem II-sigaren of de verhoging van de melkprijs naar 22 cent per liter. Maar aan het einde van februari 1941 toonden de nazi's dan toch hun ware gezicht, met de eerste gruwelijke klopjacht op Joden en de represailles tegen de algemene staking die hierna uitbrak.

Op 10 maart werd de burgemeester van Haarlem zonder pardon afgezet en vervangen door een NSB'er, een aangelegenheid die ik ruim voor de benoemingsdatum vernam uit de mond van mevrouw Kleij.

'We krijgen een nieuwe burgemeester,' zei ze op een van de eerste dagen van maart, terwijl ze het avondeten opschepte en mij het enige stukje vlees gaf. 'Neemt u mij niet kwalijk, ik heb onze vleesbonnen aan Berti Verschoor gegeven, die heeft vijf kinders. Maar goed, de nieuwe burgemeester heet dus Plekker. Simon Lambertus Antonius.'

Mevrouw Kleij pauzeerde en keek me verwachtingsvol aan.

'Ik ken hem niet,' zei ik, want ik vermoedde dat het weer om een Oostenrijker ging.

'Simon Lambertus Antonius,' herhaalde ze. 'Voorletters S.L.A.' Ze zette het bord neer en reikte mij met een ondeugende blik het servet aan. 'Op het gemeentehuis hebben ze het al over burgemeester Slaaplekker.'

Helaas was Plekker niet zo sloom als zijn bijnaam deed vermoeden. Daags na zijn aantreden liet hij op de Grote Markt luidsprekers aanbrengen waaruit tijdens kantooruren allerlei propaganda werd gekrijst, de dag daarop liet hij alle Joodse bedrijven onder Arisch bewind stellen en binnen de kortste keren was Haarlem de eerste Nederlandse gemeente waar Joden niet meer in openbare gelegenheden mochten komen.

Intussen waren de rijksschuilkelders voor de kunst gereedgekomen, een project dat op last van de Duitsers was voortgezet, en nam de voorbereiding van het transport van onze topstukken naar de Zandvoortse bunker mij volledig in beslag. Uit de verschillende kluizen, archieven en kelders werden de schilderijen door Verzijlenberg onder politiebewaking opgehaald en naar het museum teruggebracht. Met angst en beven pakten we de werken uit, noteerden nauwkeurig nieuwe door vocht en temperatuurschommelingen veroorzaakte blazen, bladders en craquelé, constateerden opgelucht dat de schade meeviel en pakten alles opnieuw in voor de tocht naar het definitieve toevluchtsoord. Zo kwam het dat de elf kostbaarste stukken uit het Frans Hals Museum op 31 maart onder zware politiebewaking arriveerden in de Zandvoortse Waterleidingduinen.

'Waar ligt de bunker ongeveer?' vroeg ik Adema.

Mijn samengeknepen ogen gleden over het duinlandschap, maar behalve de barakken voor de bewakers viel me niets bijzonders op.

'Het is bijna niet te zien, maar hij ligt ter hoogte van die schoorsteen,' wees hij mij.

Iemand zonder uniform kwam naar ons toe.

'Heren, volgt u mij? Op dit moment brengt Leiden de laatste stukken naar binnen, volgens schema bent u daarna aan de beurt en na de lunch om halftwee arriveert het Haags Gemeentemuseum. Om tien voor drie sluit Museum Boijmans de rij en dan zijn we allemaal weer op tijd thuis voor het avondeten.'

'Het is maar te hopen dat onze gebalsemde voorvaderen dit gebrek aan piëteit niet euvel duiden,' zei ik, terwijl de mummies uit het Rijksmuseum van Oudheden tussen het opstuivende zand hun nieuwe grafkelder in werden gedragen.

Een halfuur later stonden Adema en ik sprakeloos in de historische schatkamer van Nederland, waar een ingenieus systeem het binnenklimaat beheerste en een zandlaag van tien meter de verzameling onbetaalbare kostbaarheden tegen vernietiging moest beschermen. Marechaussees droegen de kisten naar binnen, pakten ze volgens onze aanwijzingen uit en hingen de schilderijen op aan stalen rekken. Ontroerd sloeg ik enkele van de rekken om, als waren het bladzijden van een heilig boek.

Plots klonken er stemmen bij de ingang en ging de sluisdeur open.

Een groep zwaar gedecoreerde Duitse hoogwaardigheidsbekleders kwam de bunker binnen, die alle aanwezige geüniformeerden stram in de houding deed springen.

'Achtung! SS-General Rauter! Generaloberst Christiansen! Reichskommissar SS-Oberguppenführer Seyss-Inquart!'

In gedachten hoorde ik Béla schaterlachen om dit absurde toeval, maar ik hield mijn gezicht in de plooi. Er werden handen geschud, uit het niets verschenen oesters en champagne en ik zag Adema de ogen sluiten toen Rauter zijn glas vlak langs het Feestmaal van de Sint-Jorisschutterij bewoog.

'Heil Hitler,' richtte Seyss-Inquart zich ineens rechtstreeks tot mij in het Duits. 'Mag ik u iets vragen? Er is iets wat mij bijzonder interesseert.'

Kort bevocht ik de bizarre overtuiging dat de man mij herkende, maar ik zette mijn kunstkennersgezicht op en zei in afgemeten Duits: 'Wat wilt u weten, mijnheer Seyss-Inquart.'

'Ik begrijp dat deze bunker tweeduizend vierkante meter groot is en vraag mij af: hoeveel ton staal is in totaal in het gewapend beton verwerkt?'

In verwarring staarde ik naar de nazi, die een halve meter afstond van de allermooiste Vermeer.

Seyss-Inquart glimlachte en zei: 'Ik begrijp het, Duits is ook een moeilijke taal.'

'Hermann!' Mijnheer Adema, ten prooi gevallen aan de Generaloberst, glimlachte nerveus. 'Help even, wil je. Mijnheer Christoffel hier probeert mij iets duidelijk te maken.'

'Wat had u willen zeggen?' vroeg ik Christiansen.

'Ik zei tegen uw directeur dat ik de betekenis van Frans Hals zie in het grote verband van de Germaanse culturele invloedssfeer,' zei hij met een zware Noord-Duitse tongval. 'Daarom beschouw ik hem als een van Duitslands grootste schilders.'

'Naar zijn overtuiging is Frans Hals van grote betekenis geweest voor de ontwikkeling van de schilderkunst in Duitsland,' vertaalde ik. 'Hij acht hem een van de allerbeste schilders ooit.'

Adema knikte naar de nazi en zei: *Ich auch.*

De herfst van 1941 was er een van buien en stevige rukwinden, de wind ploegde de lucht en nam alles mee wat niet behoorlijk vastzat. Steeds vaker bleven de ramen gesloten in Adema's kantoor, dat aan het eind van zulke dagen rook naar de afvalstoffen van de beschaving.

Nadat ik het blokje aluin vijf maanden eerder midden op zijn bureau had gelegd, in geschenkverpakking met de tekst 'Voor Heren – Ter Verfrissing', bleef het er wekenlang onaangeroerd liggen, tot het op een dag was verdwenen en juffrouw Van Hees en ik hoopvolle blikken wisselden. Maar er veranderde niets en op een slechte dag in november waagde ik het hem ernaar te vragen.

'Mijnheer Adema, hebt u het blokje aluin misschien gevonden, dat ik voor de zomer voor u op het bureau had achtergelaten?'

'Hm?' zei Adema verstrooid en zonder opkijken. 'Och ja, ik moet je namens Marga zeer hartelijk danken, zij heeft het gebruikt om de hortensia's blauw te kleuren.'

Ineens drong tot me door hoelang ik Hartog Cohen eigenlijk al niet had gezien en tijdens de middagpauze sprong ik op de fiets om hem te laten delen in het jammerlijk mislukken van Operatie Adema en nieuwe plannetjes te smeden.

'Goedemorgen,' groette ik Henrik, die achter de balie stond. 'Is mijnheer Cohen aanwezig?'

'Nee,' zei Henrik. 'De apotheek is nu van mij.'

Ik staarde hem aan. 'Heeft... heeft Hartog Cohen de zaak aan u verkocht?'

'Natuurlijk niet,' zei Henrik. 'De apotheek is geariseerd.' Hij glimlachte. 'Aan mij.'

Langzaam voelde ik hoe onheil bezit nam van mijn maag.

'Cohen is v.o.w.,' zei Henrik.

'Wat?'

'Vertrokken Onbekend Waarheen.' Hij haalde zijn schouders op. 'Dat is wat ze doen hè, Joden. Ze duiken overal op en verdwijnen weer net zo makkelijk.'

Zonder iets te zeggen draaide ik me om en liep naar buiten. Het trottoir glansde nat en in de plassen op straat trilden de gebroken spiegelbeelden van de voorbijgangers.

'Mijnheer toch,' zei mevrouw Kleij verheugd, bezeten van het vooruitzicht mij ooit op gewicht te brengen. 'Ik heb u nog nooit met zo'n vaart de middagmaaltijd zien opeten!'

De hospita had gelijk, want op weg van de apotheek naar huis had een gedachte postgevat die maakte dat ik zo snel mogelijk terug wilde naar het museum. Ik bedankte haar voor de maaltijd, pakte mijn tas en fietste naar het Groot Heiligland.

Bij het binnengaan van Adema's kantoor werd ik getroffen door de opmars van de stinkende dood. Een beetje geschrokken bekeek ik de directeur van top tot teen, maar de man zag er niet uit of hij iets mankeerde.

'Ja, Hermann?' vroeg Adema, want ik stond er al een tijdje.

'Mijnheer Adema,' begon ik, 'heb ik voor het uitoefenen van mijn functie van restaurator vorig jaar een ariërverklaring ondertekend?'

Adema stond op van zijn stoel, liep naar de archiefkast, wandelde met zijn vingers over de dossiermappen en trok er een papier uit.

'Jazeker,' zei hij en hield het vel voor mijn neus. 'Hier is hij. Datum 5 oktober 1940.'

'Maar dat is mijn handtekening niet,' zei ik.

'Natuurlijk niet,' zei Adema. 'Dat is mijn handtekening. We werken hier al hard genoeg om alles draaiend te houden, dus ik heb deze formaliteit namens ons allen in twee minuten afgehandeld.' Hij keek mij onderzoekend aan. 'Scheelt er iets, Hermann?'

'Het zou fijn zijn als u even een raam wilt openen,' mompelde ik en liet me op een stoel zakken.

Adema schoof de twee ramen in het kantoor helemaal omhoog en ik voelde de koele, zuurstofrijke lucht binnenstromen, voorzien van een vleugje hars uit de naastgelegen houtfabriek.

'Mijnheer Cohen is weg uit de Kruisstraat,' zei ik. 'De Duitsers hebben hem van zijn bedrijf beroofd. De apotheek die zijn vader nog heeft opgebouwd.'

Gelukkig nam Adema niet direct naast, maar tegenover mij plaats. 'Kijk, Hermann, hoewel dat natuurlijk een onterechte maatregel is en bovendien niet erg chic, moet je niet vergeten dat de Joden dit alles ook wel een beetje aan zichzelf te danken hebben.'

'Hoe eh... bedoelt u?' Ik voelde dat ik een nieuw vertrek betrad in zijn persoonlijkheid en vreesde wat ik er zou aantreffen.

'Nu ja, ik wil niet beweren dat men alle leden van een groep over één kam moet scheren, maar Joden hebben nu eenmaal een zekere volksaard. Hartog Cohen bijvoorbeeld heeft in vijf jaar tijd twee filialen geopend. Dat moet je niet doen, zeker niet als Jood, dat is een regelrechte provocatie, dan wéét je dat je mensen tegen de haren instrijkt.'

Hij trok zijn lege koffiekopje naar zich toe en schonk zichzelf in.

'En Hermann, wat die ariërverklaringen betreft nog het volgende. Of wij nu willen of niet, de Duitsers zijn er nu eenmaal en op dit moment valt niet te zeggen of ze ooit nog weggaan. Om de kunst te beschermen moeten wij met hen samenwerken.'

'Ze gebruiken die kunst voor hun propaganda,' zei ik.

'Natuurlijk,' zei Adema. 'Maar ik schuif de Bijbel ook niet terzijde omdat er mensen bestaan die er misbruik van maken. Ik zorg voor de hond, wie zijn baas ook is. Machthebbers en hun ideologieën wisselen met de tijd, maar de schoonheid van Hals is tijdloos.'

Haarlem, 29 december 1942

Lieve Max en Franzi!

Jullie laatste brief bereikte mij zes weken na de dagtekening, de envelop was geopend en hier en daar waren stukken tekst onleesbaar gemaakt. We zullen onze briefwisseling vanaf nu moeten beperken tot wat ik maar zal noemen 'geschikte' thema's.

Het is een opluchting te horen dat het jullie goed gaat, hoewel ik lees dat ook in Engeland aan alles tekort is en Londen niet ontkomt aan de bommen. Zo te horen mikken onze oosterburen zorgvuldiger dan jullie landgenoten, want de Royal Air Force richt hier regelmatig catastrofes aan, zonder het eigenlijke doelwit überhaupt te raken!

Wat verschrikkelijk dat jullie beiden almaar geen contact kunnen krijgen met de familie, ik kan me voorstellen dat jullie doodongerust zijn en hoop vurig dat er binnenkort een bericht komt. Overigens voltrekt alles zich hier in Haarlem inmiddels volgens hetzelfde patroon als in Wenen destijds. Alleen al in mijn omgeving mis ik een apotheker, een kapper en het gezin van de juwelier.

Vorig jaar hebben slakken de groentetuin achter het huis volledig kaalgevreten; de schurken gebruikten de bedspiralen waartegen de bonen groeiden als speelplaats! Gelukkig heb ik de huisbazin ervan kunnen overtuigen iets te verbouwen wat aantrekkelijker is voor mensen dan voor slakken: tabak. De sigaretten op de bon – merknaam Bijsi (Bijna sigaretten), ik maak geen grapje – hebben een vulling van twijfelachtige herkomst en het verbouwen van tabak door burgers is toegestaan. Béla's zaden komen dus goed van pas.

Béla... Ik weet dat hij dood is, maar toch is hij nooit ver weg (wees niet bang, ik ben niet krankzinnig, ofschoon de waanzin een land is waar iedereen binnen mag). Hij vergezelt me op tochten in en rond Haarlem, naar de Flohilfabriek waar het ruikt naar bouillonblokjes, naar de cacaobranderij van Droste en naar de paden in de duinen, waarlangs 's zomers wilde reseda bloeit. Helaas is mijn fiets kortgeleden in beslag genomen, dus vanaf nu zullen we moeten lopen.

Om antwoord te geven op jullie vraag: ik teken en schilder nog maar weinig, mijn penseel is stilgevallen vanaf het moment dat mijn trein uit Wenen wegreed. Ik keek uit het raam en wierp een laatste blik op de stad en op het deel van mijzelf dat ik er achterliet, het stuk dat sindsdien altijd en overal aan mij ontbreekt. Het enige moment waarop ik mijn penseel nog vasthoud, is als ik restaureer. In het museum bestaan mijn werkzaamheden nu uit het herstel van schilderijen die schade opliepen tijdens opslag en transport en het voorbereiden van tentoonstellingen. Want nu de museumcollectie niet meer aan de wanden hangt, exposeert de directeur er werk van Haarlemse kunstenaars die lid zijn van de Kultuurkamer (een culturele instelling die loyaliteit aan het naziregime verlangt) – waaronder schilderijen van zichzelf. Zoals ik jullie al eerder schreef: er zit een luchtje aan die man, ook al is aan hem niets af te lezen; zijn gezicht is de weerspiegeling van talloze gezichten.

Vandaag heeft diezelfde Adema mij overigens verlof gegeven, want afgelopen nacht heb ik wachtgelopen. In de door hen zelf opgelegde totale duisternis verdwijnen Duitse militairen 's nachts vaak 'wegens onbekende redenen' in de Haarlemse grachten en kanalen. Daarom hebben de nazi's tweehonderd willekeurige mannen aangewezen om bij toerbeurt gedwongen wacht te lopen – en daar ben ik er een van. In een uitgestorven stad liep ik vannacht langs het Spaarne, af en toe piepte de wassende maan door het wolkendek en raakte de rivier met haar stralen, zonder hem in beroering te brengen. Voor het eerst sinds jaren kreeg ik een zeldzaam gevoel, een gewaarwording die ik wel had als we allemaal samen waren en uitkeken over het meer van Altaussee: het gevoel onbegrensd te zijn verbonden met alle dingen.

Lieve vrienden, ik omhels jullie van harte,
Blijf sterk en gezond,
jullie Manno

PS.1: Ik merk hoe fijn ik het vind om te schrijven in de taal waarin ik mijn dierbaarste herinneringen heb beleefd.
PS.2: Max, ik denk vaak aan die heilige ordening van jou en twijfel inmiddels aan zijn bestaan. De schepping is geen kosmos, maar chaos: aan ons bestaan liggen geen vaste structuren of wiskundige patronen ten grondslag en het leven leidt niet tot voorspelbare uitkomsten – daarvoor is de mens te opportunistisch en te immoreel...

3

Tijdens een nacht in maart 1943 werd ik wakker. Zojuist fietsten we nog allemaal samen over de Duinlustweg, het was een prachtige julidag, de zuidwestenwind droeg de geur van zeewier en boven het Brouwerskolkje dansten waterjuffers. Alsof we in een oud schilderij reden, waar de werkelijke kleuren alleen nog bestaan in hoekjes waar de zon niet bij kan, stopte Max af en toe om een steen op te tillen en de donkere aarde eronder te bestuderen.

'In Haarlem is alles zo schoon dat zelfs het licht blinkt!' riep Lotte. Ze droeg een jurk tot boven de knie en op haar bovenlip groeide een lichtblond donsje.

Bertl maakte extra vaart en kwam naast Béla en mij fietsen.

'Zeg Béla,' riep hij boven de wind uit, 'heb je het Manno al verteld?'

'Wat bedoel je?' zei Béla. 'Wat verteld?'

'Nou, je weet wel: van jou en mij! Van óns!'

En tegen mij: 'Ja, Manno, dat wist je niet hè? Béla en ik hebben het fantastisch samen. Hij kan niet van me afblijven! Ik vind het heerlijk, al is zijn vurige begeerte soms wat dwingend...' Hij barstte uit in een bulderende lach, die overging in een oncontroleerbaar gegiechel tot hij bijna van zijn fiets viel.

'Uitgesloten, Bertl,' zei Franzi. 'Béla valt alleen op beschaafde mannen.'

Zelf kon ik weer eens niets uitbrengen, tot mijn eigen ergernis was ik te zeer in verlegenheid gebracht door Bertls domme lompheid. Met dit gevoel van onmachtig falen werd ik wakker, ik ging op de rand van het bed zitten, liep naar het verduisterde dakraam en zette het wijd open. De vochtige lucht streek langs mijn gezicht en ik huiverde; het zou dagen duren voor ik mijn herinneringshuid weer kon sluiten.

Het was een lichtbewolkte nacht en de stralen van de halve maan, waarvan slechts de vage omtrek zichtbaar was, gleden omfloerst door de wolkensluiers. Ik keek naar het platte dak van de oude schuilkerk aan de overkant, waarover ik 's nachts zo vaak had uitgezien wanneer ik niet kon slapen. Op het dak stond een metalen kast, zo groot als een opbergkoffer, met twee soms oplichtende lampjes. Ik was gefascineerd door het mysterieuze ding, dat als een spin talloze draden had gesponnen over de daken in de richting van de Zakstraat.

Terwijl ik keek naar de kast hoorde ik een geluid en ineens kwam, vlak ernaast, een hoofd uit een luik. Van schrik zakte ik op mijn hurken en pas toen het bonzen van mijn hart was afgenomen, kwam ik weer omhoog en spiedde met ingehouden adem over de rand van het raamkozijn, voor ik me weer helemaal durfde op te richten.

Op het dak sleutelde een man aan de stalen kast, bevoelde de leidingen, draaide aan knoppen en deed de spinoogjes knipperen. Hij stond op en bleef een tijdje naar de kast kijken, toen plotsklaps de maan scherp achter een wolk tevoorschijn kwam en hem in het volle licht zette. Geschrokken draaide hij zich naar mij om, alsof ik degene was die een lamp op hem had gericht.

Een vijftal langdurige seconden volgden, waarin wij elkaar recht aankeken en ik zelfs naar hem glimlachte, terwijl ik eigenlijk in beslag werd genomen door een proces dat zich volkomen zelfstandig in mij voltrok. Zojuist had de maan haar lichtbundel geworpen op een gedachte die tot dan toe in het duister was gebleven: het besef dat zich op zes meter afstand van mij geen spin in een web bevond, geweven volgens de principes van de heilige geometrie, maar een installatie die het mogelijk maakte mee te luisteren met de telefoongesprekken van en naar het nazikwartier aan de Koudenhorn.

Ten afscheid knikte ik naar de man, sloot haastig het verduisterde venster en kroop terug in bed. De akelige droom was volkomen op de achtergrond geraakt door mijn kersverse inzicht en vanonder de dekens probeerde ik mij zaken te herinneren die mij ooit rond het complex aan de overkant waren opgevallen: dat het er soms naar benzine rook; dat in het schemerdonker eens een lading rode kool op een kruiwagen was binnengereden; dat ik er ooit een bezoeker met harige handen in een jurk schielijk het huis had zien verlaten. 'De wereld is meer dan hetgeen zich voordoet aan de zintuigen,' zei Béla. 'Het is de kunst om afzonderlijke sterren in hun constellatie te bezien.'

'Ik zie de constellatie,' antwoordde ik. 'En ik heb een plan.'

Toen ik de volgende dag uit mijn werk kwam, liep ik nog voor het avondeten naar het kamertje op de tussenverdieping dat mevrouw Kleij het Rooknest noemde. In dit piepkleine vertrek droogden, sneden en bewaarden wij de uit onze tuin geoogste tabak bij de juiste temperatuur en vochtigheidsgraad. Mevrouw Kleij gebruikte de tabak naar eigen zeggen als ruilmiddel 'voor wat wij nodig hebben en voor mensen die het harder nodig hebben', een uitspraak waarbij zij mij steevast onschuldig aankeek.

Ik ging aan het tafeltje zitten, woog honderdvijftig gram tabak af, stopte dit in een leren buidel en verzwaarde die met een steen. Toen bond ik de zak stevig dicht, gooide hem een paar keer van de ene naar de andere hand en legde hem op zolder in een la.

'Ik heb wat tabak uit het nest gepakt,' zei ik tegen mevrouw Kleij toen ik beneden kwam voor het avondbrood. 'Voor mensen die het harder nodig hebben.'

Ze knikte en gaf mij een bord waarop anderhalve snee beboterd brood lag. 'Morgen probeer ik of ik ergens wat kaas kan krijgen.'
'Mevrouw Kleij, weet u toevallig of het droog blijft vannacht?'
'Ach, moet u nu alweer wachtlopen?' zei ze. 'Op de radio zei men dat in het westen geen neerslag wordt verwacht, maar ja, het blijft Noord-Holland...'

Die avond maakte ik het verduisteringspapier aan de onderkant van mijn raam voorzichtig los, sloeg het om en speldde het hogerop vast in het kozijn. Urenlang staarde ik door de opening naar de donkere hemel, waaruit dan misschien geen water maar ook geen streepje licht kwam. Ik kon het dak aan de overkant onmogelijk zien, mijn ogen traanden en de bundel tabak lag werkeloos naast me. Toen de Bakenessertoren kwart over drie sloeg, gaf ik het op. Zonder het verduisteringspapier terug te vouwen, ging ik in bed liggen en viel in slaap.

Zo verstreken enkele nachten waarin het buiten óf te donker óf te nat was, maar in de droge nacht van de laatste dinsdag in maart stond een eivormige maan aan een bijna onbewolkte hemel. Om halfelf opende ik het zolderraam en schrok, want er stond een vlagerige westenwind die mijn pakketje tijdens zijn vlucht naar links kon doen afbuigen. Ik wachtte een moment van windstilte af, bracht mijn arm naar achter in de beweging die ik de afgelopen dagen droog had geoefend, mikte, wierp... en kromp ineen, want het geluid van de steen in het bundeltje maakte bij de landing een onverwacht hard geluid. Ik sprong achteruit, sloot mijn raam en lichtte het verduisteringspapier op om door een kiertje naar buiten te kijken. Gelukkig gingen in de buurt geen nieuwsgierige ramen open en ook op het dak van de schuilkerk bleef het aanvankelijk stil, tot na een kwartier het luik openging en iemand rondkeek over het dak. Voorzichtig porde de persoon het bundeltje tabak met een stok en haalde het daarna langzaam naar zich toe. Ik liet het verduisteringspapier neer en ging op de rand van mijn bed zitten met het gevoel dat ik de droom had gelogenstraft.

Twee maanden later werkte ik in het museumatelier aan de restauratie van een tekening van Goltzius. Het was nog stiller dan gewoonlijk: Adema was op inspectiereis naar Limburg, waar veel van onze stukken verbleven sinds de bunker in Zandvoort door de Duitsers was opgeofferd aan de uitbreiding van hun Atlantikwal. In drie maanden tijd was dertienhonderd kuub mergelsteen uit de grotten van de Sint-Pietersberg gehakt voor de vervaardiging van een gloednieuwe, onderaardse kluis en was een extra bunker gebouwd in Paasloo, een plaats in Overijssel die zo desolaat was dat er wel nooit een bom zou vallen.

Terwijl ik met enig ongeloof had kennisgenomen van de derde verhuizing van de nationale kunstschat, ditmaal zelfs naar de andere kant van het land, had de Duitse beslissing Adema slechts de opmerking ontlokt dat 'oorlog een lucratieve onderneming is, zeker voor Hollandse aannemers'.

Net toen ik aan de achterkant van Goltzius' prent met mijn pincet een snipper Japans papier wilde aanbrengen, werd er aangeklopt en stak juffrouw Van Hees haar hoofd om de deur van het atelier.

'Sorry voor het storen, mijnheer Adema is voor u aan de telefoon!'

Zonder mijn overjas uit te trekken liep ik achter haar aan naar beneden, waar ik de hoorn op het bureau van Adema opnam.

'Mijnheer Adema?'

'Hermann!' zei Adema. 'Ik wil je vragen iets voor mij te doen. In het sleutelkastje hangt, helemaal achteraan, de sleutel van mijn rechterbureaulade. Zou je die willen openen en het registerboek raadplegen waarin ik de staat en bergplaats van ieder museumstuk bijhoud? Het gaat om de verblijfplaats en het registernummer van het portret van Floris van Adrichem.'

'Zeker, mijnheer. Ik zoek het op en bel u direct terug.'

Met mijn eigen sleutel opende ik de archiefkast, vond achter in de sleutelkluis een bronzen sleuteltje en ontsloot daarmee de bureaula. Terwijl ik de lade openschoof, zag ik dat uit de achterzijde van het separaat afgesloten laatje erboven, een verfomfaaid stuk papier stak, dat bekneld zat. Ik trok eraan en het volgende moment staarde ik naar een vergeelde envelop van opgedikt papier, in ouderwets krullende letters gericht aan De weledelgeleerde heer G.D. Adema met als afzender: C. de Nerée tot Babberich, p/a Sanatorium Schatzalp, Davos, Zwitserland. Ik keek naar het olieverfportret van de jonge Adema aan de muur rechts van mij en begreep dat ik een brief in handen hield van de maker.

Op dat moment kon ik in de spiegel zien dat juffrouw Van Hees langsliep en als in een reflex liet ik de brief in de zak van mijn schildersjas glijden. 'Wat doe je nou?' fluisterde Béla.

'Ging bijna vanzelf,' mompelde ik geschrokken. 'Ik begrijp het ook niet.'

'Wat begrijpt u niet?' zei juffrouw Van Hees glimlachend in de deuropening. 'Kan ik misschien helpen?'

'Nee hoor, dank u, alles is uitstekend,' zei ik.

Ik sloot de deur achter haar, bladerde in het boek, nam de telefoon en belde Adema om hem door te geven dat het portret van Floris van Adrichem in de kunstbunker van Paasloo lag onder nummer 0527.

Die avond maakte ik me schuldig aan schending van het briefgeheim. Béla zei niets, maar ik voelde zijn vermanende blik op mij rusten. Met een duister gevoel van opwinding nam ik plaats achter mijn zoldertafel, haalde drie velletjes papier uit de envelop en sloeg ze open.

Davos, 29 september 1907

Mon trésor!
Dank voor je brief van vorige week, waarvan ik iedere letter heb verslonden. Ik schrijf je weer eens vanuit mijn gedwongen tweede thuis, waar ik een suite heb met lelijke gordijnen die me mateloos storen. Morgen laat ik ze vervangen door die blauwe met opdruk van pauwenveren, waar jij zo van houdt. Gisteren had ik een slechte dag, elke ademteug was een strijd, maar vandaag gaat het beter, ik ruik steeds aan de flacon jasmijnolie die je me schonk tijdens je laatste bezoek.

Mijn ogen vlogen over herinneringen aan gearmde wandelingen langs de oever van de Var aan de Côte d'Azur, nachtelijke ontmoetingen met Wilde en Beardsley en een beschrijving van door Adema verrichte erotische handelingen tussen de lakens van een bed in Parijs. De brief eindigde met:

> Gerard, jij bent het die ik het meest mis, alleen jouw aanraking kan de leegte in mij vullen; ik kan niet wachten tot ons volgend innig samenzijn. De donkere uren worden verlicht door de herinnering aan jouw glimlach, jouw ogen, jouw onvoorwaardelijke liefde.
> Schrijf me snel, duifje!
> Met een brandend vuur en in grote genegenheid,
> Carel

'Jouw straf bestaat erin dat de directeur vrijdag naar Haarlem terugkeert,' zei Béla, 'en je hem voortaan met de inhoud van deze brief in gedachten in zijn onkreukbare gezicht moet aankijken.'
Ik stopte de brief in mijn binnenzak, rende alle trappen af naar beneden, leende de fiets van de buurman en reed als een gek naar het museum. Een halve minuut voor spertijd was ik weer op mijn zolder, waar ik me happend naar adem achterover op bed liet vallen. Uit de achterzijde van het separaat afgesloten laatje in Adema's

bureau stak weer een verfomfaaide hoek van een envelop, die daar bekneld zat.

Op woensdagavond 21 juli maakte ik na het eten een ommetje door de lauwe avond. Op de Harmenjansweg stond een zachte bries en ik keek naar de brede wolkenveren, toen vanuit Overveen aan de hemel zes jagers verschenen. Onwillekeurig keek ik even om mij heen, maar slechts weinig mensen keurden de vliegtuigen daar hoog in de lucht een blik waardig; er was geen luchtalarm gegeven dus het moesten wel Duitse toestellen zijn. Gefascineerd zag ik hoe de Messcherschmitts bijna speels op elkaar in en over elkaar heen vlogen, eerst kruislings, en dan weer rakelings langs de ander, als stoeiende kinderen langzaam voortbewegend in de richting van de binnenstad. Plots raakte de propeller van één toestel de staart van een ander en ik zoog mijn adem in, want het volgende moment tuimelde het geraakte vliegtuig naar beneden. Gedurende enkele seconden bleef ik stokstijf staan, maar toen achter de Koudenhorn een rookpluim verscheen, zette ik het op een lopen. Over de Catharijnebrug rende ik door de Valkestraat 't Krom op, waar enkele rond het brandende wrak liggende huizen al vlam hadden gevat en exploderende patronen van de boordwapens de ruiten deden rillen als water bij een storm. Ik rende naar het huis van dokter De Vries op de Bakenessergracht, het blokhoofd van de luchtbeschermingsdienst die bij calamiteiten het blussen, opruimen en verzorgen van de gewonden in onze wijk moest coördineren.

Ik bonkte op de deur van de huisarts, keek door de brievenbus en schreeuwde zijn naam, maar er kwam geen antwoord. Twee buren voegden zich bij mij, duwden me aan de kant, namen een aanloop en beukten met hun volle gewicht de voordeur in. Met zijn drieën liepen we over de houtsplinters door de hal naar binnen.

'Dokter!' riepen we. 'Dokter De Vries!'

Ineens klonk een geluidje uit de kast onder de trap.

Een van de buurmannen legde een vinger tegen de lippen, positioneerde zich naast de kelderkast en knikte naar mij. In één beweging rukte ik de klink omlaag, smeet de deur open en rook de doordringende geur van menselijke uitwerpselen. Diep in de kast onder de bocht van de trap zat de doodsbange dokter met omgeslagen dekens en een koperen pan over het hoofd. Hij had zichzelf bevuild, beefde hevig en weigerde zijn schuilplaats te verlaten om de sleutels van de EHBO-kast af te geven.

De buurman draaide zich naar mij om en zei: 'Hier hebben we niks aan. Wilt u het blokhoofd aan de Spiegelstraat gaan waarschuwen?'

Ik knikte en stoof in de richting van de Gravestenenbrug, toen ik achter mij schel hoorde fluiten. De buurman was me achteropgelopen en hijgde: 'Geef me wel even tijd.'

'Tijd?' zei ik.

Even keek hij mij taxerend aan. 'Ja. Geef me even tijd om te zorgen dat niet méér gewonden kunnen worden gevonden dan er op nummer 42 en 44 officieel staan ingeschreven.'

Haarlem, 15 oktober 1944

Lieve Max, lieve Franzi,
Wat afschuwelijk dat jullie almaar in onzekerheid blijven over het lot van de achtergebleven familieleden. Ik wou dat ik iets kon zeggen om jullie te troosten... Net als jullie heb ik niets gehoord van Lotte en Bertl, maar in mijn geval kan dat ook niet want ik ben vergeten hun mijn adres te geven voor ik wegging.

De maand augustus was koud en nat, het weer in Nederland is al even naargeestig als de stemming. De schaarste aan voedingsmiddelen begint zijn tol te eisen, gisteren nog zakte een oude man voor mijn ogen op straat in elkaar. Kinderen gaan nauwelijks nog naar school – de meeste schoolgebouwen zijn door de Duitsers gevorderd en het onderwijzend personeel durft niet meer over straat vanwege de razzia's voor de Arbeitseinsatz in Duitsland (hopelijk overleeft deze zin de censuur). Vanochtend wandelde ik door de Slachthuisbuurt, een wijk ten zuiden van de mijne. Uit de ramen van een school leunden Duitse militairen die bedelende kleuters hapjes voerden van hun warme maaltijd en in het naastgelegen plantsoen zag ik kinderen blootsvoets eikels, kastanjes en beukennootjes rapen, waarvoor ze bij inlevering naar het schijnt acht cent per kilo ontvangen.

De tabaksoogst zal wel tegenvallen, vrees ik; tabak heeft minimaal negentig vorstvrije dagen nodig en dat hebben we dit jaar niet gehaald. Op 20 mei hadden we hier 's nachts nog vorst aan de grond – ik herinner me dat goed, omdat die dag de door Adema georganiseerde tentoonstelling '18 jaar Hitlerjugend' in ons museum werd geopend. Overigens verscheen vorige week nog het standaardwerk 'Frans Hals' van zijn hand, een boek verlucht met 142 schilderijafbeeldingen in kleur, dat verscheen bij een Duitsgezinde uitgeverij.

De laatste tijd zijn overal op straat mensen te zien met volgeladen handkarren en bokkenwagens, afkomstig uit de naburige kustgemeenten. Ze zijn gesommeerd hun huizen te verlaten met achterlating van huisraad en meubilair 'ten gunste van de verdedigingswerken en een ruim schootsveld', zoals op de radio werd gezegd (daags daarna moesten we ons toestel overigens inleveren). Zo is bij ons sinds een dag of tien een zuster van mijn hospita ingetrokken, samen met haar man. Helaas liep de spanning tussen mevrouw Kleij en haar zwager algauw op, toen bleek dat de man blaadjes uit haar psalmenboekje gebruikte als vloeitjes voor zijn zelf gerolde sigaretten. Om haar te troosten vergezelde ik haar afgelopen zondag naar de ochtenddienst in de kerk op de Grote Markt.

Daar was ik getuige van een bijzondere aangelegenheid: bij wijze van slotlied hief de organist aan het einde van de dienst het Wilhelmus aan, waarna iedereen ging staan en uit volle borst meezong. Afgelopen dinsdag is hij opgepakt en naar de gevangenis in Amsterdam gebracht. Zelfs mevrouw Kleij, in een van mijn vorige brieven aan jullie nog het Wandelend Nieuwsblad genoemd, weet niet hoe het met de man gaat en of hij nog leeft.

Omdat er intussen geen brandstof of trekpaard meer beschikbaar is, kan het huisvuil niet worden opgehaald. In plaats daarvan moeten wij het achterlaten op aangegeven plaatsen langs de gracht, vanwaar het door de gemeente met schuiten wordt afgevoerd. Langzaam verandert de stad in een stinkende puinhoop, net als het moreel van haar inwoners.

Ik vrees dat mijn brief niet erg opwekkend is en dat spijt me, maar ik moet toegeven dat het me goed doet mijn zorgen met mijn vrienden te kunnen delen.

Heel veel liefs, ik denk aan jullie.

Manno

4

Op zondagochtend 26 november stond ik om halfzes op. De avond ervoor had ik mij al aangekleed, een ingepakte tas klaargezet en met potlood op een papiertje geschreven:

> Beste mevrouw Kleij,
> Ik v.o.w.
> Maakt u zich geen zorgen.
> Hartelijke groeten,
> Hermann

Om vijf voor zes sloop ik met mijn tas in de hand op kousenvoeten naar beneden. Zacht ontsloot ik het Rooknest, waar mevrouw Kleij de tabakswaren sinds de komst van haar zwager achter slot en grendel bewaarde, legde het briefje op de tafel en plaatste er een bronzen gewichtje op. Voorzichtig liep ik de trap verder af naar de begane grond, vermeed de treden die kraakten, trok mijn schoenen aan in de bijkeuken en verliet het huis. In de tuin hing een geheimzinnige stilte, er lagen berijpte herfstbladeren en de roodborst die ik soms broodkruimels voerde, hield zich vermoedelijk verborgen in de sparrenboom. Het was aardedonker, niets wees erop dat de nacht was overgegaan in een nieuwe dag.

Door de waterkoude straten liep ik, enigszins voorovergebogen en in een behoorlijk tempo, om de binnenstad heen in de richting van het museum. Via het inzamelpunt van boeken voor Nederlandse arbeiders in Duitsland en langs het uitgestorven Wehrmachtsheim, waar op het balkon een varken werd gehouden, kwam ik op het Klein Heiligland. Daar sloeg ik rechts af naar de achteringang van het museum, hopend dat geen ambtenaar van de gemeentelijke dienst ertegenover het in zijn hoofd zou halen op zondagochtend te gaan werken.

Zonder nog op te kijken, glipte ik naar binnen, deed de deur van het museum achter mij op slot en ging naar boven.

Nog geen week eerder had ik Adema in vertrouwen genomen over een probleem dat zich hardnekkig roerde in mijn brein, en waarvoor ik geen oplossing wist. Tot dan toe had de gedwongen tewerkstelling van Nederlanders zich beperkt tot mannen die waren geboren na 1907, maar inmiddels konden de Duitsers zich geen kieskeurigheid meer veroorloven en werden alle mannen zonder aanziens des persoons het land uit gesleept om in Duitsland dwangarbeid te verrichten. Steeds was mij door tussenkomst van Adema hiervoor ontheffing verleend, maar inmiddels zagen de nazi's zelfs potentie in iemand als ik, die 'wegens vastgesteld ondergewicht' nota bene recht had op twee sneden brood en twee aardappelen extra per dag.

Die maandag de twintigste trof ik Adema bij binnenkomst al op zijn kantoor, gebogen over een registerboek waarin hij notities maakte.

'Een klein moment alsjeblieft, Hermann,' zei hij en mompelde in zichzelf: 'Portret van Jacobus Zaffius, nummer 341, flanel bovenaan iets verkleefd, voorzichtig losgemaakt, geen zichtbare schade.'

Hij legde zijn pen neer. 'Zo, dan ben ik weer helemaal bij. Dat moet wel, want na de oorlog word ik hierop afgerekend.' Hij gaf klopjes op het boek alsof hij een hond beloonde voor zijn kunstje.

'Vanaf vandaag zal ik niet meer in het museum aanwezig zijn, Hermann; sinds de energielevering is stopgezet, wordt het me te koud. Zeg eens, wat kan ik voor je doen?'

'Eh, ja. Goedemorgen. Ik ben opgeroepen voor de Arbeidsinzet. Mijn vrijstelling is opgeheven: aanstaande maandag moet ik me tussen acht en tien uur melden bij het Gewestelijk Arbeidsbureau aan de Kleine Houtweg.' Als om mijn bewering te staven, hield ik het papier met de oproep omhoog.

Adema staarde mij aan. Een willekeurige derde zou het niet zijn opgevallen, maar uit enkele minuscule, nauwelijks waarneembare bewegingen van de spiertjes rond zijn mond maakte ik op dat dit nieuws hem ontstemde.

'Dat is niet mogelijk,' zei hij uiteindelijk. 'Volgende week start jij met de restauratie van die Van Santvoort.'

Ik knikte.

'*Winterlandschap*,' zei Adema. 'Olieverf op paneel, gedateerd 1625, registernummer 047.' Hij stond op van zijn stoel en liep naar het raam. Op zijn rug stond afkeuring te lezen, alsof ik me persoonlijk bij Seyss-Inquart had gemeld voor werk in de Duitse oorlogsindustrie.

'Ik kan je momenteel niet missen, Hermann,' zei Adema en hij draaide zich weer naar mij toe. 'Pieter van Santvoort rekent op je.'

Tot mijn schrik deed de directeur een aantal passen in mijn richting, strekte zijn arm uit en legde een hand op mijn schouder. Ingeklemd tussen hand en deurpost dacht ik aan Hartog Cohen.

'Hermann, je zult moeten onderduiken...'

Ik knikte.

'...op een plek waar je restauratiewerk kunt blijven verrichten.' Hij tilde zijn hand op, stak hem in zijn broekzak en richtte zich in volle lengte op. 'De komende avonden maak jij van het museumatelier een onderduikatelier.'

'Een onderduikatelier.'

'Inderdaad. Overdag werk je in alle rust aan het *Winterlandschap* en 's nachts kun je er slapen. Juffrouw Van Hees komt immers niet meer in het museum. Graag ontvang ik morgen een lijst van zaken die je nodig hebt. Voor een stromatras en dekens zal ik zorgen.'

Bij het gereedmaken van het onderduikatelier had ik mijn werktafel zo ver van het raam geschoven, dat de mensen vanuit de werkplaatsen aan het Nieuw Heiligland mij onmogelijk konden zien. Ik pakte kaarsen en lucifers in en, met het oog op de intredende winter, alle sokken en truien die ik bezat.

'Je voedselvoorziening is geregeld,' zei Adema op de dag voor de onderduik, terwijl hij een knijpkat, een boek van Van Eeden en een houten schaakspel op mijn werktafel legde.

'En dit is het dienstrooster van de avondwacht. De man komt driemaal per week en loopt alleen rond op de begane grond en in de kelders, maar voor de zekerheid heb ik onder het dakbeschot hierboven een extra strozak en deken voor je neergelegd; dan kun je je tijdens zijn avondlijke inspecties verbergen op de zolder van de noordelijke vleugel. Verder kun je gebruikmaken van het aanrecht en het toilet beneden, maar wees behoedzaam.'

Hij schudde mij de hand. 'Vanaf zondag ben je op jezelf. Maar maak je geen zorgen, de oorlog zal spoedig afgelopen zijn. Kwestie van een paar weken. Als je flink doorwerkt is de restauratie van het *Winterlandschap* klaar tegen de tijd dat Haarlem wordt bevrijd.'

Gedurende de eerste weken van december gedijde ik heel aardig in mijn schaduwbestaan, dat ik onderhevig had gemaakt aan een vaste structuur. Zodra het buiten licht genoeg was, stond ik op van mijn stromatras en begaf me naar beneden om de nachtelijke emmer te legen. Daarna waste ik me, gebruikte staand voor het roestige spiegeltje in de keuken mijn scheergerei en liep de trap op, terug naar het atelier om me aan te kleden. Dan was het tijd voor ontbijt: een halve snee brood met wat margarine – zo weinig mogelijk, opdat ik nog iets te knabbelen had bij de koude surrogaatkoffie om elf uur. Overdag reinigde ik het Winterlandschap millimeter voor millimeter met een mengsel van ethanol en enkele druppels terpentijn. Tijdens de lunch en het avondeten, beide bestaand uit een halve snee brood met margarine en wat aardappelen, bieten of bonen, sprak ik vaak met Béla over gewichtige zaken als de gebraden gans bij restaurant Schneider aan de Südbahnhof, Baumi's overtuiging dat de geur van een menstruerende vrouw het vlees in het pekelvat bederft of de oudste zoon van textielmagnaat Altmann aan de Siebenbrunnengasse, met wie Béla een romantisch rendez-vous had beleefd. Soms speelden we vlak voor het eten in de schemering een potje schaak, waarbij ik hem af en toe liet winnen.

De vaste persoon die mij volgens Adema 'regelmatig van voedsel zou komen voorzien' heette Frits en kwam zeer onregelmatig. Op de meest onverwachte momenten – nu eens midden in de nacht, dan weer 's avonds of juist voor het ochtendgloren – bezorgde Frits mij behalve voedsel ook een hartverzakking. Als hij na het afgesproken klopsignaal binnenkwam met zakken vol knollen, rapen, korsten brood en medemenselijkheid, zei de man: 'Tja jochie, het spijt me, het is niet veel. De bonnen zijn het probleem niet, want die heb ik, maar d'r is gewoon niks te vreten! Heel Aerdenhout zit al aan de tulpenbollen.'

Eind december, toen ik de loszittende verfdeeltjes had gestabiliseerd en grotere bladders met een pincet had verwijderd, kelderde ineens de temperatuur. Op de ruiten van het atelier vormden zich ijsbloemen, mijn adem blies witte pluimpjes boven het Winterlandschap en mijn handen werden stijf van de kou. Ik besloot mijn handschoenen aan te houden en knipte er de vingertopjes vanaf, maar toch moest ik mijn werk voortdurend onderbreken en in mijn handen blazen omdat mijn vingers dienst weigerden.

'Tja jochie, het spijt me,' zei Frits half januari, en hij gaf me wat tulpenbollen en klef brood van erwtenmeel. 'Je oren staan stijf van de vorst, maar je bent niet de enige. Iedereen stookt nu zijn inboedel op, want alle bomen zijn gerooid. Langs de wegen staan nog louter stompies en het Bloemendaalse bos is veranderd in de Bloemendaalse heide. Eén blokkie hout doet tegenwoordig een hele gulden! Maar goed, ik moet weer gaan. Niet de groene pit in de bol opeten, hè.'

Had ik mij ooit denigrerend uitgelaten over de Nederlandse winters? De Nederlandse winters waren een horreur! Terwijl het buiten begon te sneeuwen, sloegen binnen de harscomponenten neer in de terpentijn. De lijnolie werd onhandelbaar en de verf zo dik dat hij rechtop bleef staan. Bedrieglijk sereen zweefden de witte vlokken langs mijn raam en dempten de omgeving. Mijn ziel raakte ingesneeuwd, onverdraaglijk gonsde de stilte in mijn oren. Ik crepeerde zowat in het vacuüm dat mij omhulde.

Uiteindelijk hield ik het niet meer uit: hoewel ik mijzelf erom verachtte, want meer vocht betekende meer kans op schade aan de Van Santvoort, opende ik een raam op een klein kiertje en dronk de geluiden uit de menselijke wereld in.

Allengs kon ik mij er niet meer toe zetten de inspectierondes van de nachtwacht door te brengen in de ijskoude schuilplaats onder het dak, daarna gaf ik ook mijn nachtelijke wandelingen in de binnentuin op en ten slotte kon ik zelfs het koude water op mijn gezicht bij het scheren niet meer verdragen en liet ik mijn baard maar staan.

'Manno, je móét naar buiten, al was het maar voor wat beweging en frisse lucht,' zei Béla bezorgd.

'De lucht is binnen inmiddels even fris als buiten,' zei ik kort.

Ik bracht de Van Santpoort naar beneden, verstopte hem in de archiefkast van Adema, sloot de deur en kroop onder alle dekens in mijn strobed. Voor het eerst in mijn leven voelde ik het geluidloze, geniepige voortsluipen der dagen, de bedrieglijke arglist van de wisseling van dag en nacht en het wegvloeien van het leven.

Frits – lieve, trouwe Frits! – bracht minder voedsel en meer verhalen over de geallieerde opmars.

'Tja jochie, het spijt me maar je moet nog effe volhouden,' zei hij in maart. 'Je zit hier zo gek nog niet. Daarbuiten vallen ze bij bosjes om en worden begraven in bordpapieren dozen. D'r gaat van alles rond, behalve eten. Koudekoorts, rodeloop, vlektyphus, kroep, de tering... Patiëntenvervoer gaat per fiets; de ambulances zijn door de moffen gevorderd en staan geparkeerd aan de Dreef omdat er geen benzine is. Alleen mensen die heel zwaar lichamelijk werk doen, hebben recht op tweehonderdtwintig calorieën per dag, dus...' Hij legde twee tulpenbollen en een halve suikerbiet op de tafel. 'Geen narcissenbollen, want die zijn giftig. Het wil maar geen lente worden, hè. Ken je de schouwburg aan de Jansweg? Die is gisteren ingestort. Ja jochie, geen pech hebben is al geluk genoeg. Nou, ik kom gauw weer hoor.'

Hoewel ik sinds de dood van mijn moeder nooit meer echt eetlust had gekend, ervoer ik in toenemende mate een duizelig, soms misselijk gevoel. Het was alsof mijn maag door een onzichtbare hand werd platgedrukt en mijn urine had inmiddels dezelfde geur als de oplosmiddelen in het atelier.

Béla maakte zich zorgen om mij en op 29 april, toen het al lang niet meer zo koud was en er zelfs een waterig zonnetje scheen, vond hij dat ik een luchtje moest scheppen. 'Ga dan alleen even kijken naar de narcissen, voordat ze verwelken,' probeerde hij. 'Daar werd je vroeger altijd blij van.'

'Goed,' zei ik en keek op mijn horloge alsof ik ergens moest zijn. 'Vanavond. Vanavond ga ik even naar buiten.'

Om halfacht sloeg ik een deken om en liep de trap af, me goed vasthoudend aan de leuning. Een beetje licht in het hoofd opende ik de deur naar de overwoekerde binnentuin en stapte naar buiten. Het was een bewolkte maar nog lichte avond en langzaam liep ik naar de narcissen, die als giechelende dametjes op hun ranke stelen in groepjes bijeen stonden, hun delicate kelken nieuwsgierig naar mij uitgestoken. Moeizaam zonk ik op een knie en snoof hun geur op. 'Deze ruiken niet,' zei Béla. 'Niet zoals wij het gewend zijn; niet zo lekker en overvloedig als de bergnarcissen van Altaussee.' Tweemaal wandelde ik langs de hoge muur rond de binnentuin en bracht het gestolde bloed in mijn aderen weer in beweging. Daarna was ik zo moe dat ik bij het naar boven gaan op elke traptrede moest uitrusten.

Ik was nog maar net terug in het atelier, toen Frits op de deur klopte en met een grijns binnenkwam.

'Hé jochie! Ik heb iets bij me wat jij zo te zien wel kan gebruiken.' Hij haalde een pakje puddingpoeder met vanillesmaak tevoorschijn en legde het op tafel. 'Moet worden vermengd met melk, maar ik heb begrepen dat water ook kan. Hebbie toch nog een paar lekkere laatste oorlogsdagen, bofkont! De mensen die op hongertocht gaan naar de Noord liggen dood langs de weg. Nou, ik kom gauw weer hoor – als het dan nog nodig is, hè.'

Diezelfde avond lengde ik een paar hapjes van het verrukkelijke goedje aan met water en klopte het op met een vork. Ofschoon het spul de romige smaak noch de fluwelen textuur van pudding verkreeg, voelde ik hoe elke hap van het mierzoete spul mijn verkalkte zintuigen tot leven wekte. Nauwkeurig rantsoeneerde ik het poeder tot driemaal daags drie afgestreken theelepels, die ik uiteindelijk met zoveel water aanlengde dat ik de pudding kon drinken. Na vijf dagen likte ik het lege kartonnen doosje aan de binnenkant af en was ik dringend toe aan een nieuw bezoek van Frits.

Maar Frits kwam niet.

Ik draaide rondjes op mijn atelierstoel, staarde nietsziend in een boek en mengde gedachteloos wat restjes verf, mijn oren gespitst op het kleinste geluid dat de komst van Frits kon aankondigen.

Maar Frits kwam niet.

Een grenzeloze wanhoop greep mij aan, zonder veel samenhang draaiden flarden van gedachten rond in mijn hoofd. Wat was er gebeurd? Was Frits ziek? Dood? Opgepakt en gemarteld om hem de schuilplaats te ontlokken van de onderduiker die hij bevoorraadde?

'Misschien is Haarlem al bevrijd, zonder dat je het weet,' opperde Béla. 'Loop anders gewoon door de hoofdingang naar buiten, dan zie je wel wat er gebeurt.'

Als een stervend dier lag ik in bed, opgerold, mijn verkommerde zintuigen volledig uitgedoofd. Het was alsof ik me buiten de wereld bevond.

'Morgen,' fluisterde ik. 'Misschien morgen.'

5

Op een zondagmiddag in de herfst van 1945 liep ik op de Burgwal. De vochtige lucht verzachtte de contouren van de huizen langs de gracht en verleende de straat een intieme schilderachtigheid. Vanuit het westen brak een lichtharp door de wolken en wierp zijn stralen op de gele kruinen van de lindebomen langs het water. Ineens ontwaarde ik op de Antoniebrug een bekende bos grijs stekelhaar boven een iets gebogen nek.

'Frits?' zei ik verbaasd en daarna harder: 'Frits!'

De man reageerde niet maar ik wist zeker dat hij het was, ik zag het aan zijn manier van lopen, met voeten die elk een afzonderlijke richting leken te willen opgaan. Ik versnelde mijn pas en liep de man achterna.

'Frits!' zei ik toen ik vlakbij was en raakte zijn schouder aan.

Hij draaide zich om.

'Frits, ik ben zo blij dat ik de kans krijg je te bedanken!'

'Hé jochie,' zei Frits. 'Wat leuk, graag gedaan. Maar ik heet geen Frits hoor, ik heet Johan. Hermann, zei je? Aangenaam. Ja, namen en dat soort dingen wou ik nooit weten.' Hij grijnsde. 'Jij ziet er heel wat beter uit dan de laatste keer dat ik je zag.'

'Nou, op dat moment ging het nog best goed, dankzij jou en je vanillepudding.'

'Weet je wat het is, op de dag dat ik jou die poeder bracht, werd ik getipt dat de moffen me zochten en moest ik zelf onderduiken. Via de vluchtpoort in de Genestetstraat ben ik langs de vaart naar de Meer ontsnapt. Dat was moeilijk hoor, die rotmoffen hadden alles onder water gezet. Gelukkig had ik nog net tijd om de directeur te vragen jou af en toe wat eten te brengen.'

Even vergat ik adem te halen.

'Adema?'

Ik dacht aan wat mij in het Sint Elisabeth Gasthuis door een verpleegster was verteld: hoe de nachtwacht mij op de avond van 4 mei onderaan de trap van het museum had gevonden, meer dood dan levend – en aan de weken die ik in het ziekenhuis had doorgebracht om erbovenop te komen.

'Het was een risico, want de directeur wist natuurlijk alleen van jou, niet van de Joden die ondergedoken zaten op de Van Looyzolder. Die hebben het trouwens ook allemaal overleefd.'

Mijn geest struikelde over deze mededeling; verstijfd stond ik op de brug terwijl de meeuwen schaterlachten boven mijn hoofd.

'Op... op de Van Looyzolder?'

'Ja, die vliering boven de zuidvleugel van het museum.' Hij lachte als een meestergoochelaar die zijn publiek te slim af is. 'Daar heb jij niks van gemerkt, hè?'

Stom schudde ik het hoofd. 'En... ook Adema wist daar dus niets van af?'

'Nee zeg, bewaar me.'

'Maar Frits, die man is toch geen oorlogsmisdadiger, hij heeft mij zelf laten onderduiken.'

'Ik ben Johan,' zei Frits. 'En Adema is een opportunist.'

'Hij had tranen in zijn ogen toen de schilderijen per boot over de Maas uit Limburg terugkeerden,' zei ik tegen de reling van de brug. 'En hij stampte meteen een tentoonstelling "Oranje en Haarlem" uit de grond...'

'Kan wezen,' zei Johan, 'maar ik weet toevallig dat er bij de Zuiveringscommissie Ambtenaren een dossiertje ligt over deze man.'

'...en in november gaat zijn historische tentoonstelling "700 jaar Haarlem" van start...'

Johan legde zijn hand op mijn arm. 'Hé jochie, ik ga d'r weer vandoor. Hou je haaks, hè!'

De volgende dag fietste ik na werktijd naar de apotheek van Hartog Cohen, die sinds juli weer achter zijn eigen toonbank stond. Toen wij elkaar deze zomer voor het eerst hadden teruggezien, vertelde Cohen dat hij, met zijn vrouw en zoon, bijna vier jaar ondergedoken had gezeten boven de klokkenwinkel van Casper ten Boom in de Barteljorisstraat, maar toen ik hem vroeg naar de rest van zijn familie had hij ontwijkend gereageerd.

'Cobi,' zei Cohen tegen zijn assistente toen ik op deze maandagmiddag in oktober zijn apotheek binnenstapte, 'mijnheer Loch en ik zijn even in het kantoor. Als je iets wilt vragen, stoor me dan gerust.'

'Hermann, wat goed je te zien,' zei Cohen toen we zijn werkkamer binnenkwamen en hij bood me een stoel aan. Sinds de bevrijding waren we elkaar spontaan gaan tutoyeren, hetgeen ons even gepast als vanzelfsprekend was voorgekomen.

'Hoe staat het met de geurkwestie?'

'Die lost zichzelf binnenkort op,' zei ik. 'Adema gaat met pensioen. Henk Baard, nu nog werkzaam voor het Rijksmuseum, wordt onze nieuwe directeur.'

Cohen schonk voor ons beiden surrogaatkoffie in en haalde uit zijn bureaula een papieren zakje, waaruit hij voor elk een beetje suiker schepte. 'Anders is het helemáál niet te drinken,' zei hij met een knipoog. Ik nam een slok en liet het kopje rusten op mijn knie, waar de warmte zich dwars door mijn broek over mijn huid verspreidde.

'De Haarlemse Zuiveringscommissie is in stilte een onderzoek gestart naar Adema,' zei ik.

'Zuivering,' zei Cohen. 'Tjonge jonge. Noemen ze dat zo?'

'Ben je geen voorstander van de zuivering?'

Hij glimlachte vreugdeloos. 'Ach, zuivering… wat koop je ervoor.'

Het was geen vraag, maar ik moest zo nodig antwoord geven. 'Misschien is zuivering noodzakelijk voor het herstel van een zekere orde.'

'De orde is onherstelbaar beschadigd,' zei Cohen en wendde zijn blik af. 'Er valt niks te herstellen. Herstel is voor restauratoren.'

'Maar Hartog, we kunnen toch niet verder zonder vereffening? Zonder herstel van een zeker moreel evenwicht?' Mijn mond was niet te stuiten. 'Als we afzien van onderzoek of vergelding, bevestigt dat de verraders in ons midden alleen maar in hun overtuiging dat zij zich straffeloos konden permitteren anderen iets aan te doen! Vergelding heeft de functie dit misverstand uit de weg te ruimen.'

Zo raaskalde ik over het belang van zuivering en retributie tegen de apotheker, die iedere week bij het gemeentehuis langsging om te informeren naar het lot van zijn naar Polen gedeporteerde familieleden. Na enkele minuten stokte ik, niet meer zeker tegen wie ik sprak – niet eens zeker of ik nog wel in Haarlem was. Beschaamd keek ik op en staarde in de glanzende ogen van Hartog Cohen, die mij als spiegelgrijze vijvertjes spottend opnamen.

'Tjonge jonge Hermann, je praat als een hoofdartikel uit de *Haarlemsche Courant*; als ik jou was zou ik dat allemaal eens opschrijven en insturen, dan krijg je er nog geld voor ook.'

6

Londen, 4 februari 1948

Lieve Manno,

Sinds vorige week weten Max en ik zeker waarvoor we jarenlang hebben gevreesd. Ik was nota bene in het gebouw van het Rode Kruis waar ik al twee jaar werk als tolk-vertaler, toen het nieuws binnenkwam. Kort gezegd komt het hierop neer: mijn vader en broers zijn in 1943 vermoord en in een massagraf gedumpt bij Maly Trostenets, een concentratiekamp ten zuiden van Minsk in de Sovjet-Unie. Duizenden kilometers verderop, maar ongeveer tezelfdertijd, blijkt mijn moeder godzijdank aan een longontsteking te zijn gestorven in het Joodse ziekenhuis aan de Malzgasse. Max' moeder, tantes en nichtjes zijn in december 1942 naar concentratiekamp Riga-Kaiserwald gebracht. Het is onduidelijk wat er met hen is gebeurd, maar onze Zweedse afdeling acht de kans klein dat zij nog in leven zijn.

De misdaad die ons heeft getroffen, de misdaad die de mensheid heeft getroffen, is niet te bevatten.

Omdat het krijgen van kinderen bij ons destijds natuurlijk uitbleef, ontkwam ik er al lange tijd geleden niet aan Max de oorzaak daarvan op te biechten. Dat wil zeggen: op een avond heb ik hem verteld dat ik na een nachtelijke romance die kerst op het kasteel van Béla ongewenst zwanger ben geraakt van zijn neef. Het was verschrikkelijk, de hele nacht hebben we samen gehuild – hij van woede, teleurstelling en verdriet, ik van zelfverachting en wanhoop, omdat ik begreep dat ik de werkelijke omvang van mijn verraad moet meenemen in mijn graf – en jij dus ook. Manno, je had hem moeten zien, hij leek buiten zichzelf, ik sta niet voor hem in als hij ooit te weten zou komen dat het in werkelijkheid Bertl was, met wie ik die nacht heb doorgebracht...

Nu Max is bevorderd tot hoofd van de afdeling Research and Development zijn we verhuisd naar Golders Green, ik zal ons nieuwe adres achter op de envelop schrijven. Het huis is prachtig en groot genoeg voor een gezin. Max en ik hebben over onze kinderloosheid gesproken met Salomon Schonfeld, een rabbijn die zich bekommert om Joodse oorlogswezen, en besloten ons aan te melden voor de adoptie van een jongen en een meisje. Mogelijk hebben wij aankomende zomer al de door ons zo intens verlangde familie!!

Dat brengt me bij de tweede aanleiding om je te schrijven: vorige week ontvingen wij voor het eerst sinds het uitbreken van de oorlog een brief van Lotte. Het gaat niet erg goed met hun gezin, Manno. Ze schrijft het niet met zoveel woorden, maar uit haar brief maken we op dat het voor Bertl mentaal zwaar is dat Oostenrijk niet tot de overwinnaars van de oorlog wordt gerekend, terwijl Lotte zich vooral zorgen maakt om de gezondheid van hun twee kinderen, die volgens haar te weinig eten, frisse lucht en ontspanning krijgen. Natuurlijk weet ik ook wel dat er van alles is aan te merken op de keuzes die zij destijds hebben gemaakt, dat zegt Max ook steeds en hij is naar eigen zeggen bepaald niet toe aan een ontmoeting met hen. Maar zelf voel ik me soms zo ontheemd, zo volkomen zonder bedding, afgesneden van mijn wortels... Ik mis hen, ik mis onze vriendschap, ik mis Kleine Bertl en Otilie (je weet hoe gek ik ben op die kinderen, ik heb ze nog in mijn armen gehouden, stel je eens voor hoe groot ze nu al zijn!) en ik gun hun eenzelfde jeugdervaring zoals wij die hadden in Baden.

Enfin, naar aanleiding van Lottes brief hebben Max en ik besloten om jou, samen met Kleine Bertl en Otilie, deze lente uit te nodigen voor een vakantie in Altaussee. Ons hart heeft genezing nodig, de bergen, de narcissen, het water...

Alsjeblieft Manno, zeg ja! In haar brief vroeg Lotte om jouw adres en dat heb ik haar gegeven, dus je kunt binnenkort zeker een brief van haar verwachten. Het zou veel voor me betekenen, als je ons voorstel aan Lotte zou steunen.

Ik omhels je, stuur je dikke kussen en hoop je komende lente weer te zien!
Franzi

Ps. Voor de zekerheid: ik schrijf je buiten medeweten van Max, dus als je ons schrijft svp niet aan deze brief refereren!

Lottes brief bereikte mij twee weken later, op een waterkoude dinsdag. Die ochtend had ik mijn ezel bij het raam geplaatst aan de zuidkant van mijn atelier, de extra ruimte die ik sinds anderhalf jaar van mevrouw Kleij huurde. Het was Hartog Cohen geweest die me tot deze keuze had aangemoedigd.

'Zou het niet een mooi moment zijn?' had hij me gevraagd, een goed jaar na het aantreden van Henk Baard als directeur van het Frans Hals Museum.

'Een mooi moment voor wat?'

'Een mooi moment om je vrij te vestigen als restaurator.'

Verbluft had ik de apotheker aangestaard. 'Vrij te vestigen? Bedoel je...'

'Als zelfstandige, ja. Iemand van jouw kaliber, met jouw bekendheid in de museale wereld – dat praat zich zo rond.'

Ik voelde een sprongetje achter mijn borstbeen, alsof Cohen daar een snaar aansloeg. 'Zou je denken?'

'Zeker! Jij zegt toch altijd dat er in die kamer en suite op de eerste verdieping van de hospita weinig gebeurt? Dat zou een mooie atelierruimte kunnen zijn.'

Ik dacht aan het museumatelier, dat vier maanden lang mijn persoonlijke winterlandschap was geweest en waar ik acht weken na de bevrijding het werk weer had opgepakt.

'Misschien ben ik wel toe aan wat zelfstandigheid,' zei ik.

In anderhalf jaar tijd had ik inderdaad een drukke praktijk opgebouwd en op die laatste dinsdag in februari plaatste ik in opdracht van het Haags Gemeentemuseum Van Kessels *Boeket met een enkele narcis* op mijn ezel.

Mevrouw Kleij had mij juist koffie met een mariakaakje gebracht en was de deur uitgegaan voor een boodschap, toen de postbode aanbelde. Behalve tubes vermiljoen, amarant en gebrande oker van Talens, bracht hij een brief waarvan ik in één oogopslag zag dat hij van Lotte kwam: al in de zomer van 1917, toen ze het obligate 'bericht aan ouders of verzorgers' voor mij aan Edmonda had geschreven, lieten haar vingers de krullen rechtsom draaien in plaats van linksom.

Ofschoon Franzi de komst van Lottes brief had aangekondigd, bracht hij mij danig van streek, alsof ik voorvoelde dat ik met het openen van de envelop een draad uit het weefsel van de geschiedenis zou trekken die het geheel zou ontrafelen.

Die avond kon ik de slaap niet vatten. Daags ervoor was het in mijn slaapkamer op de zolder nog koud geweest, maar nu kwam het vertrek me ongewoon benauwd voor. Drie meter onder mij, in de la van mijn werktafel op de eerste verdieping, lag de brief, zwaar ademend als een draak in zijn grot.

De nacht was lang, met de bronzen stem van de Bakenessertoren telde ik de kwartieren. Toen het zwart van de nacht overging in het blauw van de ochtend en de voorwerpen in de kamer hun contouren weer aannamen, stond ik op. Sinds kort bezat ik tot mijn grote geluk weer een fiets en om de brief, maar vooral ook het ontbijt van mevrouw Kleij te ontwijken, besloot ik een ritje te maken. Ik glipte de deur uit en koos voor de route naar het strand.

Net als destijds met mijn moeder fietste ik over de weg langs de waterkolk, waaruit het drinkwater al eeuwenlang helder opwelt.

Op de slingerende Zeeweg was het op dit uur nog rustig. Koude windvlagen droegen de geur van open water en een enkele heggenmus zong al tussen de struiken.

Als een breed lint lag het strand aangemeerd achter de

duinen. Ineens leek het of ik mijn moeder hoorde roepen, haar stem klonk ijl, vaag stak haar schim af tegen de grijze lucht die bijna onmerkbaar in de zee overging. Ik glimlachte in de richting van het water en liep naar de luchtspiegeling aan de vloedlijn. Pas toen zij volledig in de matglazen mist boven het water was opgelost, begon ik zuidwaarts te lopen.

Nabij Zandvoort, ter hoogte van een half ingestort hotel aan de Boulevard Barnaart, bleef ik staan kijken naar het asfalteren van een racecircuit voor auto's dat hier werd aangelegd. Vrachtwagens reden af en aan en stoomwalsen deden sissend hun werk, opdat automobielen hier zonder risico voor anderen konden rondrazen en in de straten van Haarlem geen moeder meer zou worden platgereden.

Anderhalf uur later zat ik op de fiets terug naar huis, voortgedreven door de aanlandige wind. De zilvermeeuw riep en het helmgras ruiste, het vluchtige gegiechel van de vergankelijkheid.

Wenen, 13 februari 1948

Lieve Manno,
Franzi heeft me je adres gegeven, dus ik hoop maar dat deze brief je in goede orde bereikt. Het is zo onvoorstelbaar verdrietig dat wij elkaar al bijna tien jaar niet hebben gezien! Ik heb het heel erg gevonden dat je ineens was verdwenen, Manno, zonder afscheid te nemen of zelfs maar je adres achter te laten! Franzi schrijft me dat onze betrekkingen met de nazi's jullie parten speelden, en nog steeds. Daarvoor heb ik natuurlijk begrip, maar je moet je voorstellen dat wij ook niet wisten dat Hitler op deze manier aan zijn idealen uitvoering zou geven. Bovendien hebben wij onze ouders willen volgen in hun keuze, vooral ook vanwege de belofte van Hitler om Zuid-Tirol weer bij Oostenrijk te brengen, een streek waar de vader van mijn moeder vandaan komt. Wij waren er werkelijk van overtuigd dat onze steun voor het nationaalsocialisme een daad was van goed burgerschap, het ging ook heel slecht met Oostenrijk, dat zul je je nog herinneren...

Helaas gaat het momenteel niet veel beter. Wij hebben alles verloren: ons huis, onze fabriek en zelfs onze soevereiniteit. Sinds de val van Wenen, waarbij 40.000 mensen zijn omgekomen, is onze stad opgedeeld in een Franse, een Britse, een Amerikaanse en een Russische bezettingszone. Onze wijk heeft het ongeluk tot het Russische deel te behoren, het meest naargeestige met de slechtste voedselsituatie. Onze Bertl, die al bijna zo lang is als zijn vader, is in de groei en zou vlees moeten eten en Otilie heeft een longaandoening en is vaak benauwd. Pas sinds dit jaar gaan de kinderen weer naar school, ook zoiets dat in ons stadsdeel veel moeizamer van de grond kwam dan in het Amerikaanse. Reizen naar andere delen van de stad is maar beperkt toegestaan, dus helaas zien we onze ouders niet veel. De automobiel is gevorderd en we bewonen met ons gezin twee kamers van het huis; in de rest van de vertrekken zijn Sovjetmilitairen ingekwartierd. In de nacht van 12 maart 1945, toen het koepeldak van de Staatsoper instortte en het Burgtheater vlam vatte, is ook onze kartonfabriek door bommen geraakt. Nu staat alleen de schoorsteen nog overeind. Bertl is op zoek naar werk, maar dat gaat moeizaam. In de tussentijd helpt hij een kennis in diens magazijn.

O, de stad is zo naargeestig geworden, Manno, zo troosteloos! Overal zie je spookgestalten van huizen waar verkoolde rommel uit de lege vensteropeningen naar buiten steekt, magere kinderen verkopen veters op straat, tussen de rails van de zwaar beschadigde trams groeit onkruid, mannen zonder benen zitten tegen de gevels te bedelen, de Engelsen gebruiken paleis Schönbrunn als clublokaal en op de muur van de Hofburg hangt een reusachtige afbeelding van Stalin.

Max en Franzi hebben onze kinderen uitgenodigd voor een vakantie in Altaussee, het verblijf zal hen niet veel kosten, Bertl vertelt me dat 1 shilling nog maar 2 Engelse pence waard is. Max heeft de voorwaarde gesteld, dat jij meegaat op vakantie. Ik smeek je hiermee in te stemmen, Manno!

Bertl en ik zouden jullie zo dankbaar zijn voor deze daad van vriendschap en vertrouwen jullie de zorg voor onze kinderen graag tijdelijk toe, nu wij ze niet kunnen geven wat ze nodig hebben. Bertlke en Otilie zijn ons laatste en liefste bezit en we weten dat jullie evenveel van hen houden als wij... Ik hoop vurig dat we het gebeurde achter ons kunnen laten en onze vriendschap weer oppakken; Béla's dood heeft me doen inzien dat het leven te kort is om lang boos te blijven...

In dierbare vriendschap,

je Lotte

PS: Robert Eigenberger, jou welbekend, laat je groeten! Hij heeft in 1946 vastgezeten aan de Kaiser-Ebersdorferstraße op verdenking van oorlogsmisdaden, maar werd al snel vrijgelaten. Inmiddels doceert hij weer en hij hoopt zich kandidaat te stellen als rector.

7

Op maandagmiddag 31 mei arriveerde mijn trein op het station van Bad Aussee, dat kleiner en havelozer was dan in mijn herinnering.

Vanaf de brug over de Traun liepen een man en een vrouw van middelbare leeftijd mij glunderend tegemoet. Enigszins onwennig omhelsden wij elkaar, vreemden en intimi tegelijk, dolblij en verlegen. Ik voelde het veerkrachtige lichaam van Franzi tegen het mijne en de compacte welving van haar borsten.

'Kijk eens aan, Manno,' zei Franzi. 'Je bent geen dag ouder geworden.'

Zij was dat wel en ik vond haar mooier dan ooit. Naast haar grote ogen hadden zich fijne lijntjes gevormd, als water waarover de wind strijkt, en haar haren begonnen in ontelbare tinten zilver te verkleuren. In de auto wierp ik een steelse blik op Max, die naast mij zat op de achterbank. Hij had het gedistingeerde uiterlijk van een academicus uit het bedrijfsleven en droeg onder zijn golvend grijzende haar een moderne bril met goudkleurig montuur en dun geslepen glazen.

Even later zette ik mijn koffer in het midden van mijn kamer in Seehotel Frischmuth, pal aan het meer van Altaussee, waar we verbleven omdat Baumi in 1939 was bezweken aan een leverkwaal. Het rook er naar boenwas en lavendel. Ik liep naar het open venster, stak mijn hoofd naar buiten en ademde de kristalheldere lucht in. De kerkklok luidde en vóór mij glinsterde het water, puur voor zijn eigen plezier.

'Hier moet het zijn geweest,' zei Franzi de volgende ochtend. We maakten een wandeling rond het meer en stonden stil op het pad vlak bij ons hotel, waar zij naar haar voeten wees. 'Dit is de plek waar Pauls lichaam destijds is gevonden.' We zwegen en keken naar het onzichtbare.

'Ik mis Béla,' zei Max zacht. 'De laatste keer waren we hier zonder Bertl en Lotte, maar toen was hij er in elk geval nog bij.'

Ik glimlachte, want in gedachten liet mijn vriend al van zich horen. 'O, maar Béla is erbij hoor,' zei ik en omdat ik begreep hoe vreemd dat klonk: 'Ik bedoel, ik stel me graag voor dat hij erbij is.'

We liepen in de richting van het water en spreidden onze handdoeken aan de oever uit. Franzi ontdeed zich van haar perzikkleurige, met rozen bedrukte jurk, waaronder ze badkleding droeg. Haar huid leek lichter dan vroeger, haar dijen voller, haar buik zachter en bij de aanblik van de kuiltjes in haar knieholten werd mijn geslacht zo monter dat ik me genoodzaakt zag een duik te nemen in het meer.

Na een tiental krachtige slagen draaide ik me in het water op mijn rug om naar de hemel te kijken, zoals ik vroeger altijd had gedaan. Geamuseerd bestudeerde ik de theatrale wolkenpartijen in de blauwe lucht boven het meer, van het donkerste donker tot het witste wit, alsof Jan van Goyen zelf ze hiernaartoe had gebracht.

De middag was vervuld van verhalen. In hoog tempo deelden we anekdotes en ervaringen uit de afgelopen tien jaren van ons leven, waarvan wij niet elkaars getuigen hadden kunnen zijn. In geuren en kleuren vertelden Max en Franzi over opvallende gebeurtenissen op hun werk, lotgevallen van familieleden, komische ervaringen met buren en Engelse eigenaardigheden. Ik wilde niet onderdoen en vertelde over Haarlem ('Er is geen caféleven, een man alleen in een café is obscuur'); over Adema ('Die man is als licht dat breekt op water, voortdurend veranderend van kleur en vorm, afhankelijk van de hoek van waaruit je hem bekijkt, met een oppervlakkige glans'); over de oorlog ('Zodra ergens Joden waren opgepakt en afgevoerd, reed een vrachtwagen van de firma Puls voor, die de inventaris eruit haalde. Het werkwoord *pulsen* was een synoniem voor beroven'); mijn inspectie van de bunker in Paasloo ('...komt er een nazi met zo'n mitrailleur die vraagt: Zeg! Liggen de vaten jenever hier opgeslagen? Waarop ik zeg: nee helaas, alleen wat schilderijen') en mijn onderduiktijd ('Het was moeilijk, kun je nagaan wat die apotheker en zijn gezin vier jaar lang hebben moeten doorstaan'). We spraken vlug, gejaagd bijna, alsof die snelheid onze scheidingsduur met terugwerkende kracht teniet kon doen.

Tegen het avondeten voelden wij ons weer behoorlijk met elkaar vertrouwd en om middernacht, nadat we uren pratend hadden doorgebracht in de salon van het hotel, waren we als vanouds een vrolijk borrelend alambiek waaruit een onschuldig destillaat opwelde, een verbinding die zich nooit door het kwaad zou laten overschaduwen.

'Ik zie de auto!' zei Franzi de volgende dag tegen mij.

De zon lag op de witte gevelbepleistering van het hotel en aan weerszijden van de ingang bloeide kamperfoelie. Die ochtend was de chauffeur van het hotel met Max naar het station van Bad Aussee gereden om er kleine Bertl en Otilie af te halen.

Ter hoogte van het kerkje maakte de grijze DKW een elegante draai en kwam dwars voor het hotel tot stilstand. Als eerste opende de chauffeur het portier voor Otilie: een bleek, schriel meisje met dunne haartjes en schichtige ogen, van wie je niet zou geloven dat ze al dertien was. Franzi noemde verheugd haar naam en zette een pas naar voren, waarna ze stokte in haar beweging en haar uitgestoken armen liet vallen. Vanachter de automobiel was, naast Max, een verschijning opgedoemd die ons zo vertrouwd was dat hij ons de adem benam: een grote jongeman met een wat gedrongen postuur, weerbarstig, koperrood haar, onstuimige sproeten als verfspatten op een canvas en met de bekende handdruk, die eerder een greep was dan een begroeting.

Sprakeloos schudden Franzi en ik hem de hand, verdwaald in de tijd.

'Dit zijn Otilie en kleine Bertl, die inmiddels niet meer klein is,' zei Max. 'Bertl en Otilie: dit zijn tante Franzi en oom Manno. Kom, we gaan naar binnen, jullie zullen wel trek hebben.'

Achter elkaar aan liepen we naar de eetzaal van het hotel.

'Ik weet het,' zei Max, die naast mij liep en zijn hand op mijn schouder legde. 'Hij is meer Bertl dan Bertl zelf.'

Het ritme van de dagen werd bepaald door de maaltijden, waarvoor Bertl evenveel belangstelling bleek te hebben als zijn vader. Met ontzag zagen wij hoe de jongeman de dag startte met roggebrood met ham en kaas, geglazuurd krentenbrood met roomboter, kaiserbroodjes met pruimenjam, kipferl met marmelade en fruit met kwark, hetgeen hij wegspoelde met zwarte thee en melk. Intussen verleidde Franzi Otilie, die slecht at en weinig lustte, met geduld en vleiende woordjes tot het eten van stukjes appel en gerstepap met suiker.

Tussen de maaltijden door maakten we wandelingen in de heerlijke omgeving van Altaussee, waar Bertl uilenballen vond en Otilie gekleurde vogelveren en waar Max de kinderen over zijn stokpaardjes onderhield.

'Moet je kijken! In de natuur herhalen zich dezelfde patronen op verschillende schalen; deze dennenboom bijvoorbeeld herhaalt zich steeds in kleinere takken en naalden, waardoor hij zijn typische piramidevorm krijgt. In de natuurlijke ordening dragen zelfs de kleinste details bij aan het geheel.'

Bij goed weer gingen we 's middags naar het meer, waar we Otilie zwemles gaven en wedstrijdjes deden wie het langst onder water kon blijven. Op de vijfde dag ging ik aan de kant tegen een boom zitten, pakte mijn schetsblok, scherpte het houtskoolpotlood en liet het zoekend boven het papier zweven voor ik de eerste lijn trok. Vlak voor mijn vertrek uit Haarlem had ik de tekeningen en aquarellen opgezocht die ik lang geleden van kleine Bertl had gemaakt en ze in de koffer gelegd. Enigszins verbaasd had ik bij aankomst in Altaussee ook mijn tekengerei in de bagage aangetroffen, ouder gewoonte door mijn handen ingepakt in aanloop naar deze bestemming, waar ik het zoveel had gebruikt.

Otilie kwam naast mij zitten op het kleed en keek nieuwsgierig hoe ik Bertl tekende, de schouder achterwaarts gebracht als een gespannen boog, klaar om een platte steen over de waterspiegel te keilen. Ik tekende Max en Bertl terwijl ze een vlot bouwden, Bertl die een handstand deed in het water, Franzi en Bertl die een bal overgooiden.

Die avond bleef het ongewoon warm en we gebruikten de maaltijd aan een van de gedekte tafels in de tuin van het hotel. Ik keek naar Otilie, die met blozende wangen een spinazieknödl at en limonade opzoog met een rietje. Bertl lepelde met zijn stevige knuisten aardappelsalade naar binnen, snoekbaars met bloemkool en goudkleurig gebakken broodkruim en drie porties pruimenkoek, waarna hij tevreden zijn vingers aflikte en Franzi hem haar servet toewierp.

'Zo,' zei Bertl en hij onderdrukte een boer, 'dit is pas eten! Je kunt wel merken dat Steiermark in handen is van de Amerikanen.'

Toen de tafel was afgeruimd, nam ik de map met tekeningen en aquarellen die ik uit Haarlem had meegenomen, en legde die op tafel.

'Hier,' zei ik met een glimlach. 'Ik denk dat dit jou toebehoort.'

Opgetogen bekeek Bertl de werken, bestudeerde voor de zekerheid ook de achterkant en stopte bij een vel dat hij lachend omhooghield.

'Oom Manno, kunt u soms in de toekomst kijken? U hebt mij

getekend met een kind in de armen!'

'Hij verwart zichzélf zelfs met zijn vader,' zei Max tegen Franzi. 'Natuurlijk niet,' antwoordde Franzi hem. 'De Bertl die hier aan tafel zit, heeft toch geen litteken in het gezicht?'

'Dat zegt niets, op zijn leeftijd had onze Bertl ook nog geen Schmiss!'

'Dat is een aquarel van je vader met jou,' zei ik tegen Bertl en om van gespreksonderwerp te veranderen: 'Zeg Bertl, nu je al zo groot bent, heb je enig idee wat je na de middelbare school wilt gaan doen?'

De jongen lachte breed. 'Economie studeren natuurlijk! Net als mijn vader, mijn grootvader en mijn overgrootvader. Volgens papa is dat de academische traditie in onze familie.'

Ik zag dat Max zijn mond opende, maar voor hij iets kon zeggen had ik dat met een duwtje van mijn voet onder de tafel verhinderd.

'Papa zegt altijd dat de positie van een vader afstraalt op zijn zoon en dat God werkt in de lijn der geslachten,' vervolgde Bertl. 'En hij heeft me verteld dat uw vader een dappere legerofficier was die zijn leven heeft gegeven voor het vaderland!'

Plots kwam het me heel onwerkelijk en toch ook bekend voor dat ik naar het gezwets zat te luisteren van deze Bertl, die mij onderhield over de lijn der geslachten en de nalatenschap van vaders.

'Onderofficier,' mompelde ik en ik bloosde tot mijn eigen ergernis.

'Ik wil moeder worden,' zei Otilie. Ze liet het rietje ratelen in het lege glas, haar ogen glommen en uit haar stem was de nerveuze ondertoon verdwenen. 'Moeder of bankemployee!'

Die nacht bleef het warm en ook daarna koelde het nauwelijks af. Bij mijn aankomst hadden de kastanjebomen voor de kerk nog hun groene, breed bebladerde kronen bewogen, maar nu stonden ze roerloos en wierpen hun schaduwen tot het midden van de straat. Vanwege de warmte brachten we veel tijd door aan het meer, waar ik mijn plaats tegen de boom weer had ingenomen en Otilie op haar knieën naast mij zat, het magere lichaam tot vlak boven haar eigen vel papier gebracht terwijl ze een lieveheersbeestje natekende. Zelf schetste ik Franzi, die vanaf de kant de krachtmetingen volgde tussen Max en Bertl in het water.

Achter haar verrezen de steile rotswanden van het Gebergte des Doods, scherp contrasterend met haar levendige gestalte.

Otilie leunde naar links en keek op mijn blad.

'Oom Manno,' zei ze. 'Zit u hier graag te tekenen?'

'Jazeker.'

'Waarom dan?'

'Omdat het licht hier zo ongewoon helder is,' zei ik. 'De enorme waterspiegel van het meer weerkaatst het licht, waardoor dat ineens van alle kanten lijkt te komen; het is of ik alles scherper zie als ik hier ben.' Ik draaide me naar haar toe. 'Weet je wat? Ik heb een klein beetje olieverf bij me. Als het morgen wat minder warm is, kun je daarmee eens proberen het licht te schilderen!'

'Het licht schilderen?'

'Nou... eigenlijk kun je het licht zelf niet zien, je kunt alleen zien wat het aanraakt; wat in het donker is, blijft onzichtbaar. Toch hebben enkele beroemde kunstschilders het licht geschilderd – alsof het licht zélf een ingrediënt was van hun verf.' Ik wees haar op het lieveheersbeestje in het gras. 'Kijk maar hoeveel verschillende kleuren dit rood-met-zwarte beestje heeft! Dat is het werk van het licht.'

'Dan neem ik deze straks mee naar het hotel, zodat ik hem morgen kan schilderen,' zei Otilie. 'Hebt u iets waar ik hem in kan bewaren?'

Ik leegde een luciferdoosje en prikte er met de punt van mijn potlood gaatjes in. Daarna ving Otilie het lieveheersbeestje, stopte het voorzichtig in het doosje, deed er wat grassprieten bij en schoof het dicht.

Tegen de avond, toen de aarde de warmte van de dag uitademde, werd het drukkend. Het gras in de tuin van het hotel geurde zwaar en de mussen die eerder vrolijk rondhipten, waren nergens te bekennen. De tafels waren gedekt met geborduurde kleedjes met narcissen en blauwe druifjes erop, zoals ook Baumi die ooit bezat.

Een serveerster nam onze bestelling op. Otilie bestelde limonade en wij Murauer Pils.

'Voor mij ook graag bier,' zei Bertl.

'Nou...' zei Max.

'Maar ik mag van mijn vader al drinken!'

'Niet waar,' zei Otilie zacht.

'Dat weet jij helemaal niet,' zei Bertl, 'hou je erbuiten.'

'Goed,' zei Franzi. 'Eén glaasje dan.'

'Kom op, Franzi,' zei Max, 'hij is nog een kind!'

'Ik ben geen kind,' zei Bertl.

'Hij is bijna zestien,' zei Franzi.

'Dat is precies wat ik bedoel,' zei Max.

Toch dronken we even later alle vier gulzig van het koude bier en aten selleriesalade met kümmel en bloedworst met peertjes. Otilie doopte een stukje sla in haar water en stopte dat in het luciferdoosje. Intussen maakte de uitbaatster een ronde langs de gasten en toen ze aan ons tafeltje verscheen, zei ze:

'Goedenavond, familie! Is het verblijf tot nu toe naar wens?'

'Zeker mevrouw Frischmuth, het is hier heerlijk, mede dankzij uw gastvrijheid,' zei Max.

'Maar we zijn geen familie,' zei Bertl.

'O nee?'

'Nee, hij is Hollander,' wees Bertl naar mij, 'en zíj zijn Joden uit Engeland. Mijn ouders waren vroeger met hen bevriend. Mijn zusje en ik komen uit Wenen en we zijn hier voor een gezonde-luchtkuur.'

'Wat aardig dat u de kinderen van uw vrienden meeneemt op vakantie,' zei mevrouw Frischmuth tegen ons. 'Dat is een mooi gebaar van vriendschap.'

'Nou, mijn vader zegt dat Oostenrijk voor hen gewoon lekker goedkoop is,' zei Bertl. 'Voor één Engelse pond krijgen zij wel vijfendertig shilling!'

Ik hoorde Béla in mijn hoofd ongelovig tussen zijn tanden sissen, alsof hij leegliep. In een poging verontschuldigend te glimlachen naar mevrouw Frischmuth, vertrok ik mijn gezicht in een pijnlijke grimas.

'Heb je de wilde narcissen al geroken?' zei de vrouw tegen Bertl. 'Die hebben een gezonde uitwerking op lichaam en geest – en zij kosten niets!'

Bertl grijnsde. 'Volgens mijn vader zijn narcissen voor homo's.'

'Bértl!' zei Franzi. Het klonk als een bevel.

Mevrouw Frischmuth knikte langzaam. 'Jouw vader weet wel veel, hè?'

'Klopt, en Bertl hier is zijn troonopvolger,' zei Max. 'God werkt in de lijn der geslachten.'

Die nacht kon ik de slaap niet vatten. Het was in mijn kamer om te stikken, geen zuchtje wind kwam door de open ramen en hoewel ik ook wel wist dat het meer zich nog steeds eronder bevond, ging ik daar in de doodse stilte aan twijfelen. Ineens hoorde ik zacht gespat, alsof iemand door het water liep. Ik stond op en keek uit het raam, waar ik getuige was van een bijna bovennatuurlijke verschijning.

Daar ging een waternimf in een perzikkleurig gewaad, de blote voeten in het ondiepe water, haar gestalte beschenen door het licht van de sterren achter de sluierbewolking.

'Ga naar haar toe,' zei Béla.

Snel schoot ik wat kleren aan en liep de trap af naar buiten, langs de kerk naar het meer. Met mijn schoenen in de hand liep ik door het enkelhoge water naar Franzi, die zich even naar me toe draaide, flauw glimlachte en weer voor zich uitkeek.

Ik ging naast haar staan en staarde met haar naar de donkere, onzichtbare overkant van het meer. Zo zwegen we een tijd, terwijl ik mijn voeten door het krommen en strekken van mijn tenen onder water in het zijdezachte zand begroef.

'Dit is de tweede keer dat Bertl mij uit de slaap houdt,' zei Franzi uiteindelijk. 'En weer ben jij erbij.'

'Maar dit keer is Bertl er níét bij,' zei ik.

'Dat weet ik wel,' fluisterde Franzi, 'maar zo voelt het niet.' Abrupt draaide ze zich om. 'Manno, wat moet ik doen? Ik ben zo in de war. Het is alsof niet dit kind, maar zijn váder de echo is...' Ze greep mijn arm. 'Soms zie ik in hem de jongen die mijn man had moeten worden, soms de jongen die mijn zoon had moeten zijn!'

Ik trok mijn voeten uit de bodem en drukte haar een beetje ruw tegen me aan – om haar te troosten, maar ook mijzelf, omdat ik hier stond met het meisje dat mijn vrouw had moeten worden.

'Bertl brengt ons allemaal in de war,' zei ik. 'Hij brengt het verleden te dichtbij.'

De volgende ochtend verscheen Franzi niet aan het ontbijt.

'Ze heeft hoofdpijn,' zei Max. 'Ik breng haar dadelijk wat fruit.'

'Goedemorgen,' zei de serveerster. 'Koffie of thee?' Van haar voorhoofd rolde een druppel, die ze haastig wegveegde. 'Mijn excuses,' zei ze met een flauwe glimlach. 'Het is vaker mooi weer in de narcissentijd, maar deze omstandigheden zijn ongewoon.'

'Hij heeft dorst,' zei Otilie. Ze goot wat water in een handpalm en liet het lieveheersbeestje daar over haar pols naartoe wandelen.

We dronken alleen thee en zelfs Bertl at maar twee broodjes bij zijn karnemelk.

'Voor olieverf is het te warm,' zei ik tegen Otilie. 'Jammer genoeg zijn we vandaag nog op potloden aangewezen.'

'Het is voor alles te warm,' zei Bertl. 'Ik ga de hele dag in het meer liggen.'

'Het is vooral benauwd,' zei Max en tegen mij: 'Ik kom zo, ik ga eerst even kijken bij Franzi.'

We brachten de ochtend door in en om het water. Ik toonde Otilie het samenspel van licht en schaduw, dook met Bertl steentjes op en tekende Max, die schijnbaar diep in gedachten verzonken in de schaduw zat.

Na het middaguur liepen we terug naar het hotel, terwijl het effen wolkendek op ons neerdrukte.

'Ik wil niet eten,' zei Otilie.

'Alleen een beetje soep,' zei Franzi, die ons stond op te wachten. Ze zag er moe uit en kneep met haar ogen.

In de tuin van het hotel stond de lucht onbeweeglijk, als een muur.

'Ik wil niet buiten zitten,' zei Otilie.

We namen plaats aan een tafeltje binnen.

'Na het eten ga je boven even lekker rusten,' zei Franzi.

'Ik lust geen erwtensoep met rivierkreeftjes,' zei Otilie, toen die werd opgediend.

'Hebt u misschien een beetje heldere bouillon?' vroeg Franzi aan de serveerster.

Bertl had wel zin in erwtensoep, en ook in Golatschen met gehakt, kalfsworstjes en tuinbonen met ham.

'Wat doet u eigenlijk voor werk, oom Max?' vroeg hij met volle mond.

'Ik werk bij een chemisch concern in Londen,' zei Max.

'Bent u daar een belangrijk persoon?'

'Wat? Eh, ik geef leiding aan de afdeling waar onderzoek wordt gedaan naar de vervaardiging van nieuwe stoffen, zoals polyester.'

'Hebt u een automobiel?'

'Nee, ik...'

'Welk merk?'

'Nou, ik heb geen...'

'En een groot huis? Met voor elk kind een eigen kamer?'

'We hebben een groot huis,' zei Franzi, 'maar geen kinderen.'

'Waarom niet? U hebt er toch zeker geld genoeg voor.'

In de stilte klonk het gerinkel van servieswerk in de hotelkeuken.

'De echo van zijn vader,' fluisterde Béla binnen in mij.

Bertl prikte een stuk leverpastei aan zijn vork, grijnsde en zei: 'Mijn vader heeft me weleens verteld van rijke Joden, maar hiervóór had ik er nog nooit een in het echt gezien!'

'Waarschijnlijk heb je ook nog nooit een econoom in het echt gezien,' zei Max. Hij schoof zijn stoel achteruit, gooide zijn servet op tafel en verliet de eetzaal.

'Luister, Franzi,' zei ik vlug, 'het is de warmte, die maakt iedereen prikkelbaar. Max en ik gaan even een luchtje scheppen en zijn voor het avondeten weer terug, goed?'

Ik knikte bijna waarschuwend naar de kinderen en haastte me naar de gang, waar ik Max achteropliep.

'Kom mee,' zei ik. 'We gaan naar het huis van Baumi.'

Buiten liepen Max en ik door de stroperige lucht over de weg. Ter hoogte van de Lichtersberg werden we gepasseerd door een boer, die ons met een handgebaar een plek op zijn kar aanbood. De wagen werd getrokken door een paard als dat van Paul, met bezwete flanken en plukjes haar boven de hoeven.

Vanaf onze plek in het hooi keken we uit over het land, waar de vroege tarwe al hoog opgeschoten op de velden stond en de krekels zongen om het hardst. Toen de boer zijn bestemming had bereikt, tikte hij ten afscheid tegen zijn strohoed en voorspelde ons voor diezelfde middag de verlossende regen.

Een kwartier lang liepen we het pad verder af, tot aan de boerderij waar ooit Paul en Baumi hadden gewoond. Het huisje was ten prooi gevallen aan de natuur; tot aan het dak, dat voor de helft was ingestort, werd het aan het oog onttrokken door prikkelstruiken. Tussen de bloeiende grassen en dovenetels baanden we ons een weg naar de appelboom, nu al zeventien jaar ouder dan Paul ooit was geworden. De lege kippenren was ingenomen door brandnetels en de oude mostpers leunde als een vermoeide kerel tegen de schuur.

'Baumi zou zich omdraaien in haar graf,' wees Max mij op het uitbundig geel bloeiende Jacobskruiskruid, dat wij haar in een ander tijdperk met verbetenheid hadden helpen bestrijden.

We liepen helemaal naar de beek, waar we verbaasd bleven staan. Van het kleine groepje wilde narcissen aan de waterkant keken we naar elkaar en weer terug, als om de ander te vragen van deze onwaarschijnlijkheid te getuigen. Max trok zijn hemd uit en spreidde dit vlak naast de narcissen als een kleedje voor ons uit. We gingen erop zitten, gespten onze schoenen los en lieten de voeten bungelen in het langsstromende water. Nog steeds bloeide er wederik aan de overzijde, de boerderijen waren er nog en natuurlijk de donkergroene Dietrichkogel erachter, waarboven zich vanuit het westen donkere wolken samenpakten.

Max en ik zaten bij elkaar zoals we in het eerste deel van ons leven zo vaak bij elkaar hadden gezeten: zwijgend en volkomen met elkaar vertrouwd. Het was alsof het leven niet voor ons lag en ook niet achter ons, alsof er geen voor en na bestond: geen voor en na de moord op Béla, geen voor en na de oorlog, geen onherroepelijkheid van gebeurtenissen; het was alsof wij bestonden buiten de tijd.

'Ik weet wel dat ik nooit Franzi's eerste keuze ben geweest,' zei Max terwijl hij een narcis plukte. Hij trok er een wit bloemblaadje uit en legde dat op het water, waar het als een vederlicht bootje door de vliedende stroom werd meegenomen.

'Ik weet dat zij altijd van Bertl heeft gehouden.'

Ik haalde adem om iets te zeggen, maar hij was me voor. 'Het geeft niet, Manno. Ik houd zielsveel van Franzi, en echte liefde is niet het in de ander willen opgaan – juist niet: echte liefde is kunnen verdragen dat je twee blijft, tot verscheurdheid aan toe.'

De tranen sprongen mij in de ogen, want precies dat verdroeg ik ook al een tijdje.

'Ik houd zoveel van haar,' vervolgde Max en gooide een tweede kroonblad in de beek, 'dat ik zelfs kan verdragen dat zij verliefd was op iemand die de schadelijkheid van het zogenaamde Joodse ras onderschreef.'

'Niet alleen van het Joodse ras,' zei ik.
'Ja, ook van communisten, Slaven en zigeuners.'
Ik slikte. 'En homoseksuelen...'
Max knikte en wierp nog een bloemblaadje in het water.
'Aan de andere kant weet ik natuurlijk ook wel dat Bertl geen echte nazi was; het nationaalsocialisme stond gewoon met zijn hele gewicht op de hefboom van Bertls geldingsdrang en bolde hem op tot een ongevaarlijke luchtbel.'

In mijn buik begon iets te trillen dat oversloeg naar mijn hart en al spoedig mijn keel bereikte. Wat tien jaar lang onmogelijk was geweest, was plots noodzaak geworden, een voldongen feit bijna, een wetmatigheid waaraan ik niet kon ontsnappen.

Als water door de Kolksluis stroomden de woorden naar buiten.

'Lotte is leidster geweest bij de Bund Deutscher Mädel, Bertl is onderscheiden wegens trouw lidmaatschap van de NSDAP, hij heeft Béla onder dreiging van het doen van aangifte jarenlang gechanteerd en nadat hij hem financieel had uitgekleed met een tip bij de Gestapo aangegeven, die hem naar Dachau heeft gedeporteerd, waar hij is vermoord.'

Onmiddellijk had ik spijt van mijn onthulling. Even verbeeldde ik me dat ik de tijd nog kon terugdraaien en het gezegde ongedaan maken, maar het was te laat; de door mij gesproken woorden waren onderdeel van de lineaire tijd, de dimensie waarin gebeurtenissen elkaar logisch opvolgen.

'Wat?' zei Max.

Ik knikte en sloeg mijn ogen neer.

'Wát...?' fluisterde Max. Hij begon te beven, zijn gezicht stak licht af tegen de grauwe hemel. Klappertandend stond hij op en wankelde naar de morellenboom, waar hij met zijn ene hand de stam vasthield en met de andere zijn hoofd.

In wanhoop sloot ik mijn ogen, ik klemde de ellebogen tegen mijn borst en de handen over mijn oren, als een kind dat zijn eigen zintuigen verbergt in het vertrouwen dat anderen hem dan niet kunnen waarnemen. Had ik een dwaling begaan? Had ik mijn goede vriend ten onrechte belast met mijn getuigenis van Bertls laaghartig verraad, en hiermee een nieuw onheil ontketend?

Toen ik de eerste regendruppels voelde, deed ik mijn ogen open en zag dat Max naast me stond. Hij had een behuild gezicht en zijn blik was ondoorgrondelijk.

'Het speelde zich onder mijn ogen af,' zei hij, 'en ik heb het niet gezien.' Hij opende zijn hand en wierp de laatste resten van de narcis in het water. 'Kom Manno. We gaan terug naar het dorp.'

De dagen van drukkende hitte kwamen ten einde zonder dramatisch onweer of harde windstoten; loodrecht viel de regen naar beneden en waste de sporen van ontzetting van onze gezichten.

We legden de hele terugweg zwijgend af.

Pas voor het hotel, onder het afdak van de ingang, bleven we staan.

'Manno,' zei Max, 'wie weet hier nog meer van?'

'Niemand. Denk ik.'

Hij schudde het hoofd. 'Het spijt me zo... Dat moet een zware last voor je zijn geweest.'

Hij deed een stap naar mij toe. 'Ik ben blij dat je me dit hebt verteld. Nu kan ik alles in het juiste perspectief plaatsen.'

Verrast keek ik hem in het gezicht, dat er onder zijn natte haar bijna even rustig en beheerst uitzag als voorheen. Had ik dan toch het goede gedaan? Was het mogelijk dat deze weerzinwekkende feiten, juist doordat ik ze in de openbaarheid had gebracht, nu eindelijk tot het verleden zouden gaan behoren, alsof er een slagboom was gevallen, of het luik van een loket?

'Laten we ons omkleden en een hapje gaan eten,' zei Max. 'Ik sterf van de honger.'

In de eetzaal heerste een gezellige atmosfeer. Op de tafels stonden verse narcissen en brandende kaarsjes. Max kuste Franzi op het voorhoofd en nam naast haar plaats aan onze vaste tafel.

'Wij hebben met tante Franzi in een roeiboot over het meer gevaren!' zei Otilie.

'En ijsjes gekregen,' zei Bertl.

We aten kalfsschnitzel met gebakken aardappelen en apfelstrudel toe. Een beetje verbaasd keek ik de tafel rond: iedereen leek goedgemutst en at met smaak, alsof er nooit een wolkje aan de lucht was geweest. Zelfs toen Bertl voor zichzelf een glas bier bestelde, zei Max er niets van.

'En wat gaan we morgen doen?' vroeg Bertl, die Otilies onaangeroerde stuk apfelstrudel naar zich toe had getrokken en met zijn eigen vork opat.

'Ik heb een idee,' zei Max. 'Voor morgen is koel en droog weer voorspeld. Laten we de Loser beklimmen.'

Hij nam een flinke slok bier alsof hij vast dronk op de goedkeuring van zijn voorstel.

'Ja!' riep Bertl.

'Gisteren zei je nog dat de Loser wel 1850 meter hoog is,' zei Otilie tegen haar broer.

'O, maar we gaan niet tot de top,' zei Max, 'we gaan naar de narcissenvelden. Een mens kan Altaussee niet bezoeken zonder de wilde narcissen op de Loser te hebben gezien.'

'Gaan we daarboven dan picknicken?' vroeg Bertl.

'Natuurlijk, het is een dagtocht,' zei Franzi. Ze legde haar hand op die van Max en glimlachte dankbaar naar hem. 'Ik zal mevrouw Frischmuth vragen haar beroemde lunchpakketten voor ons klaar te maken.'

'Nu moet je nóg langer wachten voor we kunnen schilderen met olieverf,' zei ik tegen Otilie.

'Nou ja,' antwoordde zij opgeruimd. 'Het lieveheersbeestje is toch dood.'

De zon was allang op toen ik ontwaakte en uit het raam keek van mijn hotelkamer, waar de halfbewolkte hemel speelse vlekken wierp op het water.

Beneden in de hal trof ik Franzi die de voeten van Otilie inwreef met calendulazalf en vette watten uitdeelde voor in de sokken. Nog geen halfuur later hadden we onze rugtassen gevuld met in doorzichtig papier verpakt brood, lekkernijen, waterflessen en pleisters en stapten naar buiten. Het frisgroene kastanjeloof voor de kerk stak vrolijk af tegen de felblauwe hemel en de klokken klonken helder over de daken. Franzi, blakend van kracht en levenslust, droeg een licht bloesje op haar knielange rok en om het hoofd een gebloemde doek, die ze achter in haar nek had vastgeknoopt.

Het was alsof de smalle, kronkelende weg over de Loser zich ons herinnerde. Nieuwsgierig bogen de bloeipluimen van bloemen en grassen zich naar ons toe, ellerlingen schoten door het beekje waaruit wij ontelbare malen hadden gedronken en op de bekende plaats hingen wilde mirabellen als harde groene knikkers aan de takken.

Max wees Otilie op wilde orchideeën en raapte een blauwe vogelveer voor haar op, die zij in het knoopsgat van haar vestje stak. Bertl, die net als zijn vader tijdens het wandelen zijn gewicht van het ene naar het andere been verplaatste, liep voorop. Hij floot alle refreinen uit het repertoire van Strauss en trok de schubben uit een dennenappel die hij verspreid over het pad achterliet, als Hans en Grietje hun broodkruim.

'Jij zult straks geen moeite hebben je weg naar beneden te vinden,' zei Max.

Toen de dennenbomen in dichtheid afnamen, klommen we in stilte het laatste stuk, nu en dan onderbroken door het zuchten van Otilie en de kalmerende stem van Franzi, die een blaar doorprikte of een insectenbeet bette met kamfer.

Nog voor we de narcissen konden zien, roken we ze al, de gelukzalige herinneringen uit de eerste helft van ons leven en even later betraden we plechtig het witte tapijt. Het zicht was helder en Max en ik wezen Bertl het blauwgrijze Gebergte des Doods, dat zich zover het oog reikte in noordoostelijke richting uitstrekte.

'En waar is het meer van Altaussee?' vroeg Bertl. 'Ik zie het niet.'

'Dat ligt precies onder ons,' zei Max. 'Het wordt weer zichtbaar als we afdalen.'

We installeerden ons tussen de narcissen en aten broodjes met gedroogde ham en dronken kruidenlimonade. Franzi en Otilie vlochten dikke bloemenkransen en zelf strekte ik me uit om te genieten van de windveren, die als engelen hoog boven ons aan de hemel stonden.

'Voor wie zijn die narcissen?' vroeg Otilie, toen ze zag dat Max twee bosjes had geplukt.

'Die leg ik straks neer bij de herdenkingsplek van twee mensen die hier zijn gestorven,' zei Max.

'Hier? Op deze berg?'

'Niet op de berg,' zei Franzi. 'Onderaan de berg.'

Ze nam haar krans, drukte hem op het hoofd van Max en net toen deze haar wilde kussen, graaide Bertl de bloemenkroon eraf en zette hem op zijn eigen hoofd.

'Ík was toch de troonopvolger?!' riep hij uitdagend en rende weg.

Geschrokken keek ik naar Max, maar die lachte en riep over zijn schouder terug: 'Klopt Bertl – maar deze berg is niet jouw koninkrijk!'

Franzi lachte ook, ze streek haar verwaaide lokken naar achteren en knoopte de hoofddoek opnieuw om. 'Goed, zullen we dan maar gaan afdalen?'

Met onze nagenoeg lege rugzakken volgden we de slingerpaden sneller naar beneden. Aan weerszijden bloeiden de jeneverbessen, waartussen lijsters hartstochtelijk zongen en eekhoorns over de naaldtakken renden. We waren nog zo'n zeventig meter verwijderd van de herdenkingsplek voor Paul en zijn vader, toen Otilie struikelde en haar knie bezeerde aan een puntige steen.

'Kom, kom, Otilie, het is maar een schaafwond,' zei Franzi tegen het jammerende meisje. Voor het eerst in al die dagen klonk ze wat minder geduldig. 'Je gaat echt niet dood aan een kapotte knie. Hier, ga maar op die grote kei zitten. Manno, maak jij de wond even schoon en droog? Dan verbind ik hem met Engels pluksel.'

'Bertl en ik gaan de narcissen vast neerleggen,' zei Max en de twee verdwenen om de bocht van het pad.

Met water uit mijn veldfles spoelde ik Otilies knie schoon en ik depte de huid, waarna Franzi hem verbond.

We waren juist klaar, toen er een langgerekte schreeuw klonk. Franzi en ik hieven het hoofd en keken elkaar aan.

'Wat was dat?' zei Otilie.

'Sssst!' zei Franzi en kwam overeind.

We spitsten onze oren, maar het bleef stil, zelfs de lijsters zwegen.

'Max?' riep Franzi. Ze stond op en begon in de richting van de gedenkplaats te draven. 'Max?'

Ik greep de hand van Otilie en liep haar zo snel mogelijk achterna.

Ter hoogte van een zwarte den waarvan zich de stam op ooghoogte in tweeën deelde, haastte Franzi zich naar de aflopende berm aan de overzijde van het pad. Langzaam, als om de tijd te vertragen, volgde ik haar met Otilie naar het wat lager gelegen stuk van de bergwand waar de gedenktekens stonden.

Vlak bij de afgrond stond Max, zijn gezicht een masker van ontsteltenis, zijn blik elders.

'MAX!' gilde Franzi en schudde hem door elkaar. 'MAX, WAAR IS BERTL!' Maar Max leek haar te horen noch te zien, het was alsof zijn zintuigen zich hadden teruggetrokken uit de werkelijkheid.

'Max!' huilde Franzi nu en zakte door haar knieën. 'Waar is Bertl, waar is Bertl...'

In een reflex drukte ik het gezichtje van Otilie tegen mij aan om haar het gruwelijk onzichtbare, dat wat níet te zien was, te besparen.

Franzi klauwde haar vingers in de grond, ze trok er stukken

mos uit, boog haar lichaam achterover en schokte onbedaarlijk terwijl zij naar de hemel riep om Bertl.

Ineens rukte Otilie zich van mij los en liep op Max toe. Ze pakte zijn hand en zei met een kleine stem: 'Oom Max, waar is mijn broer?'

Traag boog Max zijn hoofd naar het meisje voor zich, hij knipperde met zijn ogen en vormde met zijn mond eerst geluidloze woorden, alsof hij oefende voor het onzegbare.

'Otilie, je broer... Hij wilde het meer van Altaussee zien en kwam te dicht bij de rand.'

8

'Hoe is het mogelijk,' zei mevrouw Kleij, die het atelier poetste omdat het woensdag was en even over mijn schouder meekeek. 'Het is bij ons precies zo'n naargeestig weer als op dat schilderij.'
Op mijn ezel stond *Slatuintjes bij Den Haag* van Jacob Maris, een werk waarin niet de tuintjes de hoofdrol speelden, maar de grenzeloze grijze najaarslucht die zich daarboven uitstrekte als een geoxideerd zilveren gewelf.
Het was eind september en Haarlem ging al dagen gebukt onder regen die onophoudelijk uit de dichte, parelgrijze wolken viel. In een chaotisch ritme beukte de neerslag tegen het wegdek waarop zich aanvankelijk diepe plassen hadden gevormd en later riviertjes, uitmondend in goten en putten.
Binnen bestreed mevrouw Kleij de dampige atmosfeer met het opstoken van de kachel, ze zette de ramen tegen elkaar open, wreef de vloer met olie en behandelde door schimmel aangetaste voegen met bleekwater en azijn. Over mijn ezel keek ik door de betraande ruiten, waar de wind de bomen deed buigen.
'Op de radio werd gezegd dat het tegen de avond eindelijk droog wordt,' zei mevrouw Kleij. 'De Heere zij dank, dan hoeft de was niet langer in het trapgat te hangen.'
Toen zij klaar was en de deur van het atelier achter zich had gesloten, stond ik op van mijn kruk. Ik liep naar mijn bureau, pakte

de brief die ik inmiddels bijna uit mijn hoofd kende en las hem voor de laatste keer.

Londen, maandag 13 september 1948

Lieve Manno,

Hoe gaat het met je? De laatste tijd ben je steeds in mijn gedachten. Van Franzi begreep ik dat jij ook niet welkom was op de begrafenis van Bertl. Zelf zet ik sowieso geen voet meer in Wenen, die stad is voor mij één grote plaats delict.

Afgelopen zomer zijn Franzi en ik de trotse ouders geworden van twee weeskinderen uit Roemenië: Benjamin, een schrandere jongen van acht en zijn zusje Rivka van zes, met zachte ogen en een strik in het haar. Hun ouders zijn in Auschwitz vermoord en de hulpinstanties hebben ons gevraagd de kinderen op te voeden 'in de Joodse godsdienst'.

Hoewel ik wetenschapper ben, plaats ik mijzelf in de Joodse traditie van een band met de Eeuwige – of hét eeuwige; dat maakt weinig verschil, want natuur en religie beschrijven dezelfde verbazingwekkende eenheid van ontwerp in het hele universum, een sublieme organisatie van vaste wetten en regels. De wereld is honderd procent geordend, chaos bestaat niet; in alles wat wij willekeurig noemen, schuilt een patroon dat we gewoon nog niet hebben ontdekt.

Een van de ijzeren wetmatigheden van de schepping is het voortdurend streven naar harmonie, het in balans brengen van alle polariteiten: licht en donker, plus en min, hitte en koude, zuren en basen... Het behoud van evenwicht is een belangrijk ordenend principe, ook in de verhouding tussen mensen. Een evenwichtig wederkerig beloop, de uitwisseling van diensten, is immers de basis van elke gemeenschap: ik help jou, jij helpt mij.

Ook onze vriendschap, die dierbare gemeenschap die wij met zijn zessen vormden, getuigde van de kosmische boekhouding van geven en ontvangen: wij waren er voor elkaar, door dik en dun. Het is duidelijk dat Bertl geen econoom is, want hij heeft die balans op een gruwelijke manier geweld aangedaan en daarmee onze vriendengroep verwoest. Kwetsbaarheid beantwoordde hij met verachting, goedheid met chantage, loyaliteit met verraad.

Maar het is bijna Jom Kippoer, een tijd van reflectie waarin een Jood niet stilstaat bij het gedrag van anderen, maar bij zijn eigen handelen. Dezer dagen denk ik veel aan wat zich in Altaussee heeft afgespeeld en probeer ik me vergeefs dat fatale moment te herinneren. Graag denk ik, net als Franzi, dat het lot heeft bepaald dat Bertl die dag op de Loser het evenwicht verloor en zijn dood tegemoet viel. Dat het toeval was. Of de wind.

Maar ik moet de mogelijkheid onder ogen zien dat het mijn handen waren, die hierbij een rol hebben gespeeld.

'Mij komt de wraak toe,' zegt de Eeuwige, waarmee is bedoeld dat alleen Hij het herstelrecht heeft. Zou het dan toch waar zijn? denk ik als ik 's nachts wakker lig. Is de dood van Bertl te beschouwen als Zijn vergelding voor de dood van Béla? Ik bedoel: is aan Bertl, nadat hij Béla alles ontnam, zijn zoon ontnomen, daarmee recht doend aan de gulden ratio van de wederkerigheid? Bertl zelf zei het immers al: God werkt in de lijn der geslachten...

Enfin, dit brengt me terug bij het begin van mijn brief.

Op 23 december is het de eerste avond Chanoeka, een Joods feest dat traditioneel met vrienden en familie wordt gevierd. Voor het eerst vieren Franzi en ik Chanoeka met onze kinderen, onze nieuwe vrienden en... graag met jou, Manno; onze oudste, meest dierbare vriend, trouwe reisgenoot, getuige van ons leven.

Franzi en ik hopen vurig dat je tegen die tijd met de boot hiernaartoe reist, opdat wij je kunnen opnemen in onze nieuwe, hechte vriendengroep.

In diepe, diepe dankbaarheid voor je toegewijde vriendschap,
Max

De avond doofde de regen en scheurde het wolkendek open.

Op de valreep meldde zich de laagstaande zon nog met zoveel overtuiging, dat ik me niet kon voorstellen dat ik haar dagenlang niet had gezien, gelijk de herinneringen vervagen van een gezond mens aan een doorgemaakte ziekte.

Toen het elektrisch licht mijn kamer van de donkere buitenwereld scheidde, trok ik mijn jas aan, stopte de brief in mijn zak en zei hardop tegen Béla: 'Jij blijft thuis. Dit moet ik alleen doen.'

Beneden in de keuken zat mevrouw Kleij bij het schijnsel van een olielamp te lezen.

'Gaat u nog uit, mijnheer Loch?' vroeg ze.

'Ja,' antwoordde ik.

Onder de nieuwe maan liep ik naar de rivier die bedaard naar het noorden stroomde, zoals hij al eeuwenlang deed. Ik ging op de rand van de kade staan, scheurde de brief van Max in stukjes en wierp ze in het donkere water.

Zo stond ik daar, terwijl het Spaarne de snippers als witte bloemblaadjes droeg naar de zee, de ondeelbare eenheid van alle wateren.

Woord van dank

Voor de totstandkoming van dit boek ben ik velen dank verschuldigd.

Op de eerste plaats gaat mijn grote dank uit naar Andreas Brunner, historicus en mededirecteur van QWien, voor het delen van zijn omvangrijke kennis, bronnen en archieven over historisch Wenen op elk gebied en het leven van queers in het bijzonder;

Daarnaast bedank ik Judith Schuyf, historicus en archeoloog, voor haar deskundige en gedetailleerde beantwoording van de meest uiteenlopende onderzoeksvragen;

Ik bedank conservatoren van het Rijksmuseum Esther van Duijn en Susan Smelt, alsmede zelfstandig restaurator Marjan de Visser, voor hun overvloedige informatie over pigmenten, bindmiddelen, vernissen en bedoekingsmethoden;

Michiel Franken en Matthijs de Keizer, onderzoekers bij het RKD, ben ik erkentelijk voor het delen van hun expertise op het gebied van restauratiegeschiedenis en Marrigje Rikken, directeur van het Stedelijk Museum Alkmaar, voor het beantwoorden van mijn vragen over Frans Hals.

Pieter Biesboer, voormalig conservator van het Frans Hals Museum, bedank ik voor zijn geweldige inhoudelijke suggesties en Lidewij de Koekkoek, directeur van het Frans Hals Museum, voor de gastvrijheid en het mogelijk maken van de bezichtiging van de gewelven en de zolders van het museum;

Frans-Willem Korsten, hoogleraar literatuur, cultuur en recht aan de Universiteit Leiden, dank ik voor het mede vormen van mijn gedachten over vergelding;

Ik bedank mijn 'schone zus' en lieve vriendin Juliette Wermenbol, geurcomponist en aromatherapeut, die mij inwijdde in de geheimen van de geurcompositie. Zij ontwierp het narcissenparfum van Béla;

Mijn zeer grote dank gaat uit naar alle medewerkers van uitgeverij Ambo|Anthos voor hun passie, deskundigheid en tomeloze inzet voor mijn boeken;

Diep dankbaar ben ik ook mijn agente Kitty Bakker, die zich niet alleen bekommert om mijn werk, maar ook om mijn persoonlijk welzijn en mij, afhankelijk van de situatie, bemoedigend, troostend dan wel streng toespreekt;

Ik bedank mijn goede vriend Ragaiy Sinout voor zijn Bijbelvastheid en mijn dierbare vriendin Yolanda Wolda voor de nietaflatende bemoediging en haar oneindig trouwe vriendschap door de jaren heen;

Mijn moeder Liesbeth Strasser dank ik voor haar onderzoek bij het Noord-Hollands Archief en voor de indrukwekkende manier waarop zij mij voorleeft wat onvoorwaardelijke vriendschap is;

Ook heb ik veel te danken aan mijn bonusvader Jaap Temminck, die bij leven behalve een geweldige bron van wijsheid een belangrijke vraagbaak was voor de Haarlemse aspecten van deze roman;

Tot slot bedank ik mijn kinderen, omdat jullie mij door en door kennen en toch van mij houden;

mijn beste vriend, minnaar en vader van onze kinderen Thomas, aan wie dit boek is opgedragen, omdat wij intens verbonden zijn en je me thuisbrengt bij mijzelf;

...en alle dierbare familieleden en vrienden die met mij oplopen en willen getuigen van mijn leven.

Beleef deze roman als parfum

SOM Perfume ontwierp het parfum uit de roman en noemde het:

Bela Narcisa

Ambachtelijk en handgemaakt, precies zoals geurcomponisten in 1926 hun parfum vervaardigden

Bestel de geur voor slechts € 4,95 op
www.somperfume.com/narcis
of scan de QR-code

Leuk voor uzelf en als cadeautje

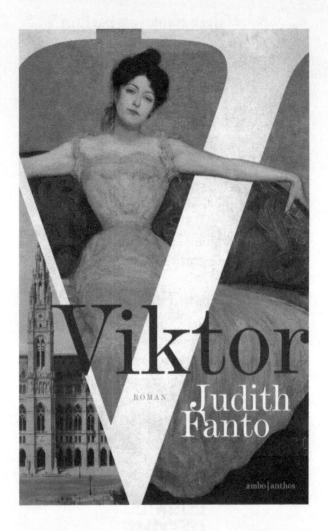

'Een roman vol levendige, rake dialogen
die twee verhalen knap aan elkaar verbindt [...]
Een rijke en liefdevolle ode aan haar familie
waarin ze haar eigen plek heeft gevonden.'
– *Trouw*